冰与火之歌

卷五 魔龙的狂舞 [下]

15

[美] 乔治 R.R. 马丁 著

屈畅 赵琳 译

重庆出版集团 重庆出版社

Copyright ©1999 by George R.R. Martin

The Song of Ice and Fire (Book 5)

A Dance with Dragons

By George R.R. Martin

Simplified Chinese Translation Copyright © 2018 by Chongqing Publishing House Co., Ltd.

This edition arranged with The Lotts Agency Ltd.through Andrew Nurnberg Associates International Limited.

All rights reserved.

本书中文简体字版通过美国 Lotts Agency 公司及安德鲁·纳伯格联合国际有限公司独家授权出版

版权所有，侵权必究

版贸核渝字（2016）第 154 号

图书在版编目 (CIP) 数据

冰与火之歌.15：卷五，魔龙的狂舞：下 /（美）乔治·R.R. 马丁著；屈畅，赵琳译. —重庆：重庆出版社，2018.1

ISBN 978-7-229-12868-5

Ⅰ.①冰… Ⅱ.①乔… ②屈… ③赵… Ⅲ.①长篇小说－美国－现代 Ⅳ.① I712.45

中国版本图书馆 CIP 数据核字 (2017) 第 280263 号

冰与火之歌 15

【卷五】魔龙的狂舞（下）

BING YU HUO ZHI GE 15

［JUAN WU］MOLONG DE KUANGWU （XIA）

［美］乔治·R.R. 马丁 著　屈 畅　赵 琳 译

责任编辑：邹 禾　唐弋淄

装帧设计：谢颖设计工作室

封面图案设计：罗 烜

插图：曹 珂

责任校对：李小君

重庆出版集团 出版
重庆出版社

重庆市南岸区南滨路 162 号 1 幢　邮政编码：400061　http://www.cqph.com

重庆出版社艺术设计有限公司 制版

重庆市鹏程印务有限公司 印刷

重庆出版集团图书发行有限责任公司 发行

E-mail:fxchu@cqph.com　邮购电话：023-61520646

全国新华书店经销

开本：890mm×1230mm　1/32　印张：12.75　字数：286 千

2018 年 1 月第 2 版　2024 年 4 月第 4 次印刷

ISBN：978-7-229-12868-5

定价：49.80 元

如有印装问题，请向本集团图书发行有限公司调换：023-61520678

版权所有　侵权必究

席恩

曙光跟史坦尼斯一样，悄然来到。

临冬城内彻夜难眠。人们穿好羊毛衣，披着锁甲皮甲，挤在城墙和塔楼上，等待不知何时到来的攻击。但天空被点亮时，鼓声也随之消逝，号角又吹了三声，一声比一声近。雪仍在下。

"暴风雪今天一定会停，"一位前次事故中幸存的马夫大声坚持，"一定会停，现在还不到冬天啊。"席恩若是敢笑的话，一定会狠狠嘲笑对方的无知。他还记得在老奶妈的故事里，暴风雪会肆虐四十天四十夜，甚至一整年、十年……直到城堡、市镇和整个国家都被埋葬在百尺积雪下。

他坐在大厅末端，旁边就是马群。他瞅着尔贝、罗宛和一个叫松鼠的棕发洗衣妇朝几片培根油炸的棕色陈面包发起进攻。席恩自己的早餐是一大杯黑麦酒，酒里全是酵母，浓得足以咀嚼。多喝两杯，也许尔贝的计划就不那么疯狂了。

淡色眼珠的卢斯·波顿打着呵欠，带他怀孕的肥胖老婆胖子瓦姐进大厅。之前许多领主和军官已陆续入席，包括妓魔安柏、伊尼斯·佛雷爵士和罗杰·莱斯威尔。威曼·曼德勒坐在桌子远端狼吞虎咽下许多香肠和白煮蛋，他身旁的洛克老伯爵把稀粥送进没牙的嘴里。

拉姆斯老爷随后现身，大步走向大厅前部，边走边扣剑带。他就要爆发了，席恩看得出。鼓声让他一夜没睡，席恩猜测，要不就是有人惹恼他。现在，无论谁说错话、眼神不妥，亦或不合时宜地发笑，都可能引爆老爷的雷霆怒火，让自己失去一片皮肤。噢，求您了老爷,别看这边。只消一眼,拉姆斯就能明白他的打算。我脸上写得清清楚楚。他会知道的,他总是知道。

于是席恩转向尔贝。"这计划行不通,"他声音压得极低,连马都不可能偷听,"没等逃离城堡,我们就会被抓。即便出了城,拉姆斯老爷也会来追猎我们,他会带骨头本和姑娘们一起来。"

"史坦尼斯大人就在城外。按声音判断,他离得很近,我们不用长途跋涉。"尔贝的指头在琴弦上舞蹈。歌手有棕色胡须,但长长的头发基本成了灰丝。"若野种真的来追,他会后悔不迭的。"

想想他的话,席恩心想,相信他。告诉自己那都是真的。"拉姆斯会把你的女人当猎物,"席恩警告歌手,"他会追猎她们,强暴她们,再拿她们的尸体去喂狗。如果追得刺激,他会用她们的名字来命名下一窝母狗。至于你,他会剥了你的皮,他、剥皮人和舞蹈师达蒙把这当成最有趣的消遣,到头来你会恳求他们杀了你。"他用残废的手抓紧歌手的胳膊。"你发誓不让我再落入他手中。你保证过。"他想再听尔贝保证一次。

"尔贝的保证,"松鼠道,"跟橡树一样可靠。"

尔贝本人只耸耸肩,"一定一定,王子殿下。"

高台上,拉姆斯跟他父亲吵了起来。由于离得远,席恩听不清,但胖子瓦妲那张粉色圆脸上的恐惧说明了一切。他听见威曼·曼德勒呼叫更多香肠,罗杰·莱斯威尔被独臂的海伍德·史陶说的笑话逗乐了。

席恩不知自己鬼魂的归宿是淹神的流水宫殿,还是会逗留在临冬城。要命有一条,怎么也比身为臭佬苟活强。若尔贝的计划失败,拉姆斯会狠狠折磨他们,让他们尝到痛不欲生的滋味。这回他会把我从脚跟到头颅的皮统统剥掉,无论我怎么哀求也不会回心转意了。席恩体验过的所有痛苦,都比不过剥皮人那把小小的剥皮刀。尔贝很快也会学到这一课。但这到底为什么呢?为了珍妮,她

叫珍妮,眼睛是错误的颜色。她只是戏里的演员。波顿公爵知道,拉姆斯也知道,但其他人被蒙在鼓里,即便是这个挂着狡猾笑容的混账歌手。真可笑,尔贝,你和你这帮杀人不眨眼的娘子,将为拯救一个什么也不是的女孩而白白送命。

当罗宛把他带到残塔的废墟中见尔贝时,他几乎要讲出真相,只是最后一刻才管住嘴巴。歌手似乎执意要营救艾德·史塔克的女儿,若让他知道拉姆斯的新娘只是总管的崽儿,那么……

厅门被猛然撞开。

寒风呼啸,大团大团的蓝白色冰晶席卷进来。霍斯丁·佛雷爵士抱着一具尸体踏步而入,腰部以下全是雪。长凳上的人们纷纷放下酒杯和勺子,目瞪口呆地看着这诡异的一幕。

大厅安静得吓人。

又一起谋杀。

霍斯丁爵士迈向高台,踏着响亮的脚步,雪从他斗篷上扫下。十来个佛雷家的骑士和武士紧随其后,席恩认得其中一个男孩——大瓦德。他实际上是小个子,生了狐狸脸,瘦得像木棍。大瓦德的胸膛、胳膊和斗篷上溅满血点。

血腥气让厅内的马匹尖声嘶叫,狗儿则从桌下钻出来四处嗅闻。人们纷纷起身。霍斯丁爵士怀里的尸体在火炬光芒映照下闪烁,仿佛包裹着一层粉色结晶——那是冻结的血。

"他是我弟弟梅里之子,"霍斯丁·佛雷把尸体放在高台前的地板上。"却像猪一样被人宰杀,之后推下雪堤。他还是个孩子啊!"

死者是小瓦德,席恩意识到,那个大个子。他瞥向罗宛。她们一共六人,他记得,其中任谁都能做出这事。但洗衣妇对上他的眼睛。"不是我们干的。"她强调。

"安静。"尔贝警告她。

拉姆斯老爷从高台上走下来查看男孩的死尸，他父亲则是缓缓起身，睁着淡白的眼珠，严肃又沉静。"肮脏的罪行。"在席恩的记忆里，这是卢斯·波顿破天荒头一遭提高声调，"尸体在哪里找到的？"

"在那个残破的堡垒，大人，"大瓦德回答，"老石像鬼盘踞的地方。"表亲的血凝结在这男孩的手套上。"我叫他别一个人出去，他却一定要去讨债，对方欠他银子。"

"谁欠他？"拉姆斯质问，"给我名字，或当众指出来，小子。我会扒他的皮给你做件斗篷。"

"我哥没跟我说对头的名字，大人，只说自己赌骰子赢了钱。"佛雷家的男孩犹豫了一下，"教我哥赌骰子的是白港人，我不知是谁，但肯定是他们家的。"

"大人！"霍斯丁·佛雷声若洪钟，"事情还不明显吗？谋杀这孩子和其他人的凶手就在这里。是的，他没有亲自下手，他太胖、胆子又小，干不了脏活，但这些罪行都是他指使的！"他猛然转向威曼·曼德勒。"你承认吗？"

白港伯爵一口咬掉半根香肠。"我承认……"他边说边用衣袖擦掉嘴边的油脂，"……我承认自己不太认识这可怜孩子。他是不是拉姆斯大人的侍从？年方几何啊？"

"刚满九岁。"

"真是年轻。"威曼·曼德勒说，"他也算因祸得福吧，若成长下去，迟早会长成个佛雷。"

霍斯丁爵士一脚踢中桌子，将桌面从搁板上踢飞出去，撞在威曼大人的大肚皮上。杯盏乱飞，香肠撒得满地都是，十来个曼德勒的人咒骂着站起来。他们抓起匕首、盘子、酒壶，任何能当武器的东西。

然而霍斯丁·佛雷爵士已长剑出鞘，跳向威曼·曼德勒。白港

伯爵想躲，但桌面把他死死卡在椅子上。只见寒光一闪，他的四重下巴被削去三重，空中鲜血飞溅。瓦妲夫人歇斯底里地尖叫，死命抓住夫君的胳膊。"停手！"卢斯•波顿吼道，"停止这种疯狂行为！"眼看曼德勒的人纷纷跳下长凳冲向佛雷的人，波顿的部下赶紧上前维持秩序。有个曼德勒的人抓了把匕首直扑霍斯丁爵士，却被大个子骑士旋身躲开，骑士反手一剑就将来人的胳膊卸下。威曼大人想站起来，却摔倒在地，像只死命挣扎的海象似的在一滩不断扩散的血水中扑腾。他身边的洛克老伯爵大声召唤学士，而狗儿们在周围争抢他的香肠。

足足动用了四十个恐怖堡的长矛兵，才把交手双方强行分开，终止了惨剧。共有六个白港的人和两个佛雷的人丧命，十来个人受伤，伤得最重的是私生子的好小子路顿。他躺在地上哭叫妈妈，一边试图把满满一手滑溜的肠子塞回肚内，眼看是不活了。拉姆斯从铁腿的长矛兵手头拽过一根长矛，把路顿捅个透心凉，直接了结了他。冲突止息后，大厅里仍回荡着叫嚣声、祈祷声、咒骂声、惊恐的马匹的尖叫和拉姆斯的母狗们的咆哮。铁腿沃顿用长矛柄顿了地板十多次，人们才静下来听卢斯•波顿讲话。

"我看大家都闷得慌，等不及想见血。"恐怖堡公爵说。罗德雷学士站在公爵身旁，胳膊上停了只乌鸦，火炬光芒下，乌鸦的黑羽毛像煤油般闪闪发亮。它的羽毛打湿了，席恩意识到，公爵手里那张羊皮纸一定也是湿的。黑色的翅膀，带来黑色的消息。"但首先应该一致对外，不能自乱阵脚。我们共同的敌人是史坦尼斯大人。"波顿公爵展开羊皮纸。"他的部队离此不到三日骑程，现今被大雪困住，正忍饥挨饿。说实话，我不想等候他大驾光临了。霍斯丁爵士，请在主城门集结所部骑士和士兵，既然你如此渴望战斗，我们就命你担任先锋。威曼大人，请在东门集结白港部队，随后进发。"

鲜血染红了霍斯丁·佛雷的长剑，几乎直浸到柄，血点洒在他脸上，就像满脸麻子。他放低长剑："悉听遵命。但等我献上史坦尼斯·拜拉席恩的人头，请允许我再取板油大人的狗头。"

四名白港骑士呈环形护住威曼大人，梅迪瑞克学士伏下来为大人止血。"你先过我们这关，"四名骑士中的长者说。这是个面孔刚硬的灰胡骑士，染血的紫罗兰色罩袍上绣了三只银色美人鱼。

"乐意之至。单挑还是一起上，我都奉陪。"

"住口！"拉姆斯挥舞着血淋淋的长矛，怒吼道，"谁再出言不逊，就吃我一矛。我父亲大人有令！要你们把力气发泄在篡夺者史坦尼斯身上。"

卢斯·波顿点头赞许，"正如我儿所说。等我们料理了史坦尼斯这个心腹大患，再来解决纠纷不迟。"他转动脑袋，冰冷的淡色眼珠在大厅里搜寻，直到发现席恩旁边的诗人尔贝。"歌手，"公爵命令，"过来唱点安抚人心的歌。"

尔贝鞠了一躬，"如您所愿，大人。"他抱起竖琴，漫步踱向高台——途中灵巧地避开了两具尸体——盘腿坐在高桌上。他唱了一首温柔伤感的歌，席恩·葛雷乔伊听不出是什么，当他演唱时，霍斯丁爵士、伊尼斯爵士和其他佛雷的人牵着坐骑，离开了大厅。

罗宛抓住席恩的胳膊。"去打洗澡水。我们马上行动。"

他挣开手，"大白天行动？会被发现的。"

"雪会掩盖踪迹。你是聋子不成？波顿刚才出兵了，我们得赶在他们之前找到史坦尼斯国王。"

"可是……尔贝……"松鼠小声说。

这完全疯了。这是绝望、愚蠢、注定完蛋的行动。席恩干了杯中最后一点残渣，勉强站起来。"去把你的姐妹们找来。夫人的澡盆需要很多水。"

松鼠听罢一如既往轻手轻脚地溜走，罗宛则留在席恩身边，随

他走出大厅。自在神木林找到他之后,这群女人始终贴身监视,从不让他单独行动。她们不信任他。她们凭什么信任我?我从前是臭佬,今后也可能变回臭佬。臭佬臭佬,决不逃跑。

厅外的雪没有停。侍从们做的雪人如今成了畸形巨人,足有十尺高,外貌很可怕。他和罗宛走向神木林,两边的雪拔地而起、堆得像墙,连接堡垒、塔楼和大厅的道路成了雪地里挖出的迷宫般的堑壕,每隔一小时都得清理。这冰雪迷宫很容易让人迷路,幸而席恩·葛雷乔伊清楚每一处分支和岔道。

这回连神木林也披上了白霜,心树下的池子结了层薄冰,苍白树干上刻的人脸长出粗短的冰晶胡须。现在这时间,神木林里人多,于是罗宛带席恩离开那些在树下向旧神祈祷的北方人,来到军营墙边的隐蔽处,旁边有个散发出臭鸡蛋味道的暖泥塘。席恩发现泥塘外沿也结了冰,"凛冬将至……"

罗宛恶狠狠地瞪着他,"你无权引用艾德大人的族语。你没这个权利,一辈子都没有。你杀了——"

"你也杀了个孩子。"

"那不是我们干的,我告诉你了。"

"言语就像风。"她们不比我高尚。她跟我是一路货色。"你们杀了那么多人,凭什么要我相信不是你们干的?黄迪克——"

"——跟你一样臭。臭猪一头。"

"那小瓦德就是猪崽喽?杀了他,挑拨佛雷和曼德勒翻脸,这一招很漂亮,你们——"

"不是我们干的!"罗宛掐他的喉咙,将他推到兵营墙上。她把脸凑到跟他的脸近在咫尺的地方:"再污蔑我们,我就割掉你撒谎的舌头,弑亲者。"

他透过满嘴碎牙笑了,"你不敢,你还要靠我的舌头来欺骗守卫呢。你需要我为你们撒谎。"

罗宛朝他脸上吐了口唾沫才放手。随后她在腿上蹭了蹭手套，似乎碰他是种污染。

席恩明知不该刺激她。从某些方面说，她跟剥皮人或舞蹈师达蒙一样危险。但他又冷又累，脑袋嗡嗡作响，连续几天没睡觉。"我做过许多可怕的事……背叛同胞，当变色龙，下令杀害信任我的人……但我没弑亲。"

"是啊，史塔克的孩子不是你兄弟，我们都知道。"

她说的是事实，但完全没领会席恩的言下之意。他们不是我的血亲，即便如此，我也从未伤害他们。我杀的只是磨坊主的两个儿子。席恩不愿回想孩子们的母亲。他和磨坊主的老婆相识多年，甚至睡过对方。她沉甸甸的大奶子上宽阔的黑乳头，还有那张很甜的嘴，特别爱笑。这样的欢乐，我大概尝不到了。

但向罗宛吐实毫无意义，她不可能相信他的解释，正如他不相信她之前的否认。"我的双手染满鲜血，但没有兄弟之血，"他疲倦地说，"而我已受惩罚。"

"还不够。"罗宛背过身。

蠢女人。席恩或已是废人一个，但还能用匕首。拔出匕首来背刺她并非难事。虽然失去了好多颗牙齿和几根手指脚趾，这也难不倒他。这甚至可说是种慈悲——直截了当解决她，以免她和她的姐妹们在拉姆斯那遭受非人的折磨。

这是臭佬会做的事，臭佬会这样讨好拉姆斯老爷。几个婊子想偷走拉姆斯老爷的新娘，臭佬决不允许这等事发生。但旧神记得他的名字，他们叫他席恩。铁种，我是铁种，巴隆·葛雷乔伊的儿子和派克岛的合法继承人。他失去的手指抽搐不已，但他控制住自己，没去拔匕首。

松鼠带着其他四个女人回来：憔悴灰发的密瑞蕾、梳着长长黑辫子的巫眼垂柳、粗腰大胸的芙雷亚和带小刀的霍莉。她们个个披

了女仆穿的那种暗灰色粗袍,外罩白兔皮镶边的棕羊毛斗篷。她们没剑,席恩注意到,也没斧头、锤子和其他武器,只有小刀。霍莉的斗篷用银制褡扣扣住。芙雷亚用麻绳做紧身褡,把身体从臀部到胸脯捆得严严实实,这让她看起来更魁梧了。

密瑞蕾给席恩也带了件仆人的服装。"院子里挤满了各路傻瓜,"她警告其他人,"正打算出城开战。"

"这帮下跪之人,"垂柳轻蔑地哼了一声,"他们供奉的老爷怎么说,他们就怎么做。"

"他们这是去送死。"霍莉欢欣鼓舞。

"我们也是去送死,"席恩指出,"即便能过守卫这关,又如何把艾莉亚夫人偷走呢?"

霍莉笑道,"六个女人进去,六个女人出来。谁会多看女仆一眼?我们会把史塔克女孩装扮成松鼠的样子。"

席恩瞥了松鼠一眼。她们身材差不多,可以一试。"那松鼠又怎么脱身?"

松鼠抢先作答:"我会跳窗,直接跳下神木林。我老哥带我第一次翻越你们的长城到南方掠袭时,我才十二岁。我也是那次得到了这个名字,我老哥说我就像林间跳跃的松鼠。后来我又爬过六次长城,每次都能平安返回,一座小小的石塔难不倒我。"

"满意了,变色龙?"罗宛问,"我们开始吧。"

临冬城的厨房很大,独占了一整栋建筑,并和大厅、堡垒等远远分开,以免万一失火殃及池鱼。厨房的味道每小时都在变——一会是烤肉、一会是烤韭菜和洋葱,一会又是新出炉的面包。卢斯·波顿派自己的兵来看守厨房大门。城内有这么多张嘴要养,每一点食物都弥足珍贵,连厨师和帮厨小弟也得看紧。但守卫们都认识臭佬,他们总在他为艾莉亚夫人取热水洗澡时嘲笑他,不过没人敢真的动手伤他——众所周知,臭佬是拉姆斯老爷的宠物。

"臭臭王子来取热水喽，"当席恩带着这群"女仆"现身时，一名守卫唱道，随后为他们打开门。"利索点，别把甜美的暖气放跑了。"

席恩进了厨房，一把抓住一个路过的帮厨小弟。"小子，为夫人准备热水，"他命令，"给我装六桶干净水。拉姆斯老爷要把夫人洗得粉粉嫩嫩。"

"是，大人，"男孩立刻回答，"马上就办，大人。"

结果他的"马上"比席恩预想的长。厨房里的大水壶都不干净，帮厨小弟先刷净其中一个才好倒水。之后又花了无尽的时间把水烧沸，花了二倍的无尽时间把六只木桶装满。尔贝的女人们一直在旁边等待，面孔隐藏在兜帽底下。她们真是大错特错。真正的女仆会勾引帮厨小弟，会跟厨子们调情，会在厨房这里尝尝那里品品。然而罗宛和她那帮心怀鬼胎的姐妹们一心只怕惹事，她们阴郁的沉默很快引来守卫们好奇的目光。"梅齐、杰兹和其他女孩呢？"有人问席恩，"就是平常那几个。"

"她们惹恼了艾莉亚夫人，"席恩撒个谎，"上次水还没倒进浴盆就冷掉了。"

热气大团团升腾，融化了飘落的雪花，他们呈单行行进，沿冰墙堑壕迷宫返回，每走一步水就冷一分。狭窄的通道里挤满了战士：穿羊毛罩袍和毛皮斗篷的武装骑士，肩扛长矛的步兵，带着未上弦的弓和装满的箭袋的弓箭手，自由骑手，牵马的马夫等。佛雷的人佩戴双塔纹章，白港的人佩戴人鱼三叉戟纹章。他们在暴风雪中朝相反的方向跋涉，碰面时警惕地打量对方，但没动武。在这里是这样，到林子里就很难说了。

主堡的门由六名恐怖堡的老兵把守。"妈的又洗？"看到热水，负责的军士叫道。军士正把双手插在腋窝里御寒。"昨晚刚洗过，一个成天睡在自己床上的女人能有多脏？"

很脏,若是跟拉姆斯同床共枕的话。席恩心想,他回忆起新婚之夜拉姆斯强迫他和珍妮做的事。"这是拉姆斯老爷的命令。"

"那你进去吧,趁水还没凉。"军士放行,两名守卫随即推开对开门。

门内几乎跟门外一样冷。霍莉踢掉靴上的雪,拉下斗篷兜帽。"我还以为很难缠呢,"她的吐息在空气中结霜。

"老爷的卧室门外还有守卫,"席恩警告她,"那些可是拉姆斯的亲信。"他不敢在这里称他们为"私生子的好小子",这里不行——说不定会被听见。"拉起兜帽。低头。"

"照他说的做,霍莉,"罗宛催促,"有的人说不定认识你。别惹多余的麻烦。"

于是席恩领女人们上楼梯。这段楼梯我爬过上千次。小时候他会跑着上去,下楼时则会三级作一步地跳下来。有回他不小心跳到老奶妈身上,把老奶妈一路撞下楼,也因此挨了在临冬城最重的一顿鞭子。但这顿鞭子跟他小时候在派克岛被两个哥哥殴打欺负相比,算得上温柔。他和罗柏在这段楼梯上演绎了无数可歌可泣的战斗。他们用木剑互相攻打,那是一种很好的训练,要想在螺旋梯上逼退意志坚定的对手,需要格外努力。罗德利克爵士常说,这就是所谓的一夫当关、万夫莫开。

但那是好久好久以前的事。他们都死了。乔里、罗德利克老爵士、艾德公爵、哈尔温、胡伦、凯恩、戴斯蒙、胖汤姆、老是做骑士梦的埃林、给他打造第一把真剑的密肯,甚至老奶妈,他们都不在了。

还有罗柏,那个比巴隆·葛雷乔伊所有儿子都更亲的兄弟。罗柏在红色婚礼上被佛雷家族无耻地谋害,我应该在那里跟他并肩作战。我当时在哪里?我应该跟他死在一起。

席恩忽然停步,垂柳差点一头撞上他的背。拉姆斯的卧室近在

眼前,两个私生子的好小子在门外把守:酸埃林和咕噜。

这肯定是旧神保佑。拉姆斯老爷常说:咕噜没舌头,埃林没脑瓜。他们一个凶残,一个卑鄙,但大半辈子为恐怖堡卖命,盲目服从、不多打听已成习惯。

"我给艾莉亚夫人送热水。"席恩告诉他们。

"先洗洗你自己吧,臭佬,"酸埃林道,"你闻起来像堆马粪。"咕噜咕噜着赞同,也或许那声咕噜意在嘲笑。无论如何,埃林打开卧室门,席恩示意女人们进去。

这个房间向来没有黎明,阴影笼罩一切。壁炉的将熄余烬中,最后一根原木正噼噼啪啪地作垂死挣扎。凌乱的空床边有张桌子,桌上放了根摇曳的蜡烛。女孩不见了,席恩心想,也许她终于在绝望中跳窗自尽。可那扇窗明明被紧紧关闭,以抵御暴风雪,上面结满层层冰霜。"她人呢?"霍莉问。她的姐妹们将桶里的水倒进一个巨大的圆木盆,芙雷亚关上卧室门,用自己的身体抵住。"她人呢?"霍莉又问一遍。外面传来一声号角。那是佛雷家的集结号,他们在做最后的准备。席恩感到自己失去的手指痒得厉害。

他忽然发现了她。她蜷缩在卧室最黑暗的角落,用小山一样高的狼皮盖住自己。若非她不住发抖,席恩肯定发现不了。珍妮把床上的毛皮搬了下来,试图藏住自己。她是怕我们?还是以为夫君来了?想到拉姆斯随时可能现身,他就忍不住要尖叫。"夫人,"席恩没法叫她艾莉亚,又不敢叫她珍妮,"您没必要躲藏,来的都是朋友。"

毛皮动了动,一只泪汪汪的眼睛向外窥探。深色的,太深了,那是一只棕色的眼睛。"席恩?"

"艾莉亚夫人,"罗宛上前,"您必须跟我们走,而且要快。我们接您去您兄弟那里。"

"兄弟?"女孩从狼皮底下探出头,"可我……我没有兄弟

呀。"

她又忘了自己是谁，忘了自己的名字。"现在没有，"席恩道，"但以前是有的。您有三个兄弟：罗柏、布兰和瑞肯。"

"可他们都死了。我现在没有兄弟。"

"您还有个同父异母的兄弟，"罗宛提醒，"也就是乌鸦大人。"

"琼恩•雪诺吗？"

"我们会护送您到他那里，但您必须马上行动。"

珍妮把狼皮一直拉到下巴。"不，这是个骗局。是他，是我的……我的夫君大人，我可爱的夫君大人，他派你们来，好检验我是不是真的爱他。我爱他，我确实爱他，我爱他胜过世上一切。"一滴泪珠滚落她脸颊。"告诉他，请你们告诉他，他要我做什么我就做什么……他想怎么做都行……和他或……和他的狗……求求你们……他不需砍我的脚，我不会逃跑。永远不会。我会给他生许多儿子。我保证。我指天发誓。"

罗宛轻吹了声口哨，"诸神咒死那男人。"

"我会做个乖女孩，"珍妮啜泣道，"他们把我训练得很好。"

垂柳皱起眉头，"得想办法让她别哭了。门外那守卫是哑巴，可不是聋子。他们会听见的。"

"拉她起来，变色龙。"霍莉抽出小刀，"你不行就我来。我们得赶紧离开。把这小贱人拉起来，给她壮壮胆。"

"她尖叫报警怎么办？"罗宛问。

那我们死定了，席恩心想，我告诉过你们，这是个蠢透顶的计划，但你们不肯听。尔贝害死了人家，歌手都是疯子。在歌谣里，英雄总能从怪兽的城堡中救出少女，但人生不比歌谣，正如珍妮•普尔不是艾莉亚•史塔克。她的眼睛是错误的颜色，而这里没有英雄，只有一群婊子。即便如此,他还是跪在她身边,替她拉下毛皮,轻抚她脸庞。"你认识我,我是席恩,我们曾生活在一起;我也认识你,我知道你的名字。"

"我的名字?"她摇着头,"我的名字……是……"

他把一根手指放在她唇上,"这个问题我们可以待会再讨论。你现在保持安静。跟我们走,跟我走。我会带你远走高飞,永远地离开他。"

她睁大眼睛。"求求你,"她低声说,"噢,求你了。"

席恩伸手,抱她起来,这动作让他手指的断桩疼得钻心。狼皮从她身上滑落,她什么也没穿,苍白的小乳房上布满牙印。他听见身后有个女人倒抽一口气。罗宛把一堆衣服塞给他,"让她穿上。外面很冷。"松鼠脱得只剩内衣,正在一只雪松木箱里翻找暖和衣物,最后她套上一件拉姆斯老爷的加垫紧身上衣和一条旧马裤——那裤子太大,在她脚上好像船上鼓满的风帆。

在罗宛的协助下,席恩帮珍妮·普尔穿上松鼠的衣服。若诸神保佑,守卫们瞎了眼,她或许能出去。"现在我们出去,下楼。"席恩告诉女孩,"你低着头、拉起兜帽就好。紧跟霍莉,别跑,别哭,也别说话,别看任何人的眼睛。"

"你别离开我,"珍妮说,"请不要离开我。"

"我会一直在你身边,"席恩保证。这时松鼠钻进艾莉亚夫人的床铺,拉起毯子盖住自己。

芙雷亚打开卧室门。"你给她好好洗了场澡吧,臭佬?"酸埃林劈头问道。咕噜则在垂柳经过时挤了她奶子一下——万幸,他非礼的对象是垂柳,若他去摸珍妮,她一定会放声尖叫,那时霍莉就不得不用藏在袖子里的小刀割他喉咙了。垂柳只扭身绕开了他。

半晌间,席恩只觉头重脚轻。他们真的没看她,真的没发现她。我们在他们眼皮底下把她偷了出去!

但走到楼梯上,恐惧又回来了。待会若遇见剥皮人、舞蹈师达蒙或铁腿沃顿怎么办?遇见拉姆斯本人呢?诸神慈悲,不要是拉姆斯,撞见谁都行。说到底,把女孩偷出卧室管什么用?他们仍在城堡里头,而每道城门都关闭上闩,城墙上又挤满哨兵。他们甚至可能连主堡都出不去,霍莉的小刀对付不了六个装备长剑长矛的卫兵。

然而卫兵们只蜷在门边,背向寒风和吹雪,连军士也没多瞥他们两眼。席恩替他和他手下的士兵感到万分遗憾。等拉姆斯发现自己的新娘不翼而飞,无疑会剥光他们的皮,至于咕噜和酸埃林的下场,他难以想象。

出门不到十码,罗宛和她的姐妹们就扔下了空桶。主堡已在风雪中不见影踪,广场成了白色雪原,漫天暴雪里传来各种各样奇特的回音。冰雪堑壕将他们围了起来,起初到膝盖,接着齐腰,再下去超过了头顶高度。他们身在临冬城腹地,本该位于城堡的中心,却看不到城的痕迹。这里好像是长城以北一千里格之远的永冬之地。"好冷,"在席恩身边蹒跚的珍妮·普尔呜咽着。

很快你会更冷。等出了城,没了城墙掩护,就得迎上寒冬赤裸的利齿。出得了城的话。"这边走。"在三条堑壕的交会处,他说。

"芙雷亚,霍莉,跟他走。"罗宛吩咐,"我们去找尔贝。不用等我们。"她话音未落,就旋身钻进风雪,朝大厅而去。垂柳和密瑞蕾紧跟在后,她们的斗篷在风中猎猎作响。

越来越疯狂了,席恩·葛雷乔伊心想。即便有尔贝的六个女人掩护,逃亡也困难重重,现在只剩两个,简直成了不可能完成的任务。但事已至此,没法把女孩送回卧室,假装一切没发生。他只能挽住珍妮的胳膊,带她去城垛门。到那才一半,他提醒自己,就算守卫放行,还得想法出外墙。从前那些夜里,守卫们准许席恩通过,但他向来是单身一人。要带三个女仆通过想必不简单,而若守

卫们看见珍妮的兜帽,认出她是拉姆斯老爷的新娘……

扭曲的堑壕通向左边。就在他们眼前、在大雪的帘幕之外,耸立着城垛门,门边一左一右站了两名守卫。在羊毛、毛皮和皮革的层层包裹下,他们活像两头大熊,但手中长矛足有八尺。"谁?"其中一名守卫叫道。席恩不认得声音,那人的面孔几乎被围巾包得密不透风,只露出眼睛,"臭佬吗?"

是的,他本想回答,说出的却是:"席恩·葛雷乔伊。我……我给你们带了几个女人。"

"可怜的孩子,一定都冻坏了,"霍莉说,"过来,让咱给暖暖身子。"她从守卫伸出的长矛边滑过,伸手捧住对方的脸,拉下半冻结的围巾,在他嘴上印下一吻。两人嘴唇刚分开,她的小刀便神速地戳进对方的脖子,刚好捅在耳朵下面。席恩看见守卫瞪圆了眼。霍莉退开时,唇上全是血,而守卫嘴里冒出血来。

第二个守卫吓得张口结舌。芙雷亚上前抓住他的长矛,两人抢夺了一会儿,拽来拽去,但女人很快把武器夺走,顺势用矛柄猛敲他额头,打得他踉跄后退。芙雷亚将矛一挽,捅进他肚子,他只来得及嘀咕一声。

一旁的珍妮·普尔却发出高亢、恐怖的尖叫。"噢,这下可好,"霍莉抱怨,"这下把下跪之人全引来了。他们来了,快跑!"

席恩一手捂住珍妮的嘴,一手环住她的腰,将她推过已死和垂死的守卫,推过大门,推向冰冻的护城河。也许旧神仍然眷顾他们:吊桥是放下的,以便临冬城的防御者能在内墙外墙之间快速调度。他们身后传来惊慌的叫喊和急促的脚步,紧接着内墙城垛上有人吹响喇叭。

芙雷亚跑到吊桥中央,忽然站定,转身。"你们走。我来挡住下跪之人。"她那双巨手仍擎着染血的长矛。

跑到外墙阶梯下,席恩已是脚步不稳。他把女孩扛在肩头向上

爬。珍妮彻底呆了,而她确实很轻……但松软新雪下的阶梯滑溜溜的,爬到一半他摔了一跤,重重地磕到一边膝盖,痛得死去活来,差点把女孩丢下。半晌间,他认定自己到此为止了,然而霍莉拉他起来,两人协力总算把珍妮抬到城上。

席恩靠着城齿,上气不接下气地喘息,他听见城墙下的叫嚣。芙雷亚正在雪地里和六七个全副武装的卫兵搏斗。"怎么走?"他朝霍莉吼,"现在怎么走?我们怎么出去?"

霍莉脸上的怒火陡然化为惊恐。"噢,我真该死。绳子!"她歇斯底里地笑起来,"绳子在芙雷亚身上!"她没笑完,就哼了一声,手抓住小腹——那儿插了一支箭矢。她用手压住伤口,鲜血从指间渗出。"内墙上的下跪之人……"她喘气道,随后双乳间中了第二箭。霍莉抓向最近的城齿,却踉跄着落下城墙。雪地里轻轻一声响,大雪抖了抖身躯,掩埋了她。

左边城墙传来呐喊,珍妮·普尔呆呆地看着城下霍莉的尸体,看着她身上洁白的雪毯被染红。席恩知道,内墙上的十字弓手正重新装填,他望向右边,但那边也有人赶来,手握明晃晃的长剑。从遥远的北疆,传来一声战号。那一定是史坦尼斯,他狂乱地想,史坦尼斯是唯一的希望。我们只需逃到他那里。但呼啸的寒风中,他和女孩无路可逃。

十字弓响起。箭矢从离他不到一尺的地方擦过,撼动了城齿中冻硬的积雪。尔贝、罗宛、松鼠等人不知所终,他和女孩只能自救。如果被俘,拉姆斯会亲手料理我们。

席恩紧紧揽住珍妮的腰,纵身跳下高墙。

丹妮莉丝

无情的蓝天,没有一丝云彩。砖块很快会被骄阳烤热,丹妮心想,斗技士的凉鞋会踩在烫人的沙子上。

姬琪解下丹妮肩上的丝袍,伊丽扶她进水池。旭日光芒在水面闪耀,与柿子树影参差交映。"即便重开竞技场,陛下有必要亲自出席吗?"为女王洗头时,弥桑黛问。

"一半的弥林人会到场来看我,小甜心。"

"陛下,"弥桑黛说,"恕小人冒犯,一半的弥林人会到场观看流血与死亡。"

她说得没错,女王知道,但我无可奈何。

丹妮很快把自己洗得前所未有的干净。她走出水池,水花轻溅,水顺着双腿流下,水珠挂满胸前。太阳爬上天空,她的人民很快便会聚集。她宁愿在芬芳的池水中泡上一整天,品尝银盘里的冰冻水果,梦想红门大宅,但一位女王不属于自己,而属于国家。

姬琪拿来软毛巾帮她擦干。"卡丽熙,您今天想穿哪条托卡长袍?"伊丽问。

"黄丝那条。"兔女王不能不戴兔耳朵。黄丝清亮凉爽,而竞技场里今天一定会热开锅。红沙会烧透那些将死之人的鞋底。"外罩红色面纱。"面纱能阻挡风沙吹进嘴,红色则能掩盖喷溅的血点。

姬琪为丹妮梳拢头发,伊丽涂画女王的指甲,她们一边做一边欢快地谈论竞技比赛。弥桑黛随后出现,"陛下。国王嘱咐您穿戴好后去见他。昆廷王子带着多恩人求见,希望您能允许他们说几

句。"

今天没一件顺心事。"改日吧。"

大金字塔底层,巴利斯坦爵士等在一架华丽的敞开式步辇旁,周围围满兽面军。祖父爵士,丹妮想。他虽年事已高,披挂上丹妮赠与的铠甲仍显得高大俊朗。"陛下,您若派无垢者护卫,我会更安心。"西茨达拉去向他的表亲致意时,老骑士说,"半数兽面军是未经训练的自由民。"剩下一半是忠诚堪忧的弥林人。这话他没说出口。赛尔弥不信任弥林人,即便对圆颅党也不例外。

"若不加以锻炼,他们永远都是这样。"

"面具能隐藏很多东西,陛下。那位带猫头鹰面具的人与昨天和前天守卫您的可是同一人?我们如何知晓?"

"如果连我自己都不信任兽面军,谈何让弥林人信任他们?在面具之下,他们都是正直的勇士,我将性命交托在他们手中。"丹妮朝他微笑,"你多虑了,爵士先生。有你在我身边保护,还有什么可担心的呢?"

"我只是个老人,陛下。"

"壮汉贝沃斯也会跟在我身边。"

"如您所言。"巴利斯坦爵士压低声音,"陛下,我们照您的命令放走了那女人梅里丝。她走之前坚持要见您,我代您跟她谈过。她声称褴衣亲王从一开始就打算率风吹团弃暗投明,因此她才被派来与您私下接触,但多恩人在她表明来意前就揭穿了他们的身份,背叛了他们。"

尔虞我诈,女王疲惫地想,永无休止。"你信几成,爵士?"

"几乎不信,陛下,但她是这么说的。"

"必要时,他们会投奔我们么?"

"她说会,但有代价。"

"给他们。"弥林需要实实在在的铁家伙,不是中看不中用的金子。

"褴衣亲王不要钱,陛下,梅里丝说他想要潘托斯。"

"潘托斯?"她眯起眼睛,"我怎么给他潘托斯?潘托斯在半个世界之外。"

"梅里丝说他愿意等,直到我们进军维斯特洛。"

若我永不进军呢?"潘托斯属于潘托斯人,况且伊利里欧总督在潘托斯。是他安排我与卓戈卡奥结婚,还送我龙蛋当结婚礼物,你、贝沃斯和格罗莱也是他送来。我欠他太多太多,不能恩将仇报,将他的城市送给佣兵。不行。"

巴利斯坦爵士低下头,"陛下英明。"

"今天真是个黄道吉日,吾爱!"丹妮回到西茨达拉·佐·洛拉克身旁时,他评论,然后扶丹妮坐上并排放着两张高大王座的步辇。

"对你来说或是黄道吉日,对那些日落前就要死去的人却未必如此。"

"凡人皆有一死。"西茨达拉道,"但并非所有人都能死得光荣,死时耳畔回响着全城人的欢呼。"他向门旁的士兵举起一只手,"开门。"

大金字塔前是个彩砖广场,热浪从砖块缝隙中氤氲上升。到处是人。有些坐轿子和步辇,有些骑驴,更多的徒步。十人中有九人向西,沿宽阔的砖路走向达兹纳克的竞技场。他们看到步辇从金字塔中出现,欢呼声便即响起,并迅速蔓延到整个广场。真奇特,女王想,他们在我钉死一百六十三名伟主大人的地方向我欢呼。

一面大鼓走在王家队列前方,清出道路。每敲一下鼓,一位身穿磨亮铜片上衣的圆颅党传令官便会高喊让人群让开。嘭!"来了!"嘭!"让路!"嘭!"女王!"嘭!"国王!"嘭!大鼓后四队兽面军并排前进,有的持短棍,有的拿仪仗,统统穿着百

褶裙、皮凉鞋和多彩方格拼接斗篷,颜色匹配弥林的彩砖。他们的面具在太阳下闪烁,野猪、公牛、老鹰、苍鹭、狮子、老虎、熊、吐芯的蛇和丑陋的蜥蜴。

不爱骑马的壮汉贝沃斯穿镶钉背心走在最前面,疤痕累累的肚皮一步一颤。伊丽和姬琪骑马跟随,旁边还有阿戈和拉卡洛,然后是坐在华丽的轿子上、头上有一顶遮阳华盖的瑞茨纳克。巴利斯坦·赛尔弥爵士骑在丹妮身侧,盔甲在阳光下熠熠生辉,长披风从肩膀垂下,白如枯骨,他左臂绑了一面白色大盾。后面稍远些跟着多恩王子昆廷·马泰尔及其两名同伴。

队列沿长长的砖街缓缓前行。嘭!"来了!"嘭!"我们的女王。我们的国王。"嘭!"回避。"

丹妮听见侍女们在她身后争论,打赌谁会赢得今天最后的对决。姬琪中意"巨人"格鲁尔,那家伙与其说是人不如说更像头公牛,甚至鼻子上还穿青铜环;伊丽则认定碎骨者贝拉科沃的连枷会击垮巨人。我的侍女是多斯拉克人,她告诉自己,卡拉萨以杀戮为荣。她嫁给卓戈卡奥那日,婚宴上亚拉克弯刀决死拼争,有的人宴饮交欢,有的人殒命当场。生死在马王们眼中依稀平常,他们认为鲜血可以祝福婚姻。

她的再婚不久也将浸染在鲜血中。何等幸福啊。

嘭!嘭!嘭!嘭!嘭!嘭!鼓声比之前加快,突然变得焦躁不耐。队伍停在粉白的帕尔金字塔和绿黑的纳千金字塔间,巴利斯坦爵士抽出长剑。

丹妮转身。"为何停下?"

西茨达拉站起来。"路堵住了。"

一顶轿子翻在路心,一名轿夫热晕在砖地上。"帮帮他。"丹妮下令,"扶他去街边,别让人踩着他。给他食物和水,他看起来好像饿了两周。"

巴利斯坦爵士不安地环顾左右。周围露台上站满吉斯卡利人，冷漠无情地注视着下方。"陛下，不能停。这可能是陷阱，鹰身女妖之子——"

"——已被驯服。"西茨达拉·佐·洛拉克宣称，"女王陛下已接受我作她的国王和伴侣，他们怎敢再伤她？快照我甜美的女王吩咐，去帮助那人。"他微笑着握住丹妮的手。

兽面军遵令上前救人，丹妮看着他们忙碌。"那些轿夫在我来以前是奴隶。我解放了他们，轿子却没变轻。"

"没错，"西茨达拉说，"但这些人现在抬轿有报酬。您来以前，倒下那人身边会站着监工，挥舞鞭子抽烂他的背。现在有人帮助他。"

确实。一名戴野猪面具的兽面军递给那苦命轿夫一袋水。"或许我该对这小小的胜利心存感激。"女王道。

"不积跬步，无以行千里。齐心协力，我俩将造就新弥林。"道路终于清开，"我们走？"

她除了点头还能怎样？不积跬步，无以行千里。但我要行到哪里去呢？

达兹纳克的竞技场门前耸立着两尊高大的青铜战士雕像，正做殊死搏杀，一位挥舞长剑，另一位手握战斧。雕塑家准确地描绘出他们相互击杀的瞬间，青铜兵器和身体在空中形成拱门。

致命的艺术，丹妮想。

她曾在露台上多次眺望竞技场。小的竞技场像点在弥林脸上的麻子，大的则像红肿流脓的疮。但这座无与伦比。丹妮和她的夫君穿过青铜雕像，"壮汉"贝沃斯和巴利斯坦爵士左右护送，他们出现在一个巨大的砖碗顶上，下面环绕着一圈圈长凳，每一圈颜色都不同。

西茨达拉·佐·洛拉克引她下去，经过黑色、紫色、蓝色、绿

色、白色、黄色、橙色,最后到红色,那里的猩红砖块与下面的沙子同色。周围小贩在叫卖狗肉香肠、烤洋葱及签串狗胎,不过丹妮不需要这些,西茨达拉已在包厢备下几壶冰酒和凉水,外加无花果、大枣、甜瓜、石榴、核桃、青椒和一大碗蜂蜜蝗虫。"壮汉"贝沃斯见状大吼:"蝗虫!"一把抓过碗,大把大把地嚼。

"那是美味,"西茨达拉推荐,"您尝尝吧,吾爱。它们先用香辛料腌制,然后挂上蜂蜜,又甜又辣。"

"难怪贝沃斯满头大汗。"丹妮说,"我吃无花果和大枣就够了。"

格拉茨旦·卡拉勒在对面正襟危坐,周围是穿各种颜色长袍的圣女们,只有她一人着绿袍。弥林的伟主大人们占据了红色和橙色长凳。女人罩面纱,男人则把头发梳成长角、手掌和矛尖形状。西茨达拉那些来自古老的洛拉克家族的亲戚偏爱紫色、靛蓝和淡紫色托卡长袍,帕尔家人则穿粉白条纹袍子。渊凯的代表都穿黄袍,坐满了国王包厢旁的包厢,带着各自的奴隶和仆人。身份略低的弥林人坐在上层,没法与杀戮超近距离接触。黑色和紫色的长凳最高,离沙地也最远,挤满了自由民和其他平民。丹妮发现佣兵也被安排在那里,团长坐在普通士兵当中。她看到棕人本皮革般的脸,还有血胡子火红的胡须和长辫。

她夫君站起来,高举双手。"伟主大人们!女王陛下今日莅临,向诸位——她的子民们——展示她的慈爱。蒙其天恩准许,我为你们献上致命的艺术!弥林人!让丹妮莉丝女王听到你们的爱戴!"

一万只喉咙吼出爱戴,然后两万只,然后所有人。他们喊的不是她那没几个人拼得出来的名字,而是"母亲!"——在消亡的古吉斯语里,这个词叫"弥莎!"他们捶胸顿足地狂喊:"弥莎!弥莎!弥莎!"直到整座竞技场都在颤抖。丹妮任声浪将自己席卷。

我不是你们的母亲,她想喊回去,我是你们奴隶的母亲,是你们饕餮蜂蜜蝗虫时、死在这片沙地上的男孩们的母亲。瑞茨纳克倾身附耳:"圣上,请听,他们多爱戴您!"

不,她知道,他们爱的是致命的艺术。欢呼声衰退时,她任自己坐下。尽管包厢在阴凉处,她仍觉头疼。"姬琪,"她喊,"方便的话,给我倒点水。嗓子干死了。"

"克拉兹会拿到首杀荣誉。"西茨达拉告诉她,"没有比他更好的战士。"

"壮汉贝沃斯比他好。"壮汉贝沃斯坚称。

克拉兹是弥林下等人出身,身材高挑,生了一头直立的红黑头发,越往外越稀疏。他的对手是乌木色皮肤的盛夏群岛枪兵。枪兵的刺击起先限制了克拉兹,但等他的短剑攻入长枪圈内,就只剩下屠杀。竞技结束后,克拉兹将黑人的心剜出来,血淋淋地举过头顶,猛咬一口。

"克拉兹认为勇者的心脏让他强大,"西茨达拉说。姬琪低声赞同。丹妮曾吃下公马的心脏,来给未出世的孩子力量……但巫魔女将雷哥谋害在子宫里时,这毫无用处。命中注定你将经历三次背叛。她是第一次,乔拉是第二次,"棕人"本·普棱是第三次。再没有背叛了吗?

"啊,"西茨达拉开心地说,"斑猫上场了。看那动作,我的女王,他是一首会走路的诗。"

西茨达拉为这首会走路的诗挑选的对手和格鲁尔一般高,跟贝沃斯一样壮,但行动迟缓。斑猫挑断他脚筋时,离丹妮的包厢只六尺之遥。那人双膝跪倒,斑猫一脚踩在他背上,用手绕过他脑袋,将喉咙对耳切开。红沙饱饮鲜血,微风是他的遗言。人们赞许地欢呼雀跃。

"打得糟糕,死得干脆。"壮汉贝沃斯评价,"壮汉贝沃斯讨

厌尖叫的死人。"他已吃光蜂蜜蝗虫，打个饱嗝，灌下一口酒。

白肤的魁尔斯人，黑肤的盛夏群岛人，古铜色皮肤的多斯拉克人，蓝胡子的泰洛西人，羊人，鸠格斯奈人，阴郁的布拉佛斯人，来自索斯罗斯丛林、皮肤带斑纹的半人半兽的家伙——都从天涯海角赶到达兹纳克的竞技场赴死。"此人很有前途，甜心。"西茨达拉指的是一名里斯少年，长长的金发随风飘舞……但他的对手一把抓住他头发，拽倒这孩子，掏了他的心。他死时的容颜比握剑时更年轻。"他是个孩子，"丹妮说，"只是个孩子。"

"他十六岁了，"西茨达拉坚持，"已是成年男子，有权选择为金钱和荣耀以命相搏。遵照我温柔的女王睿智的命令，达兹纳克的竞技场今日不许有孩子死去。"

另一个小小的胜利。或许我无法改善这个民族，她告诉自己，至少能让他们少造些孽。丹妮莉丝本想将女人间的竞技也废止，但黑发巴尔塞娜抗议说她有权像男人那样以命相搏。女王也想禁止那些让残废、侏儒、老人用切肉刀、火把和锤子互殴的搞笑滑稽竞技（人们认为战士越无能，竞技越开怀），但西茨达拉说，若她能和人民一同开怀大笑，人民会更爱戴她，并辩称说若无滑稽竞技，残废、侏儒和老人都会饿死。于是丹妮妥协了。

按习俗，被定罪的罪犯会被赶进竞技场。丹妮同意遵循这项习俗，但只针对特定的犯人。"杀人犯、强奸犯及所有坚持使用奴隶的人可以送去战斗，小偷或欠债者不行。"

斗兽仍被允许。丹妮看到一头大象迅速解决掉六匹红狼。一头公牛和一头熊作势均力敌的殊死拼斗，双双疲劳而死。"肉不会浪费。"西茨达拉解释，"屠夫会把兽尸炖成鲜汤，进入命运之门的饥民都能分一杯羹。"

"这是良法。"丹妮说。这里的良法委实难得。"我们必须确保它延续。"

斗兽后是化装比武，六个步兵对抗六名骑手。步兵装备盾牌和长剑，骑手装备亚拉克弯刀；地上假装骑士的人穿锁甲，而马上假装多斯拉克人的没盔甲。起初骑兵似乎占优，他们踩翻两名对手，还割下另一人的耳朵，但很快幸存的骑士攻击马匹，骑手们一个接一个跌下来被杀。这让姬琪十分不满。"那不是真正的卡拉萨。"她说。

"希望这些尸体不会炖成鲜汤。"尸体被抬走时，丹妮说。

"马尸会下锅，"西茨达拉说，"人当然不会。"

"马肉和洋葱使人强壮。"壮汉贝沃斯道。

接下来是今天第一场滑稽比武，由两名娱乐侏儒进行长枪比试。这两名侏儒是一位西茨达拉邀请来的渊凯将领提供的。一人骑猎狗，一人骑母猪。他们的木盔甲新上了漆，一个画着篡夺者劳勃·拜拉席恩的雄鹿，另一个是兰尼斯特的金狮，这明显是为了讨好丹妮。他们滑稽的动作很快让贝沃斯放声大笑，但丹妮微笑得颇为勉强。红甲侏儒被撞下鞍子后，沿沙地追他的猪，骑狗的侏儒则在后面追他，并用木剑打他屁股。丹妮说，"真是幽默愉快的表演，可……"

"别着急，甜心，"西茨达拉说，"快放狮子了。"

丹妮莉丝狐疑地看着他，"狮子？"

"三头狮子，给侏儒一个惊喜。"

她皱起眉头，"侏儒只有木剑木甲，怎打得过狮子？"

"大概很难，"西茨达拉说，"说不定他们有绝招呢。不过我猜他们会尖叫狂奔，试图爬出竞技场。这才是真正的幽默表演。"

丹妮不乐意。"我不许这样。"

"温柔的女王啊，您不会让您的人民失望吧。"

"你对我发誓战士都是成年人，且自愿为金子和荣耀以命相搏。这些侏儒不会自愿用木剑对决狮子。马上叫停。马上。"

国王嘴唇紧抿。有一瞬间,丹妮觉得他温和的双眼里闪过一丝怒火。"遵命。"西茨达拉示意竞技场主。"别放狮子。"场主握着鞭子小跑过来后,西茨达拉说。

"圣主,一头都不放?那还有什么乐趣?"

"我的女王有令,不许伤害侏儒。"

"观众会不满的。"

"那就让巴尔塞娜上场,平息不满。"

"圣上明鉴。"场主甩响鞭子,高喊命令。两名侏儒及他们的猪和狗一起被赶下场,观众发出不满的嘘声,朝他们扔石头和烂水果。

待到黑发巴尔塞娜大步走上沙地,人们又欢呼起来。她是个高大的黑肤女人,除了腰布和凉鞋全身赤裸,虽然年届三十,动作仍有黑豹般的致命优雅。"巴尔塞娜深受大众喜爱。"西茨达拉说。整座竞技场已被膨胀的欢呼声淹没,"她是我见过最勇敢的女人。"

壮汉贝沃斯说:"和女孩打算不得勇敢,和壮汉贝沃斯打才是真勇士。"

"她今天的对手是一头野猪。"西茨达拉说。

是啊,丹妮心想,因为无论你花多少钱,也找不到一个女人做她对手。"她用的大概不是木剑吧?"

这头野猪是个庞然大物,獠牙有成人前臂那么长,小眼睛火气冲天。丹妮不知杀死劳勃·拜拉席恩那头猪是否也如此凶残。恐怖的生物,恐怖的死亡。刹那间,她几乎为篡夺者感到悲伤。

"巴尔塞娜身手敏捷。"瑞茨纳克说,"她将与野猪共舞,圣主,并在它擦身而过时下刀切割。您会欣赏到野猪倒下前全身浴血的盛景。"

开局正如他描述。野猪向前冲刺,巴尔塞娜旋身避开,兵刃在阳光下泛着寒光。"她需要一支长矛，"巴尔塞娜飞身避开野兽的第二次冲刺时，巴利斯坦爵士说，"否则打不过野猪。"他听起来就跟达里奥常说的一样，像个苛责的老祖父。

巴尔塞娜的兵刃开始见红，但野猪也停下脚步。它比公牛聪明，丹妮发现，它不会再盲目冲刺了。巴尔塞娜也意识到这点，于是她喊叫着，主动靠近野猪，匕首在双手抛来接去。野猪向后退却，她咒骂着砍它鼻子，试图激怒它……她成功了，但这回跳迟了半瞬，结果獠牙在她左腿开了一道从膝盖到裆下的大口子。

三万只喉咙同声悲叹。巴尔塞娜丢掉匕首，压住腿上的伤口，想要跳开逃走。她没走出两步，野猪再度冲刺。丹妮别开脸。"这够勇敢吗？"当一声尖叫响彻沙地时，她问壮汉贝沃斯。

"挑战野猪十分勇敢，但叫这么大声就不勇敢了。她叫得壮汉贝沃斯耳朵疼，"太监揉着大肚子，上面的白色旧疤纵横交错，"肚子也疼。"

野猪把嘴拱进巴尔塞娜肚子里，要拽出内脏。这气味让女王难以承受。热气、苍蝇、人群的叫嚷……我没法呼吸。她扯开面纱，任其飘走，又开始脱托卡长袍。她解丝袍时，珍珠流苏发出轻柔的撞击声。

"卡丽熙？"伊丽问，"您在做什么？"

"摘兔耳朵。"十几名手握捕猪矛的人跑到沙地上，将野猪从尸体旁赶开，赶回兽栏。竞技场主也在其中，手握一把倒刺长鞭。当他向野猪挥鞭时，女王站了起来。"巴利斯坦爵士，能否护送我回宫？"

西茨达拉迷惑不解。"还有很多节目呢。包括另一场滑稽比武，六个老女人打斗，外加三场决斗，最后压轴的是贝拉科沃和格鲁尔！"

"贝拉科沃一定会赢，"伊丽宣称，"大家都知道。"

"大家都知道，"姬琪则说，"贝拉科沃一定会死。"

"要么这个死，要么那个死，"丹妮说，"活下来的总有一天也会被杀。重开竞技场是个彻头彻尾的错误。"

"壮汉贝沃斯吃多了蝗虫。"贝沃斯的棕色大脸一副想吐的表情，"壮汉贝沃斯要牛奶。"

西茨达拉没理太监。"圣主，弥林人来此庆祝我们结合。您听到了欢呼，您不能辜负他们的爱戴。"

"他们为我的兔耳朵欢呼，不是为我。丈夫，带我离开这个屠宰场。"她听到野猪的鼻息，持矛人的呼喝，场主皮鞭炸响。

"甜美的女王啊，现在不行。再待一会儿吧，再看一场滑稽比武和一场决斗。您只需闭上眼睛，没有人会发现。他们会盯着贝拉科沃和格鲁尔。现在若是——"

一片阴影掠过他的脸。

骚动和叫喊都停住了。一万个声音归于沉寂。每双眼睛都望向天空。暖风拂过丹妮的脸庞，透过怦怦心跳，她听见翅膀扇动。两名矛兵迅速逃走，场主却僵在原地。野猪回去继续拱食巴尔塞娜。壮汉贝沃斯哀号一声，滚下座位，跪倒在地。

魔龙在众人之上盘旋，他是烈日当中的黑影。他一身黑鳞，两只双眼、犄角和脊背棘片是血红色。卓耿一直是三头龙中最大的，野外生活让他愈加伟岸，现在他翼展足有二十尺，色如黑玉。他掠过沙地上空时扇了下翅膀，好似一声霹雳。野猪抬起头，喷着鼻息……随后黑红夹杂的火焰吞没了他。三十尺外，丹妮也能感到熊熊热浪。野兽濒死的惨叫几乎和人一样。卓耿落在尸体旁，爪子陷进冒烟的肉。他开始进食，也不管那是巴尔塞娜还是野猪。

"噢，众神啊，"瑞茨纳克哀嚎，"他在吃她！"总管捂住嘴，壮汉贝沃斯吐得稀里哗啦，西茨达拉·佐·洛拉克白皙的长脸上闪过古怪的神色——混合恐惧、贪欲和欣喜若狂——他舔了舔嘴

唇。丹妮看见帕尔家的人涌上台阶，一边抓紧托卡长袍，却又在匆忙中被流苏绊倒。其他人纷纷跟进。有人跑了起来，你推我搡。但更多人呆坐原地。

一个男人想当英雄。

他是驱赶野猪回栏的矛兵之一，大抵喝多了，亦或发了疯，也可能旁观时爱上了黑发巴尔塞娜，甚至听过女孩哈茨雅的传言。再或者，他只想名留千古。只见他手握捕猪矛，向前冲去，脚下扬起红沙。周围座位中喊叫连连。卓耿抬起头，鲜血从齿间滴下。英雄跳上魔龙的脊，把铁矛尖刺入那鳞片覆盖的、长长的龙颈后端。

丹妮和卓耿齐声尖叫。

英雄全身压向长矛，矛尖刺得更深。卓耿弓起身，痛苦地嘶吼，尾巴四下抽打，头伸向长颈后端，黑色的翅膀完全展开。屠龙者一个失足，跌倒在沙地上。他挣扎着想起来，却被龙牙狠狠咬住前臂。"不！"人们只来得及喊出一个词，卓耿已拧下他胳膊，像狗甩老鼠一样甩开。

"杀了它，"西茨达拉·佐·洛拉克命令其他矛兵，"杀了那野兽！"

巴利斯坦爵士紧紧抓住她。"别看，陛下！"

"放开我！"丹妮挣开他的手。翻过栏杆时，世界运转似乎变慢了，然后她落在竞技场中，掉了一只凉鞋。她开始奔跑，沙子挤进脚趾，温热粗糙。巴利斯坦爵士在她身后呼唤。"壮汉"贝沃斯还在吐。她跑得更快。

矛兵们也在跑。有人握着长矛冲向龙，其他人扔掉武器，一哄而散。英雄倒在沙地上痉挛，鲜红的血从他肩上血肉模糊的断桩喷出。长矛还留在龙背上，随着龙翼拍打而摇晃，伤口腾起烟雾。眼看矛兵逼近，龙喷出黑焰，吞没了其中两人。他尾巴横扫，将从后悄悄靠近的场主扫成两半。另一人试图刺龙眼，却被龙咬住，顿

时开膛破肚。弥林人尖叫着，咒骂着，嚎叫着。丹妮听见有人跑向她。"卓耿。"她不顾一切地高喊，"卓耿！"

他转过头，齿间烟雾缭绕，血滴到地面，也化作缕缕青烟。他再次拍翅，掀起呛人的猩红沙暴。丹妮在这团火热的红云中跌跌撞撞，不住咳嗽。

他张开嘴。

"不，"她只来得及说出这个。不，不能吃我，你不认识我了吗？黑色的龙牙在离她脸庞只几寸的地方合上。他原本打算扯掉我的脑袋。沙子飞进眼里，她被场主的尸体绊倒，跌坐在地。

卓耿厉声咆哮。吼声充斥整座竞技场，熔炉般的热风席卷而来。黑龙鳞片覆盖的长颈伸向她，他张开嘴，她能看到黑齿间的碎骨焦肉。他的双眼好似熔岩。我在注视地狱，却不敢转头，她从未如此确定过一件事，如果我跑开，他就会烧死我，吃了我。维斯特洛的修士说世间有七层地狱和七重天堂，但七大王国和那里的诸神对她而言遥不可及。丹妮不晓得，如果死在这里，大草原的多斯拉克马神会不会将她召入群星间的卡拉萨，让她与她的日和星并排骑在夜晚的国度？抑或愤怒的吉斯众神会派鹰身女妖锁住她的灵魂，令她永堕苦海？卓耿朝她的脸咆哮，吐息足以烫伤肌肤。巴利斯坦·赛尔弥在她右边大喊："我！我在这里！看这里！我！"

在卓耿闷燃的红色双眸中，丹妮看到自己的倒影。她太渺小、太脆弱、太无力又太恐惧。我不能让他看到我的恐惧。于是她在沙地上摸索，推开场主的尸体，抓到鞭子把柄。皮革温暖鲜活的触感让她鼓起一些勇气。卓耿再次咆哮，吼声差点让她扔掉鞭子。他的牙齿在她面前砰然合拢。

丹妮拿鞭子抽他。"不！"她尖叫，用尽全身力气甩鞭。龙头向后一闪。"不！"她再次尖叫。"不！"倒刺扫过龙鼻，卓耿挺起身躯，双翼遮天蔽日。丹妮挥鞭来回抽打他布满鳞片的肚皮，直到手臂酸痛。细长的龙脖像弓一样弯起，伴着长长一声嘶吼，他向下喷出黑焰。丹妮屈身避开，挥着皮鞭高喊："不，不，不，坐下！"他回应的咆哮中充满恐惧和愤怒，以及痛苦。他翅膀扇了一下，两下……

……然后收拢。魔龙发出最后一声嘶吼，肚子伏地。黑血从长矛刺破的伤口流出，滴在焦黑的沙地，化作烟雾。龙的血肉由火构成，她心想，我也一样。

丹妮莉丝·坦格利安跳上龙背，握住长矛拔出。矛尖半熔，铁头放出炙热的红光。丹妮扔开它，卓耿在下面扭动，积蓄力量，肌肉震颤。空中沙尘弥漫，丹妮无法观察，无法呼吸，无法思考。

黑色的翅膀雷鸣般展开，腥红沙地陡然被抛在脚下。

丹妮头晕目眩，不由得闭上眼睛。等她再睁眼，透过泪水和灰尘，她看到下方远处弥林人正涌上台阶，涌向街道。

长鞭仍在她手中。她轻敲卓耿的脖子，喊道："上升！"她另一只手抓着鳞片，手指乱抠以寻找着力点。卓耿宽大的黑翼拍打着空气，丹妮感到大腿间魔龙的灼热。很好，她心想，很好，现在，现在，就这样，就这样，带着我，带着我，飞翔！

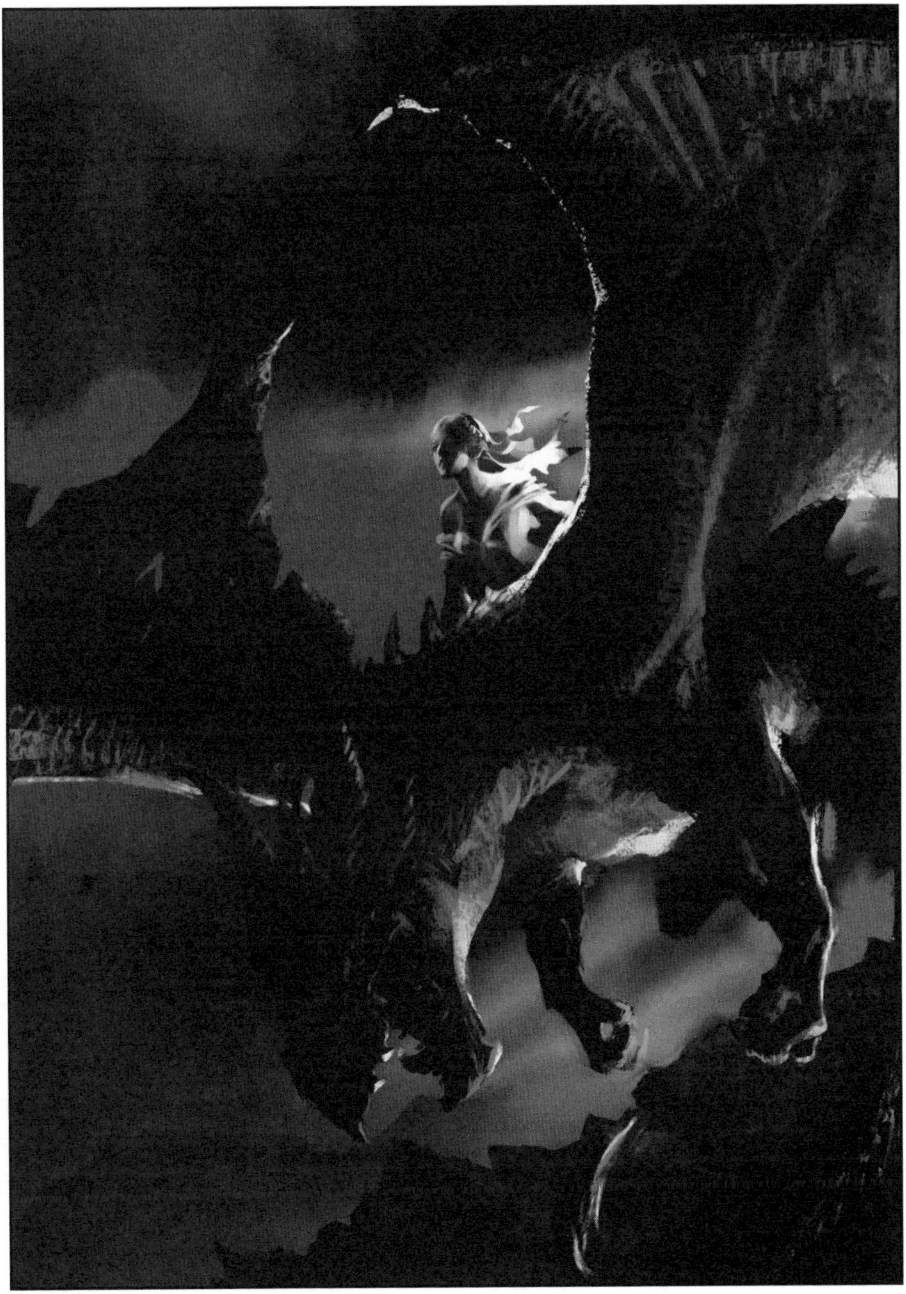

琼恩

巨人克星托蒙德个子不高，但诸神赋予他宽阔的胸膛和硕大的肚皮。他肺活量极大，因而曼斯·雷德称他为吹号者托蒙德。据说托蒙德的笑声足以震掉山巅的积雪，而他的怒吼可与长毛象的咆哮相提并论。

那天托蒙德不断大呼小叫。他怒吼、呼号，用拳头砸桌子，力道大得把满满一壶水掀翻倾倒。他手边一直放着一角杯蜜酒，因而他威胁时喷出的唾沫星子带着蜂蜜的甜腻。他说琼恩是懦夫、骗子、变色龙，骂他是黑心缺德的下跪之人，是强盗，是食腐乌鸦，指控琼恩想鸡奸自由民。他甚至两次把角杯朝琼恩的脑袋丢来——当然是喝光酒之后，托蒙德才不会浪费上好的蜜酒咧。琼恩全盘忍下侮辱，没提高声调，没以牙还牙，但也没从打算好的底线退让半步。

最终，随着下午的阴影在帐外越拉越长。巨人克星托蒙德——吹牛大王、吹号者，以及破冰人，也是雷拳托蒙德、雪熊之夫、红厅的蜜酒之王、生灵之父和诸神的代言人——伸出手。"就这么定了，愿诸神原谅我。反正那些母亲绝不会。"

琼恩握住他伸出的手，脑海中闪过守夜人誓言。我是黑暗中的利剑，长城上的守卫。我是抵御寒冷的烈焰，破晓时分的光线，唤醒眠者的号角，守护王国的坚盾。他想给自己加上一句新的：我是打开城门、迎接敌军的守卫。他愿付出一切来证明自己判断正确，但他走得太远，无法回头了。"一言为定。"他说。

托蒙德的手劲能捏碎骨头，他这点没变，胡子也是老样子，但厚厚白胡子下的面庞消瘦多了，通红的脸颊上皱纹也更深。"曼斯有机会就该宰了你，"他一边尽力蹂躏琼恩的手，一边说，"金子换稀粥，男孩们换……这是血钱。当初我那好小哥是怎么了？"

他被人推选成总司令。"据说公平交易会让双方都不满。三天？"

"如果我活得了那么久的话。我的人听到条款肯定会唾弃我。"托蒙德终于放开琼恩的手，"不出意外，你那帮乌鸦也会抱怨。我就知道，我杀的黑杂碎数不胜数。"

"过了长城，你最好别大声谈论这些。"

"哈！"托蒙德笑了。这点也没变，他还那么爱笑。"金玉良言，我可不想被乌鸦啄死。"他拍拍琼恩的背。"我的人都在长城内安居之后，我们会拿出点肉和蜜酒。在此以前……"野人拽下左臂的箍子，扔给琼恩，又把右臂的箍子摘下来。"定金。这是我爹的爹传给我爹，我爹又传给我的。现在是你的了，你个黑衣强盗。"

箍子由老黄金铸成，坚固沉重，刻有先民的古老符文。琼恩认识巨人克星托蒙德以来，他一直戴着它们，看起来跟胡子一样是他的一部分。"布拉佛斯人会把它们熔掉，这太可惜了。或许你该留着它们。"

"不，我才不要听人说雷拳托蒙德逼自由民交出财宝，自己却一毛不拔。"他龇牙一笑，"我会留着老二上那个环，它可比这些小东西大得多，给你当项圈都够。"

琼恩忍不住大笑。"你真是一点没变。"

"哦，我变了。"微笑像夏雪一样在他脸上迅速消融，"我不是红厅的我了。我见证了太多死亡，以及更糟的事。我儿子……"悲伤扭曲了托蒙德的脸，"多蒙德死于长城之战，他还没成人呢。是你那国王手下某位骑士干的，那杂种全身灰甲，盾牌上画着几只蛾子。我眼看着他砍翻我儿子，等我冲过去人都没了。而托温德……他害了风寒。他总是病快快，刚好了些，却一夜之间说走就走。最糟的是，没等我们察觉，他就变成那种白皮肤蓝眼睛的东西。我不得不亲自结果他。那太难了，琼恩。"他眼里闪着泪光，"说实话，他那时算不上是人。但他曾是我的小子，我爱他。"

琼恩把手搭在他肩上。"我很遗憾。"

"你遗憾什么？又不是你干的。没错，你和我一样双手染满鲜血，但没有他的血。"托蒙德摇摇头，"我还有两个强壮的儿子。"

"你女儿……？"

"蒙妲。"提起这个托蒙德再度笑起来，"她让长矛里克做她丈夫，信不信由你。我得说，那小子老二比脑瓜好使，但对我女儿着实不错。我告诉他，要敢伤害我女儿，我就扯掉他老二，用来狠抽他一顿。"他又使劲拍了琼恩一掌，"你该回去了。再待下去，没准他们会以为我把你吃了。"

"那就黎明，三天后的黎明。男孩们先来。"

"你重复不下十遍了，乌鸦，别人会以为咱俩信不过咧。"他啐了一口，"好的，男孩们先来。长毛象得绕远路，你确保东海望接收它们，我确保不打仗，没人会冲向你那该死的门。他们会像小鸭子一样整齐有序、和蔼可亲地排好队，我就是鸭妈妈。哈！"托蒙德带琼恩出帐篷。

外面万里晴空。久违半月的太阳重新现身，照在矗立于南的长城上，闪着蓝白光芒。黑城堡的老人常说：长城比疯王伊里斯更情绪化，或者比女人还善变。多云的日子它看起来像块巨大的白色岩石，无月的夜晚它漆黑如煤块，暴风雪中它像个雪雕，而在这种天气，你不会把它认作冰块以外的任何东西。这种天气，长城跟修士的水晶一样闪烁，每道裂隙和缺口都被阳光点亮，如同一道冰封的彩虹在透明涟漪后流光溢彩。这种天气的长城壮丽辉煌。

托蒙德的长子站在马旁和皮革交流。自由民称他为高个托雷格，他虽只比皮革高一寸，却比他父亲高出一尺。身材魁梧、外号马儿的鼹鼠村男孩哈里士在火堆旁蜷成一团，背对那两人。琼恩只带他和皮革来谈判，因为人多会被认作胆怯，何况托蒙德真开杀戒的话，带二十人也没用。琼恩只需要白灵的保护，冰原狼能嗅出敌人，即便对方用微笑掩盖了恶意。

此刻白灵不在左近。琼恩摘下一只黑手套，两根手指放进嘴里吹口哨。"白灵！过来。"

头顶忽然传来拍膀声。莫尔蒙的乌鸦飞下老橡树的枝丫，落在琼恩的马鞍上。"玉米。"它尖叫，"玉米，玉米，玉米。"

"你怎么跟来了？"琼恩想赶鸟儿，最后却抚了抚它的羽毛。乌鸦斜眼看着琼恩。"雪诺。"它嘀咕道，一边心领神会地点点头。白灵从两棵树间窜出来，瓦迩走在他旁边。

他们看起来就是一体。瓦迩全身白色：白羊毛马裤套漂白高筒皮靴，白熊皮斗篷在肩头用心树脸庞的别针别住，里面是骨针缝的白色上衣。她连呼吸都是白色……但双眼是蓝色，长辫子是深蜜色，双颊则被冻得通红。琼恩很久没见到这么可爱的人儿了。

"打算偷我的狼么？"他问。

"有何不可？若每个女人都有匹冰原狼，男人会温柔得多。哪怕他是只乌鸦。"

"哈！"巨人克星托蒙德大笑，"别跟这位斗嘴，雪诺大人，她比你我机灵多了。记住，偷她得趁早哟，赶在托雷格醒悟之前。"

那白痴亚赛尔·佛罗伦怎么评价瓦迩来着？正当婚龄，模样也不错，丰乳肥臀，适合生养孩子。话是没错，但女野人和普通女人不一样，她能找到经验丰富的游骑兵找不到的托蒙德就是证明。她或许不是公主,但绝对配得上任何领主。

此路早已被琼恩亲手堵死。"托雷格大可去试,"他回答,"我发过誓。"

"她才不在乎咧,是吧,丫头?"

瓦迩拍拍腰上长长的骨匕首。"乌鸦大人敢来,我的床夜夜欢迎。等我阉了他,守誓岂不更容易?"

"哈!"托蒙德又笑了。"听见没,托雷格?离这位远点儿。我有一个女儿就够了,不用再来一个。"野人首领摇着头,钻回自己的帐篷。

琼恩挠着白灵耳根,托雷格帮瓦迩牵来马。她还骑着离开长城那日穆利找的灰色矮种马——毛发蓬乱,躯体健壮,瞎了一只眼。她打马转向长城,问:"小怪物长得如何?"

"比你走时长大了一倍,哭声大了两倍。每当他想喝奶,打东海望都能听见他的哭嚎。"琼恩也跳上马背。

瓦迩与他并辔而行。"那么……我依约带回了托蒙德。现在呢?要我回牢房了?"

"你的牢房被征用了,赛丽丝王后把国王塔占为己有。你记得哈丁塔吧?"

"摇摇欲坠那个?"

"它摇摇欲坠一百年了。我已把它的最顶层收拾出来,女士,房间比原来国王塔的还大,不过可能没原来舒适。毕竟没人叫它哈丁宫。"

"对我来说,自由永远优先于舒适。"

"你可在城堡内自由行动,遗憾的是我得提醒你,你仍是俘虏。我会保证你不受不速之客骚扰。看守哈丁塔的并非后党,而是我的人。旺旺也会睡在门厅。"

"巨人做守卫?姐娜都不敢奢望。"

托蒙德的野人从搭在枯树下的帐篷和窝棚里注视他们经过。琼恩注意到女野人和能打仗的男野人的比例约是三比一，而孩子的数量和女人差不多。他们个个面黄肌瘦，眼窝深陷，目不转睛地盯着他。曼斯·雷德率自由民进攻长城时，驱赶着大群绵羊、山羊和猪，现在目光所及只剩长毛象。琼恩十分肯定，若非忌惮巨人的凶猛，长毛象也早被吃掉。它们的肉可不少啊。

琼恩还发现了疾病的迹象，这令他感到无法言说的焦虑。连托蒙德的人都病饿交加，跟随鼹鼠妈妈去艰难屯的几千人会是什么光景？卡特·派克很快会到达那里。若顺风顺水，他的舰队甚至已尽可能塞满自由民，向东海望返航了。

"你跟托蒙德谈得怎样？"瓦迩问。

"他要一年时间。接下来是最难的部分：我得说服我的人咽下我种的果，恐怕他们不会喜欢。"

"我来帮你。"

"你已经帮了。你给我带来了托蒙德。"

"我能做更多。"

何乐不为呢？琼恩心想，他们认定她是公主。瓦迩很有派头，骑起马来好像是在马背上出生。她是一位战士公主，他评判，而非那种坐在高塔里、只会梳梳头发、等待骑士拯救的孱弱生物。"我必须向王后报告这份协议。"他道，"若你肯屈膝，便可跟我同去。"他不能在开口之前就冒犯王后陛下。

"下跪时能哈哈大笑么？"

"最好不要，这绝非儿戏。你我人民之间仇恨已深，血流成河。史坦尼斯·拜拉席恩是少数愿意承认野人属于王国的人，我需要他的王后支持我的作为。"

瓦迩脸上戏谑的笑容消失了，"我保证，雪诺大人，在你的王后面前，我会表现得体、有个公主的样子。"

她不是我的王后，他本想回答。说实话，我真希望她早点离开——若诸神慈悲，她最好把梅丽珊卓一并带走。

剩下的路程他们一言未发，白灵小跑着跟在后面。莫尔蒙的乌鸦一直随他们飞到城门，在他们下马时飞上去了。马儿举火把走在前，照亮冰窟隧道里的路。

琼恩一行出现在长城之南时，一小群黑衣兄弟已等在大门旁，其中包括御林的乌尔马。这位老箭手代表其他人上前发言："无意冒犯，大人，但孩子们都很好奇。结果是和平，大人？还是铁和血？"

"和平。"琼恩·雪诺回答，"三天后，巨人克星托蒙德会带着他的人，以朋友而非敌人的身份穿过长城。其中有些甚至会加入我们，成为我们的弟兄。我们当与他们和平共处。现在回岗位上去。"琼恩把缰绳交给纱丁。"我要去见赛丽丝王后。"若不立刻觐见，王后必定视之为轻慢。"之后要写几封信，把羊皮纸、鹅毛笔和一瓶学士的墨汁送到我房间。办完后召集马尔锡、亚威克、赛勒达修士和克莱达斯。"赛勒达铁定半醉半醒，克莱达斯算不上学士，但他只能用他们。在山姆回来之前。"以及北方人，菲林特和诺瑞。皮革，你也来。"

"哈布在烤洋葱派。"纱丁说，"是叫他们和您共进晚餐么？"

琼恩考虑了一下。"不，让他们在日落时去长城顶上见我。"他转向瓦迩。"女士，乐意的话，请随我来。"

"乌鸦下令，俘虏遵从。"她玩笑般地说，"要哪个男人见你的王后时瘫倒在地，她铁定暴跳如雷吧？对了，我是不是该弄身锁甲换掉羊毛毛皮？这些衣服是如娜送的，我可不想溅一身血。"

"如果言语能见血，你倒是有理由担心。我觉得你现在这样就很安全，女士。"

他们沿成堆的脏雪间铲出的小路走向国王塔。"听说你的王后有一大把黑胡子。"

琼恩知道自己不该笑，但没忍住。"只是胡楂。很柔软的那种，甚至能数得清。"

"真让人失望。"

赛丽丝·拜拉席恩热衷于发号施令，却似乎并不急于离开舒适的黑城堡前往阴森的长夜堡。她当然安排了守卫——四人守在门口，两名站在门外阶梯上，两人站在门内火盆旁。守卫队长是国王山的派崔克爵士，他身穿蓝白银的全套骑士服装，披风上绘满五角星。看到瓦迩，骑士单膝跪下，吻了她的手套。"您比传闻中更美，公主殿下，"他表示，"王后无数次称颂您的美貌。"

"真稀奇，她跟我一面也没见过。"瓦迩拍拍派崔克爵士的头，"请起，下跪爵士。请起，请起。"她像在逗狗。

琼恩尽全力忍住笑。他板着脸对骑士说要拜见王后，派崔克爵士便派一名士兵跑上楼，询问王后陛下是否愿意接见。"不过狼必须留下。"派崔克坚持。

琼恩毫不意外。冰原狼几乎和温旺·威格·温旺·铎迩·温旺一样让赛丽丝王后紧张。"白灵，坐下。"

进门时，王后正在炉火边缝纫，她的弄臣跟着旁人听不见的音律跳舞，鹿角上的牛铃铛叮当作响。"乌鸦啊，乌鸦啊，"补丁脸看到琼恩后唱道，"海底下，乌鸦白如雪哟，我知道，我知道，噢噢噢。"希琳公主蜷在窗边座位，拉起斗篷兜帽，遮住灰鳞病在脸上留下的可怕疤痕。

琼恩十分庆幸梅丽珊卓不在。他知道自己迟早要面对红袍女祭司，但最好是王后不在场时。"陛下。"他单膝跪地，瓦迩也效仿。

赛丽丝王后将织品放到一旁。"请起。"

"陛下，请允许我向您介绍瓦迩女士，她姐姐娜是——"

"——那个夜夜啼哭、让人不得安枕的婴儿的母亲。我知道她，雪诺大人。"王后一喷鼻息，"你该庆幸的是她赶在我王夫回来之前返回了，否则你要倒霉，倒大霉。"

"你就是野人公主吗？"希琳问瓦迩。

"是有人这样称呼我。"瓦迩道，"我姐姐是塞外之王曼斯·雷德的妻子，死于生产。"

"我也是公主，"希琳告诉她，"但我没有姐妹，只有个出海的堂兄。他是个私生子，可我喜欢他。"

"说真的，希琳，"她母亲招呼她，"总司令大人决不是来打听劳勃的野娃的。补丁脸，好好表现，陪公主回房。"

弄臣晃着帽子上的铃铛。"走啰，走啰，"他唱道，"跟我去海底下啰，走啰，走啰，走啰。"他拽住小公主的一只手，蹦跳着拉她离开房间。

琼恩道："陛下，自由民首领答应了我的条件。"

赛丽丝王后难以察觉地点点头，"为这帮野蛮人提供避难所是我王夫的心愿。只要他们维护王国的和平，遵守王国的律法，王国就欢迎他们。"她撇起嘴唇，"听说他们带来很多巨人。"

瓦迩答道，"差不多有两百个，陛下，外加八十多头长毛象。"

王后打个冷战，"真可怕。"琼恩不知她指长毛象还是巨人，"好歹这些野兽能助我王夫冲锋陷阵。"

"或许吧，陛下。"琼恩说，"但长毛象太大，过不了大门。"

"大门不能拓宽吗？"

"我觉得，这样……这样不妥。"

赛丽丝嗤笑一声，"你说怎样就怎样吧，当然你更了解这些了。那你打算把野人安置在哪儿呢？鼹鼠村肯定不够大……他们共有多少？"

"共有四千，陛下。他们会协防我们废弃的堡垒，以便更好地守卫长城。"

"据我所知那些堡垒都是废墟，一片荒芜，阴森冷清，比碎石堆好不了多少。在东海望，有人说那些地方是老鼠和蜘蛛的乐园。"

蜘蛛早冻死了，琼恩心想，老鼠则是入冬后的美味。"说得没错，陛下……但废墟至少能遮风挡雪，而长城是面对异鬼的屏障。"

"看来你深思熟虑过了，雪诺大人。我相信，史坦尼斯国王凯旋而归后会满意的。"

如果他回得来的话。"当然，"王后续道，"野人必须先承认史坦尼斯为王，并拜拉赫洛为真主。"

终于来了。狭路相逢，无可回避。"陛下，恕我直言，协议里没这条。"

王后脸一沉。"太失策了。"她声音里才有的一点温和瞬间消失不见。

"自由民从不下跪。"瓦迩告诉她。

"他们必须下跪。"王后毫不退让。

"若您执意如此，陛下，我们一有机会便会起义，"瓦迩信誓旦旦，"不自由毋宁死。"

王后抿紧嘴唇，下颌微颤。"你太无礼了。不过你是个野人，我们得给你找个丈夫好好管教管教。"王后转头盯着琼恩，"我不同意这份协议，总司令，我王夫也不会同意。当然，你我都清楚我无法阻止你打开大门，但我保证国王归来后会问罪于你。现在收回成命还来得及。"

"陛下。"琼恩再次下跪,瓦迩则一动未动,"很抱歉,我的行为让您失望了,但我只是尽力做出最佳选择。我可以退下么?"

"走吧。马上走。"

刚到塔外,远离后党人士,瓦迩就怒冲冲地抱怨:"你骗我,她下巴的胡子比我两腿间的毛还多。还有她女儿……那张脸……"

"灰鳞病。"

"我们管那叫灰死病。"

"孩子染上不一定致命。"

"在塞外是致命的。对付这个我们一般用毒芹,当然枕头刀子见效更快。要我生出这么个可怜孩子,早给她慈悲了。"

琼恩没见过瓦迩的这一面。"希琳公主是王后唯一的孩子。"

"我同情她俩,但这孩子不干净。"

"若史坦尼斯赢得战争,希琳就是铁王座的继承人。"

"我同情七大王国。"

"学士说灰鳞病不会——"

"学士相信自己想相信的,森林女巫才知道真相!灰死病会潜伏起来,伺机再发。那孩子不干净!"

"她是个甜美的女孩。你怎么知道——"

"我知道。你什么都不懂,琼恩·雪诺。"瓦迩拽住他胳膊,"怪物和他奶妈得离开这里,你不能让他和那个死女孩待在一座塔。"

琼恩甩开她的手,"她没死。"

"她死了。她母亲看不到,你也看不到,但死亡盘旋在她身上。"她从他身边退开,又转身停下,"我为你带来了巨人克星托蒙德,你得把怪物给我。"

"如果能做到的话。"

"给我,你欠我人情,琼恩·雪诺。"

琼恩看着她大步离开。她错了,肯定错了。灰鳞病不像她说的那么致命,不会杀死孩子。

日已西斜,白灵又跑了。我想要一杯香料热酒。两杯更好。但这只能押后。他还要面对敌人,最棘手的敌人——兄弟们。

皮革在吊笼旁等他,两人一同进去。笼子升高,风力渐强。五十尺时,沉重的铁笼开始随风摇摆,不时刮在长城上,震落细碎的冰晶,如雨点在阳光中闪耀飞舞。很快他们高过了城堡最高的塔楼。四百尺时,狂风长出了利齿,有力地撕咬着他们的黑斗篷,令其呼呼地拍打铁栏。到了七百尺,狂风几近将他咬穿。长城是我的,绞盘手拉近铁笼时,琼恩提醒自己,至少这两天还是。

琼恩跳到冰面上,谢过绞盘手,又朝持矛站岗的两名哨兵点头致意。他们都把羊毛兜帽拉得严严实实,只露出眼睛,但琼恩还是认出是泰和欧文——泰有一头及背的油腻乱发,欧文腰上的剑鞘会塞满香肠。他本应从站姿就认出他们。好的统帅必须了解部下,在临冬城,父亲有一回教导他和罗柏。

琼恩走到长城边缘,俯视曼斯•雷德的大军覆灭的战场。不知曼斯身在何方。他找到你了么,小妹?还是说这是他金蝉脱壳的借口?

他与艾莉亚一别经年,她现在长成什么样了?他还认得出来吗?捣蛋鬼艾莉亚,脸上脏兮兮。他要密肯给她打的小剑,她还留着吗?用剑的尖端去刺敌人,他教导她。关于拉姆斯•雪诺的传言哪怕有一半是真,艾莉亚就该在新婚之夜这么做。请带她回家,曼斯。我从梅丽珊卓的魔掌下救走了你儿子,我还要拯救四千个自由民,而你只需用一个小女孩作报答。

北方的鬼影森林中,下午的阴影在蔓延。西方天空一片血红,东方明星乍现。琼恩•雪诺握剑的手开开合合,忆起所失种种。山姆,你这可爱的傻胖子。你把我推成总司令,真是个残忍的玩笑。

总司令没有朋友。

"雪诺大人?"皮革道,"笼子又上来了。"

"我听到了。"琼恩从边缘退回。

最先上来的是菲林特和诺瑞氏族的首领,裹着皮毛,带着武器。诺瑞大人像只老狐狸——皱巴巴的,看似弱不禁风,但目光矍铄,动作轻快。托根亨·菲林特比诺瑞大人矮半头,却有其两倍重——他矮胖粗鲁,指节泛红、血管纠结的手掌大如火腿。他重重地倚着一根黑刺李手杖,蹒跚地走过冰面。接着上来的是裹熊皮的波文·马尔锡。然后是奥赛尔·亚威尔。最后是半醉半醒的赛勒达修士。

"一起走走,"琼恩吩咐众人。于是他们沿长城西行,踩在铺满碎石的路上,迎着夕阳而去。离开温暖的小屋五十码后,琼恩开口:"你们知道我为何召集你们。三天后的黎明,我们将打开城门迎接托蒙德和他的部众,为此要做很多准备工作。"

众人以沉默回应他的宣言。最先开口的是奥赛尔·亚威克:"总司令大人,这意味着好几千——"

"——骨瘦如柴的野人,饥肠辘辘,疲惫不堪,背井离乡。"琼恩指向他们的营火,"他们就在那儿。托蒙德说有四千人。"

"从营火判断,只有三千。"波文·马尔锡就是为数数而生的,"据报,随森林女巫去艰难屯的人数是这两倍。此外,丹尼斯爵士来信称影子塔外的山上有一大片营地……"

琼恩没否认。"托蒙德说哭泣者打算再攻打头骨桥。"

老石榴摸摸伤疤。那伤疤是哭泣者上次攻打头骨桥、强闯大峡谷时留下的。"总司令大人显然不会让这……这恶魔也过来吧?"

"我不想,"琼恩没忘记哭泣者留给自己的那些双眼浴血的人头。黑杰克布尔威、毛人哈尔、灰羽加尔斯。我无法为他们报仇,但我不会忘记他们。"但很遗憾,大人,他会过来。我们没法在自由民里挑拣，规定这个能过来那个不能过来。和平，意味着对所有人的和平。"

诺瑞大人清清嗓子，啐了一口。"你怎不跟贪狼和食腐乌鸦和平共处咧？"

"我的地牢里很和平，"老菲林特嘟囔，"把哭泣者交给我。"

"他杀了多少游骑兵？"奥赛尔·亚威克质问，"奸淫掳掠了多少妇女？"

"我家就有三个，"老菲林特说，"带不走的女孩他就弄瞎。"

"披上黑衣，罪行勾销。"琼恩强调，"想要自由民与我们并肩作战，我们必须像宽恕自己那样，宽恕他们的罪行。"

"哭泣者不会发誓，"亚威克坚持，"也不会披上黑衣。连其他掠袭者也不信任他。"

"用人无须信任。"否则我能用你们中的谁？"我们需要哭泣者这样的家伙。谁比野人更了解塞外？谁比跟敌人战斗过的人更了解敌人？"

"哭泣者只了解烧杀抢掠。"亚威克说。

"野人一旦过了长城，数量便是我们的三倍。"波文·马尔锡开口，"这还只算托蒙德一部。加上哭泣者的人和艰难屯那些，他们一晚上就能灭掉守夜人。"

"仅靠数量赢不了战争。你们没见过他们，半数人奄奄一息。"

"我宁愿他们入土为安，"亚威克说，"如果大人乐意的话。"

"我当然不乐意。"琼恩的声音和撕扯斗篷的风一样冰冷，"营地里还有孩子，成百上千的孩子。还有女人。"

"矛妇。"

"有些是。此外还有母亲和祖母,寡妇与少女……诸位,你们真的想判她们死刑吗?"

"弟兄们别吵了。"赛勒达修士说,"我们跪下,祈祷老妪为我们照亮智慧之路吧。"

"雪诺大人,"诺瑞大人说,"你打算把野人安置在哪儿?该不是我的地界吧。"

"是啊。"老菲林特声明,"你把他们安置在赠地,那是你自己犯傻,但如果他们乱跑,我会毫不犹豫取其首级。凛冬将至,我可喂不饱多余的嘴。"

"野人会留在长城,"琼恩向他们保证,"我将选一座废弃堡垒来安置大部分野人。"守夜人已在冰痕城、长车楼、黑貂厅、灰卫堡和深湖居重新驻军。尽管这些堡垒人手严重短缺,但此外还有整整十座是无人看守的废墟。"那些拖妻带子的男人、孤女、十岁以下的孤儿、老妪、寡妇以及不想战斗的女人,都送去那里。矛妇派到长车楼加入她们姐妹的行列,单身男子送去我们重开的堡垒。愿意披上黑衣的留在此处,或派往东海望和影子塔。托蒙德将驻守橡木盾,我们可以就近监视。"

波文·马尔锡叹道:"就算他们不用剑杀我们,也会用嘴害死我们。请问总司令大人,如何供养托蒙德和他手下的几千人呢?"

琼恩早料到他会问。"通过东海望,我们用船购入食物,要多少买多少。从河间地、风暴地和艾林谷买,从多恩领、河湾地和狭海对岸的自由贸易城邦买。"

"天下没有免费的午餐……请问我们拿什么买?"

拿金子,布拉佛斯铁金库的金子,琼恩本该回答,但他说的却是:"我同意自由民留下毛皮兽皮,用于冬天御寒,剩下的财产都必须上缴。无论金银珠宝,玉石雕刻,任何值钱家当。我们用船把这些东西运过狭海,卖到自由贸易城邦。"

"野人的家当。"诺瑞大人说,"够买一袋大麦了。哦,不,也许两袋吧。"

"司令大人,为何不让野人也交出武器?"克莱达斯问。

"皮革"哈哈大笑,"因为自由民要跟你们并肩御敌啊。没武器怎么打?朝古灵精怪扔雪球,还是拿木棍戳咧?"

大多数野人的武器不比木棍强,琼恩暗想。木棒,石斧,槌子,尖头淬过火的矛,骨头、石头和龙晶做的匕首,柳条盾牌,骨甲,煮沸皮革。瑟恩人会冶炼青铜,"哭泣者"这样的掠袭者则会从尸体上扒钢剑、铁剑……但即便这些也很老旧了,长年累月的使用令其坑坑洼洼,锈迹斑斑。

"巨人克星托蒙德绝不会缴械。"琼恩说,"他虽非哭泣者,但也不是懦夫。若我提出这等要求,免不了刀兵相见。"

诺瑞大人捻捻胡须。"雪诺大人,你说要将这些人安置在废弃的城堡,但你怎么留住他们?怎么阻止他们南下前往富饶温暖的地方?"

"那是我们的地界。"老菲林特补充。

"托蒙德发过誓。他会与我们并肩作战,直到春天。哭泣者和其他首领也要发同样的誓,否则我不会让他们过来。"

老菲林特摇摇头,"他们会背叛我们。"

"哭泣者的话一文不值。"奥赛尔·亚威克道。

"都是些不信神的野蛮人,"赛勒达修士认为,"就算在南方,人们也深知他们背信弃义。"

皮革双手抱胸,"记得下面那场仗么?我当时在另一边,知道吗?现在我穿了你们的黑衣,训练你们的菜鸟去杀人。有人会叫我变色龙,也许我确实是……但我不比你们这帮乌鸦更野蛮。我们有信仰,我们信仰的诸神和临冬城信仰的一样。"

"那是长城建立之前就存在的北境诸神，"琼恩说，"托蒙德以他们之名起誓。他会信守诺言，我了解他，正如我了解曼斯·雷德。你们应该记得，我曾和他们一起行军。"

"我没有忘。"总务长道。

是啊，琼恩心想，我不觉得你会忘。

"曼斯·雷德也发过誓。"马尔锡续道，"他发誓不娶妻，不生子，不戴宝冠，不争荣宠。结果他当了变色龙，把戒律全破坏，还集结起一支可怕的军队进攻王国，长城外这些人就是他大军的残余。"

"他的剑早已断折。"

"断剑可以重铸。断剑亦能杀戮。"

"自由民目无法纪，藐视君王，"琼恩说，"但他们也爱自己的孩子。这点你承认吗？"

"我们不担心孩子，我们担心的是孩子们的爹。"

"我也是，所以才坚持要他们交出人质。"我不是你们以为的那种轻信的傻瓜……也不是半个野人，无论你们信不信。"我要他们交出一百个八到十六岁的男孩。每个首领和头目各提供一个儿子，其余的抽签决定。这些男孩将充当侍从和侍酒，解放我们的人手。他们中某些人有朝一日会披上黑衣，这不是没可能的。剩下的继续做人质，以确保父辈的忠诚。"

北方人面面相觑。"人质，"诺瑞大人沉吟道，"托蒙德答应了？"

不答应就只能坐视自己人死去。"他管这叫'血钱'，"琼恩·雪诺说，"但他答应了。"

"啊，这名字倒合适！"老菲林特的拐杖重重地敲在冰上，"临冬城也问我们要男孩，我们一直管那叫养子，但说穿了就是人质，双手奉上的抵押品。"

"若是作父亲的忤逆了北境之王,"诺瑞大人说,"他们回家时就会少个头。孩子,你告诉我……如果你这些野人朋友背誓,你下得了手么?"

去问问杰诺斯·史林特。"巨人克星托蒙德不会挑战我的底线。诺瑞大人,在你眼中我或许只是个涉世不深的孩子,但我可是艾德·史塔克之子。"

总务长似乎还不满意。"你说这些男孩会当侍从。大人您不是想让他们接受武器训练吧?"

琼恩被激怒了。"不,先生,我想让他们去缝补内衣!他们当然会接受武器训练。他们要搅黄油、劈柴火、擦桌子、倒夜壶,送信……并在工作间隙学习使用矛、剑和长弓。"

马尔锡一下子涨得满脸通红。"司令大人恕我无礼,但这事没法回避。您的言行已近乎叛国。八千年来,守夜人的汉子坚守长城,抵御野人。现在您竟放他们进来,让他们住进我们的城堡,为他们提供衣食,教他们如何战斗。雪诺大人,需要我提醒您吗?您发过誓!"

"我知道我的誓言。"琼恩复述,"我是黑暗中的利剑,长城上的守卫。我是抵御寒冷的烈焰,破晓时分的光线,唤醒眠者的号角,守护王国的坚盾。我的誓言是否和你的一样?"

"如大人所说,一模一样。"

"你确定我没记错分毫?你确定我没忘记如何讨好国王和他的律法,如何像守财奴一样攥紧每一寸土地和每一座废弃的堡垒?这部分誓言里有吗?"琼恩等待回答。无人开口。"我是守护王国的坚盾。请问诸位——野人不是人吗?非得等他们变成不是人的东西来跟王国作对吗?"

波文·马尔锡张开嘴,却一个字也说不出。他连脖子都涨得通红。

琼恩•雪诺转过身。残阳最后一缕余晖也开始暗淡，长城的裂隙由红变灰，由灰转黑，由奔涌的烈火变为玄冰的暗流。在长城之下，梅丽珊卓女士会燃起夜火，吟唱颂歌：光之王，守护吾等，因为长夜漫漫，处处险恶。

"凛冬将至，"琼恩最后打破尴尬的沉默，"白鬼随之而来。长城是阻挡它们的防线，长城正是为此而建……但长城需要人来守卫。今天的讨论到此为止。在大门打开前，我们有好多准备工作。托蒙德部众的衣食住行皆需准备。他的人有些得了病，需要医治。克莱达斯，病人就交给你，尽力多救几个。"

克莱达斯眨眨暗粉色眼睛。"尽我所能，琼恩。我是说，司令大人。"

"备好所有的马车推车，以运送自由民去他们的新住处。奥赛尔，你来负责。"

亚威克愁眉苦脸，"是，司令大人。"

"波文大人，你负责收取'过路费'。金银琥珀、项圈、臂箍、项链，全都要分类清点，确保安全送到东海望。"

"遵命，雪诺大人。"波文•马尔锡说。

冰雪，这是她的预言，还有黑暗中的匕首，鲜红的血冻硬了，兵刃寒光闪烁。想到这里，他握剑的手开开合合。

长城内外，冷风吹起。

瑟曦

一夜比一夜冷。

房里没壁炉,没火盆。唯一的窗户既高又窄,她看不出也挤不过——寒气却能丝丝渗入。瑟曦撕碎了他们给的第一条袍子,要求换回自己的衣服,却落得赤身裸体、瑟瑟发抖的下场。等他们拿来第二件,她迫不及待地套上,还接二连三道谢。

声音也从窗户飘进,这是太后了解外界的唯一途径。给她送饭的修女什么都不说。

她厌恶这种状态。詹姆应该赶来救她了,但她无从得知他抵达与否。瑟曦只希望他别蠢到扔下大军独自返回。对付大圣堂周围衣衫褴褛的穷人集会,每一把剑都不可或缺。

她问起孪生弟弟,看守她的人一字不答。她还问起洛拉斯爵士,百花骑士此前在攻占龙石岛城堡时受伤,奄奄一息。让他去死吧,瑟曦心想,让他快点死。这小子的死意味着御林铁卫会有空缺,那是她得救的机会。但修女们对洛拉斯·提利尔如同对詹姆一样守口如瓶。

科本大人是她最近唯一的访客。除此之外她的世界只剩四个活物:她自己以及三名虔诚而不知变通的狱卒。乌尼亚修女骨架大得像男人,双手生满老茧,面容平凡阴沉;莫勒修女有头僵硬的白发,充满恶意的小眼睛总在疑神疑鬼,皱巴巴的脸尖得像斧子;斯科娅修女腰粗身短,胸脯极其丰满,浑身橄榄色皮肤下散发出快要坏掉的牛奶的酸味。她们给她送来食物和水,清理她的夜壶,每隔几天把她的袍子拿去洗,在袍子送回之前,她都只能光着身子缩在

薄毯下。有时斯科娅会给她念《七星圣经》或《祈祷之书》，但除此之外谁都不和她说话，不回答她的任何问题。

她憎恨蔑视这三个人，亦如她憎恨蔑视背叛她的人。

不忠的朋友，虚伪的仆从，诡称爱她至死不渝的男人，甚至包括她的血亲……全在她需要时弃她而去。懦夫奥斯尼•凯特布莱克被皮鞭吓破了胆，把应该带进坟墓的秘密全告诉了"大麻雀"，而他哥哥们——瑟曦亲手提拔的街头混混——袖手旁观。她的海军上将奥雷恩•维水乘着她为他造的大帆船逃之夭夭。奥顿•玛瑞魏斯逃回长桌厅，一并带走了妻子坦妮娅——她可是太后在逆境中唯一忠诚的友伴。哈瑞斯•史威佛和派席尔国师对她不闻不问，还把王国拱手让给那些密谋陷害她的人。发誓守护王族的御林铁卫马林•特兰和柏洛斯•布劳恩不见踪影。口口声声说爱她的堂弟蓝赛尔，竟成了她的指控者之一。而她叔叔早在她想任命他为国王之手时就拒绝辅佐她。

还有詹姆……

不，她不信，不信。詹姆一旦知道她遇难，会立刻回来。"立刻回来吧。"她在给他的信中写道，"帮助我，拯救我，我比任何时候都更需要你。我爱你，我爱你，我爱你。立刻回来吧。"科本发誓会把这封信送到河间地弟弟的军中。可科本始终没回来。她觉得他可能死了，脑袋用枪插着、挂在城堡大门上；也可能被关在红堡下的黑牢里受苦，根本没送出信。太后上百次追问，但俘虏她的人什么都不肯透露。她唯一确定的，就是詹姆没把她救出去。

暂时没有，她安慰自己，但是快了。"大麻雀"跟那群婊子在他面前会屁滚尿流。

她憎恨无助的感觉。

她发出威胁，却只换来木然的脸和置若罔闻；她下达命令，但全是白费口舌；她呼吁圣母慈悲，试图唤起母性的同情，但这三名干瘪的修女肯定在宣誓时就把母性抛弃了；她施展魅力，温言细语，对所有侮辱都逆来顺受，但她们不为所动；她还承诺利诱，提出宽恕、荣誉、黄金和朝中地位等等，然而承诺就和威胁一样石沉大海。

她也祈祷。哦，她用力祈祷。既然他们要她做个虔诚的信徒，她就做足戏码。她像街上的妓女一样双膝跪地，不顾凯岩城女儿的骄傲。她祈祷获得解救，祈祷赢取自由，祈祷詹姆归来。她大声要求诸神证明她的清白，又轻声祝愿所有指控者立刻死于非命。她不断祈祷，直到双膝破皮流血，直到舌头僵直发胀，难以呼吸。在这间牢房，瑟曦想起了孩提时代学过的所有祷词，必要时还创造新祷词。她向圣母和少女祈祷，向天父和战士祈祷，向老妪和铁匠祈祷，甚至向陌客祈祷。任何神都可以。七神就像他们世间的信徒一样，对她充耳不闻。瑟曦说完了能说的话，献出自己的所有——除了眼泪。他们永远不会得到我的眼泪，她对自己说。

她憎恶虚弱的感觉。

若诸神能赐予她詹姆，或那神气活现的呆瓜劳勃的力量，她可以自己闯出去。噢，只需一把长剑和相应的技巧。她有一颗战士的心，但无知又恶毒的诸神却塞给她一具孱弱的女性身体。瑟曦试过抗争，却被修女们轻易制伏。她们人数太多，并且比看上去要强壮。这些丑陋的老女人，因为长年累月祈祷、擦洗以及拿棍子教训侍僧而变得和树根一样强壮。

她们从不让她休息。无论日夜，太后稍稍阖眼，就会有一名修女弄醒她，让她坦白罪行。她被控淫荡、通奸、叛国，甚至谋杀——奥斯尼·凯特布莱克供出在她授意下捂死了前任总主教。"我是来听你坦白通奸和谋杀罪行的，"乌尼亚修女摇醒瑟曦时吼道。莫勒修女则告诉她有罪所以无法入睡。"纯洁之人才能无忧无虑地安眠。忏悔罪行吧，你会像婴儿一样睡去。"

醒来，睡去，再醒来。每个夜晚都被老乞婆粗糙的手掌搅得

支离破碎,每个夜晚都比前一夜更为寒冷残酷。猫头鹰时,狼时,夜莺时,月升月落,暮去晨临,时间像醉汉一样跌跌撞撞走过。什么时辰?哪一天?她在哪儿?是梦?是醒?得到的些许睡眠犹如剃刀,将仅存的理智寸寸割裂。日复一日,她觉得越来越迟钝,筋疲力尽,浑身发烫,全然不知在这贝勒大圣堂七座高塔之一的塔顶房间关了多久。我会在这里终老死去,她绝望地想。

瑟曦不允许这种事发生。她儿子需要她,王国需要她,无论冒多大风险,她也必须重获自由。即使她的世界六尺见方,只有一把夜壶、一张粗糙不平的搁板床、一条扎人的棕羊毛薄毯——那毯子和她的希望一样薄——她仍是泰温公爵的继承人,凯岩城的女儿。

失眠令瑟曦疲惫不堪,而每晚侵入塔顶房间的寒气让她瑟瑟发抖。她受到高烧和饥饿的轮番骚扰,最终明白自己必须忏悔。

那晚,当乌尼亚修女来摇醒她时,太后已跪在房里等了。"我有罪,"瑟曦说,声音含混不清,嘴唇皲裂带血。"我犯下许多重罪。我现在知道了。我怎会糊涂那么久?老妪高举金灯来到我面前,让沐浴圣光的我看清了路。我想清洁自己,从而获得赦免。求求您,好修女,求求您,带我去见总主教,让我忏悔诸多罪行。"

"我会转告他,陛下。"乌尼亚修女道,"总主教大人会很欣慰。通过忏悔和真心改过,才能救赎我们不朽的灵魂。"

那一夜余下的时间,她们没再来打扰,她享受了久违的香甜安眠。猫头鹰时、狼时和夜莺时转瞬即逝,不留痕迹。她还做了一个完整的美梦,梦中詹姆成了她丈夫,他们的孩子也安然无恙。

次日清晨,太后几乎找回了自我。狱卒们来见她时,她把昨天的虔诚废话重复了一遍,倾诉自己多么坚定地要忏悔罪行,多么希望得到完全宽恕。

"很高兴听您这么说。"莫勒修女道。

"这将让您的灵魂如释重负。"斯科娅修女说,"忏悔后您就轻松了，陛下。"

陛下。简简单单两个字让她欣喜若狂。在她长长的监禁期，她的狱卒从未留意过基本的礼节。

"总主教大人等着您。"乌尼亚修女宣布。

瑟曦谦卑恭顺地低下头，"能允许我先沐浴么？我现在的样子恐怕不宜参见。"

"总主教大人允许的话，您稍后可以梳洗。"乌尼亚修女说，"但您现在应当关心的是不朽灵魂的清洁，而非肉体的虚荣。"

三名修女带她走下塔楼阶梯，乌尼亚修女在前，莫勒修女和斯科娅修女在后，似乎生怕她逃跑。"很久没人造访我，"下楼时，瑟曦轻声低语，"国王还好么？这只是母亲担心孩子。"

"陛下很健康，"斯科娅修女说，"且日夜有人细心保护。王后也一直伴其左右。"

我才是真正的王后！她吞下这句咆哮，微笑道："这就好。托曼多爱她啊，我绝不相信对她那些可怕指控。"玛格丽•提利尔摆脱了淫荡、通奸和叛国指控？"已经审判过了？"

"快了，"斯科娅修女说，"但她哥哥——"

"安静。"乌尼亚修女转头怒视斯科娅修女。"你太多嘴多舌了，愚蠢的老女人，这些事我们不该谈论。"

斯科娅低头，"请原谅我。"

于是她们默默走完余下的路。

"大麻雀"在会客室中接见她。这是个简朴的七边形房间，每面石墙都刻有一张粗糙的七神脸孔，其表情和总主教一样阴沉严峻。瑟曦进门时，他正坐在粗糙的木桌后书写。瑟曦上次见到总主教乃是他逮捕囚禁她那日，前后对比，他毫无变化，仍是骨瘦如柴头发灰白，像没吃饱似的一脸苦相。他脸庞瘦削，棱角分明，眼神充满怀疑。他没穿前任的华丽长袍，套了件未经染色的羊毛制成的松垮外衣,一直垂到脚踝。"陛下,"他问候,"听说您想忏悔。"

瑟曦双膝跪下。"是的,总主教大人。老妪来到我梦中,高举金灯——"

"毫无疑问。乌尼亚,你留下记录陛下的供词。斯科娅、莫勒,你们出去吧。"他双手指尖相对,同样的姿势瑟曦看父亲做过上千次。

乌尼亚修女在她身后坐下,展开一张羊皮纸,用学士墨汁蘸了鹅毛笔。瑟曦突然感到惊恐。"我忏悔之后,是否可以——"

"对陛下的处置将视陛下的罪行而定。"

此人是不可动摇的,她再次意识到。她定了定神。"那么愿圣母慈悲。我忏悔,我在婚外出轨。"

"跟谁?"总主教紧盯着她。

瑟曦听到身后乌尼亚的书写声,鹅毛笔轻柔地沙沙响。"我堂弟蓝赛尔·兰尼斯特,以及奥斯尼·凯特布莱克。"这两人都已坦白与她上过床,否认是徒劳的。"包括后者的哥哥。两个哥哥。"她无从知晓奥斯佛利和奥斯蒙说了什么,既然要忏悔,多交代点比较保险。"我并非为罪行开脱,总主教大人,但我那时委实孤单害怕。诸神带走了我的挚爱和保护者、劳勃国王,留下我孤身一人,被居心叵测的阴谋家、虚伪的朋友和企图谋害我孩子的叛徒包围。我不知该信任谁,所以……所以我用仅有的方法将凯特布莱克兄弟留在身边。"

"用女性部位?"

"用我的肉体。"她用一只颤抖的手捂住脸。放下时,双眼已噙满热泪。"是的,愿少女宽恕我。可那都是为了我的孩子、为了王国,那没带给我丝毫快乐。凯特布莱克兄弟……他们冷酷、残忍,对我很粗暴,但我有什么选择呢?托曼需要我信得过的人来保护。"

"国王陛下由御林铁卫保护。"

"他哥哥乔佛里在自己的婚宴上被谋杀时御林铁卫毫无作为。我亲眼看着一个儿子死于非命,怎能忍受再失去另一个?我有罪,我犯下诸多淫乱,但我都是为了托曼。宽恕我吧,总主教大人,若能保护我的孩子,我可以为君临里任何一个男人分开双腿。"

"宽恕只能来自诸神。您为什么要和您堂弟——亦为您夫君的侍从——蓝赛尔爵士发生关系?您拉他上床也是为了赢得他的忠诚?"

"蓝赛尔。"瑟曦犹豫了一下。小心,她告诉自己,蓝赛尔可能全招了。"蓝赛尔爱我。他是个半大孩子,但对我和我孩子的忠心毋庸置疑。"

"可你还是引诱了他。"

"我很孤独。"她哽咽着,"我失去了丈夫、儿子和父亲。我是摄政王太后,但太后也是女人,意志薄弱,容易诱惑……总主教大人想必能体察,即便最圣洁的修女也可能犯错。蓝赛尔给我慰藉,他温柔善良,而我需要依靠。我明白,这是个错误,但我无人可……女人需要被爱,需要男人在她身边,她……她……"她失声痛哭。

总主教无动于衷。他坐在原地,用冷酷的双眼盯着她,看她哭泣,犹如圣堂中的七神石雕。许久之后,她的泪终于流干,双眼哭得充血红肿,她觉得自己快晕了。

可"大麻雀"不肯善罢甘休。"这些只是普通罪行。"他说,"寡妇不能守贞是常事,而女人内心都很放荡,一有机会便会耍弄心机和美貌去驱使男人。只要你在劳勃国王陛下在世时没出轨,就算不得叛国。"

"我从未,"她颤抖着低语,"我从未。我发誓。"

他不置可否。"针对陛下的其他指控,远比单纯的淫荡严重。您承认奥斯尼·凯特布莱克爵士是您情人,而奥斯尼声称受您指使扼

死了我的前任，他还坚称自己对玛格丽王后及其表亲们做了伪证，编造淫荡、通奸和叛国指控——同样，也是出于您的命令。"

"不，"瑟曦说，"不对，我爱玛格丽胜过亲女儿。至于其他……我承认，我抱怨过前任总主教。他是提利昂的人，懦弱又腐化，乃是神圣教会的污点，对此总主教大人应当和我一样清楚。奥斯尼可能觉得杀他能取悦我，从这个角度看，我有连带责任……但谋杀罪？不可能，我绝对是无辜的。带我去圣堂，我会在公正的天父面前郑重发誓。"

"到时候你会的。"总主教说，"您还被指控策划谋害夫君，亦则我们敬爱的已故国王劳勃一世。"

蓝赛尔说的，瑟曦心想。"劳勃死在野猪的獠牙下，难道我是易形者吗？还是狼灵？他们是不是还指控我杀害我可爱的长子乔佛里？"

"不，只针对您丈夫。您否认这条？"

"我否认。坚决否认。在诸神和世人面前，我否认。"

他点点头。"最后，也是最恶劣的，有人说您的孩子并非您与劳勃国王所生，而是通奸乱伦的孽种。"

"史坦尼斯的无耻谰言，"瑟曦立刻回答，"无耻，无耻，太无耻。史坦尼斯妄图篡夺铁王座，为除掉哥哥的孩子们编造谎言。那封肮脏的信……根本是一派胡言。我坚决否认。"

总主教双手撑桌站起来。"很好。史坦尼斯大人背离七神真理，转而崇拜红色魔鬼，七大王国不接受他的异端。"

这差不多让她安了心。瑟曦点点头。

"即便如此，"主教大人续道，"这些可怕的指控也不能置之不理，王国必须知道真相。若陛下所言非虚，一场审判无疑能还您清白。"

还要审判？"我已经忏悔——"

"——为某些罪行，是的，但其余您都否认了。审判会辨明真相。我会请求七神宽恕您所忏悔的罪行，并祈祷其他指控都是诬告。"

瑟曦缓缓起身。"谨遵总主教大人的英明见解。"她说，"但看在圣母慈悲的分上，能否稍作通融？我……我很久没见到我儿子了，请您……"

老人的眼睛像两片燧石。"您净化掉所有劣迹以前，不宜接近国王。但您已迈出回归正途的第一步，有鉴于此，我允许您接见其他人。每天一位。"

太后又哭了，这次的泪水是真的。"您太好心了。谢谢您。"

"圣母慈悲，您应当感谢她。"

莫勒和斯科娅等着送她回塔楼房间，乌尼亚随后紧跟。"我们一直在为陛下祈祷，"莫勒修女边爬楼梯边说。"是的，"斯科娅修女附和，"您必定如释重负，有如婚礼清晨的新娘那么洁净清白。"

婚礼清晨我在和詹姆做爱，太后想起。"的确，"她说，"我如获新生，好似终于割掉了脓疮，久病初愈。我快飞起来了。"她想象一肘猛击在斯科娅修女脸上，令其滚下螺旋梯有多甜美。若诸神保佑，这老荡妇会撞上乌尼亚修女，把她也带下去。

"再次看到您的微笑真好。"斯科娅说。

"总主教大人允许我见客？"

"是的，"乌尼亚修女道，"陛下想见谁，我们去送信。"

詹姆，我要见詹姆。但如果她的孪生弟弟返回了，怎可能不来见她？看来在弄清贝勒大圣堂外的局势前，最好先静候詹姆。"我叔叔，"她说，"凯冯·兰尼斯特爵士。他在城里么？"

"他在。"乌尼亚修女回答，"摄政王已住进红堡。我们立刻通知他。"

"谢谢。"瑟曦满腹思量。摄政王,是吗?动作好快。

谦卑悔悟之心远不只能净化灵魂。当晚,太后就搬到了两层楼下较大的房间,房间窗户能看到外面,床上还有暖和柔软的毯子。晚餐也不再是陈面包和燕麦粥,而包括一只烤鸡、一碗撒上碎核桃的新鲜蔬菜,以及黄油泡萝卜泥。当晚,是她被擒后第一次吃饱了睡觉,并无人打扰地一睡到天明。

叔叔和曙光一同到来。

房门打开时,瑟曦还在早餐,凯冯·兰尼斯特爵士踏步而入。"你们下去。"他吩咐她的狱卒们。于是乌尼亚修女带斯科娅和莫勒一同出去,关上门。太后站起来。

凯冯爵士比上次见面苍老了些。他身材高大,肩宽腰圆,沿厚实的下巴蓄了修剪整齐的金色胡须,但金色短发已在额上掉光。他披着厚实的深红羊毛披风,用黄金狮头别针别在一边肩膀。

"感谢你过来。"太后道。

叔叔眉头紧锁。"你最好坐下。有些事我必须告诉你——"

她不想坐。"你还生我的气,我听出来了。原谅我吧,叔叔,往你脸上泼酒是我不对,但——"

"你以为我在乎一杯酒?蓝赛尔是我儿子,瑟曦,他是你堂弟。如果我生气,也是为这个。你本该照顾他,教导他,给他找个好姑娘成家立业。可你——"

"我知道。我知道。"蓝赛尔对我的欲望远胜我对他。我敢打赌,他现在还是。"我那时孤单脆弱。求您,噢,叔叔,求求您。看到您的脸真好,如此如此甜美的脸。我做过许多坏事,我知道,但您不能恨我。"她抱住他,亲吻他脸颊。"原谅我。原谅我。"

凯冯爵士任由瑟曦抱了一小会,才抬起手臂回应。他的拥抱短暂生硬。"够了,"他的声音仍然平静冷淡,"我原谅你。现在坐下。我有些坏消息,瑟曦。"

他的话吓到了她。"托曼出事了？天啊，天啊，我那么担心儿子，却没有谁肯告诉我一星半点。拜托，托曼还安然无恙吧？"

"陛下很好。他时常问起你。"凯冯爵士双手搭在瑟曦肩上，推开一臂的距离。

"那么是詹姆？是詹姆么？"

"不。詹姆还在河间地，某处。"

"某处？"瑟曦不喜欢这答案。

"他拿下鸦树城，招安了布莱伍德，"叔叔续道，"却在回奔流城途中莫名失踪。据说跟一个女人跑了。"

"女人？"瑟曦不可思议地盯着他。"什么女人？为什么？他们去哪儿？"

"不知道，没有进一步消息。那可能是暮之星的女儿，布蕾妮小姐。"

她。太后想起塔斯之女。膀大腰圆的丑货，穿着男人的盔甲四处招摇。詹姆才不会为那种怪物抛弃我。乌鸦肯定没找到他，否则他早来了。

"我们接到了佣兵在南境各处登陆的报告。"凯冯爵士继续讲述，"塔斯，石阶列岛，风怒角……真不知史坦尼斯从哪儿弄钱雇的。我无力应付，在都城这边我没武力；梅斯·提利尔有兵，但他拒绝协助，除非先解决他女儿的问题。"

刽子手可以迅速解决玛格丽。瑟曦毫不关心史坦尼斯和他的佣兵。异鬼把他和提利尔一起抓走吧，他们互相残杀，王国欣欣向荣。"求您，叔叔，带我走。"

"怎么带走？蛮干吗？"凯冯爵士走到窗边，皱眉盯着外头，"把圣地变成屠宰场？况且我无兵可调，精兵强将都跟你弟弟去奔流城了，来不及组建新军。"他转身面对她。"我和总主教大人谈过。在你赎罪前，他不会放你。"

"我已经忏悔了。"

"我说的是赎罪。在城中，游行——"

"不。"她知道叔叔要说什么。她不想听。"绝不。下次你直接拒绝他。我是太后，不是码头边的妓女。"

"你不会受伤害。没人能碰——"

"不，"她更坚决地拒绝，"我宁愿去死。"

凯冯爵士不为所动。"你想死的话，很快就能如愿。总主教大人决定指控你弑君、弑神、乱伦和叛国。"

"弑神？"她差点笑出来，"我何时杀过神？"

"总主教是七神在世间的代言人，谋害他就是谋害神。"叔叔在她抗议前举起手，"多说无益，留到审判时发表意见吧。"他环视房间，脸上表情大有深意。

隔墙有耳。即便此时此刻，她也无法畅所欲言。她深吸一口气。"谁来审我？"

"教会。"叔叔说，"除非你要求比武审判，那样得由一名御林铁卫的骑士代你出战。无论如何，你的统治已经结束，我会在托曼成年前担任摄政王。我已任命梅斯•提利尔为国王之手，派席尔大学士和哈瑞斯•史威佛爵士继续留在御前会议，派克斯特•雷德温接任海军上将，蓝道•塔利为裁判法官。"

两个提利尔的重臣。他把政府交给了她的敌人，交给了玛格丽王后的亲戚朋友。"玛格丽也受到指控，她和她那些小表亲们。为何麻雀们放过她，不放过我？"

"因为蓝道•塔利带兵逼迫。事变后他立刻回师，在众诸侯中头一个赶到君临。提利尔家那些女孩仍会被指控，但总主教大人承认她们情节较轻。所有被指为王后情人的人都否认了控罪，甚或已撤回证词，除开你那残废歌手——而他看来疯了一半。有鉴于此，总主教把那些女孩交给塔利看管，塔利伯爵则郑重宣誓会带她们回来接受审判。"

"那些证人呢?"太后问,"谁看管他们?"

"奥斯尼·凯特布莱克和'蓝诗人'还在这儿,在圣堂下面。雷德温家的双胞胎被无罪开释。'竖琴手'哈米西死了。剩下关在红堡地牢,由你的科本看管。"

科本,瑟曦心想,还好,她还剩下一根稻草。科本大人看管他们,科本大人会创造奇迹。以及恐怖,他是恐怖大师。

"还有别的消息,更糟的消息。你不坐?"

"坐?"瑟曦摇摇头。能有什么更糟的?她被控叛国,小王后及其表亲们却像小鸟一样飞了。"说吧。什么事?"

"是弥赛菈。我们收到多恩传来的噩耗。"

"提利昂。"瑟曦立刻道。提利昂把她小女儿卖到多恩,瑟曦派巴隆·史文爵士去接她回家。多恩人都是毒蛇,马泰尔家族又最为狠毒。红毒蛇甚至代表小恶魔出战,而且差一点成功,差一点就能洗脱侏儒谋杀乔佛里的罪。"肯定是他。他一直躲在多恩,现在抓了我女儿。"

凯冯爵士第二次朝她皱眉。"弥赛菈遭到名为杰洛·戴恩的多恩骑士袭击。性命无忧,但受了伤。他砍伤她的脸,她……抱歉……她失去了一只耳朵。"

"一只耳朵。"瑟曦惊恐地瞪着他。她只是个孩子,我宝贝的小公主。她那么漂亮。"他割下她耳朵。道朗亲王和他的多恩骑士们呢?他们在哪儿?连个小女孩儿都保护不了?亚历斯·奥克赫特呢?"

"他以身殉职,据说戴恩砍倒了他。"

拂晓神剑就是戴恩家的,太后想起来,但他早死了,这个杰洛爵士是何方神圣,为何要伤她女儿?她实在想不通,除非……"提利昂在黑水河之战中失去了半个鼻子。砍伤她的脸,割她耳朵……

一定是小恶魔卑鄙的手指在幕后操纵。"

"道朗亲王半个字都没提及你弟弟,巴隆•史文信中也说弥赛菈将一切归咎于这个外号暗黑之星的杰洛•戴恩。"

她报以苦笑。"不论叫什么,反正他是我弟弟的爪牙。提利昂在多恩有很多朋友,这件事从头到尾都出于小恶魔的恶毒策划。当初是提利昂为弥赛菈和崔斯丹王子订婚,我终于明白缘由了。"

"每个阴谋你都推给提利昂。"

"他就是活在阴谋中的怪胎。他杀了乔佛里,杀了父亲,你以为他会到此为止?从前我害怕小恶魔潜伏在君临,策划伤害托曼,不料他先去了多恩,先对付弥赛菈。"瑟曦在房间里走来走去。"我必须在托曼身边保护他,御林铁卫就跟胸甲上的乳头一样没用。"她停在叔叔面前。"你说亚历斯爵士死了。"

"被暗黑之星所杀,没错。"

"死了,他死了,你确定?"

"信中是这么说的。"

"御林铁卫有了一个空缺,必须马上填补,以保护托曼。"

"塔利伯爵列出了一长串优秀骑士,给你弟弟过目,但詹姆……"

"国王可以直接授予白袍。托曼是个好孩子,告诉他名字,他会任命的。"

"你要的骑士叫什么名字?"

她没想好答案。我的战士需要一个新名字,一张新脸孔。"科本知道,这件事请相信他。你我之间素有分歧,叔叔,但为了共同的血脉、为了你对我父亲的爱、为了托曼的将来、为了他那可怜的残废的姐姐,请按我说的去做。"

"以我的名义会见科本大人,给他一件白袍,并告诉他:时机成熟了。"

女王铁卫

"你是女王的人，"瑞茨纳克·莫·瑞茨纳克说，"国王希望上朝时身边由他自己人保护。"

我是女王的人。今天，明天，永远都是，直到我死，抑或她死。巴利斯坦·赛尔弥拒绝相信丹妮莉丝·坦格利安死了。

这大概就是他被排斥的原因。西茨达拉将我们一个一个地剪除。壮汉贝沃斯在神庙里生死未卜，由蓝圣女们照料……但赛尔弥怀疑她们是想完成蜂蜜蝗虫未竟之事。圆颅大人斯卡拉茨被剥夺指挥权。无垢者撤回兵营。乔戈、达里奥·纳哈里斯、海军司令格罗莱和无垢者的队长"英雄"留在渊凯人那里当人质。阿戈、拉卡洛及女王的拉卡萨里的其他骑手被派往河对岸寻找失踪的女王。连弥桑黛都被撤换了——国王认为让小孩做传令官不合适，何况她曾是纳斯奴隶。现在轮到我。

曾几何时，巴利斯坦认为免职是荣誉的巨大污点。但那是维斯特洛，在弥林这个毒蛇坑，荣誉跟小丑身上的杂色衣一样可笑。他们互不信任，西茨达拉·佐·洛拉克或许是他女王的伴侣，但永不会成为她的国王，"若陛下要将我赶出朝堂……"

"是'我的明光'。"总管纠正，"不、不、不，你误会了。圣上要接见渊凯使团，商讨退兵事宜。他们可能会……呃……为那些被龙焰烧死的人索要赔偿。形势微妙啊，国王认为，让使团见到王座上的弥林国王由弥林战士保护着，这样比较妥当。相信你能理解，爵士先生。"

我完全理解你们的小盘算。"能否告诉我，陛下让谁贴身保护?"

瑞茨纳克·莫·瑞茨纳克露出油滑的笑容,"都是敬爱圣上的好战士。巨人格鲁尔、克拉兹、斑猫、碎骨者贝拉科沃。全是英雄。"

全是竞技场的斗技士。巴利斯坦爵士毫不意外。西茨达拉·佐·洛拉克在王座上坐得不安生,弥林上次有国王是一千年前的事了,城内很多人——包括一些血统古老的贵族——认为自己更适合为王。城外渊凯人及其盟军、佣兵仍虎视眈眈,城内的鹰身女妖之子又蠢蠢欲动。

而国王的战士日益减少。西茨达拉处置灰虫子失策令他失去了无垢者。这位陛下让他的一位表亲指挥兽面军,另一位接管无垢者,但灰虫子通知国王说他们是自由民,只听从母亲的命令。说来兽面军也是一半自由民一半圆颅党,后者真正忠心的可能仍是斯卡拉茨·莫·坎塔克。竞技场斗技士是国王在强敌环俟的当前仅有的可靠护卫。

"愿他们保护陛下不受任何伤害。"巴利斯坦爵士平板地说。在君临,他就学会了隐藏感情。

"是'圣主'。"瑞茨纳克·莫·瑞茨纳克强调,"你的其他职责不变,爵士。若谈判破裂,明光仍希望由你率军抗敌。"

他至少有这点判断力。碎骨者贝拉科沃和巨人格鲁尔或能当西茨达拉的贴身护卫,但一想到让他们领军作战,老骑士就哑然失笑,"听凭陛下差遣。"

"不是陛下。"总管指责他,"那是维斯特洛的叫法。要说圣主、明光和圣上。"

叫昏君还差不多,"如你所说。"

瑞茨纳克舔舔嘴唇,"该说的说完了。"油滑的微笑这次意味着逐客。巴利斯坦爵士转身离开,庆幸终于甩掉总管的香水味。男子汉应该有汗味，而非花香扑鼻。

弥林大金字塔底层到顶端共八百尺。总管的房间在第二层，女王和他的房间则在顶层。巴利斯坦爵士边爬阶梯边想：对我这个年纪的人来说，这段阶梯太长了。一般而言，为了女王，他每天都得在这段阶梯上往返五六次，膝盖和后腰的疼痛可以作证。迟早有一天，我会爬不动阶梯，他心想，这一天可能来得很快。在此之前，他至少得训练几名小伙子来替他为女王服务。等他们够格，我会亲自册封他们为骑士，赐予坐骑和黄金马刺。

寝宫寂静无声。西茨达拉没住在这，他更中意大金字塔中心、层层厚砖墙保护的房间。马札拉、米卡拉茨、挈萨及女王的其他小侍酒——实际是质子，不过赛尔弥和女王非常喜欢这些孩子，经常忽略他们的身份——已随国王离开，而伊丽、姬琪跟其他多斯拉克人一起被派遣出去。只有弥桑黛留下，犹如被弃的小鬼魂，游荡在金字塔最顶端的女王寝宫。

巴利斯坦爵士走到露台上。弥林的天空是新鲜尸体的颜色，晦暗苍白，压抑沉闷，一整块云层从地平线延伸到地平线。太阳隐匿在云墙之后，无人能见它沉没，亦如清晨无人见到它升起。夜晚相当闷热，汗津津、臭烘烘却没有一丝微风，令人窒息。三天来，积雨云团就这么盘桓不去，但一滴雨也未曾落下。暴雨将是纾解，清洗这座城市。

从这里他能看见四座低一些的金字塔、西面城墙及奴隶湾边渊凯人的营地。一股浓重的油烟从营地滚滚升起，宛如巨蛇。渊凯人在焚烧死者，爵士意识到，苍白母马踏过了他们的营地。尽管女王采取了诸多措施，瘟疫仍在城内城外扩散。弥林的市场已全部关闭，街道空无一人。西茨达拉国王准许竞技场继续开放，观众却很稀少。据说弥林人甚至开始回避圣恩神庙。

奴隶贩子会想法子将这个也归咎于丹妮莉丝，巴利斯坦爵士苦涩地想。他几乎能听到他们窃窃私语——伟主大人们、鹰身女妖之子、渊凯人异口同声地宣称他的女王死了。城里一半人相信这说法，只不过没人敢大声说出来。但我想很快会了。

巴利斯坦爵士只觉疲惫不堪，垂垂老矣。年华都消逝到哪去了？近来，每当他跪在一汪静池边喝水，总能看见陌生的面孔从池水深处盯着自己。鱼尾纹是何时爬上他淡蓝的眼睛周围？阳光般的头发又是何时转为雪白？在多年以前，老头，几十年前。

他在君临比武大会后受封骑士的场景恍如昨日。他仍记起伊耿国王将长剑放在他肩头，轻柔如少女的吻。他宣誓时磕磕巴巴。当晚宴会，他吃了多恩风味的火龙椒烤野猪排，辣得灼伤了嘴。整整四十七年后，这味道仍深藏在他记忆里，但他想破脑袋，也记不起十天前的晚餐是什么。煮狗肉吧，很可能，或其他污秽难吃的食物。

赛尔弥不止一次感叹命运无常，令他浪迹天涯。他是一名维斯特洛骑士，来自风暴之地与多恩边疆；他属于七大王国，而非闷热的奴隶湾。我是来带丹妮莉丝回家的。然而他辜负了她，一如辜负她的父兄。甚至劳勃，我也没能保护好他。

或许西茨达拉比他想象的精明。十年前，我会意识到丹妮莉丝的打算；十年前，我肯定能及时阻止她。然而那日她跳入竞技场，他却张皇失措，只会高喊她的名字，最后才徒劳地追赶她跑过染血沙地。我老迈迟钝了。难怪被纳哈里斯嘲笑为祖父爵士。那日换作达里奥在女王身边，会不会比我反应快？赛尔弥觉得自己知道答案——不愉快的答案。

他昨晚又梦到那日情形：贝沃斯跪倒在地，呕出胆汁和鲜血；西茨达拉催促众人屠龙；男男女女恐惧奔逃，在阶梯上争抢，互相踩踏，尖叫哭号；丹妮莉丝……

她头发着火。她手持长鞭，大喊大叫，随后爬上龙背，飞了起来。魔龙展翅,带起漫天沙尘,模糊了巴利斯坦爵士的双眼,但隔着刺眼的泪水,他还是看到野兽飞出竞技场,巨大的黑翼拍在大门口的青铜战士肩上。

余下的事他后来才得知。门外人山人海,魔龙的气味让马匹惊恐人立,铁掌乱踢。小摊、辇舆统统被掀翻,人们互相推挤踩踏。长矛如雨,箭矢如蝗,有些射中了目标。卓耿在空中剧烈翻滚,伤口不断冒烟,而女孩死死趴在龙背上。

最后,魔龙喷火。

兽面军用去白天剩下的时间和大半个晚上来搜集尸体。最后确认死者为两百一十四人,伤者三倍于此。卓耿早已离开,高高地飞过斯卡札丹河,飞向北方。丹妮莉丝·坦格利安踪影全无。有人发誓说她掉了下来,有人坚称魔龙将她带走吃掉了。他们都错了。

巴利斯坦爵士对龙的知识仅限于孩童故事,但他了解坦格利安家的人。丹妮莉丝在驾驭那条龙,就像古时伊耿驾驭贝勒里恩。

"她可能飞回家了。"他大声告诉自己。

"不,"有人在他身后轻声说,"她不会,爵士。她不会抛下我们独自回家。"

巴利斯坦爵士转身,"弥桑黛。孩子,你站这多久了?"

"没多久。打扰到您的话,小人万分抱歉。"她犹豫了一下,"斯卡拉茨·莫·坎塔克想跟您谈谈。"

"圆颅大人?你见过他?"这太鲁莽,太鲁莽了。女孩很聪明,肯定知道国王和斯卡拉茨早已势同水火。斯卡拉茨曾公开反对女王的婚姻,西茨达拉决不会忘,"他在这儿?金字塔里?"

"他想来就来,行踪不定,爵士先生。"

没错,他能办到。"谁告诉你他想见我?"

"一位兽面军,戴猫头鹰面具。"

他和你说话戴猫头鹰面具。他现在可能戴豺狼面具、老虎面具或树懒面具。巴利斯坦爵士打一开始就讨厌这些面具,现下犹有过之。正派人无须遮掩面容,可圆颅大人……

他有什么计划?西茨达拉将兽面军指挥权交给表亲马格哈兹·佐·洛拉克后,任命斯卡拉茨为河道守护,管理所有渡船、挖泥船及斯卡札丹河沿岸五十里格的灌溉水渠。他称其为古老光荣的职位,圆颅大人却婉言谢绝,宁愿退隐在低矮的坎塔克金字塔。没有女王的保护,他来这里要冒极大风险。而若巴利斯坦爵士被人发现与他密谈,无疑也会招致怀疑。

巴利斯坦爵士不喜欢这种感觉:尔虞我诈、口是心非、勾心斗角。这些东西他只想留给八爪蜘蛛和小指头之流。巴利斯坦·赛尔弥不是书呆子,但他经常浏览白典,查阅前任的作为。其中有些当上英雄,另一些是弱者、骗子或懦夫,但大多只是凡人——比同辈敏捷强壮一些,剑盾技巧好一些,却难免成为骄傲、野心、淫欲、情爱、怒火与猜忌的牺牲品,仍会贪图财富、渴望权力,或犯下其他折磨凡人的罪孽。他们中的优秀者尚能克己复礼,履行职责,持剑而终;而那些堕落者……

堕落者参与权力的游戏。"你能找到那个猫头鹰?"他问弥桑黛。

"小人可以试试,爵士。"

"告诉他,我愿意……见我们的朋友……天黑以后,在马厩。"日落后,金字塔的大门将关闭上闩,彼时的马厩十分安静。"确定是同一个猫头鹰。"让别的兽面军掺和进来显然不合适。

"小人明白。"弥桑黛转身欲行,忽又停下,"据说渊凯人在城市周边架起弩炮,若卓耿返回,就用铁箭射他下来。"

巴利斯坦爵士也听说了,"射下空中的飞龙没那么容易。在维斯特洛,曾有很多人想击落伊耿和他的姐妹们,但都没成功。"

弥桑黛点点头,很难看出她是否真的安心了,"您觉得他们会找到她么，爵士？草原那么辽阔，龙飞过天空又不会留下痕迹。"

"阿戈和拉卡洛是她血之血……况且谁比多斯拉克人更了解多斯拉克草原？"他挤挤女孩的肩膀，"只要她在那儿，他们就能找到。"只要她还活着。草原有很多卡奥，马王们麾下的卡拉萨有成千上万骑手。但女孩不需要听这些。"我知道你很爱她。我发誓会保护她平然无恙。"

这番话似乎让女孩安心不少。可言语就像风，巴利斯坦爵士心想，我不在她身边，又谈何保护？

巴利斯坦·赛尔弥这辈子见过太多国王。他出生在广受平民爱戴的伊耿五世——"不该成王的王"——统治的动荡年代，被国王亲手册封为骑士。二十三岁时，由于他曾在九铜板王之战中击杀凶暴的马里斯，伊耿之子杰赫里斯为他披上白袍。他穿着这件白袍，站在铁王座旁，亲眼目睹杰赫里斯之子伊里斯被疯狂所吞噬。他站在王座旁，倾听见证一切，却无动于衷。

不。这不公平。他履行了职责。有些夜里，巴利斯坦爵士会想如果他不那么严格要求自己会怎样。他曾在诸神与世人面前庄严宣誓，出于荣誉，他无法背誓……但侍奉伊里斯国王的最后几年，守誓变得越来越难。他见证了太多令他痛苦的往事，他不止一次怀疑自己双手究竟沾了多少鲜血。若他当年没潜入暮谷城，从达克林伯爵的地牢中救出伊里斯，或许国王就在泰温·兰尼斯特破城时一命呜呼。雷加王子顺理成章地坐上铁王座，或许足以拯救王国。暮谷城是他最光荣的时刻，现今回忆中却带着苦味。

他最难忘怀的是他辜负的人。杰赫里斯、伊里斯、劳勃，三位国王的死。雷加，他本应成为王中之王。伊莉亚公主和她的孩子们。伊耿只是个婴儿，雷妮丝喜欢玩小猫。死了，全死了，发誓保护他们的他却活着。现在又轮到丹妮莉丝，他光辉灿烂的小女王。

她没事,我绝不相信她死了。

午后时光缓解了巴利斯坦爵士的焦虑。他到金字塔第三层的训练大厅去训练那些男孩,教授长剑盾牌、骑马挺枪的技艺……以及更重要的骑士精神,明确骑士和竞技场斗技士的区别。巴利斯坦爵士百年后,丹妮莉丝需要与她年纪相仿的护卫,他决定亲自为她调教。

由巴利斯坦爵士调教的男孩年龄从八岁到二十岁不等。最开始人数超过六十,但严苛的训练让部分孩子退出了,现在只剩不到一半,好在有几个大有前途的学生。无须守护国王,我便有更多时间投入训练,他一边想,一边巡视男孩们配对练习,用钝剑或圆头长矛互相攻打。他们很勇敢,出身虽低微,却有机会成为优秀的骑士。而且他们全心全意敬爱女王。若不是她,这些男孩都会在竞技场中送命。西茨达拉国王尽可以留着斗技士,丹妮莉丝女王将拥有骑士。

"举好盾!"他高喊,"让我看看你们劈砍。一起做。下,上,下,下,上,下……"

赛尔弥在女王的露台上吃了简单的晚餐,一边看夕阳落下。透过紫色暮光,他看到巨大的阶梯金字塔一个个燃起火,随后弥林的多彩砖块黯淡成灰,隐入黑暗。阴影在下方的街道小巷中汇聚成黑沼与黑河。薄暮中的城市一派宁静,甚至很美。这是瘟疫的缘故,并非真正的和平,老骑士喝掉最后一口葡萄酒。

赛尔弥不想引人注目,因而吃完晚餐后便换下宫廷服饰,用朴实无华的棕色兜帽旅行斗篷代替女王铁卫的白袍。他留下长剑和匕首。这可能是个陷阱。他不信任西茨达拉,更不信任瑞茨纳克·莫·瑞茨纳克。芬香的总管很可能设下圈套,赚他到隐秘地点,将他和斯卡拉茨一网打尽,控告他俩密谋叛国。若圆颅大人言及谋反,我别无选择,只能将其逮捕。西茨达拉是女王的伴侣,我虽不赞成这段婚姻，但职责所在，必须为他效劳。

是吗？

御林铁卫的首要职责是捍卫国王免遭伤害和威胁。白袍骑士还宣誓服从国王的命令，保守国王的秘密，在国王需要时提供建议，不需要时保持缄默，听凭国王差遣还要维护国王的名誉。严格来讲，御林铁卫是否保护其他人——即便王族——取决于国王的意愿。有些国王认为差遣御林铁卫去侍奉保护自己的王后、子女、兄弟姐妹乃至远近各路表亲是天经地义，甚至还派铁卫去保护爱人、情妇和私生子。另一些国王则倾向于用随从骑士和武士去干这些事，将七铁卫始终留在身边，永远侍奉左右。

*若女王命我保护西茨达拉，除依令行事，我别无选择。*但丹妮莉丝·坦格利安甚至未能组建一队完整的女王铁卫，谈何用铁卫去保护伴侣。曾几何时，听队长发号施令多么单纯，赛尔弥自省，当上队长之后，却难以决定何去何从。

终于走完最后一段阶梯，赛尔弥孤身一人站在点满火把的走廊里，周围是金字塔厚厚的砖墙。如他所料，大门已关闭上闩，四名兽面军守在门外，另四名守在门内。里面这四位都是老骑士见过的——戴野猪、熊、田鼠和狮身蝎尾兽面具的大块头。

"一切正常，爵士。"熊向他报告。

"继续保持。"众所周知，巴利斯坦爵士晚上会四处巡视，确保金字塔的安全。

金字塔深处，另有四名兽面军把守铁门，门内是锁着韦赛利昂和雷哥的深坑。火把下的面具闪闪发光——猿、公羊、狼和鳄鱼。

"喂过了？"巴利斯坦爵士问。

"喂过了，爵士，"猿回答，"各喂了一只绵羊。"

真不知道能顶多久？龙的体格与日俱增，胃口也是。

该去见圆颅大人了。巴利斯坦爵士穿过象群和女王的银马，向马厩后方走去。一头驴在他经过时嘶叫起来，还有几匹马被他灯笼的光线惊动。除此之外黑暗无声。

一个影子从空马栏中游出，变成一名兽面军，穿着黑色百褶战裙、胫甲和宽阔的胸甲。"你是猫？"巴利斯坦·赛尔弥看着兜帽下的黄铜面具问。圆颅大人指挥兽面军时常戴蛇头面具，盛气凌人而又令人畏惧。

"猫哪都能去，"面具下传来斯卡拉茨·莫·坎塔克熟悉的话音，"并且没人注意。"

"如果西茨达拉知道你在这……"

"谁会告诉他？马格哈兹？马格哈兹只知道我想让他知道的事。别忘了，兽面军还是我的。"圆颅大人的声音在面具下模糊不清，但赛尔弥听得出里面的怒意。"我找到投毒者了。"

"谁？"

"西茨达拉的糕点师。名字无关紧要，他只是个傀儡。鹰身女妖之子抓了他女儿，保证只要女王一死，就把她平安送回。贝沃斯和龙救了丹妮莉丝，但没人救那女孩。他们在深夜里把她砍成九块送回给父亲，因为她九岁。"

"怎么回事？"巴利斯坦爵士疑惑不解，"鹰身女妖之子已停止杀戮。西茨达拉的和平——"

"——是场泡影。不，起初不是。那时渊凯人害怕我们的女王，害怕无垢者，害怕魔龙——这片土地曾饱尝魔龙的踩躏。亚克哈兹·佐·亚扎克熟读历史，他很清楚，西茨达拉也清楚。所以和平不是皆大欢喜吗？瞎子都能看出，丹妮莉丝想要和平，想得发疯。她本该进军阿斯塔波。"斯卡拉茨走近，"但此一时彼一时，竞技场事件成了转折点。现在丹妮莉丝失踪，亚克哈兹也呜呼哀哉，一群豺狼代替了老狮子。血胡子……他对和平没兴趣。还有最关键的，瓦兰提斯舰队已朝这里进发。"

"瓦兰提斯？"赛尔弥握剑的手一阵酥麻。我们与渊凯签署了和平协议，瓦兰提斯却不包含在内。"你确定？"

"千真万确。此事贤主大人们知道，他们的朋友——鹰身女妖之子、瑞茨纳克和西茨达拉——也知道。等瓦兰提斯人赶到，国王将为他们打开大门，所有被丹妮莉丝解放的人将重遭奴役，甚至那些原本不是奴隶的人也会被套上锁链。你大概会在竞技场度过余生，老头，克拉兹将吃掉你的心脏。"

他的头隐隐作痛。"此事必须报告丹妮莉丝。"

"上哪去找她？"斯卡拉茨抓住赛尔弥的胳膊，手指刚硬如铁，"没时间了，我已联络自由兄弟会、龙之母仆从和坚盾军，他们都不信任洛拉克。我们必须打破渊凯人的包围，但我们需要无垢者。灰虫子会听你的，你去见他。"

"见他做什么？"他言及叛乱，且拉我共谋。

"为了生存，"圆颅大人的眼睛在猫面具后如漆黑深潭，"我们得赶在瓦兰提斯人到达前先下手为强。突破重围，杀光奴隶主，策反佣兵。渊凯人会措手不及。我在他们营地安插有间谍，据说那边疫病已经发作，且日益严重，军纪形同虚设。他们的将领常喝得一塌糊涂，每天暴饮暴食，陶醉于攻陷弥林后能抢到的财富，还为谁是老大争执不休。血胡子和褴衣亲王互相鄙视。他们无心作战，至少现在没有。因为他们相信，西茨达拉的和平把我们糊弄住了。"

"丹妮莉丝签署了和平协议，"巴利斯坦爵士说，"未经她许可，我们不能破坏它。"

"要是她死了呢？"斯卡拉茨质问，"那怎么办，爵士？我敢说她希望我们保护她的城市，保护她的孩子。"

她的孩子就是那些自由人。获得解放的人称她为"弥莎"——意为"母亲"。圆颅大人这点没错，丹妮莉丝渴望保护她的孩子。

"你打算如何处置西茨达拉?他仍是她的伴侣、她的国王和她的丈夫。"

"也是毒害她的人。"

是吗?"证据何在?"

"他头上的王冠就是证据,还有他屁股下的王座。睁开眼睛吧,老头,他只想从丹妮莉丝那得到这些,只想要这些!一旦爬上万人之上的高位,自是要设法独裁!"

确实。那日竞技场里异常炎热,他仿佛仍能看见猩红沙地上的腾腾热气,仍能闻到为取悦他和其他人而流不尽的鲜血,仍能听见西茨达拉劝女王尝尝蜂蜜蝗虫。那是美味……又甜又辣……他却一口没动……赛尔弥揉揉太阳穴。我没对西茨达拉•佐•洛拉克发下任何誓言。就算发过,他也像乔佛里那样把我免职了。"那名……那名甜点师,我想问他些问题。单独询问。"

"非得这样吗?"圆颅大人双手抱胸,"行,随你怎么问。"

"如果……如果他的话让我信服……如果我参与你这场,这场……我需要你的承诺,保证不伤害西茨达拉•佐•洛拉克,直到……除非……有足够的证据证明他策划阴谋。"

"你为何如此关心西茨达拉,老头?他就算不是鹰身女妖,也是女妖的长子。"

"我只知他是女王的伴侣。我需要你的承诺,否则我发誓会阻止你。"

斯卡拉茨露出残忍的笑容,"很好,我承诺:西茨达拉的罪行得到证明前,我不会伤他一根汗毛;一旦证据确凿,我会亲手宰了他。他临死时,我要一节一节掏出他的肠子给他欣赏。"

不,老骑士心想,若西茨达拉真的谋害女王,我会亲手结果他,他会死得干净利落。尽管维斯特洛的诸神远在天边,巴利斯坦•赛尔弥爵士仍默祷了一阵,祈求睿智的老妪为他照亮前路。为孩子们，他心里默念，为这座城市。为我的女王。

"我去见灰虫子。"他说。

铁岛求婚者

"悲伤号"于破晓时分独自现身,她的黑帆在淡粉色晨光中十分寂寥。

第五十四艘船,维克塔利昂被手下叫醒后,阴郁地想,她没有同伴。他默默诅咒着残酷的风暴之神,腹中如有一团漆黑的怒火在熊熊燃烧。我的船都上哪儿去了?

从盾牌列岛出发时,他的铁舰队共有九十三艘船。铁舰队只服从海石之位的主人,不属于其他任何首领;它平素由一百艘战船组成,船长和船员从群岛各地征集。铁舰队的战船虽比青绿之地的领主装备的大型帆船小,但有铁群岛普通长船的三倍大。这些船吃水较深,还装有凶悍的撞锤,可与王家舰队争锋。

铁舰队绕过多恩领漫长荒芜的海岸,经历了诸多浅滩和涡流的考验,最后在石阶列岛补充粮食、野味和淡水。"无敌铁种号"在此逮住了一艘大肚子平底货船"贵妇号"。该船途经海鸥镇、暮谷城和君临航向旧镇,满载咸鳕鱼、鲸油和腌鲱鱼,铁民们将之欣然笑纳。他们经过雷德温海峡和多恩海岸途中还抓了另外五艘船——三艘平底船、一艘三桅船和一艘划桨船——这使得舰队船只总数达到九十九艘。

离开石阶列岛时,九十九艘船被平分成三支骄傲的舰队,分头行动,约定在雪松岛最南端会合。但此刻横跨大洋现身的只有四十五艘船。维克塔利昂自己的分舰队有二十二艘船抵达世界彼岸,但也是三四成群陆续抵达的,个别船单独赶到;跛子拉弗的分舰队到了十四艘；红拉弗·斯通浩斯的分舰队只有九艘成功抵达，连红拉弗本人也不见踪影。舰队一路又抢到九艘船，所以现在总计还有五十四艘……可惜抢的都是平底船、渔船、商船和贩奴船，没有一艘战舰。打起仗来，它们对铁舰队的贡献殊为有限。

"悲伤号"到达之前三天来了"少女克星号"，再之前一天有三艘船结伴从南方出现——俘获的"贵妇号"摇摇晃晃地跟在"喂鸦者号"和"铁吻号"身边。但那天往前，又有两天颗粒无收，直到第三天才有"无头简妮号"和"恐惧号"抵达。再往前的两天亦只有空旷的大海和无云蓝天，第三天跛子拉弗分舰队的残部抵达，包括"科伦大王号"、"白寡妇号"、"哀悼号"、"苦痛号"、"海兽号"、"铁夫人号"、"掠夺之风号"、"战锤号"等十四艘船，其中两艘被风暴折磨得不成样子，只能拖带航行。

"风暴，"跛子拉弗向维克塔利昂低声报告，"我们遭遇了三场大风暴，之间也一直有强风骚扰。瓦雷利亚刮来的红风有灰烬和硫黄味，黑风则将我们赶向那片荒芜的海岸。远航从一开始就被诅咒了。鸦眼怕您，大人，要不然他怎么打发您到半个世界之外？他打算让我们送死。"

从古瓦兰提斯出航仅一日便遭遇风暴时，维克塔利昂产生了同样的想法。诸神不容弑亲者，他心想，否则鸦眼早死在我手上十几回了。波涛汹涌，甲板疯狂颠簸，他亲眼看见"大衮之宴号"和"红潮号"猛烈相撞，双双碎裂。全怪我哥哥，他心想。这是他的分舰队里失去的头两艘船，但远不是最后两艘。

他怒从心起，扇了跛子两耳光。"头一记为你损失的船，第二记为你的荒唐话。再提什么诅咒，我就把你舌头钉在桅杆上。鸦眼能制造哑巴，我也能！"左掌的阵阵抽痛让他的语气更显刻薄，但他说到做到。"其他船会跟上。现在风暴停了，我会重新集结舰队。"

一只猴子在桅杆上放声嚎叫,就像在嘲笑他的焦虑。肮脏吵闹的畜生。他可以派人去抓,但猴子好似很喜欢这种追逐游戏,而且比他的船员灵活得多。它们嚎个不停,他的手掌抽痛得更厉害了。

"五十四艘船,"他嘟哝道。铁舰队作这样的远航,当然不可能完好无损……但有淹神保佑的他们,总该留下七十艘,乃至八十艘船吧。*我该带上湿发,或其他牧师。*起航前,维克塔利昂举行过献祭,在石阶列岛将舰队一分为三时献祭了第二次,但或许是他祷告的方式不对。要么是这样,要么是淹神在此没有力量。他越来越担心舰队航行得太远,到了连神灵都陌生的海域……但这些疑虑他只向深色皮肤的女人吐露,因为那女人不会说话,没法去乱讲。

"悲伤号"抵达后,维克塔利昂召来单耳沃费,"我有话跟田鼠讲。你再派人去找跛子拉弗、无血汤姆和黑牧羊人,要他们召回所有狩猎队,黎明时分拔营回船。能装多少水果就装多少,能赶多少猪也赶多少,以备急需时宰杀。'鲨鱼号'留在这里继续接收掉队船只。""鲨鱼号"反正也要大修,风暴把她折腾成了一副空壳。如此,明日上路的船只剩五十三艘,但没有办法。"舰队明日趁晚潮出发。"

"遵命,"沃费答应,"可多等一天也许就多一艘船,司令。"

"是吗?多等十天也许会多十艘船,也许一艘也等不到。我们已等得太久。用这支小舰队取胜会更加荣耀。"*我必须赶在瓦兰提斯人之前到达龙女王身边。*

在瓦兰提斯他亲眼看见划桨战船队在装载补给。整个城市仿佛都喝醉了。水手、士兵和修补匠在大街上跟贵族与富商们一起载歌载舞,每座旅馆每间酒肆里的人都在举杯向新任执政官致敬。大家谈论的是推翻龙女王后,将会涌入瓦兰提斯的金子、宝石和奴隶。对这样的混账话,维克塔利昂·葛雷乔伊只一天就受不了了,于是他拿出金子为舰队的食物和淡水付账——他为此感到羞愧——旋即扬帆出海。

风暴打击了他的舰队，也一定阻碍了瓦兰提斯人。幸运的话，瓦兰提斯舰队也会有船沉没或搁浅。但这远远不够。神灵是不会太慈悲的，那些幸存的绿色大型划桨战船应正绕行瓦雷利亚，船上满载奴兵，之后会北向直取渊凯和弥林。若有风暴之神的暗中协助，他们甚至可能已进入悲痛海湾。他们出发时有三百艘，甚至五百艘船。他们的同盟者把弥林团团围住：渊凯人、阿斯塔波人、新吉斯人、魁尔斯人、脱罗斯人以及风暴之神才知道的其他异民族，乃至弥林自己的战船——在龙女王破城之前逃出去的那些——也加入了围城大军。维克塔利昂只有五十四艘船来突破封锁。不，少了"鲨鱼号"，只剩五十三艘。

鸦眼曾横渡大洋，从魁尔斯到高树镇，他肆意掠夺，横行无忌，不仅去过疯子才会造访的裹神港湾，还活着征服了烟海。他做这些只靠了一艘船。他能嘲笑诸神，我也可以。

"遵命，司令。"单耳沃费答应。理发师纽特比他强出不止一倍，但鸦眼把纽特收买了，他封纽特为橡盾岛头领，从而将维克塔利昂最得力的助手变成了自己人。"继续向弥林前进？"

"还能去哪儿？龙女王在弥林等我。"*如果我哥哥的话可信，她是世上最美丽的女人，银金色头发，眼睛仿佛紫晶。*

话说回来，攸伦什么时候以实相告过？或许那女孩会让他大失所望，或许她是个满脸麻子、乳房垂到膝盖上的荡妇，或许她的"龙"不过是从索斯罗斯的沼泽里搞来的斑纹蜥蜴。但如果攸伦说的是真的……石阶列岛的海盗和古瓦兰提斯的富商都异口同声地赞扬过丹妮莉丝·坦格利安的美貌。攸伦的话这次可能是真的。况且攸伦是打算自己占有她，又不是把她当礼物送给我。他像差遣仆人一样打发我去接她，但等我夺走了她，他会怎样哀号啊。让船员们抱

怨去，维克塔利昂航行得太远、失去得太多，没拿到战利品，他绝不掉头西返。

铁舰队司令将完好的那只手捏成拳头。"立刻去执行命令。还有，找到那个学士，带去我舱房。"

"是。"沃费摇摇晃晃地走开。

维克塔利昂·葛雷乔伊转头望向船首，扫过整个舰队。长船覆盖了洋面。风帆被卷起来，桨也都收起，船要么下锚在海边，要么搁在淡色沙滩上。这就是雪松岛。雪松上哪儿去了？大概四百年前被统统淹死了吧。维克塔利昂自己也曾十几次带队上岸狩猎，但从没见过哪怕一棵雪松。

从维斯特洛启航时，攸伦安插在他身边的那个娘娘腔学士说这里曾叫"百战岛"，但在此征战的人们几百年前就已作古。依我看这里该叫猴子岛才对。这里还有很多猪——铁民们从未见过这么大、这么黑的野猪，也从未见过灌木丛中有这么多不怕人的尖叫猪崽。它们现在是慢慢学乖了。铁舰队的贮藏室里存满了烟熏火腿、咸猪肉和培根。

不过，那些猴子……猴子是灾难。维克塔利昂禁止部下把那些恶魔般的生灵带上船，但不知怎的，现在舰队一半的船上有猴子，包括旗舰"无敌铁种号"。他看着它们在桅杆上跳跃，从一船荡到另一船。我要有把十字弓就好了。

维克塔利昂不喜欢这片海，不喜欢这里的无垠晴天，不喜欢这灼烤着铁民的头颅和舰船、烧得甲板能烫伤赤脚的酷日。当然，他也不喜欢这里的风暴，它们总是突如其来。派克岛周围虽风暴频繁，好歹能闻出迹象，而南方的风暴就跟女人一样不可信赖。这里甚至连水的颜色都不正常……岸边的水是微微闪烁的蓝绿色，到远海却又成为近乎于黑的深蓝。维克塔利昂怀念家乡的灰绿海水，怀念它们的汹涌澎湃和白沫飞溅。

雪松岛本身也不讨人喜欢。这个岛猎物虽多，但森林太绿太安静，里头全是扭曲的树木和奇异的明艳花朵，他的人从未见过类似的花。沉没的瓦罗斯城那些残破宫殿和碎裂雕像间埋藏着真正的恐怖。那地方位于舰队停泊的雪松岛最南端向北半里格处。维克塔利昂只在那住了一夜，便做了一晚黑暗的噩梦，早上醒来时满嘴鲜血。学士说他睡觉咬到舌头，他却觉得这是淹神的预示，警告他若在此逗留，早晚会被自己的血呛死。

传说瓦雷利亚末日浩劫来临之日，三百尺高的海浪扑打在岛上，淹死了几十万男女老少，几乎无人幸免，除了正好出海的渔民和几名瓦罗斯长矛兵，他们驻守在岛上最高的山峰顶上一座结实石塔里。那几名长矛兵惊恐地注视着脚下的山丘和山谷化为狂暴的汪洋。只一个心跳，美丽的瓦罗斯城，连同城中雪松木和粉色大理石建筑的宫殿就告湮灭；岛屿最北端，那个有古老砖墙和阶梯金字塔的奴隶贩子的港都吉扎也遭遇了相同命运。

这么多人被淹死，淹神在此的力量势必强大，考虑到这个因素，维克塔利昂才选择这里作为三支分舰队的会合地。但他毕竟不是牧师，说不定理解有偏差？说不定淹神正是痛恨这个岛才要将其毁灭。弟弟伊伦与神灵的沟通更顺畅，但湿发留在了铁群岛，鼓动人们反抗攸伦的统治。不敬神的人将永不能坐上海石之位。然而船长和头领们仍在选王会上喊出攸伦的名字，抛弃了维克塔利昂和其他敬神的人。

朝阳映照在粼粼波涛上，过于耀眼，维克塔利昂头痛起来。头痛的原因是太阳、是手伤还是心底的怀疑，他也说不清。他下到甲板下自己的舱房，这儿昏暗阴凉，还有那位无须开口就能满足他需求的深色皮肤的女人。他放松地坐进椅子，女人便从水桶中取出一块柔软湿布，放在他额上。"很好，"他说，"很好。我的手也要。"

深色皮肤的女人没回答。攸伦送出她之前先割了她的舌头，维克塔利昂毫不怀疑鸦眼还上过她。哥哥就是这样的人。攸伦的礼物中必然带有毒药，深色皮肤的女人上船那天司令提醒过自己，我不要他的残羹剩饭。他曾决心割了她的喉咙，把她扔进大海，血祭淹神。不过，他终究没有下手。

从那时到现在已过了很长时间，现在维克塔利昂会向深色皮肤的女人倾吐心声，反正她也没法回嘴。"'悲伤号'是最后一艘，"她帮他脱手套时，他告诉她，"其他船要么迷路，要么沉了，要么到得太晚。"女人用匕首尖割开裹住他左手的肮脏麻布，他的脸不禁皱成一团。"将来会有人批评我不该分割舰队。这样说的都是傻瓜。我们共有九十九艘船……妄想抱成一团横渡远洋不现实。如果我坚持一起行动，慢船会成为快船的累赘。再说，上哪去找补给供应九十九艘船？哪个港口欢迎这么一支大舰队？何况即便聚在一起，也抵不住风暴，我们依然会像落叶一样在夏日之海里被四散吹开。"

为解决这些困难，他才将庞大的铁舰队一分为三，并给三支分舰队规定了前往奴隶湾的不同航线。最快的那些船，他拨给红拉弗·斯通浩斯，令其沿索斯罗斯北岸海盗常走的航线航行。航海的正派人都知道避开那片灼热窒闷的海岸，避开岸边那些腐烂的死城，但蛇蜥群岛上若干泥与血的镇子里，却挤满逃亡奴隶、奴隶贩子、皮革商、妓女、猎人、皮肤带斑纹的人和更丑陋的家伙。敢付铁钱，在那里就一定能搞到补给。

较大、较慢、较笨重的那些船接令先航往里斯，去贩卖从盾牌列岛抓到的俘虏。俘虏都是赫威特伯爵镇和其他岛上的妇女儿童，以及宁肯投降不愿死战的男人——对于弱者，维克塔利昂只有鄙视。即便如此，贩奴仍让他心中不安。抓男人来当奴工或让女人做盐妾，都是天经地义，但人不是山羊也不是家禽，不该随意买卖。

所以他把这卑劣的任务交给跛子拉弗，拉弗会用换得的金子为大船装满补给，以备接下来从大洋中部穿越的缓慢航程。

他自己的分舰队取最北的航线，沿争议之地的海岸前往瓦兰提斯，在那里补充食物、淡水和葡萄酒，然后向南绕行瓦雷利亚。这条航线是最常用的东方航线，交通也最繁忙。走这条航线能抢到战利品，沿途还有小岛可躲避风暴、维修船只及必要时补充补给。

"五十四艘船太少了，"他向深色皮肤的女人承认，"但我不敢再等。成功的唯一可能——"她撕下绷带，连带撕裂了一片血痂，他哼了一声。绷带下是又绿又黑的剑伤伤口。"——是偷袭奴隶贩子，就像我在兰尼斯港干的那样。从海上突袭，如黑虎掏心，然后抢在瓦兰提斯人追上之前带那女孩远走高飞。"维克塔利昂不是懦夫，但也不是傻瓜：五十四艘船决计打不过三百艘船。"她会做我老婆，你会成为她的女仆。"没有舌头的女仆将不会泄露任何秘密。

他还想继续倾诉，但学士已经到了，像个胆小的老鼠一样轻叩舱门。"进来，"维克塔利昂叫道，"把门闩上。你知道我找你的原因。"

"司令大人，"灰袍学士留着八字短须，看起来也像只老鼠。他以为留了胡须就有男子气概吗？此人叫卡尔文，非常年轻，只有二十二岁。"我可以看看您的手吗？"他问。

真是蠢问题。维克塔利昂承认学士有用，但他没法不蔑视这个卡尔文。这人有粉嫩的脸蛋、柔软的双手和棕色卷发，一句话，比大部分娘们更娘们。他刚来"无敌铁种号"时，甚至还挂着一脸傻笑，不过某晚在石阶列岛他朝错误的对象傻笑，结果被勃顿·汉博利打掉四颗牙。那以后不久，卡尔文又爬来向司令抱怨说四名船员把他拖到甲板下，像骑女人那样骑他。"你用这个去解决问题，"维克塔利昂抽出一把匕首，重重地插进两人间的桌子。卡尔文拿走了匕首——司令估计他是没胆子拒绝——却不敢使用。

"我的手就在你眼前,"维克塔利昂说,"你爱怎么看就怎么看。"

卡尔文学士单膝下跪,以便更好地检视伤口。他甚至像狗一样去闻。"我得再帮您挤一次脓。伤口的颜色……司令大人,伤口没有愈合,也许我只能锯掉您的手。"

他之前提过这方案。"你敢锯掉我的手,我就宰了你。而且在杀你之前,我会把你绑在栏杆上,让大家都骑你一遍。赶紧给我治。"

"您会很痛。"

"哪次不痛?"生活就是痛苦,你这傻瓜。除了淹神的流水宫殿,别处都没有欢乐。"赶紧动手。"

于是那男孩——很难将这软弱粉嫩的家伙想成男人——将匕首刃面横过司令的手掌,用力一割。脓疮破裂,流出黄浊脓汁,像是酸败牛奶。深色皮肤的女人闻到味道皱紧了鼻子,学士捂住嘴巴,连维克塔利昂自己也觉得胃里翻搅。"割深点,全割掉。我要见血。"

卡尔文学士遵命切割。这次司令感觉到疼痛,鲜血跟脓汁一道涌出,血色深暗,在灯光下看来几乎是黑的。

见血是好事。维克塔利昂哼哼着表示满意。当学士用几块在醋里煮过的柔软方布巾为他蘸点、挤压、擦去所有脓汁时,他坐得纹丝不动。等学士擦完,桶里的清水已成混汤,瞥一眼能吓坏任何正常人。"把脏东西端走。"维克塔利昂朝深色皮肤的女人点头示意,"她帮我包扎就行。"

男孩走了,但恶臭余留,近来一直如此。学士建议应在甲板上,就着新鲜空气和阳光清洗伤口,但维克塔利昂坚决不许。他不能让船员们看见他的伤。这些人离家有半个世界之遥,若发现自己的铁司令就要倒下，后果难以预料。

他的左手仍在抽痛——不是很强烈，但持续不断。他握手成拳，疼痛加剧，好像有把匕首在戳。不是匕首，是长剑。鬼魂手里的长剑。那个叫西瑞的人是骑士，也是南盾岛继承人。我杀了他，现在他从坟墓里爬出来报仇。从我送他前去的灼热地狱里，他用剑刺穿我的手，还狠狠地扭来扭去。

那场战斗对维克塔利昂而言仿如昨天。司令的盾牌严重受损，且扭到了另一边，所以当西瑞的长剑泛着寒光砍下时，他只能伸手去抓。年轻人比他想象的更强壮，那一剑砍穿了司令铁手套上的龙虾护手及下面的加垫皮手套，直切到肉。不过是小猫挠痒痒，战后维克塔利昂告诉自己。他清洗过伤口，把烧滚的醋倒在上面，包扎起来，没再多想。他相信疼痛迟早会消失，过段时间手掌自会痊愈。

但事与愿违，伤口化了脓，嗣后维克塔利昂开始怀疑西瑞的长剑上有毒。不然伤口怎不自动愈合？每想到此，他就愤怒不已。真正的男人决不用毒药打仗。在卡林湾，沼泽恶魔们用毒箭对付他的人，但那毕竟是些堕落生物；西瑞是个骑士，出身高贵，只有懦夫、女人和多恩人才用毒。

"不是西瑞，会是谁呢？"他询问深色皮肤的女人。"难道是那个老鼠学士搞的鬼？学士懂得咒语和其他鬼伎俩，他可能想先对我施毒，再怂恿我砍掉自己的手。"他越想越觉不对劲。"他是鸦眼派来，一定没安好心。"卡尔文是攸伦从绿盾岛搞到的，原在岛上为切斯特伯爵服务，照料伯爵的乌鸦、教育伯爵家的孩子——这是攸伦的说法。回想起来，当初攸伦麾下的哑巴拽着"老鼠"脖子上的锁链，将其硬拖上"无敌铁种号"时，"老鼠"一路吱吱尖叫抗议。"冤有头债有主，他若怨恨到我头上，真是搞错了对象。坚持要抓他的是攸伦，以防他放出乌鸦。"临行前，兄长也给了维克塔利昂三笼乌鸦，吩咐让卡尔文在航行途中随时报告。迄今为止，维克塔利昂拒绝放乌鸦出去。就让鸦眼猜疑琢磨好了。

深色皮肤的女人用新鲜亚麻布为他包扎，一共缠绕六层。这时，伟维水·派克敲门报告说"悲伤号"船长带着俘虏求见。"他说抓到一名巫师，司令。说是从海里捞上来的。"

"巫师？"莫非这是淹神在世界尽头送他的礼物？弟弟伊伦会明白其中含义，伊伦在重生之前见识过波涛下淹神的流水宫殿的无上荣光。但维克塔利昂和其他人一样，对最终与神的相会怀着本能的恐惧，更信赖手中武器。他握了握受伤的左手，痛得脸皱成一团，然后戴上手套站起身，"带巫师。"

"悲伤号"船长在甲板上等他。其人个矮，丑陋多毛，出自斯帕家，外号田鼠。"司令大人，"维克塔利昂现身后田鼠报告，"他名叫马奇罗，乃是淹神的礼物。"

巫师是个庞然大物，跟维克塔利昂同等身高，身材却胖上一倍，肚子像块大圆石，脸上长满纠缠的骨白色胡须，好像狮子鬃毛。他皮肤是黑的——不是天鹅船上盛夏群岛人松果般的褐色、不是多斯拉克马王的红褐色，也不像深色皮肤的女人那样的炭泥色，而是纯黑。比煤炭还黑，比黑玉还黑，比乌鸦翅膀还黑。他好像被火烧过，维克塔利昂思索，好像被反复烧烤，直至肌肤焦黑，骨头冒烟。熊熊火焰迄今仍在他脸颊和额头上舞蹈，他那双眼睛像是透过一张狰狞的火焰面具向外张望。这是奴隶刺青，司令明白，邪恶的印记。

"我们发现他抱着一段桅杆，"田鼠报告，"船只失事后，他在海里泡了十天。"

"如果他在海里泡了十天，早就一命呜呼，要么喝海水发了疯。"盐水是神圣的，湿发伊伦和其他牧师会用盐水来施与祝福，时不时自己也喝一二口以锤炼信仰。但凡人不可能连续几天喝海水还能活着。"你自称是巫师？"维克塔利昂问俘虏。

"不，司令。"黑人用通用语回答，声音如此沉厚，仿佛源自海底。"我仅是光之王拉赫洛卑微的奴隶。"

拉赫洛。原来他是红袍僧。维克塔利昂在外邦都市见过这种人，他们总在照料"圣火"。他见过的那些"红袍僧"都穿着由丝绸、天鹅绒和羔羊毛织成的富丽红袍，眼前这个人穿的却是褪色、盐渍的烂衣服，褴褛的布条挂在他粗壮的大腿和圆滚的身躯上……但司令凑近去看，发现那些布原本是红的。"一个粉袍僧，"维克塔利昂说。

"一个魔鬼僧。"单耳沃费吐了口唾沫。

"或许他是袍子着火，匆忙跳海的咧。"伟维水·派克的话引来哄堂大笑，连猴子也觉有趣。它们在顶上喋喋不休，其中一只甚至兴奋得拉了摊屎到甲板上。

维克塔利昂·葛雷乔伊从不信任笑声，别人的笑总让他起鸡皮疙瘩，让他觉得自己稀里糊涂就被当成了笑柄。小时候，鸦眼攸伦常取笑他，伊伦成为湿发前也这么干。他们会把嘲笑伪装成赞扬，让维克塔利昂不自觉地上钩，以至于后来他一听到笑声，就怒火中烧，怒气会在他喉头沸腾，直到他能尝出怒的味道——现下对那些猴子，他就这么仇视。猴子的滑稽动作从没给司令带来一丝笑容，却经常逗得司令麾下的船员又吼又叫又是吹口哨。

"在他带来诅咒之前，送他去见淹神。"勃顿·汉博利催促。

"船沉了，只有他抓着残骸活下来，"单耳沃费道，"其他船员呢？是不是被他召唤的恶魔吞吃了？他的船究竟出了什么事？"

"船遇上风暴。"马奇罗环抱双臂，虽然周围的人都想要他的命，他却似乎一点不担心。猴子不喜欢他，它们在索具上跳来跳去，尖叫吵闹。

维克塔利昂不清楚自己对此人的感觉。他被大海吐了出来。若非为了让我们找到,淹神干吗放过他?哥哥攸伦驯养了一群巫师,或许淹神意欲要维克塔利昂也拥有随行巫师。"你为何报告这人是巫师?"他问"田鼠","我只看到一个破衣烂衫的红袍僧。"

"我起初也这么想,司令……但他知道很多事。无须我们开口,他就知道我们正前往奴隶湾,而且他知道您在这里、在这个岛上。"小个子犹豫了一下。"司令大人,他告诉我……如果不带他来见您,您必死无疑。"

"我必死无疑?"维克塔利昂嗤之以鼻。割了他喉咙,把他扔进大海,他正待下令,伤手却一阵抽痛,犹如尖刀从手掌直刺手肘,痛得他话到喉头却化为苦涩的胆汁。他摇晃了一下,伸手抓住栏杆以防摔倒。

"巫师诅咒了司令!"有人叫道。

其他人跟着叫嚷:"割他的喉咙!在他召唤恶魔前宰掉他!"伟维水•派克头一个拔出匕首。"停手!"维克塔利昂吼道,"退下!都退下。派克,把家伙收起来。田鼠,回你的船去。汉博利,把这个巫师带到我房间。其余人,各回岗位。"半晌间,他怀疑部下不会服从。大家站在原地窃窃私语、面面相觑,一半人手上操着家伙。猴子在人们头顶拼命拉屎。啪。啪。啪。在维克塔利昂亲手抓住巫师,推向舱口之前,没有人动。

他打开船长室的门,深色皮肤的女人转头望见他,默默地笑了……但她看见他身边的红袍僧,却立刻露出牙齿,像毒蛇般发出愤怒的嘶声。维克塔利昂用完好那只手的手背给了她一耳光,把她打翻在地。"安静,女人。给我们两个倒酒,"他转向黑人,"田鼠说的是不是实话?你预见到我的死期?"

"是的。我还预见到别的很多事。"

"地点?时间?我是战死的吗?"他完好的那只手开开合合,"如果你撒谎,我会像劈甜瓜那样劈开你的脑袋,让猴子吃掉脑浆。"

"您的死神就在这个舱房里。大人，给我看看您的手。"

"我的手。你怎么知道我的手？"

"我在夜火中看见了您，维克塔利昂·葛雷乔伊。您坚定凶猛地大步穿越火海，手中巨斧滴下鲜血，但一根根黑色触须缠绕着您的手腕、脖子和脚踝，您在它们牵引下跳舞，自己却没意识到。"

"跳舞？"维克塔利昂火气上冲，"你的夜火撒谎。我从不跳舞，更不是别人的傀儡。"他一把摘下手套，把受伤的手举到红袍僧面前。"看个够吧，你不是想看这个吗？"新缠的亚麻布绷带已被鲜血和脓汁污染。"伤我的人盾上有个玫瑰。我简直是阴沟里翻了船。"

"司令阁下不可大意，伤口再小也能致命。如您允许，我可治好您的伤。用银子最佳，钢铁也凑合。我还需要一个火盆，用来点燃火焰。您会很痛，非常非常痛，比您之前经历过的所有疼痛更剧烈。但等我完成，您的手会恢复如初。"

神棍们的话都一样，那只"老鼠"也警告我会非常非常痛。"我是铁种，和尚，铁种嘲笑疼痛。我会满足你的要求……但如果你失败，如果你没能治愈我的手，我也会亲自割你喉咙，把你丢进大海。"

马奇罗鞠了一躬，黑眼珠里精光闪烁，"就这么办。"

那天接下来的时间，铁舰队司令没再现身，但"无敌铁种号"的船员却听见船长室里传来断断续续的狂笑，笑声深沉、黑暗而疯狂。伟维水·派克和单耳沃费试图开门，门却已被牢牢闩上。许久后，门内传来吟唱，那是一首奇特、高亢、带哭腔的歌，学士说歌词是高等瓦雷利亚语。吟唱开始后，猴子便纷纷逃离了这艘船，尖啸着跳进海里。

日落时分，当大海变成墨黑、当肿胀的太阳将天空染成深邃的血红时，维克塔利昂终于回到甲板。他自腰部以上完全赤裸，左手血染到肘。船员们低声嘀咕着围拢过来，惊疑不定地交换眼神。司令举起一只烧焦的手，缕缕黑烟从指头升起。他指着学士，"抓住他，割了喉咙，投进大海。为此我们会得到顺风，一路直达弥林。"马奇罗在圣火中预见了这番景象，他还看见那场卑鄙的婚礼。那有什么关系？维克塔利昂·葛雷乔伊这辈子制造的寡妇不止她一个。

提利昂

医者嘟哝着客套话进帐，但只闻了一下污浊的空气，看了一眼亚赞•佐•夸格兹，就脸色大变。"是苍白母马，"他告诉甜心。

好震惊哟，提利昂心想，世上除了好鼻子的他和半个鼻子的我，其他人都没鼻子是吧？没人面对真相。亚赞烧得发烫，躺在自己的排泄物中时断时续地痉挛，而他排泄的早已是带血丝的棕色黏液……耶罗和分妮每天的工作就是擦洗他那一对黄色肥屁股。尽管有众人服侍，黄胖子现在无论如何都站不起来，用尽力气最多只能翻个身。

"我的技艺在此无用武之地，"医者宣布，"只有诸神能决定高贵的亚赞的生死。尽量降低体温，据说对病情有帮助。还有，多喂他喝水。"被苍白母马折磨的人通常会非常渴，不拉屎的时候就疯狂喝水。"喂他喝干净的清水，能喝多少就喝多少。"

"不能是河水吧？"甜心道。

"这个自然。"医者说完就溜了。

我们也要赶快开溜，提利昂心想。他是戴镀金项圈、每走一步都伴着悦耳铃铛声的奴隶。他是亚赞的私人珍藏。这在以前是荣誉，现在则可能变成死刑判决书。亚赞•佐•夸格兹把他们带在身边，所以他生病以后，也只有耶罗、分妮和甜心在照顾。

可怜的老亚赞。甜心说得对，板油大人其实没有其他渊凯奴隶主那么坏。提利昂通过这些时日的夜宴很快了解到，亚赞是渊凯将领中的主和派代表，像他这样诚心诚意想与弥林和解的渊凯贵族是少数，大多数将领只希望拖延时间，以待瓦兰提斯大军赶到。甚至有少数人倡议立刻攻城,唯恐瓦兰提斯人会抢走他们应得的荣耀和掠获。亚赞对此嗤之以鼻,也不赞同佣兵血胡子提出的把人质放在投石机里扔回城的做法。

但短短两天,一切都已改变。两天前保姆还健康得很,两天前亚赞还没在苍白母马幽魂般的铁蹄下呻吟,两天前古瓦兰提斯的舰队离弥林更远……

"亚赞会死吗?"分妮用"求求你告诉我不是这样"的口气询问他。

"凡人皆有一死。"

"死于瘟疫,我的意思是。"

甜心绝望地看着他俩,"亚赞不能死!"这个双性人伸手到他们巨胖的主人眉间,替他拨开汗湿的头发。渊凯人呻吟了几声,又拉出一摊棕色稀屎。他的床铺现在又脏又臭,可他们无法为他更换。

"有的主人临死前会给奴隶自由。"分妮道。

甜心神经质地咻咻笑了两下。"主人最宠爱的奴隶将拥有这份荣幸。他们会替奴隶解脱尘世的苦痛,让奴隶陪伴最亲爱的主人进坟墓,好在死后继续服侍主人。"

甜心对此最清楚不过,她会是第一个被割喉咙的人。

山羊男孩说:"银女王——"

"——死了。"甜心坚持,"忘了她吧!她骑着魔龙过了河,早在多斯拉克海里淹死了。"

"人不可能被草淹死。"山羊男孩不相信。

"等我们自由了,"分妮满怀希望地说,"我们可以去找女王啊。至少可以试试。"

是吗?你骑狗,我骑猪,大伙儿一块儿到茫茫多斯拉克海上寻龙。提利昂不得不伸手挠鼻子,以掩饰笑意。"这条龙特别爱烤肉，搞不好烤侏儒美味得多咧。"

"这只是一条出路。"分妮不肯放弃，"我们还可以坐船，现在战争结束了，会有船可坐。"

是吗？提利昂深表怀疑。和平协议签署了没错，但战争不是几张羊皮纸就能结束的。

"我们坐船去魁尔斯。"分妮还在讲，"我哥常说，那儿的街道都是玉石铺成，那儿的城墙是世界上几大奇迹之一。我们为魁尔斯人表演时，会下起金雨银雨，你会看到的。"

"海湾里很多战舰就是魁尔斯船。"提利昂提醒她，"长腿洛马斯见过魁尔斯的城墙，他的书对我已经足够。我不想再向东方多走一步了。"

甜心用湿布擦了擦亚赞烧烫的脸，"亚赞一定得活下去，否则我们都没命。苍白母马也不会夺走所有骑手，主人能坚持住。"

这是赤裸裸的自欺欺人。说实话，亚赞能不能多活一天都成问题。板油大人本就深受在索斯罗斯感染的恶疾困扰，这次的瘟疫可说是压弯骆驼背的最后一根稻草。提利昂觉得从某种意义上说这算是慈悲，但他自己还不想消受这份慈悲。"医者说多喂他喝水，我们这就打水去。"

"你们真好，"甜心麻木地应道。她现在的心情恐怕不只怕死——在亚赞的私人珍藏里，只有她真心喜欢巨胖的主人。

"分妮，跟我来，"提利昂掀开帐篷，催促她出去。弥林的早晨已然很热，空气滞闷沉重，但与亚赞宫殿般的大帐里汗水、粪便和疾病混合的气息相比，算是一种解脱。

"喝水对主人的病情有帮助，"分妮说，"医者是这样说的，这一定有效。喂他喝干净的清水。"

"干净的清水对保姆完全无效。"可怜的老保姆。昨晚黄昏，亚赞的士兵们把他扔上尸车，在苍白母马的受害者名单上又添一

笔。每小时都有人死去，多死一个又有谁在意？尤其是保姆这种众人鄙视的货色。他刚有发病迹象，亚赞的其他奴隶便拒绝再靠近他，所以提利昂有机会单独为他盖毯子，喂他喝的。渗水葡萄酒、柠檬甜水、热腾腾的狗尾汤……里面炖上蘑菇。喝吧，保姆，大家都受够你屁眼里流出的脏水了。保姆的遗言是："不，"而他听到的最后一句话是："兰尼斯特有债必还。"

提利昂在分妮面前隐瞒了保姆的死亡真相，但现在迫切需要让她了解主人病情的严重性。"亚赞能活到明天日出才是奇迹。"

她抓住他的胳膊，"我们会怎样？"

"他有继承人。他的外甥们。"其中四位随亚赞从渊凯而来，负责指挥奴兵。有一位在与坦格利安佣兵的巡逻冲突中被杀，剩下三位将瓜分黄胖子的奴隶。提利昂不知有没有谁继承了亚赞对畸形怪胎的爱好。"他们中某位将成为我们的新主人，把我们再度推上拍卖台。"

"不要，"她眼睛睁大，"求你了，我不要。"

"我也不想。"

不远处，六个亚赞的士兵蹲在尘土里，边扔骨骰，边传递一皮袋葡萄酒。他们的军士名唤"伤痕"，是个火暴脾气的蛮夫，头像光滑的石头，肩膀像头牛。脑子里装的也像牛，提利昂心想。

于是侏儒摇摆着走过去。"'伤痕'，"他叫道，"高贵的亚赞要干净的清水喝。你找两个人去，能提几桶就提几桶。给我搞快点。"

士兵们停止游戏。"伤痕"站起来，皱紧眉头。"你说什么哪，矮冬瓜？你以为自己是谁？"

"我很清楚自己是谁。我是耶罗，主人的私人珍藏。你还不乖乖照办？"

士兵们哈哈大笑。"去啊，'伤痕'，"一个士兵嘲弄道，

"搞快点。亚赞的猴子有令,还不快去。"

"你没资格要我们当兵的做这做那。""伤痕"道。

"当兵的?"提利昂装出困惑的样子,"我只见到一个臭奴隶。别忘了,你脖子上跟我一样套着项圈。"

"伤痕"反手给他狠狠一掌,把他打倒在地,令他咬破嘴唇。"这是亚赞的项圈,不是你的!"

提利昂用手背擦去唇破流出的血。他想起来,一条腿却突然抽筋,结果又跪倒在地。分妮上前帮他起身。"甜心说主人急需清水。"他用最可怜的语气解释。

"甜心可以自己干自己——反正她天生是这个料。我们不接受怪胎的指挥。"

是啊,提利昂心想,奴隶也分三六九等。双性人长期集主人专宠于一身,高高在上,享有特权,高贵的亚赞的其他奴隶恨她入骨。

奴兵们素来只听命于主人和管家。现在保姆死了,亚赞病得连继承人都无法指定,至于他那三个英勇高尚的外甥,刚刚听到苍白母马的蹄声,就不约而同想起自己还另有公干,纷纷办事去了。

"清——水,"提利昂耐心解释,"不能是河水哟,医者特别强调,要干净的清水。"

"伤痕"咕哝一声,"那你们自己去取吧。快去快回。"

"我们去?"提利昂无助地看了分妮一眼,"水很沉,我们又不像你这么强壮。我们……我们至少可以驾骡车去?"

"走着去。"

"那非得来回十几趟不可。"

"来回一百趟也行,关我鸟事。"

"只有我们两个……不可能满足主人的需求。"

"那就把你们的狗熊带去,""伤痕"建议,"那家伙也只能挑挑水。"

提利昂向后退开。"如您所愿,主人。"

"伤痕"得意地咧嘴而笑。主人,噢,他果然喜欢这称呼。"莫哥,拿钥匙。装满水桶就回来,矮冬瓜,给我搞快点,若是敢逃跑,你知道下场是什么。"

"拿桶子,"提利昂吩咐分妮,他自己跟奴兵莫哥去放被关在笼子里的乔拉·莫尔蒙爵士。

骑士不肯顺应奴隶生活。每当要他表演《狗熊与美少女》,他都是态度抵触,拒绝合作。他敷衍了事地上场抢夺少女,让观众大倒胃口。虽然他没逃跑,也没有反抗管事的人,但他尽可能忽视他们的命令,嘴里还一边呢喃骂人的脏话。保姆很不满意莫尔蒙的表现,便把他关进铁笼子,每晚奴隶湾日落后,就痛打他一顿。骑士总是一声不吭任他们打,现场唯一的声音是棍棒打在没有一块好肉的躯体上发出的闷响和负责殴打的奴隶们的低声抱怨。

骑士早已成为一具空壳,提利昂第一次目睹他被痛殴的场面时,便意识到了。我真该闭上嘴,让扎哈娜买下他。也许这对他反倒是种慈悲。

铁笼子窄小局促,莫尔蒙钻出来后都直不起腰。他眯起两只带着大大黑眼圈的眼睛瞅着地上,后背覆满凝血。他那张脸不仅肿胀不堪,还破了许多口子,几乎没有人样。除了一缕脏得不像话的黄色裹腰布,他什么也没穿。"你去帮他们提水,"莫哥命令他。

乔拉爵士回以愠怒地瞪视。有的人宁愿生为自由人而死,也不愿当奴隶偷生。提利昂庆幸自己没这种情绪,但若莫尔蒙就地格杀莫哥,奴兵们可不会关心他的想法。"来吧,"他抢在骑士做出某些勇敢的蠢事前开口。他蹒跚着出发,希望莫尔蒙会跟上。

诸神总算保佑了他一回。莫尔蒙跟上了。

分妮提两个桶,提利昂提两个桶,乔拉爵士提四个桶——一手两桶——他们就这么启程。最近的井在"老泼妇"西南边。每走一步项圈上的铃铛都在欢快地响，不过没人在意，因为他们只是为主人取水的奴隶。其实戴着项圈自有好处，尤其是戴着刻有亚赞·佐·夸格兹名字的镀金项圈。他们一路走来，宣扬着自己的价值。奴隶的价值与其主人息息相关：亚赞固然胖得像个不成形状的黄色鼻涕虫，还一身尿骚味，但毕竟是渊凯首富，此次带着六百奴兵来参战。他的项圈就是最好的通行证，足以让他们在营地里畅通无阻。

直到亚赞死去。

三位叮当大人就在左近操演奴兵。他们的部队手持长矛，以整齐划一的步伐在沙地上行军，铁链奏出刺耳的金属乐章。其他将领的奴兵在调整小型投石机和弩炮的角度，并在旁边堆起石头和沙子，准备抵御从天而降的黑龙。侏儒看着这些人汗流浃背、满口怨言地摆弄沉重的机器，不禁露出笑容。十字弓也被分发下去，几乎人手一把，且人人都带着一筒箭矢。

若问他的意见，提利昂会说这些准备大可不必。除非弩炮射出的长铁箭撞大运命中魔龙的眼睛，其他措施对女王的怪兽来说可谓聊胜于无。魔龙不会轻易就范。耍弄小把戏只会唤醒睡龙之怒。

龙的弱点在眼睛，绝不像某些古老故事说的在下腹。眼睛是龙头唯一的缺口，与之相对，龙下腹的鳞甲其实跟背脊和体侧的一样厚。更疯狂的举动是企图割开龙喉，这样做的"屠龙勇士"跟拿长矛去灭火无异。"魔龙之口散播死亡，"巴斯修士在《非自然演化史》中写道，"断不可与龙口争锋。"

两个新吉斯军团在前方盾墙相对，进行演习。他们的军士戴着马毛装饰的铁半盔，以难懂的方言喝叫下令。在没经验的人看来，吉斯卡利人的战斗力无疑大大强于渊凯奴兵，但提利昂对之并没有太高评价。新吉斯军团完全是按无垢者的方式装备和组织的⋯⋯可太监们是视死如归的战斗机器，而这些军团士兵是只有三年服役期的自由民。

水井边的队伍延伸了足足四分之一里。

弥林周边一日行程内的水井屈指可数，因而打水队伍总是很长。大部分渊凯人习惯直接从斯卡扎丹河中取水，但远在医者警告之前，提利昂就认定这是个糟透了的主意。聪明些的渊凯人会自公共厕所的上游取水，但无论如何，他们总在弥林城的下游。

事实上，离城市不到一日行程的地方居然有完好的水井，说明丹妮莉丝•坦格利安对围城战略一窍不通。她早该在每口井里投毒，迫使渊凯人去饮河水，时间一长对手便不战自溃。提利昂毫不怀疑，他父亲大人会采取这样的策略。

提利昂一行走到哪里，项圈上的铃铛声就跟到哪里。好悦耳的声音哟，搞得我想拿勺子挖人眼球。现在格里芬、达克和赛学士哈尔顿应已辅佐小王子回到维斯特洛了罢。我本该和他们一道回去……啊，不行，我还没找到妓女。弑亲是小意思，我要找到妓女，再用美酒抚平伤口。只可惜现在远在天边，戴着奴隶项圈，每走一步都有金铃伴奏，若是节拍掌握得好，说不定能奏一曲《卡斯特梅的雨季》咧。

探听流言蜚语没有比水井边更好的地方。"我亲眼看见，"当提利昂和分妮加入队伍时，一个戴生锈铁项圈的老奴正说着，"我亲眼看见龙咬下人的胳膊和腿，把人撕成两半，烧成灰烬与骨骸。人们逃啊逃，试图逃出竞技场，但我本是来看戏的，以吉斯众神之名，好一场大戏！我坐的是紫色长凳，龙应该看不上我。"

"女王爬到龙背上飞走了。"一个棕肤的高个女人说。

"她试图爬上去，"老人坚持，"但没做到。十字弓万箭齐发，不仅伤到了龙，我还听说有支箭正中女王那对可爱的粉色奶子中间。她摔了下去，被马车轮子碾死在阴沟里。我认识一个女孩，她认识的一个男的亲眼见到女王死去。"

在这群人里,保持沉默才是最好的选择,但提利昂就是忍不住。"没人找到尸体,"他开口。

老人皱起眉,"你知道个啥?"

"他俩在场啊,"棕肤女说,"就他俩,比武的侏儒,他们为女王表演过。"

老人眯眼向下看,这才正眼瞧了提利昂和分妮一回,"确实是那对骑猪的矮子啊。"

真是臭名远扬。提利昂略略鞠了一躬,懒得跟对方解释有头畜生其实是狗不是猪。"我骑的不是猪,是我老姐哟。你没发现吗,我们长着一样的鼻子?巫师对她施了咒,谁献给她一个大大的湿吻,她就能变回大美人儿。可叹的是,凡是跟她交往的,都宁可再多吻她一次,让她变回猪去!"

笑声四起,连老人也忍俊不禁。"既然你们见过她,"身后一位红发男孩道,"说说看,女王陛下到底长什么样?她真有那么美吗?"

我见到一位裹着托卡长袍、身材纤细的银发少女,提利昂回想,但她的脸被面纱遮住,远远看去不真切。再说,我当时骑在猪身上,而丹妮莉丝和她的吉斯卡利夫君并肩坐在王家包厢里。提利昂注意到在她身后穿白金盔甲的骑士。虽然对方拉下了面罩,但侏儒一眼就认出那是巴利斯坦·赛尔弥。伊利里欧至少在这点上没弄错,他盘算,赛尔弥认出我来了吗?他认出来又会怎么做呢?

他差点当场揭露自己的身份,但出于某种原因最终克制住了——至于说出于谨慎、怯懦,还是本能,他不清楚。无畏的巴利斯坦对他恐怕满怀敌意。赛尔弥看重的是御林铁卫的宝贝荣誉,向来排斥詹姆加入那个小圈子。劳勃叛乱之前,老骑士说詹姆太年轻、太嫩;劳勃叛乱之后,他则四处宣扬该让弑君者脱下白袍、披上黑衣。现在提利昂犯下更恶劣的罪行——詹姆杀的毕竟是个疯子，提利昂却一箭射穿了生父的下体，死者是巴利斯坦爵士相交多年、守护多年的前首相——可想而知对方会怎么看。当他犹豫时，分妮的长枪已刺中他的盾牌，机会稍纵即逝，再不复返。

"女王观赏了我们比武，"分妮正跟奴隶们解释，"但那时我们都忙不开。"

"你们总见过龙吧。"老人道。

我们倒想看龙，可惜诸神不给机会。丹妮莉丝·坦格利安飞走后，保姆给他俩重新戴上沉重的铁脚镣，押回主人身边。要是管家把他俩领上场就走，或在魔龙从天而降时跟其他奴隶主一起逃掉的话，两个侏儒当时也就自由了，不用现在费事。摇着小铃铛，奔向自由哟。

"有龙吗？"提利昂耸耸肩，"我只晓得没人找到女王的尸体。"

老人还是不信，"噢，当时有几百具尸体，他们把尸体扔进竞技场中用火烧。其实很多尸体老早就烧焦了。或许拖尸体的人不认得她了，又是血又是伤的，还被火熏过；再或他们隐瞒真相，好封住你们这帮奴隶的嘴。"

"我们这帮奴隶？"棕肤女人反问，"你脖子上没有项圈吗？"

"这是格拉兹多的项圈。"老人夸夸其谈，"我跟他打小就认识，几乎像兄弟一样。你们这帮奴隶在阿斯塔波和渊凯愤愤不平，说什么自由万岁；我嘛，就算龙女王吸我老二我也不会让她拿走我的项圈。有个好主人多幸福啊。"

提利昂对此无话可说。最高明的奴役就是让人习以为常，根本不想挣脱。说实话，绝大多数奴隶的处境和凯岩城里仆人的生活并没有两样。有的奴隶主及其管家的确残暴无情，但维斯特洛某些领主和他们的总管、官员不也一样？渊凯人基本上是善待财产的，只要奴隶们做好分内事，不找麻烦……眼前这个戴着生锈项圈、对摇屁股大将忠心不贰的老人，其实在奴隶当中很典型。

"哟，善良的格拉兹多，"提利昂甜甜地说，"我主人亚赞常夸赞他的智慧。"亚赞说的实际上是：我左边屁股的智慧比格拉兹多和他的兄弟们加起来还多。这话自然不好当众说出口。

他和分妮直到下午才排到水井边。一个骨瘦如柴的独腿奴隶负责汲水，他满腹狐疑地瞅着他们，"向来是保姆为亚赞取水，他会带来四个兵和一辆骡车。"他边说边放井边的大桶，底下传来轻轻的水声，等注满后，独腿人再把桶子拉上来。他的胳膊晒黑脱皮，看似形销骨立，其实满身肌肉。

"骡子死啦，"提利昂说，"保姆也死了，真可怜。现在亚赞自己也骑上苍白母马，他手下还有六个兵中招。你可以帮我把两只桶子都灌满吗？"

"好的。"对方不再啰唆。你也害怕母马的蹄声吧？关于士兵染病的谎言果然提高了独腿人的效率。

两个侏儒各提两只灌满清水的水桶返回，乔拉爵士提四只。下午比上午更热，空气好像湿羊毛毯一样沉重湿润地盖在他们身上，每走一步桶子便沉一分。所谓的路长腿短吧。到头来他不断溅出水，打湿了双腿，脖子上的铃铛则恰如其分地奏出相应的行军曲。早知会落到这步田地，父亲，我就会手下留情了。往东半里远，有个帐篷被点燃了，一束黑烟升上天空。他们在火葬昨天的死者。"走这边。"提利昂扭头示意向右转。

分妮迷惑不解，"我们不是打这条路来的呀。"

"没必要去吸那口烟，有害身体健康。"这不是谎言。至少不全是。

分妮走得气喘吁吁，她提不动两个桶，"我得歇歇。"

"如你所愿，"提利昂说罢就把桶放下，他自己也累得受不了了。腿酸痛得厉害，所以他找了块大石头坐上去揉大腿。

"我可以帮你揉，"分妮提议，"我知道怎么按摩。"他逐渐喜欢上了这女孩，但每当她碰到他的身体，他还是感觉不自在。他转向乔拉爵士。"你再多挨几顿打，就比我还丑了，莫尔蒙。告诉我，你还能打吗？"

大个子骑士抬起淤青的眼睛，像看虫子一样地看着他，"我还能扭断你的脖子，小恶魔。"

"很好，"提利昂提起桶子，"那我们就走这条路。"

分妮皱紧眉头。"这完全不对呀，我们不该左转，"她伸手指出，"老泼妇分明在那头。"

"我们去邪恶姐妹那边，"提利昂点头示意。"相信我，"他补充，"这条路更近。"说完他拔腿就走，铃铛一路作响。他知道分妮会跟上。

有时，他嫉妒女孩脑子里那些可爱的小迷梦。她让他想起了珊莎·史塔克，那位他短暂地迎娶又很快失去的童贞新娘。分妮有许多可怕的经历，但她依然保持着纯真。她怎么就长不大呢？她比珊莎年长，又是个侏儒——但你从她的举止中绝对看不出这点。她活得一点也不像怪物马戏团里的奴隶，反而像个出身高贵、美貌如花的闺女。提利昂经常听见她在夜里祷告。这是浪费口水。如果世上真有神灵存在，那也是以折磨我们为乐的残酷神灵。要不然他们怎会造出这样一个变态的世界，这样一个充满痛苦和不公、人吃人的血淋淋的世界？怎会造出我们这种怪物？有时，他真想爬起来抽她几巴掌，或者猛力摇她，朝她大吼，以彻底粉碎她的迷梦。没人会来拯救我们，他想把这话对她说清楚，惨淡的人生还远没有结束。但不知为何，他就是说不出口，就是做不到。他没法给她那张丑脸一记老拳，把蒙蔽她的眼罩狠狠撕下；他反而会捏捏她的肩膀，甚至给她一个拥抱。每一个拥抱都是谎言。她在我的谎言里越陷越深，是我害了她。

他连达兹纳克竞技场里的真相也瞒住了她。

狮子，他们打算放狮子咬我们。对他而言，这是无比辛辣的讽刺。或许在被撕成碎片前，他该纵情狂笑几声。

没人把那歹毒的计划告诉他，至少没人明说，但在达兹纳克竞技场下的砖穴里，他很容易搞清真相。砖穴黑暗隐秘，位于观众席正下方，那是斗技士们的地盘，仆人在那里照料活人和死人——那里有煮饭的厨子，打理兵器的铁匠，给斗技士剪发、放血、包扎伤口的江湖医生，在战斗前后满足斗技士性欲的妓女，以及用锁链和铁钩把战败者拖离沙地的收尸人。

保姆的表情给了提利昂第一条线索。表演结束后，他和分妮回到被火炬点亮的砖穴，里头满是没上场的和已下场的斗技士。有的在磨武器，有的在向异教神灵献祭，还有的在赴死前喝下罂粟花奶，以麻痹神经。上场获胜的聚在角落玩骰子，发出劫后余生者特有的爽朗笑声。

当分妮牵嘎吱进门时，保姆正掏银币付赌债。他脸上闪过片刻困惑，这没逃过提利昂的眼睛。保姆以为我们回不来，他朝周围看，他们都以为我们回不来。我们本来难逃一死。让他完全确信的是他偷听到驯兽师朝竞技场主大声抱怨："我的狮子快饿死了，整整两天没喂！你们要我别喂，我便没喂，现在女王得赔偿损失。"

"她下次上朝时你自己说去。"场主吼回去。

然而直到现在，分妮也没有丝毫察觉。提起竞技场，她遗憾的只是没引发更多欢笑。要是真的放出狮子，他们恐怕会笑得尿裤子吧。提利昂几乎要对她吐露实情，但最终只捏了捏她肩膀。

分妮忽然停步，"我们真的走错路了。"

"才怪，"提利昂放下水桶，提把在他手上印下深深的勒痕。"我们去那边。"

"次子团？"乔拉爵士脸上浮现出一抹诡异的笑容，"你以为这样能得救，你就太不了解棕人本·普棱了。"

"噢，我当然了解他，我跟普棱下过五盘棋咧。棕人本是个城府颇深的老滑头，盘算得很精……处处留心眼，习惯让对手去冒险，自己好整以暇地等待，并根据战斗进程见风使舵。"

"战斗？什么战斗？"分妮从他身边吓退了一步，"我们得赶紧回去，主人需要清水。磨蹭下去，我们会吃鞭子的。美女猪和嘎吱也还在营地呢。"

"甜心会照顾好它们，"提利昂撒谎。大概"伤痕"和他的朋友们很快就能享用火腿、培根和美味的狗肉汤大餐了吧，但这些没必要让分妮知道。"保姆死了，亚赞也命不久矣，入夜前大概没人会注意到我们逃跑的事。现在是最好的机会。"

"不要。你知道他们会怎么对付逃跑的奴隶。你知道的。求你了，我们逃不出去。"

"谁说我们要逃出去？"提利昂再度提起水桶，蹒跚着小步开跑，再也没回头。莫尔蒙随即跟上。过了一会儿，他听见分妮匆匆追赶的脚步声。他们跑下一道沙土坡，前往由一圈破帐篷围成的营地。

他们来到拴马的地方，遇到了第一名守卫。这是个消瘦的泰洛西长矛兵，下巴有栗色胡须。"干什么的？桶里装了什么？"

"桶里有水，"提利昂道，"大人请看。"

"大人想要啤酒，"矛尖抵住了他后背——发话的是另一名守卫。提利昂听出他带有君临口音，跳蚤窝里的人渣。"矮冬瓜迷路了？"守卫盘问。

"我们特来加入贵团。"

一只桶无声地从分妮手中滑落，打翻在地。在她伸手抓住之前，水已洒了一半。

"团里傻瓜够多了，有必要多加三个？"泰洛西人的长矛拂过提利昂的项圈，摇了摇那镀金小铃铛。"况且你是个逃跑的奴隶。三个逃跑的奴隶。这项圈是谁的？"

"黄鲸鱼的，"出声的是第三个人——一个瘦骨伶仃、嚼酸草叶嚼得牙齿鲜红的短须佣兵。他是个军士，提利昂从其他两人的态度中察觉到。这家伙的右手是个钩子。好样的，这杂种看起来就像波隆。"他们是本想买的侏儒，"军士告诉长矛兵，又瞥了乔拉爵士一眼，"至于这大个子……让他也进去。三个一起。"

泰洛西人挥挥长矛放行。提利昂马上走进去。另一个守卫——几乎还是个男孩，顶着一头稻草色脏头发，唇上几乎没毛——用一条胳膊捞起分妮。"噢噢，我这个有奶头哦，"他边笑边伸手到分妮的上衣底下摸索。

"好好带着她。"军士厉声喝道。

那小子悻悻地将分妮扔到肩上，提利昂则以自己那双短腿所能容许的最快速度当先而行。他很清楚目的地是营火坑对面的大帐，大帐的彩绘帆布由于长年风吹日晒，业已开裂褪色。几个佣兵观望着他们这行人，还有个营妓朝他淫笑，但没人上前干涉。

帐内有很多行军折凳、一张搁板桌和一架子长矛长戟，地上铺了六七块磨破的杂色地毯。帐内有三位长官，一个纤细优雅，留着尖胡子，佩带刺客的细剑，穿粉色紧身开衫上衣；另一个是肥胖的秃子，一手握鹅毛笔，指间沾满墨渍。

他要找的是第三个人。提利昂鞠躬道："团长阁下。"

"我们发现他们想潜入营地。"小伙子将分妮扔到地上。

"逃跑的奴隶，"泰洛西人宣称，"还带着水桶。"

"带着水桶？"棕人本·普棱重复。眼见没人解释，他吩咐：

"孩子们,回岗位去,不许对任何人提起这事,一句都不准提。"他们走后,他笑着对提利昂说,"专程来找我切磋席瓦斯,耶罗?"

"玩玩也无妨,我可是很享受胜利滋味的哟。普棱,听说你已经叛变两次,我很欣赏你。"

棕人本的笑意从未触及眼睛,他像审视一条会说话的毒蛇一样审视提利昂。"你究竟有何贵干?"

"我此行是为了让你美梦成真。你曾想在拍卖场买下我,又试图在棋桌上把我赢回去。我鼻子完好无损时,也没帅气到让人这么迷恋咧……这一切说明你清楚我真正的价值。好吧,现在我自己送上门,完全免费。你还是行行好,召来铁匠,将我们的项圈摘掉吧。我受够了边走边发出愚蠢的声音。"

"我不想开罪你高贵的主人。"

"亚赞有燃眉之急,管不了三个失踪奴隶。他骑上了苍白母马。何况他们怎敢来这找人?你的手下足以让他们望而却步。说穿了,这是笔以小博大的买卖,包你稳赚不赔。"

穿粉色紧身开衫上衣的傲慢军官嘶叫:"他们把瘟疫带来了、把瘟疫带进了这个帐篷!"他转向本·普棱。"团长,要我砍他脑袋吗?扔进粪坑埋了了事。"他说着抽出宝石把柄的刺客细剑。

"砍我脑袋你可得细心点,"提利昂道,"手上别沾血,瘟疫会通过血液传播。还有啊,衣服沾血也没救了,你得把它们烧光。"

"干脆把你连衣服一起烧怎么样,耶罗?这样最保险。"棕人本说。

"你我都清楚我不叫耶罗。你看到我的第一眼就明白。"

"或许罢。"

"我也清楚你的底细,大人。"提利昂说,"虽说比起家乡的普棱，你是个棕人而非紫人，但以血统而论，你毕竟是西境人——如果你在姓氏上没撒谎的话。普棱家族宣誓效忠凯岩城，我恰好知道点他们的家族史。你这一脉既生在狭海对岸，那我敢打赌，你是韦赛里斯·普棱的小儿子。只怕女王的龙相当亲近你，是也不是？"

佣兵似乎颇感有趣，"谁跟你透露的？"

"没人跟我说。关于龙的轶事大半是蠢人编造的闲话。什么会说话的龙啦，什么囤积金银财宝的龙啦，什么长了四条腿、肚子有大象那么大的龙啦，什么跟斯芬克斯玩猜谜游戏的龙啦……全是无稽之谈。但古书中确有真正的智慧。我不仅知道女王的龙会亲近你，还知道个中缘由。"

"我老妈说我老爸有一点龙血。"

"他不仅有龙血，兴许还有六尺长的命根子不是。你听过这故事吧？好啦，让我们开诚布公。你无疑是个聪明的普棱，你清楚我的脑袋值一个领主之位……但你却要横跨半个世界、回到维斯特洛才能领赏，而到那时，只怕我的脑袋早成骷髅，变为蛆虫的乐园了。我亲爱的老姐不会相信你的说辞，不会给你允诺的奖励。你知道这些女王、太后啥的是什么德行，她们都是善变的婊子，瑟曦更是婊子中的婊子。"

棕人本挠挠胡子，"我可以活捉你回去，或把你的脑袋装进罐子里拿药水泡。"

"再或干脆支持我，这是最聪明的做法。"侏儒咧嘴笑道，"作为家中次子，这个军团命中注定是我的归宿。"

"耍杂技的在次子团里没有位置，"粉衣刺客轻蔑地说，"我们需要战士。"

"所以我给你们带了一个。"提利昂用拇指比比莫尔蒙。

"就这货？"刺客笑道，"丑八怪一个，你以为加入次子团，光凭几道伤疤就够吗？"

提利昂那双不对称的眼睛翻了个白眼,"普棱大人,你这两位朋友是什么来头?粉色那个好像脑筋不太灵光。"

刺客撇起嘴,而他拿鹅毛笔的同伴被提利昂的傲慢态度逗乐了。开口解释的反而是乔拉·莫尔蒙:"'墨水瓶'是次子团财务官。那只孔雀自称为'狡诈的'卡斯帕罗,瞧那副自命不凡的样子,依我看叫'无耻的'卡斯帕罗更贴切。"

莫尔蒙的面孔被打得难以辨认,但声音没变。卡斯帕罗惊讶地瞪着他,普棱眼角的皱纹则兴致勃勃地舒展开来。"乔拉·莫尔蒙?是你?多时不见,你被折煞得很惨啊。我们还得叫你'爵士先生'吗?"

乔拉爵士肿胀的嘴唇扭出一个恐怖的笑容。"给我把好剑,你叫我什么都行,本。"

卡斯帕罗踏步上前,"你……她明明把你赶走了……"

"但我现在回来了。我是个傻瓜。"

被爱情冲昏头脑的傻瓜。提利昂清清喉咙,"待会儿再叙旧好吗?……让我先解释清楚,我的脑袋好端端地搁在脖子上为啥对大伙儿都更有利。你要明白,普棱大人,我这人对朋友向来出手大方。如果你不信,可以去问波隆、去问多夫之子夏嘎、去问提魅之子提魅。"

"这些人是何方神圣?"外号墨水瓶的财务官问。

"他们都是用剑为我效劳的正派人,因为兢兢业业,所以发了大财,"侏儒耸耸肩。"噢,好吧,'正派人'这个评价见仁见智。或许我该说,他们跟你们一样,都是些嗜血的畜生。"

"这些人或许存在,"棕人本接口,"又或许是你信口胡诌。你说那人叫夏嘎?这像个女人的名字。"

"他至少有女人的奶子。下次见面,记得提醒我关注他的裤裆。那玩意儿是席瓦斯棋不是?摆出来下一盘吧。不过先给我倒杯酒,我的喉咙干得像坟墓里的老骨头,润润嗓子,才好讨价还价嘛。"

琼恩

那晚,琼恩梦到野人咆哮着冲出鬼影森林,在战号轰鸣和战鼓擂动中一往无前。嘭咚,嘭咚,嘭咚,千万个心脏一齐跳动。他们握着长矛、弓箭和斧头,乘着由马一样大的狗拉的骨制战车。四十尺高的巨人随队伍缓缓前进,手握橡树大小的槌子。

"坚守阵地!"琼恩·雪诺高喊,"顶住他们!"他发现自己独立于长城之巅。"放火,"他尖叫,"放火烧他们。"没人听他的。

大家都跑了。大家都抛弃了我。

燃烧的箭杆呼啸着射上城墙,拖出长长火舌。稻草弟兄不断倒下,黑袍片片点燃。"雪诺,"一只鹰喊叫,而敌人像蜘蛛一样爬上冰壁。琼恩穿着玄冰黑甲,手中剑刃却烧得通红。死人一登上长城,他便送他们重归死亡。他砍倒一个灰胡老人、一个没长胡子的孩子、一个巨人、一个龅齿瘦子,还有个浓密红发的女孩——他下手后才认出是耶哥蕊特。

她如电光朝露,跌落长城。

世界化作红雾。琼恩不断劈、捅、砍、杀。他砍翻唐纳·诺伊,捅穿聋子迪克·佛拉德。断掌科林颓然跪下,徒劳地想堵住脖子流出的鲜血。"我是临冬城公爵!"琼恩高喊。罗柏突然出现在他面前,顶着融雪打湿的头发,被长爪砍下头颅。一只粗壮的手粗暴地抓住琼恩的肩膀,他猛然旋身……

……被胸口的乌鸦啄醒。"雪诺,"乌鸦尖叫。琼恩拍开它。乌鸦发出不满的叫声,飞到一根床柱上,就着黎明前的昏暗,责怪地盯着琼恩。

这一天终于到了。现在是狼时,太阳即将升起,四千野人将涌过长城。太疯狂了,琼恩·雪诺用烧伤的手抓抓头发,再次质疑自己的所作所为。大门打开后,一切都无法挽回。和托蒙德谈判的本该是熊老,至少也是杰瑞米·莱克或断掌科林或丹尼斯·梅利斯特或其他老手。本该是我叔叔。现在烦恼这个已无济于事。选择皆有风险,有得必有所失。他既然参加游戏,就必须坚持到底。

他起身摸黑穿好衣服,熊老的乌鸦在房里喋喋不休。"玉米,"鸟儿叫道,还有"国王。"以及"雪诺,琼恩·雪诺,琼恩·雪诺。"这太奇怪了,在琼恩的记忆中,这只鸟不会叫他的全名。

他在地窖和官员们共进早餐,包括炸面包、煎鸡蛋、血肠和大麦粥,配上掺水的黄啤酒。进餐时最后确认了准备工作。"万事俱备,"波文·马尔锡保证,"只要野人依约行事,一切将遵照您的命令进行。"

如若不然,势必演变成流血和屠杀。"记住,"琼恩说,"托蒙德的人又冷又饿,担惊受怕。他们中某些人憎恨我们,正如我们中某些人憎恨他们。为了和约,彼此双方都如履薄冰,稍有失足,则集体遭殃。今天若要动手,最好别是你们或你们属下的谁先动,否则我对新旧诸神发誓,肯定要他项上人头。"

他们诺诺称是,频频点头,口中喃喃低语着"遵命"、"没问题"以及"是,大人"。然后他们一个接一个起身扣好剑带,披上温暖的黑斗篷,步入寒冷的户外。

忧郁的艾迪·托勒特最后才离开,他带着六辆马车从长车楼连夜赶来——黑衣兄弟们现在管那叫婊子楼——此行要尽可能地带走矛妇,让她们加入她们的姐妹。

琼恩盯着他用一大块面包扫荡溏心蛋,再见到艾迪阴郁的面孔让他莫名地舒心。"重建进展如何?"他问他的前任私人事务官。

"再给十年就能建好了。"托勒特用一贯的忧郁口吻回答，"我们刚搬进去时，那里老鼠泛滥成灾。矛妇处理了那些可恶的东西，现在矛妇又泛滥成灾。我可是日夜盼着老鼠回来咧。"

"跟埃恩·伊梅特干得怎么样？"琼恩问。

"大多时候是黑马丽丝跟他干，大人。我嘛，我天天骑骡子，'荨麻'说骡子是我亲戚。倒是都有张长脸，但我哪有骡子俏啊。反正，我以名誉担保，不认识它们的娘。"他吃下最后一口蛋，叹气道，"我喜欢溏心蛋，大人，可以的话，别让野人把鸡吃光了。"

来到校场，东方天际微明，空中万里无云。"看来是好天气，"琼恩道，"暖和的艳阳天。"

"长城又要哭泣。要我说，大人，凛冬近在咫尺，这天气不自然，不是好兆头。"

琼恩微笑，"那要是下雪呢？"

"更坏的兆头。"

"你到底喜欢啥天气咧？"

"让人足不出户的天气。"忧郁的艾迪答道，"大人请原谅，我要回去照顾骡子。我一离开它们就想我，我敢说，比矛妇有人情味多了。"

他们就此分别，托勒特沿向东的路回到货车停靠的地方，琼恩·雪诺走向马厩。纱丁已备好鞍马等他，那是匹烈性的灰色坐骑，乌黑油亮的鬃毛犹如学士墨汁。若是出巡逻，琼恩不会骑这样的马，但今天早上形象很重要，因而种马是最佳选择。

他的护卫队也集合好了。琼恩向来不喜欢守卫们前呼后拥的感觉，但今天有必要带上几个好手。他们身穿锁甲、铁半盔与黑斗篷，长矛在手，腰挂长剑匕首，模样煞是凶猛。八人护卫队中没有菜鸟或老人，全是精英：泰、穆利、左手卢、大里德尔、罗里、跳蚤福克、绿矛盖略特及黑城堡的新教头皮革——选他是为了让自由民看到，即便曾为曼斯攻打长城的人，也能在黑衣军团中升到高位。

他们在大门口集结完毕时，一抹深红霞光恰好出现在东方。群星隐匿，琼恩心想，它们下次出现，照耀的将是完全不同的世界。几名后党人士还在守护梅丽珊卓的夜火余烬。琼恩抬头望向国王塔，瞥见窗后有道红光。赛丽丝王后则毫无动静。

是时候了。"打开大门。"琼恩轻声说。

"打开大门！"大里德尔大吼，声若炸雷。七百尺上，哨兵们听到叫喊，吹响战号。号声在长城上、天地间回荡。啊呜呜呜呜呜呜呜呜呜呜呜呜呜呜呜呜呜呜呜呜呜。这一声号角悠远漫长，在过去一千年或更久的时间里，它代表兄弟归来。但今天不同，今天它召唤自由民去崭新的家园。

漫长的隧道两端，大门打开，铁闸卸下，黎明的晨光在上方冰墙折射出粉、金和紫色光芒。忧郁的艾迪说得没错，长城很快就会哭泣。但愿只有长城哭泣。

纱丁领队伍穿过冰下甬道，手中铁灯笼照亮了黑暗。琼恩策马紧随其后，然后是护卫队，再后面是波文·马尔锡及其手下二十名事务官，他们将各司其职。御林的乌尔马在长城上指挥，黑城堡最好的四十名弓箭手引弓待发，作好准备以箭雨回应任何麻烦。

长城以北，巨人克星托蒙德已准时抵达，他胯下瘦弱的矮种马看起来快被他压垮了。他幸存的两个儿子——高个托雷格和年幼的戴温——跟在他身边，此外还有六十名战士。

"哈！"托蒙德大声说，"护卫队？咱们的信任哪儿去啦，乌鸦？"

"你带的人比我多。"

"这倒是。小子你过来，让我的人好好瞧瞧你。我这几千号人都没见过尊贵的总司令大人咧,他们小时候不听话大人就吓唬说游骑兵会吃了他们。你得让他们仔细瞧瞧,教他们知道你只是个裹一身旧黑袍的长脸小子,守夜人没啥可怕。"

但愿他们永远不知道。琼恩摘下烧伤那只手的手套,两根指头放在嘴边吹个口哨。白灵应声从大门中窜出,托蒙德的马吓得猛然人立,差点把野人甩下来。"没啥可怕?"琼恩说,"白灵,坐下。"

"你个黑心肠的杂种,乌鸦大人。"吹号者托蒙德将战号举到唇边,号声随即炸响,被冰面反射,仿若奔雷。第一批自由民列队向大门进发。

从黎明到黄昏,琼恩一直看着野人穿过大门。

人质首先通过——一百名八到十六岁的男孩。"你的血钱,乌鸦大人。"托蒙德宣称,"但愿可怜的母亲们的哀号不会搅得你夜不能寐。"许多男孩由父母送到大门口,有的则由兄弟姐妹陪送,但更多的只身前来。十四五岁的男孩几乎是成人了,不想让人看见拽着妈妈的裙子。

两名事务官点数经过的男孩,在长长的羊皮卷轴上记下每个名字,另一个事务官负责收缴值钱物件,并也要记录下来。这些男孩将去往完全陌生的地方,侍奉与他们的亲族、祖先作对了数千年的组织,然而琼恩没见到眼泪,也未曾听到母亲呜咽。他们是冬天的民族,他提醒自己,在他们的家乡,眼泪会冻结在脸颊上。走入那个昏暗的隧道时,没有一个男孩踟蹰不前或试图逃跑。

几乎所有男孩都很瘦,有些简直皮包骨头,双腿纤弱,胳膊像麻杆——这是琼恩早料到的。除此之外,他们身材、高矮、肤色各不相同。有高个也有矮子,有棕发、黑发、蜜金发、浅红金发,还有像耶哥蕊特一样火吻的红发。他看到伤疤男孩、跛脚男孩、满脸青春痘的男孩。很多大龄孩子脸颊已有了绒毛,或留了小束髭须，甚至有一人长着和托蒙德一样的大胡子。他们有些穿上好的软毛皮，有些穿煮沸皮甲和其他残缺的盔甲，更多的穿羊毛衣和海豹皮，少数人衣衫褴褛，还有个赤身裸体的。很多孩子带着武器：削尖长矛、石头槌子，骨头、石头或龙晶做的匕首，狼牙棒，索网，甚至有几把锈迹斑斑的剑。硬足民男孩赤脚轻快地踏过雪堆，其他孩子则在靴子上绑"熊掌"，也能同样轻松地走过，不踩破冰壳。六个男孩有马骑，还有两个骑骡，有对兄弟共乘一只山羊。最高大的质子六尺半高，但长着娃娃脸；最矮小的发育不良，自称九岁，但看起来不超过六岁。

　　需要特别注意的是那些名人的后代。这些孩子经过时，托蒙德会特意指出。"这孩子是'破盾者'梭伦之子，"他指着一个高个男孩。"那个红发的，是'王血'格里克的崽儿，格里克自称是红胡子雷蒙的后代。其实，他属于红胡子弟弟那一脉。"有两个男孩看起来像双胞胎，但托蒙德坚称他们只是亲戚，出生还相差一年。"一个是猎人哈雷的种，另一个是英俊哈雷的，同母异父。他们的爹势不两立。我要是你，会把一个送到东海望，另一个送到影子塔。"

　　其他人质的父亲包括流浪者豪德、波罗吉、海豹剥皮人戴维因、木耳凯勒格、白面具莫罗娜、大海象……

　　"大海象？真的？"

　　"冰封海岸人名字都奇奇怪怪的。"

　　有三个质子是被断掌科林杀死的著名掠袭者猎鸦阿夫因之子，至少托蒙德坚持说他们是。

　　"他们看起来不像兄弟。"琼恩注意到。

　　"算半个兄弟，不同妈生的。阿夫因的老二可小咧，比你的还小，但他用起来不害臊。那家伙到处留种，每个村里都有。"

　　托蒙德又指着某个矮小的鼠脸男孩说："那是六形人瓦拉米尔

的崽儿。记得瓦拉米尔吗,乌鸦大人?"

他记得。"易形者。"

"是啊,他是个易形者,还是个恶毒的小畜生。现在大概死了,仗打完后没人见过他。"

有两个男孩是女生假扮。琼恩发现后,派罗里和大里德尔去把她们带来。有个女孩还算温顺,另一个则又踢又咬。这事可能不好收场。"这两个也有厉害的爹?"

"哈!瘦成这德行?不大可能。抽签选的吧。"

"她们是女孩。"

"是么?"托蒙德坐在马上睥睨两人,"我和乌鸦大人打了赌,赌你们谁的老二大。马上脱裤子,给我们看看。"

一个女孩羞得满脸通红,另一个则挑衅地回瞪,"你不能动我们,臭死巨人的托蒙德,放了我们!"

"哈!你赢了,乌鸦,她们没那话儿。不过这小女生挺有胆色,将来会是个矛妇。"他叫来自己人。"在雪诺大人吓尿裤子前给她俩找几件女人衣服。"

"我需要两个男孩替换。"

"为什么?"托蒙德抓抓胡须,"要我说,质子就是质子,你那把锋利的大剑一样能砍女孩的头。父亲也心痛女儿,呃,大部分父亲。"

我担心的不是他们的父亲。"曼斯唱过《勇敢的丹妮·菲林特》吗?"

"我不记得。他谁啊?"

"一个女扮男装的黑衣人。她的歌优美悲伤,但她的经历并不美好。"那首歌的某些版本里,她的灵魂仍在长夜堡游荡,"女孩只能送去长车楼。"那里只有埃恩·伊梅特和忧郁的艾迪两个男人,两个他都信得过,其他兄弟他可不敢担保。

野人会意。"你们这帮下流乌鸦。"他啐了一口,"那好,再加两个男孩,会给你的。"

等九十九个质子都缓缓走过长城下的隧道,托蒙德推出最后一个。"我儿子戴温。乌鸦,你可得照顾好他,否则我炖了你的黑心肝来下酒。"

琼恩仔细打量男孩。跟布兰一样大——若他没被席恩害死的话。但戴温毫无布兰的乖巧。他矮胖敦实,短腿粗臂,宽阔的红脸——根本是他爹小一号的翻版,长着浓密的深棕色头发。"他做我的侍酒。"琼恩向托蒙德保证。

"听到没,戴温?可别自以为是。"他又对琼恩说,"要不时好好收拾他。小心他的牙,他咬人。"他再次取下号角,举到嘴边,吹出长长一声。

这次,战士们开始前进。他们人数远不止一百。五百人,看着他们从树下钻出,琼恩暗中估算,或许上千。只有十分之一的人骑马,但所有人都有武器。他们背着兽皮和煮沸皮革包裹的柳条圆盾,上面有各种彩绘图案,如毒蛇、蜘蛛、断头、染血战锤、破碎头骨、恶魔等。有些人穿着窃取的、凹痕累累的铁甲,都是从游骑兵尸体上扒来的部件。其余的像叮当衫一样穿戴骨头。所有人都穿着皮毛和皮革。

长发飞扬的矛妇混杂其间,看着她们,琼恩不禁想起耶哥蕊特,想起她发间跳跃的火焰,想起在洞穴中跟她赤身搂抱时她脸上的神情,想起她说话的声线。"你什么都不懂,琼恩•雪诺。"她无数次对他说。

一切恍若昨日。"女士优先,"他对托蒙德说,"你应该先送母亲和少女来。"

野人首领狡黠地一笑,"没错,我是应该,然后你们乌鸦就可以随时关门了。先送几个战士过去看门,不挺好的吗?"他咧嘴一笑,"我为你的马付了血钱,琼恩·雪诺,但不意味着连它的牙都不数。别以为我和我的人不信任你,我们的信任是相互的、对等的。"他喷口鼻息,"你想要战士,不是吗?看啊,这不都是,每个能顶六只黑乌鸦。"

琼恩唯有苦笑,"只要他们记得对付共同的敌人,我就知足了。"

"我承诺过,不是吗?巨人克星托蒙德一言既出,驷马难追。"他转身啐了口唾沫。

很多战士是之前那些质子的父亲。其中一些人经过时冷酷地瞪着他,手指抚摸剑柄;另一些人则像久别重逢的亲人一样朝他微笑,琼恩·雪诺觉得有些微笑比瞪视更让人心慌。无人下跪,但许多人发下誓言。"托蒙德的誓言就是我的誓言。"沉默寡言的黑发波罗吉宣称。破盾者梭伦微微低头,近乎咆哮地说:"琼恩·雪诺,只要你需要,梭伦的战斧就是你的。"红胡子王血格里克带着三个女儿,"她们都会成为好老婆,为丈夫生下血统高贵身强体壮的孩子,"他吹嘘道,"就像她们的爹。她们可是塞外之王红胡子雷蒙的后裔。"

琼恩知道,自由民不关心血统,耶哥蕊特曾反复强调这点。格里克的女儿们和耶哥蕊特一样生着火红的头发,但耶哥蕊特的又卷又乱,她们的又长又直。火吻而生。"三位公主,一位比一位可爱。"他告诉她们的父亲,"我会关照她们,让她们面见王后。"他猜测赛丽丝·拜拉席恩对她们会比对瓦迩态度好些;她们更年轻,似乎也更驯顺。尽管她们的爹像白痴,但她们着实甜美。

"流浪者"豪德凭剑起誓,琼恩没见过那么破烂坑洼的剑;"海豹剥皮人"戴维因送他一顶海豹皮帽;"猎人"哈雷带来熊掌项链;"战士女巫"莫罗娜只在亲吻琼恩戴手套的手时摘下了鱼梁木面具,发誓为他效劳,说琼恩当她是男是女都可以。类似的宣誓无穷无尽。

走过的战士都摘下身上的值钱物件，扔到事务官放在大门前的推车里。琥珀饰物、金项圈、宝石匕首、镶宝石的银胸针、手镯、戒指、乌银杯和金酒杯，号角与角杯，一把绿翡翠梳子，一串淡水珍珠项链……所有财物都交出来，由波文·马尔锡记录在案。有人交出一件银鳞软甲，肯定是给某位大领主打造的。另有人上缴了一把剑柄镶有三块蓝宝石的断剑。

他们还交出各种怪异的产品：用长毛象毛做的长毛象玩具，象牙雕的阳具，独角兽头骨做的头盔——还保留着独角兽角。琼恩难以想象这些东西能在自由贸易城邦换到多少食物。

跟在骑手后面的是冰封海岸人。琼恩注视着十二辆骨制大战车从面前挨个经过，发出和叮当衫一样的哗哗声响。有一半战车是完好的，其他的把轮子换成雪橇——换过轮子的车平稳地滑过雪堆，带轮子的则不断沉陷。

拉车的狗令人生畏，有冰原狼那么大。他们的女人裹着海豹皮，有些怀抱婴儿。大点的孩子紧随母亲的脚步，看向琼恩的眼神，就跟手里的岩石一样黑暗生硬。这群人有的戴鹿角帽，有的戴海象牙帽，琼恩立刻意识到，这两种人互相敌视。几头瘦弱的驯鹿走在后面，大狗负责驱赶掉队者。

"小心那伙人，琼恩·雪诺。"托蒙德警告他，"一伙蛮子。男的坏，女的丑。"他从马鞍上摘下酒袋，递给琼恩，"给，看不下去就喝这个，夜里还能暖身子。别停啊，继续喝，你拿着吧，放开喝。"

酒袋里的烈性蜜酒呛得琼恩眼泪直流，有如丝丝火舌在胸膛蔓延。他又痛饮一口，"就野人而言，'巨人婴儿'托蒙德，你是个好人。"

"哈！或许比大多数人好，但有些我自愧不如。"

太阳在蔚蓝晴空中爬升，野人络绎不绝。临近正午，一辆牛车堵在隧道拐弯处，队伍被迫停下，琼恩·雪诺不得不亲自查看。由于牛车把隧道塞得严严实实，后面的人威胁说要把车劈成两半，把牛就地宰杀。车主及其亲属则发誓谁敢动手就得偿命。最终在托蒙德和他儿子托雷格的协助下，琼恩制止了一场流血冲突，但道路堵塞了大半个小时。

"门大点儿才好。"托蒙德跟琼恩抱怨，一边愁眉苦脸地看着乌云聚集的天空，"太他妈慢了，跟用芦管喝乳河水似的。哈！我要有乔曼的号角，使劲这么一吹，就能从废墟上爬过去。"

"梅丽珊卓烧掉了号角。"

"真的？"托蒙德一拍大腿，大声咒骂，"她烧了上好的大号角，哎，真是暴殄天物。那号角有一千岁，我们在巨人的坟墓里找到的，没人见过那么大的号角。正因如此，曼斯才跟你说那是乔曼的号角。他要乌鸦相信他有能力吹倒该死的长城，吹得你们下跪。但我们没找到真正的号角，怎么挖都没用。要能找到，七大王国所有的下跪之人夏天都有镇酒的大冰块儿用了。"

琼恩转过马头，眉头紧锁。乔曼吹响冬之号角，从地底唤醒巨人。记得那支大战号镶嵌着古老的金子熔铸的线条，内里镌有上古符文……是曼斯·雷德骗了他，还是托蒙德扯谎？若曼斯的号角是赝品，真正的号角在哪儿？

午后，太阳被云团遮住。冷风吹起，天色渐暗。"要下雪了。"托蒙德严肃地宣布。

其他人也从厚厚的白云中看出兆头不妙，加快了行进速度。人们的脾气火暴起来，摩擦不断爆发。有个人想偷偷插到排了几小时的队列前头，结果被捅了一刀。托雷格夺下伤人者的匕首，把两人都从队伍里揪出来，赶回野人营地，让他们从头排起。

"托蒙德。"琼恩看着四名老女人推着一车孩子走向大门，

"讲讲我们的敌人。我想了解一切有关异鬼的事。"

野人抹抹嘴。"不能在这儿，"他嘟哝道，"不能在长城这面讲。"老家伙不安地看着白雪皑皑的森林，"你知道，它们如影随形，昼伏夜出。这古老的太阳照耀时它们不现身，但离得不远。影子永远都在，或许你暂时看不见，但它们永远在你脚下。"

"它们阻止你南下？"

"若是指正面交锋，没有。但他们一直紧随其后，蚕食我的队伍。我失去了太多斥候，掉队的和走散的也没再回来。每晚我们会在营地外围满篝火。它们不喜欢火，这点毋庸置疑。可要是下雪……不管大雪、雨夹雪，乃至冻雨，干木头就太他妈难找了，即便找到也点不着，而那寒气……有几夜我们篝火屡弱，几乎熄灭，这样到早上就会找到死人，或者死人找到我们。那夜托温德……我儿子，他……"托蒙德别开脸。

"我懂。"琼恩·雪诺说。

托蒙德转回头。"你什么都不懂。没错，我听说你杀了个死人，可曼斯杀了上百个。人类能对抗死人，但等死人的主子来了，等白雾升起……你怎么和雾战斗，乌鸦？长利齿的阴影……空气冰寒，吸到肺里像把刀……你不懂，你不会懂……你的剑能劈开寒冷么？"

我们走着瞧，琼恩回忆起山姆从古书中读到的信息。长爪由古瓦雷利亚的火煅制而成，龙焰熔铸，咒语加持。山姆说它是龙钢，比任何普通钢铁更结实、轻便、坚固、锋利……但那是纸上谈兵，一切要在实战中检验。

"没错，"琼恩说，"我的确不懂。诸神慈悲，我希望自己永远不懂。"

"诸神很少慈悲，琼恩·雪诺。"托蒙德朝天空点点头，"乌云滚滚而来，天色又暗又冷，你的长城也不再哭泣。看。"他转身招呼儿子托雷格。"骑回营地,叫那些老弱病残、懦夫懒虫啥的抬抬金贵的腿,赶紧行动。谁要拖延,就烧了他见鬼的帐篷。入夜前大门必须关闭,届时没过长城的,就祈祷在我逮着他前他先被异鬼带走吧。听见没?"

"知道了。"托雷格一夹马腹,疾驰回队伍末端。

野人络绎不绝。正如托蒙德所说,天色越发暗了。乌云满天,暖意消散,大门前愈加拥挤,人类、山羊和牛争抢道路。他们不只着急,琼恩发现,他们还在害怕。无论战士、矛妇还是掠袭者,都害怕那片森林,害怕穿行其间的阴影。他们一心想赶在夜幕降临前,躲到长城背后。

一片雪花在空中飞舞。接着又一片。与我共舞吧,琼恩·雪诺,他幻想,你不久将与我共舞。

野人络绎不绝,连绵不断。有些野人加快脚步,匆匆穿过战场。其他人——老幼病弱——却走得太慢。早上这片地覆了厚厚一层陈雪,白色雪壳足以反射阳光;现在成了一片棕黑泥泞。凡是自由民经过的地方都踩得稀里哗啦:木轮,马蹄,骨头、兽角和铁做的雪橇,猪脚,靴子,公牛母牛的蹄子,硬足民黑黑的赤脚,各自留下印记。湿滑的路面让队伍行得更慢。"门大点儿才好。"托蒙德再次抱怨。

傍晚将近,雪下个不停,好在潮水般的野人队伍只剩涓涓细流。几缕青烟从林中的宿营地升起。"是托雷格,"托蒙德解释,"焚烧死者。总有些人一睡不醒,死在帐篷里——如果有帐篷的话——蜷缩着冻成一团。托雷格知道怎么处理。"

托雷格从林中返回时,涓涓细流也只剩最后几滴,跟他一起骑马回来的是十几名装备矛和剑的战士。"我的后卫。"托蒙德咧开缺牙的嘴笑道,"你们乌鸦有游骑兵,我们也有。我把这些人留在营地,以防在拔营前遭遇袭击。"

"他们是你最棒的人。"

"也是最糟的。这些人全杀过乌鸦。"

只有一人徒步,身后跟着一只高大野兽。一头野猪,琼恩看清,大得惊人。那怪物有白灵两倍大,浑身裹着粗糙的黑毛,獠牙有成人手臂长短。琼恩没见过这么大这么丑的猪。带领野猪的人也不漂亮:身材笨重,眉头深锁,鼻子扁平,宽阔的下巴长满黑胡楂,小小的黑眼睛挤在一起。

"波罗区,"托蒙德转头啐了一口,"易形者。"

他莫名地感到这是个大麻烦。

白灵转过脑袋。落雪曾遮盖野猪的气味,但他现在闻到了。他跳到琼恩身前,露出利齿,无声咆哮。

"不!"琼恩喝道,"白灵,坐下。别动,别动!"

"野猪和冰原狼。"托蒙德说,"今晚锁好你的野兽吧。我会让波罗区管好他的猪。"他瞥了眼黑乎乎的天空,"他们是最后一批,时间刚好。我看这场雪要下一整晚。该去看看这块冰对面是什么样了。"

"你先请,"琼恩告诉他,"我打算最后一个穿过冰墙。我会与你共进晚宴。"

"晚宴?哈!这话我爱听。"野人拨转胯下矮种马,伸手狠拍了下马臀,朝长城行去。托雷格和其他骑手紧随其后。他们在大门前下马,牵马通过。波文·马尔锡多留了一会,监督事务官们把推车都推入隧道。现在,长城外只剩琼恩和他的护卫队。

易形者在十码外停步,他的野猪喷着鼻息,前蹄刨地,一层雪末盖在它黝黑高耸的背上。然后它哼了一声,低下头,半晌间,琼恩以为它要冲上来,两旁护卫也纷纷放低长矛。

"兄弟。"波罗区道。

"你赶紧进去。我们要关门了。"

"关吧，"波罗区说，"把门关好关紧。他们来了，乌鸦。"他露出琼恩所见最丑陋的笑容，向大门走去。野猪跟在他身后，飞雪掩埋了足迹。

"终于结束了。"罗里看着他们进入大门。

不，琼恩·雪诺心想，这只是开始。

波文·马尔锡拿着记满数字的写字板在长城南面等他。"今天共有三千一百一十九名野人进入长城。"总务长向他禀报，"其中六十名质子在用餐后已送往东海望和影子塔。艾迪·托勒特带着六车矛妇返回长车楼。余下的都在这儿。"

"不会久的。"琼恩向他保证，"托蒙德打算一两天内就带自己的部众去橡木盾，其他人我们也会尽快安排去处。"

"你说了算，雪诺大人。"波文·马尔锡生硬地回答，其语气似乎暗示自己若是总司令，会如何"安排"野人。

琼恩返回时的城堡已和早上的城堡截然不同。长久以来，他所了解的黑城堡是沉寂阴暗的所在，寥寥无几的黑衣人犹如鬼魂，在这座曾容纳他们十倍人众的要塞废墟中游荡。一切皆已改变。那些窗户前所未有的灯火通明。陌生的口音在院落中交谈，常年只有乌鸦的黑靴子踩过的结冰小路上，如今自由民川流不息。古老的燧石军营外，一群人在打雪仗。玩耍，琼恩吃惊地想，成人像孩童那样玩耍，就像布兰和艾莉亚，或以前的我和罗柏那样互扔雪球。

然而唐纳·诺伊的老兵器库依然黑暗静谧，冰冷的锻炉后琼恩的房间一片漆黑。他刚脱下斗篷，丹纳就探头进来，报告克莱达斯收到了信。

"让他进来。"琼恩用火盆余烬点燃一根灯芯，又用灯芯点燃三根蜡烛。

克莱达斯粉色的眼睛目光闪烁，柔软的手掌握着一张羊皮纸。"司令大人见谅，我知道您很累，但您说一有来信就得报告。"

"你做得很对。"琼恩接过羊皮纸。

已至艰难屯,还剩六艘船。恶浪滔天。"黑鸟号"全军覆没,两艘里斯船在斯凯恩岛搁浅,"利爪号"进水。形势严峻。野人吃自己的死者。森林中有死物。布拉佛斯船长只愿载女人和孩子。女巫指责我们是奴隶贩子。抢夺"暴鸦号"的企图被击退,六名船员和许多野人死亡。还剩八只渡鸦。水中也有死物。海上狂风肆虐,请求陆路支援。"利爪号"上口述,哈穆恩学士执笔。

下面是卡特•派克张扬的签名。"大人,情况很糟?"克莱达斯问。

"糟透了。"森林中有死物。水中也有死物。十一艘船起航,还剩六艘。琼恩•雪诺卷起羊皮纸,眉头深锁。

长夜将至,他心想,我从今赶赴战场。

免职的骑士

"跪迎弥林国王,吉斯后裔,旧帝国元首,斯卡札丹河之主,真龙伴侣和鹰身女妖的血脉,高贵的西茨达拉·佐·洛拉克十四世圣主。"传令官大声唱道,声音回荡在大理石地板和柱子之间。

巴利斯坦·赛尔弥爵士一只手滑进披风下,将长剑稍稍拔出。国王驾前除其护卫外严禁武器。赛尔弥虽遭免职,似乎还被默认为护卫的一员。至少没人来收走他的长剑。

丹妮莉丝·坦格利安喜欢坐在锃亮的乌木长椅上临朝,长椅光滑简朴,铺满巴利斯坦爵士为让她坐得舒服找来的靠枕。西茨达拉国王将长椅换成两张华丽的金木王座,王座高高的后背雕成龙形。国王坐右边的王座,头戴黄金王冠,一只苍白的手握着宝石权杖。另一张王座空空如也。

那才是真正的王座,巴利斯坦爵士心想,再精巧的龙椅也替代不了真龙。

巨人格鲁尔站在两张王座右侧,身材笨重,满脸伤痕,面目狰狞。斑猫在王座左侧护卫,肩围豹皮。王座后站着碎骨者贝拉科沃和眼神冷硬的克拉兹。全是老练的杀手,赛尔弥总结,但预先找出隐藏的敌人,与在竞技场里迎击伴着号角和战鼓出场的对手是两码事。

日头尚早,晨光也正好,巴利斯坦爵士却觉疲惫入骨,仿佛奋战了一夜。随着年岁增长,他需要的睡眠越来越少。做侍从的他一晚能睡十小时,步向校场时还迷迷糊糊哈欠连天;六十三岁的他一晚睡五小时都绰绰有余。昨夜，他几乎没睡。他的卧室是女王寝宫隔壁的小房间，本供奴隶居住，屋内只有一张床、一把夜壶、一个衣柜，以及一把他不常坐的椅子。床头柜上他放了一支蜂蜡蜡烛和一个小小的战士雕像。他算不得虔诚，但这雕像减轻了他在异国他乡的孤独感。正因这份孤独，他才屡屡夜晚站岗。请保护我不被怀疑吞噬，他祈祷，赐予我力量去做正确的事。但祈祷和黎明都没能让他心安。

老骑士觉得大厅前所未有地拥挤，但他最关心的是那些缺失的面孔：弥桑黛、贝沃斯、灰虫子、阿戈、乔戈和拉卡洛，伊丽与姬琪，达里奥•纳哈里斯。圆颅大人原来的地方站着一个胖子，身穿宽阔的胸甲，头戴狮子面具，皮条战裙底露出两条粗壮的大腿——那是马克哈兹•佐•洛拉克，国王的表亲，兽面军的新指挥，赛尔弥相当瞧不起他。他在君临就受够了这类人：欺下媚上，狂妄自大，目中无人。

斯卡拉茨可能也在厅里，赛尔弥意识到，把丑脸隐藏在面具下。柱子间站了四十名兽面军，磨亮的黄铜面具反射火把光芒。圆颅大人可能是其中任何一个。

一百人的低语在大厅中交织，回响在柱子和大理石地面间。这声音压抑不安，充满戾气，令赛尔弥想起蜂窝炸开前的短暂寂静。而在这些人脸上，他看到了愤怒、悲痛、猜忌和恐惧。

国王的新传令官刚提起朝中众人注意，混乱就爆发了。一名妇女哭诉她一位兄弟死在达兹纳克的竞技场里，另一位妇女为损坏的轿子要求赔偿。一个胖子扯下绷带，在朝堂上公开展示烧伤的胳膊，伤处依然血肉模糊。一位穿蓝金相间托卡长袍的人陈述屠龙英雄哈格兹的事迹，却被身后一位自由民推倒，合六名兽面军之力才将他俩分开，拖出大厅。狐狸、老鹰、海豹、蝗虫、狮子、蛤蟆。赛尔弥不知面具和戴面具的人之间有什么关联。他们每天都戴同样

的面具？还是每个清晨都换副面孔？

"安静！"瑞茨纳克·莫·瑞茨纳克恳求大家，"拜托！我会挨个回答，只要你们……"

"是真的么？"一位女自由民呼喊，"我们的母亲死了？"

"没有，没有，没有。"瑞茨纳克声嘶力竭，"等时机成熟，丹妮莉丝女王自会容光焕发地返回弥林。在此之前，我们的圣上西茨达拉国王会——"

"他不是我们的国王。"一位自由民高喊。

人群开始推搡。"女王没死！"总管大声宣告，"血盟卫已被派往斯卡札丹河对岸寻找陛下，他们将带她回到钟爱她的丈夫和忠于她的臣民身旁。每个血盟卫都配备了十名精挑细选的骑手，每人各配备三匹骏马，以保证搜索进度和范围。他们一定能找到丹妮莉丝女王。"

接着一名穿锦袍的高个吉斯卡利人发言，声音响亮而冰冷。西茨达拉国王在巨龙王座上不断变换姿势，面无表情，尽力做出关注但不为所动的样子，任由他的总管予以回应。

巴利斯坦爵士把瑞茨纳克油滑的言语当耳旁风。做御林铁卫练就了他充耳不闻的技巧，尤其针对那些极力证明自己言语就像风的说话者。他在大厅后面瞥见了多恩少主及其两名同伴。他们不该来，马泰尔没意识到自己身处险境。在这个朝廷，丹妮莉丝是他唯一的朋友，而她现在失踪了。赛尔弥很好奇朝堂上的谈话他们能听懂多少。即便他自己也不能完全分辨奴隶贩子们的变种吉斯卡利语，尤其当他们语速如飞时。

昆丁王子听得专心致志。这小子是他父亲的种。矮小敦实，样貌平凡，看起来正直、稳重、实在、本分……却不能让少女一见倾心。而那丹妮莉丝·坦格利安，无论头衔如何，仍是年轻女子，这点她每每扮无辜时自己都会承认。像所有优秀君王一样，她把人民放在首位——否则她绝不会嫁给西茨达拉•佐•洛拉克——但她心中的小女孩渴望诗意、浪漫和笑语。她想要激情似火，多恩却送来沉稳如泥。

你可从泥土中提炼退烧的膏药；你可在泥土中播种粮食，喂养孩童。泥土滋养，烈火索取，但傻瓜、孩子还有年轻女子每次都被热情误导。

王子身后，盖里斯•丁瓦特爵士正朝伊伦伍德低语。盖里斯爵士与王子正相反：身材颀长，面容俊俏，兼具剑客的优雅和廷臣的机智。赛尔弥可以肯定有许多多恩少女的手指抚摸过那阳光点缀的头发，亲吻过那笑容轻佻的双唇。若这位是王子，事情也许大不相同，他禁不住想……但丁瓦特对他而言过于浮华。劣币，老骑士心想，他也了解这种人。

盖里斯说的事一定很有趣，引得大个子秃头同伴突然纵声大笑，连国王的视线都被吸引。西茨达拉•佐•洛拉克看到多恩王子，皱了皱眉。

巴利斯坦爵士觉得不妙。当国王示意表亲马格哈兹靠近，并弯腰附耳低语时，他觉得有麻烦了。

我对多恩没有誓言，巴利斯坦爵士告诉自己。但勒文•马泰尔曾是他的誓言兄弟，彼时御林铁卫手足情深。在三叉戟河我没帮上勒文，但今天我能帮他侄子。马泰尔正在毒蛇窝中跳舞，可他视而不见。丹妮莉丝于众神和世人的见证下嫁人后，昆廷逗留不去，作丈夫的肯定会被激怒。现在他没了女王庇护……然而……

这想法像一记耳光打在他脸上。昆廷生长于多恩宫廷，对阴谋和毒药不会陌生。他的长辈不止勒文亲王。他也是红毒蛇的侄子。丹妮莉丝确已另择他偶，但西茨达拉死后可以再嫁。会不会圆颅大人错了？谁能确定蝗虫一定针对丹妮莉丝？那可是国王的包厢，如果一开始想害的是国王呢？西茨达拉的死将粉碎脆弱的和平，鹰身女妖之子必寻求报复，而渊凯人将重新开战。届时，除了答应昆廷的婚约，丹妮莉丝别无选择。

巴利斯坦爵士狐疑不定，却听厅后响起重靴登上陡峭石阶的声音。渊凯使团来了。黄砖之城的三位贤主大人代表，每人都带着武士。一位奴隶主穿缀金流苏的栗色丝绸托卡长袍；一位穿青橙条纹托卡长袍；第三位穿戴华丽的胸甲，甲上镶嵌的墨玉、翡翠和珍珠母拼出春宫图。佣兵团长血胡子跟着他们，健壮的肩膀扛了一个皮袋，脸上挂着残忍的笑容。

褴衣亲王没来，赛尔弥注意到，棕人本·普棱也没来。巴利斯坦爵士冷冷地注视着血胡子。给我个理由会会你，看谁笑到最后。

瑞茨纳克·莫·瑞茨纳克小步趋前，"贤主大人们，你们驾到让我们蓬荜生辉。吾王明光西茨达拉嘱我欢迎渊凯朋友。我们明白——"

"明白这个。"血胡子从皮袋中拽出一颗头，扔向总管。

瑞茨纳克发出一声恐惧的尖叫，急忙跳开。头颅弹过他刚才站的地方，在紫色大理石地面一路留下点点血迹，最后撞到西茨达拉国王的巨龙宝座。厅里的兽面军都端起长矛，巨人格鲁尔沉步挡在王座之前，斑猫与克拉兹也闪到他身边，组成人墙保护国王。

血胡子哈哈大笑，"他死了，不咬人。"

总管颤颤巍巍、小心翼翼地靠过去，极轻细地拎着头发提起脑袋，"海军司令格罗莱。"

巴利斯坦爵士看向王座。他侍奉过这么多国王，禁不住去想若遇到这种挑衅，他们会作何反应。伊里斯会吓得向外一闪，估计又要被铁王座上的倒刺割伤，但随后他会尖叫着下令将渊凯人砍成碎片。劳勃会高叫拿战锤来，亲自与血胡子对决。即便公认软弱的杰赫里斯，也会下令逮捕血胡子和渊凯奴隶主。

西茨达拉却一动不动，呆若木鸡。瑞茨纳克将人头垫在一个缎子靠枕上，摆在国王脚下，随后飞也似的逃开，嘴角厌恶地下撇。巴利斯坦爵士隔了好几码都能闻到总管身上浓重的香水味。

死者满脸责备之意，胡子被棕色血块凝结，但一股红色细流仍从脖子下流出。从伤口看，他没能干净利落地身首异处。大厅末端的请愿者开始悄悄溜走。一名兽面军摘下黄铜鹰面具，把早餐全吐了出来。

巴利斯坦·赛尔弥对砍头并不陌生。但这个……他曾与老船长一起横越半个世界，从潘托斯到魁尔斯再到阿斯塔波。格罗莱是个好人，不该落得如此下场。他不过是想回家。骑士严阵以待。

"这，"西茨达拉国王终于开口，"这不是……我们不接受，这……这什么意思……这……"

身着栗色托卡长袍的奴隶主取出一张卷轴，"我很荣幸来此宣读贤主联合会的决议。"他展开卷轴，"决议如下：'我们派出七人来弥林签署和平协议，并出席重开达兹纳克竞技场的庆典。为保证使者安全，我们从弥林带走了七名人质。现在，黄砖之城在哀悼她高贵的儿子亚克哈兹·佐·亚扎克，为他做客弥林期间惨遭横祸而不平。血债必须血偿。'"

格罗莱在潘托斯有妻子、儿子和孙子。人质中为何选他？乔戈、英雄和达里奥·纳哈里斯麾下都有兵，格罗莱却是个没有船的海军司令。他们是抽签决定的？还是觉得格罗莱最无价值，最不可能激怒弥林？骑士扪心自问……但很多时候提问容易，解答难。我总是毫无头绪。

"陛下，"巴利斯坦爵士发现自己开口，"请容我提醒您，高贵的亚克哈兹死于意外。他在躲避魔龙途中被台阶绊倒，为自己的奴隶和同伴踩踏致死。也可能是过分恐惧而猝死。他太年迈了。"

"汝是何人，胆敢未经国王允许就开口？"穿条纹托卡长袍的渊凯将领开口。他是个尖下巴的瘦子，一口龅牙让赛尔弥想起了兔

子,"渊凯的贤主大人缘何要听多嘴的侍卫问话?"他摇晃着托卡长袍的珍珠流苏。

西茨达拉•佐•洛拉克始终无法将视线从头颅上移开。瑞茨纳克附耳说了什么,他才勉力振作。"亚克哈兹•佐•亚扎克曾是你们的大元帅,"他道,"现在谁能代表渊凯?"

"我们全体,"兔子说,"贤主联合会。"

西茨达拉国王有了些底气,"那么,你们全体要为这破坏和约的行为负责。"

穿胸甲的渊凯人回答:"和约没有打破。血债血偿,一命抵一命。为表诚意,我们将返还三名人质。"他身后的铁甲武士分开,三名提着托卡长袍的弥林人被带进来——两女一男。

"姐姐,"西茨达拉•佐•洛拉克语气生硬,"表弟。"他冲那颗血淋淋的人头做个手势,"把这东西拿出去。"

"海军司令属于大海,"巴利斯坦爵士提醒他,"恳请圣主让渊凯人归还遗体,好将他葬于波涛之下。"

兔牙将领挥挥手,"若能取悦明光,这个可以办到,以表敬意。"

瑞茨纳克•莫•瑞茨纳克大声清了清嗓子,"无意冒犯,但我记得丹妮莉丝圣主一共送去……嗯……七名人质。另外三人……"

"另外三人将继续作为我们的客人,"穿胸甲的渊凯将领宣布,"直到龙被杀光。"

厅内霎时一片寂静。随后低语声、咒骂声、诅咒声和祈祷声把大厅变成了嗡嗡作响的蜂窝。"龙……"西茨达拉沉吟。

"……是怪物,大家都看到了达兹纳克竞技场的一幕。魔龙一天不除,和平断无可能。"

瑞茨纳克道:"丹妮莉丝圣主乃是龙之母,只有她才能——"

血胡子打断他,"她消失了。被烧成灰,吞进了龙肚子。她的骨头将被荒草湮没。"

这番话换来一阵咆哮。许多人叫喊咒骂,其他人则跺着脚、吹口哨表示赞成。兽面军不得不用长矛柄猛敲地面,让大家肃静。

巴利斯坦爵士的目光一刻也没离开血胡子。他是来洗劫城市的,而西茨达拉的和平让战利品化为泡影。他将竭尽所能挑起流血。

西茨达拉·佐·洛拉克缓缓地从巨龙王座上站起来,"我必须与重臣商议。退朝。"

"跪送弥林国王,吉斯后裔,旧帝国元首,斯卡札丹河的主人,真龙伴侣和鹰身女妖之血脉,高贵的西茨达拉·佐·洛拉克十四世圣主。"传令官高唱。兽面军从柱子间步出,站成一排后,缓缓地起步前行,将请愿者们赶出大厅。

多恩人无须走太远——得益于昆廷·马泰尔的身份和地位,他们被安排在大金字塔内两层之下的套房,那里不仅漂亮,还有专属的厕所和墙壁保护的露台。或许正因如此,他和他的同伴徘徊不前,直到前方人群舒缓,才向阶梯走去。

巴利斯坦爵士若有所思地看着他们。丹妮莉丝会怎么做?他自问。他觉得自己知道答案。于是老骑士大步穿过厅堂,长长的白披风在身后翻卷起伏。他在阶梯前追上多恩人。"你父亲的朝廷不及这里一半热闹。"他听到丁瓦特开玩笑。

"昆廷王子,"赛尔弥叫道,"能否借一步说话?"

昆廷·马泰尔转过身,"巴利斯坦爵士。当然可以,我的房间就在下面。"

不。"或许我没资格告诫你,昆廷王子……但若我是你,我不会回房。你和你的朋友应一直走下阶梯,离开这里。"

昆廷王子盯着他,"离开大金字塔?"

"离开这座城市。返回多恩。"

多恩人互相交换眼神。"我们的武器铠甲都在房里，"盖里斯•丁瓦特说，"大部分的钱也在。"

"长剑可以重铸，"巴利斯坦爵士说，"返回多恩的路费我来出。昆廷王子，国王今天注意到你了。他皱了眉。"

盖里斯•丁瓦特大笑，"我们何惧西茨达拉•佐•洛拉克？你看他刚才那德行，在渊凯人面前怕得像个娘们儿。他们送来一颗头，他却毫无反应。"

昆廷•马泰尔点头同意。"君主固当谋而后断，但这位国王……我不知他在想什么。女王也曾警告我当心他，是的，但……"

"她警告过你？"赛尔弥皱眉，"那你为何不动身？"

昆廷王子脸一红，"婚约——"

"——由两名死者签订，且其中没有一个字提到女王和你。婚约将令姐许配给女王的兄长，如今连他也死了。这东西没有效力。你抵达之前，陛下对它一无所知。你父亲善于保守秘密，昆廷王子，恐怕过犹不及。若女王在魁尔斯知道这份协议，压根不会来奴隶湾。无论如何，你们来得太晚，我不想往伤口上撒盐，但陛下既有丈夫，又有旧爱，她似乎喜欢这两者胜过你。"

王子的黑眼睛里腾起怒意，"这个吉斯老爷根本配不上七大王国的女王。"

"这不是你来评判。"巴利斯坦爵士顿了一顿，思忖自己是否说得太多。不，都告诉他吧。"达兹纳克竞技场那天，王家包厢中某些食物被下了毒，幸亏壮汉贝沃斯阴差阳错将它们都吃了。蓝圣女说他伟岸的体格和力量阻止了毒性发作，但也是九死一生。他随时可能断气。"

昆廷王子大吃一惊，"下毒……针对丹妮莉丝？"

"针对她或西茨达拉，也可能同时针对两人。但包厢属于国王，这位陛下安排了一切。如果毒是他下的……那么，他会需要替罪羊。谁比远道而来、在朝中无亲无故的情敌更合适？谁比被女王拒绝的求婚者更可疑？"

昆廷·马泰尔脸色发白，"我？我决绝不会……你不会认为我参与了任何……"

看来他确实没参与，除非他是演技高手。"但其他人会这么想，"巴利斯坦爵士说，"红毒蛇是你叔叔，你也有充分的动机谋害西茨达拉国王。"

"其他人也有动机。"盖里斯·丁瓦特开口，"比如纳哈里斯，女王的……"

"……情夫。"巴利斯坦爵士抢在多恩骑士说出什么玷污女王荣誉的话之前打断，"你们在多恩是这个叫法，对吗？"他没等对方回应，"勒文亲王曾是我的誓言兄弟，当年的御林铁卫之间没有秘密。我知道他有个情妇，他也不以此为耻。"

"不，"昆廷涨红了脸，"但……"

"若达里奥决意冒险，干掉西茨达拉连眼都不会眨。"巴利斯坦续道，"但他不会下毒，绝不会，何况他根本不在场。当然了，西茨达拉很乐意把蝗虫的事推到他头上……但国王还需要暴鸦团，不能与团长的死沾上关系。所以王子殿下，陛下要嫁祸的话，会找上你。"他把能透漏的都透漏了。再过几天，若诸神垂怜，西茨达拉·佐·洛拉克将不再统治弥林……但让昆廷王子卷入即将到来的厮杀毫无意义，"若你坚持留在弥林，最好远离朝堂，并祈祷西茨达拉忘了你，"巴利斯坦爵士把话说完，"更好的办法是找艘船去瓦兰提斯，王子殿下。无论你做何选择，祝你一切顺利。"

他刚下三步台阶，就被昆廷·马泰尔叫住。"他们称您为无畏的巴利斯坦。"

"是有人这么称呼我。"赛尔弥十岁时赢得了这个外号。他那时是个新晋侍从，虚荣、骄傲又愚蠢，自以为可与老手一较高下，证明自己能当骑士。于是他从唐德利恩伯爵的兵器库里借出战马和板甲，打扮成神秘骑士参加黑港举办的长枪比武。连司仪都笑了。我胳膊太瘦，端不平枪，能做的只是保证枪尖不垂下地面。唐德利恩伯爵本可拽他下马，狠狠打他屁股，但龙芙莱王子同情这位穿着不合身铠甲的糊涂男孩，表示尊重他挑战的权利。结果不出所料，仅一回合他就被刺于马下。邓肯王子扶他起来，摘下他的头盔。"一个男孩，"王子向众人宣布，"一个无畏的男孩。"那是五十三年前的事。黑港的故人，还有几位在世？

"若我不能带丹妮莉丝荣归故里，你觉得别人会怎么称呼我？"昆廷王子质问，"'谨慎的'昆廷？'胆小的'昆廷？'懦夫'昆廷？"

他们会叫你迟到的王子，老骑士心想……然而御林铁卫的骑士哪怕百无一用，至少能学会管住舌头。"明智的昆廷。"他回答。

他真心希望一语成真。

被拒的求婚者

将近鬼时,盖里斯·丁瓦特爵士才返回金字塔,回报在弥林一家下等酒窖里找到了扁豆、书本和老骨头比尔,他们喝着黄葡萄酒,观赏赤身裸体的奴隶用双手和锉尖的牙互相拼个你死我活。

"扁豆抽出匕首,说要打赌看逃兵肚子里是否装满黄泥浆。"盖里斯爵士陈述,"我抛给他一枚金龙,问黄金行么。他咬了金币,问我想买什么。等我告诉他,他立马收起刀子,问我喝多了还是疯了。"

"他爱怎么想就怎么想,只要把口信送到。"昆廷说。

"他会的。我敢打赌,你们也能很快会面,这样褴衣亲王才好让梅里丝用洋葱炒你的肝。我们应当听从赛尔弥的劝告。无畏的巴利斯坦建议脚底抹油,聪明人就得系紧靴子。最好趁港口还开放找艘去瓦兰提斯的船。"

听到船阿奇巴德爵士脸都绿了,"别坐船,我宁愿单脚跳回瓦兰提斯。"

瓦兰提斯,昆廷想着,然后里斯,然后回家。回到起点,两手空空。三名勇士为何牺牲?

他的确想再见到绿血河,想再拜访阳戟城和流水花园,想再呼吸伊伦伍德山间清新凉爽的空气,而非奴隶湾闷热、潮湿、肮脏的毒气。昆廷知道父亲不会出言责备,但眼里会泛起失望。姐姐会轻视他。沙蛇们将用刀锋般的笑容嘲弄他。而伊伦伍德伯爵——他的养父——派儿子来保护他……

"我不强留人,"昆廷告诉朋友们,"我父亲把任务交给了我,而不是你们。回家请自便,如果那是你们的心愿。反正我留下。"

大人物耸耸肩,"小丁和我也留下。"

次日晚上,丹佐·德汉来到昆廷王子的房间,商议会谈细节。"他明天在香料市场与你会面。找一扇画紫莲花的门,敲两下,口令'自由'。"

"好的,"昆廷说,"阿奇和盖里斯跟我一起去。他也可以带两人,不能再多。"

"照王子的吩咐。"丹佐言辞礼貌,但语气不善,这位诗人战士眼带嘲弄,"日落时分,注意别被跟踪。"

多恩人日落前一小时就离开了大金字塔,以防走错路或找不到紫莲花。昆廷和盖里斯都扣好剑带,大人物则将战锤背在宽阔的背上。

"悬崖勒马为时不晚。"沿一条臭烘烘的小巷走向旧香料市场时,盖里斯说。空气中充满尿骚味,耳旁传来运尸车的铁框车轮碾过地面的声音,"老骨头比尔说美女梅里丝能把人折磨得整整一个月求生不得求死不能。我们骗了他们,小昆。我们搭他们的船来奴隶湾,又临阵投奔暴鸦团。"

"我们是奉命行事。"

"可襜衣亲王没叫我们来真的。"大人物指出,"那些小子——欧森爵士、稻草迪克、亨格福德、林地的威尔等等因为我们的关系还关在地牢里。老亲王肯定不高兴。"

"他是不高兴,"昆廷王子说,"但他喜欢金子。"

盖里斯笑了,"可惜我们没有金子。你觉得和平协议能坚持几天,小昆?城里一半的人把屠龙者当英雄,另一半人唾弃他的名字。"

"哈拉籽。"大人物说。

昆廷皱眉,"他叫哈格兹。"

"西茨达拉、西姆祖玛、西格那格,有啥关系?我都管他们叫哈拉籽。他也不是屠龙英雄,只不过把屁股烤得焦黑松脆。"

"他很勇敢。"我有胆量只凭一根长矛挑战那怪物吗?

"你是说,他死得蛮爽快吧。"

"他死得鬼哭狼嚎。"阿奇道。

盖里斯一只手搭在昆廷肩上。"即便女王回来,她也已嫁为人妇。"

"我给哈拉籽国王轻轻一锤,问题就解决了。"大人物提议。

"西茨达拉,"昆廷说,"他叫西茨达拉。"

"被我的战锤吻过后,谁还在意他的名字。"阿奇说。

他们不明白。朋友们不明白此行的真正目的。这条路经过她,而不会在此止步。丹妮莉丝是途径,并非目标本身。"'龙有三个头,'她对我说过,'我的婚姻并非你所有希望的终结,'她说,'我知道你来此的原因。为了血与火。'你们知道,我有坦格利安血统,这可追溯到——"

"去你的血统。"盖里斯说,"除了好不好喝,龙才不管你流着什么血。你不可能靠上历史课来驯服它们。它们是怪物,不是学士。小昆,你真想这么做?"

"我必须这么做。为了多恩,为了父亲,为了克莱图斯、小威和凯德里师傅。"

"他们死了,"盖里斯说,"死人不在乎。"

"他们死了,"昆廷点头,"是为了什么?是为了带我到这里,迎娶龙女王。克莱图斯说,这是一场大冒险。恶魔之路和风暴汪洋,旅程的终点有世上最美丽的女人。这将是一个讲给孙子们听的传奇故事。但克莱图斯不会有子孙,除非他在他喜欢的酒馆侍女肚里种下了私生子。小威也永远无法拥有自己的婚礼。他们不能死得毫无意义。"

盖里斯指着一具倚在砖墙上的尸体,尸体围了一团闪亮的绿苍蝇,"他死得有意义?"

昆廷厌恶地看着尸体,"他死于瘟疫,离他远点。"苍白母马已踏入城市,难怪街上格外冷清。"无垢者会把他装进尸车。"

"毫无疑问,可我问的不是这个。人活着才有意义,死了什么都没了。我也爱小威和克莱图斯,但他们无法起死回生。这是个错误,小昆,佣兵不值得信任。"

"他们也是人。他们想要金子、荣耀和权力。我信任这些。"这些,以及我的使命。我是多恩王子,流着真龙血脉。

他们找到紫莲花时,太阳已沉到城墙背后。紫莲花画在一间低矮的砖砌小屋摇摇欲坠的木门上,这间小屋及其左右一排相似的建筑全笼罩在宏伟的黄绿色雷哈达金字塔的阴影下。昆廷依约敲了两下门,门内传出一声粗鲁的应答,用奴隶湾特有的混血语言——丑陋地混合了古吉斯卡利语和高等瓦雷利亚语——吼着含糊不清的话。王子用同样的语言应道:"自由。"

门开了。谨慎起见,盖里斯第一个进屋,昆廷紧随,大人物殿后。屋内弥漫的蓝烟散发出甜腻香气,但无法完全遮掩小便、酸葡萄酒和腐肉的恶臭。屋内空间比外面看要大很多,且左右与毗邻的小屋连通,一排十几个小屋连成一个长厅。

此时房间还不到半满。一些客人用无聊、敌视抑或好奇的目光盯着多恩人,剩下的聚在远端的坑边。两名裸男手持小刀在坑里决斗,观众阵阵喝彩。

昆廷没发现要找的人。一扇毫不起眼的门倏然开启,冒出一位老妇人,干瘦的身躯包裹在缀黄金小头骨流苏的深红色托卡长袍里。她的皮肤白得像马奶，头发十分稀疏，以至于能看到头皮。"多恩人。"她说，"我是扎哈娜。紫莲花。从这儿下去，见他们。"她扶着门，示意进去。

门后是一段陡峭曲折的木梯。这次大人物一马当先，盖里斯殿后，将王子护在中间。通向地下室。向下的阶梯很长，里面太暗，昆廷全神贯注才没滑倒。快到头时，阿奇巴德爵士抽出匕首。

他们来到一间有上面酒馆三倍大的砖砌地下室。昆廷举目所见，墙边均靠满巨大木桶。门内侧的钩子挂了一盏红灯笼，一个翻过来当桌子用的酒桶上放着一支油腻的黑蜡烛——这些是室内仅有的光源。

屠尸手卡戈沿酒桶踱步，黑色的亚拉克弯刀挂在腰间。美女梅里丝手捧十字弓，冷漠死寂的双眼像两块灰石头。丹佐·德汉待多恩人进来后便闩上门，随后双手抱胸，堵住门口。

他多带了一个，昆廷心想。

褴衣亲王坐在桌旁，喝着一杯葡萄酒，黄烛映衬下，银灰的头发几乎是金色，却也使他双眼下的眼袋像两个挂包。他身披棕羊毛旅行斗篷，银色锁甲在斗篷下反射微光。这意味着无视约定，还是单纯的谨慎？活到这把年纪的佣兵必定谨小慎微。昆廷来到桌前，"大人，没穿披风的您真是大变样。"

"那件破烂？"潘托斯人耸耸肩，"可怜的破烂……好在能让敌人望而生畏，战场上，我那件迎风起舞的破烂比旗帜更能鼓舞士气。当然，若我想隐姓埋名，就得脱掉它，换上不大显眼的斗篷。"他朝对面的长椅挥挥手。"坐。我知道你是王子。早知道该多好。喝点什么？扎哈娜也有吃的。虽然她的面包不新鲜，肉汤恶劣得难以形容，油腻又齁咸，漂的一两块肉，她说是狗肉，我估计是老鼠肉。不过这吃不死你，我发现，越诱人的食物才越要小心。下毒者通常选择最精致的菜。"

"你带了三个人，"盖里斯爵士不客气地指出，"我们说好每人带两个。"

"梅里丝是个娘们儿。梅里丝，亲爱的，脱了衬衫给他们瞧瞧。"

"不用了。"昆廷道。若传言不假，美女梅里丝的衬衫下只有被男人割去乳房留的两个疤，"没错，梅里丝是女的，你钻了空子。"

"衣衫破烂又无赖，行事奸诈钻空子。当然，三对二算不上多大优势，但总有好处。在这世上，人们应当抓住诸神赐予的每一点恩泽。我花了些代价才学到这一课，现在讲给你听以示诚意。"他再次向椅子挥手，"坐，说明来意。我保证，听你说完之前不会杀你，我至少能为我的王子团员做到这点。昆廷，对吧？"

"马泰尔家族的昆廷。"

"青蛙更适合你。我不习惯跟骗子和逃兵喝酒，不过你勾起了我的好奇心。"

昆廷坐下。一字不慎，便有血光之灾。"请原谅我们的隐瞒，当时唯一能来奴隶湾的是那些雇你们去打仗的船。"

褴衣亲王耸耸肩，"变色龙总有借口。你不是第一个凭剑发誓为我效劳、收了我的钱又开跑的人。他们都有理由。'我家小子病了'、'我老婆给我戴绿帽子'、'他们逼我舔他们的老二'——说出后面那理由的是个俊小伙，但我没原谅他的背叛。还有个人说我们的饭菜太糟糕，为了不得病才不得不离开，于是我砍了他一只脚，烤熟了喂他吃。随后我让他当厨子，不仅伙食质量有了明显改善，他合约期满后还续了约。不过你嘛……因为你们的谎言，我几名最得力的手下被锁在女王的地牢里。我猜你大概不会做饭吧？"

"我是多恩王子，"昆廷说，"我对我的父亲和人民负有责任。这是一份秘密婚约。"

"我听说了。银女王看到你那张羊皮纸片儿就投怀送抱,是吗?"

"不是。"美女梅里丝说。

"不是?哦,我想起来,你的新娘骑龙飞走了。好吧,等她回来,记得邀请我们参加婚礼。弟兄们迫不及待想喝你的喜酒咧,而我特别推崇维斯特洛婚礼,尤其闹洞房的部分……只是……噢,等等……"他转向丹佐·德汉,"丹佐,记得你报告我,龙女王嫁给吉斯卡利人了。"

"一位弥林贵族。很有钱。"

褴衣亲王转回头,面对昆廷,"真的?不对吧,那你的婚约怎么办?"

"她嘲笑他。"美女梅里丝道。

丹妮莉丝从不嘲笑人。其他弥林人可能将他们视为笑柄,就像那位被劳勃国王留在君临的盛夏群岛王子,但女王待他一直温和。"我们来晚了。"昆廷说。

"可惜你没能早点背叛我。"褴衣亲王啜饮葡萄酒,"所以……青蛙王子结不了婚,想回来履行合约?我的三位多恩勇士终于想起合约了?"

"不。"

"真遗憾。"

"亚克哈兹·佐·亚扎克死了。"

"老掉牙的旧闻。我亲眼看着他死的。那可怜虫被龙吓得魂不附体,逃命时绊倒啦,然后被成百上千他最亲密的朋友踩过。黄砖之城哀鸿遍野,你到我这儿就是缅怀他的?"

"不是。渊凯人选出新任大元帅了吗?"

"贤主联合会没法达成一致。原本亚赞·佐·夸格兹最受拥戴,但他也死了。现在贤主大人们轮流当头。我们今天的大元帅是团里弟兄戏称为烂醉征服者的家伙，明天该是摇屁股大将。"

"是兔子，"梅里丝说，"摇屁股是昨天的。"

"好吧亲爱的，我记错了。渊凯朋友好心地提供了表格，我应该更努力地研究它。"

"是亚克哈兹•佐•亚扎克雇佣你们的。"

"他代表他的城市和我签约，就是这样。"

"弥林和渊凯已达成和平协议，答应解围和撤军。这样不会有战争，不会有杀戮，不会有城市给你烧杀抢掠。"

"生活充满失望。"

"你认为渊凯人会继续供养四个佣兵团？"

褴衣亲王抿了口酒，"一个讨厌的问题，但对我们自由佣兵团来说很现实。一场战争结束，另一场战争开始，幸运的是，总有某些人在某些地方攻打另一些人。或许就在这里。我们坐在这里饮酒时，血胡子正怂恿渊凯朋友为西茨达拉国王送上另一颗人头。自由民和奴隶主审视着对方的脖子，磨刀霍霍。鹰身女妖之子在金字塔中谋划。苍白母马平等地踏过奴隶和奴隶主。黄砖之城的朋友翘首以盼，望向海洋。而在草原深处，魔龙叼着细皮嫩肉的丹妮莉丝•坦格利安。今夜谁统治弥林？明日谁统治弥林？"潘托斯人耸耸肩，"只有一件事确定：总有人需要我们的剑。"

"我需要那些剑。多恩将雇佣你们。"

褴衣亲王瞥了美女梅里丝一眼，"小青蛙胆可真大。需要我提醒吗？亲爱的王子，我们之前签订的合约被你拿去擦你那粉嫩可爱的屁股了。"

"渊凯人付多少，我付双倍。"

"签约时给现金？"

"到瓦兰提斯支付一部分，剩下的得等我返回阳戟城。我们出发带了金子，但加入佣兵团时不便隐藏，于是存进银行。我可以给你看金票。"

"啊,金票。那样的话报酬还得翻倍。"

"双倍的金票。"美女梅里丝说。

"剩下的到多恩再给你,"昆廷坚持,"我父亲一诺千金。只要我在协议上盖章,他就会完全履行条款。我向你保证。"

褴衣亲王将酒一饮而尽,杯子倒扣在两人中间。"好,让我梳理一下。一个声名狼藉的骗子和背誓者想与我签约,他承诺付款,换取什么服务呢?我想想。要我的风吹团粉碎渊凯人,洗劫黄砖之城?在战场上打败多斯拉克卡拉萨?护送你回家,回你父亲身边?还是要将心甘情愿、小鹿乱撞的丹妮莉丝女王送上你的床?说吧,青蛙王子,你要我和我的人做什么?"

"我要你们帮我偷龙。"

屠尸手卡戈咯咯笑起来,美女梅里丝似笑非笑,丹佐·德汉吹了个口哨。

褴衣亲王只向椅背一靠,"双倍不是龙的价钱,小王子,这连青蛙都知道。为这条宝贵的龙,靠承诺付价的人得承诺更多。"

"你想要我付三倍——"

"我想要,"褴衣亲王说,"潘托斯。"

重生的狮鹫

他首先出动弓箭手。

黑巴曲麾下有一千名弓箭手。年轻时,琼恩·克林顿和大多数骑士一样鄙视弓箭手,但他在流亡生涯中汲取了更多智慧。弓箭若运用得当,跟长剑一样厉害。漫长的航程中,他坚持要求无家可归的哈利·斯崔克兰将巴曲的部队平分为十队、每队一百人,各乘一艘船。

十艘船中有六艘还算平安地将弓箭手们卸在了风怒角(瓦兰提斯人保证,其他四艘船只是被延误了,最终都会抵达。格里芬宁可相信船出了意外,或着陆在错误的地点),这样就是六百名。本次任务只调用二百名弓箭手。"他们会送出乌鸦,"他告诉黑巴曲,"你要特别留意学士塔楼。这里。"他就着营地的泥沙上画出的地图指点,"从城堡飞出的鸟儿,都得给我射下来。"

"放心。"盛夏群岛人回答。

巴曲三分之一的手下用十字弓,另外三分之一用东方的双弧兽角兽筋弓,剩下三分之一里,维斯特洛血统的人用的紫杉木大长弓比上述人等用的都更精良,但最厉害的还是由黑巴曲亲率的五十名使用金心木大弓的盛夏群岛人。世上只有龙骨弓比得过金心木弓。况且巴曲的亲兵个个眼神锐利,身经百战,什么场面都见过。他们将在鹰巢堡再次证明自己。

城堡耸立于风怒角岸边一座高耸的暗红石山上,三面为破船湾的汹涌波涛环绕,进城的唯一途径被一座门楼保卫着,门楼后是光秃秃的长山脊——克林顿称其为"狮鹫之喉"。强行突破"狮鹫之喉"势必付出惨重代价，因为进攻者将暴露在城堡大门两侧圆形塔楼中的防御者眼皮下，受到长矛、石头和弓箭的袭击。等冲到门口，守城的还可倒下沸油。综合考虑，格里芬预计得损失一百名士兵，甚至更多。

结果只损失了四人。

疏于打理的门楼前已灌木丛生。福兰克林·佛花率手下带着备好的撞锤，利用灌木丛掩护一直潜行到门楼前二十码。树木断裂声引来了两名守卫的关注，但他们尚不及揉醒睡眼，就被黑巴曲的弓箭手干掉。城门原来只是关了，但没上闩，撞到第二下就开了。待福兰克林爵士的大队人马冲到"狮鹫之喉"的半道，城堡里才吹起战号报警。

抓钩挂上城墙时，第一只乌鸦飞出来，没过多久又飞出第二只——两只鸟不出百码都给射了下来。守卫朝头一个冲到大门口的佣兵扔下一桶油，但没时间加热，桶子的杀伤力反比油大。城墙上发生了六七场短暂的搏斗，黄金团的佣兵们爬上城齿，在走道上奔走呐喊："狮鹫万岁！狮鹫万岁！"这是克林顿家族自古相传的战斗口号，无疑让守城者更困惑了。

战斗只持续了几分钟。随后格里芬骑着白马，与无家可归的哈利·斯崔克兰并肩穿过"狮鹫之喉"，进入城堡。途中他看见第三只乌鸦自学士的塔楼飞出，旋即被黑巴曲亲手射下。"不准他们再送信！"他在院子里向福兰克林·佛花爵士下令。于是从学士塔楼飞出的下一位成了学士本人。他双手拼命挥舞，还真像只鸟。

反抗就此终结，剩下的守卫弃械投降。须臾间，鹫巢堡又由他当家作主，琼恩·克林顿赢回了自己的领地。

"福兰克林爵士，"他吩咐，"仔细搜查主堡和厨房，一个都别放过。莫罗，你去搜学士的塔楼和兵器库。本内德爵士，你负责马厩、圣堂和军营。把人都赶进院子，除非对方负隅顽抗，否则不许下杀手。我们是来争取风暴地的支持，不是来搞屠杀的。留意圣母祭坛下面，那里有暗梯通向密室；西北塔楼下另有暗道直达海边。不要放走一个。"

"不会的，大人。"福兰克林·佛花保证。

克林顿目送他们散开，最后才转向赛学士，"哈尔顿，你接管鸦巢，今晚准备送信。"

"希望还给我们剩了些乌鸦。"

连无家可归的哈利也对克林顿的效率倍感钦佩。"没想到胜得如此轻巧。"团长评价。他们一起走进大厅，欣赏整整五十代克林顿族人坐过的镀金狮鹫雕塑宝座。

"过于轻巧了，我们占了攻敌不备的便宜。但就算黑巴曲能射下每只乌鸦，突袭的优势也终将失去。"

斯崔克兰欣赏着墙上褪色的织锦、由无数菱形红白玻璃拼成的拱窗及墙边一架子一架子的长矛、利剑和战锤。"让他们来吧，只要补给充足，我看这城堡能抵御二十倍于己之敌。你说城里还有出海暗道？"

"暗道在城下的岩山内部，出口退潮时才会露出来。"但克林顿无意"让他们来"，鹫巢堡虽坚固但嫌太小，不配作根据地。他们应着眼于附近那座难攻不破的大城。拿下它，全国都会震撼。"请原谅，团长，我父亲大人就埋在圣堂下面，而我已有多年不曾为他祷告。"

"伯爵大人，您请自便。"

分别后，琼恩·克林顿却没急着去圣堂，而是登上东塔，塔顶是鹫巢堡的制高点。他一边爬，往事一边浮上心头——他曾上百次跟父亲大人爬这段楼梯，父亲喜欢站在塔顶自豪地瞭望四周的森林、石山和大海，极目所见全是克林顿家族的封地；还有一次（就一次！），他陪伴雷加·坦格利安登塔。当年雷加刚从多恩回来，他和他的护卫在此盘桓了两星期。当年的我和当年的他，我们好年轻，我们还是孩子。欢迎宴会上，王子拿起银弦竖琴为大家演唱。那是一首爱与毁灭的歌，琼恩·克林顿思慕地想，他放下竖琴时，厅里每个女人都在哭泣。男人们当然没哭。尤其是他父亲，他父亲爱的只有领地。整晚，亚蒙德·克林顿伯爵都在游说王子，想要王子在他与莫里根伯爵的争端中支持他。

塔顶的门卡得死死的，显然多年没人来过，他不得不用肩使劲撞开。琼恩·克林顿走到那高耸的城垛背后，发现眼前美景跟记忆中并无二致：风蚀岩石和锯齿状的尖石山，如不倦的咆哮野兽般冲击着城堡根基的大海，无尽的长天和云朵，秋意盎然的森林。"你父亲的领地真美，"雷加王子站在琼恩现在的位置说。还是个孩子的他回答："总有一天它们是我的。"好像这能给注定君临七大王国、统治从青亭岛到长城的辽阔疆土的王子留下什么印象。

几年后，他的话成了现实——他继承了鹫巢堡。琼恩·克林顿的领地以此为中心，向西、南、北三个方向延伸出若干里格，和他父亲及祖父的时代一模一样。但他父亲和祖父没有失去领地，他却让家族遭遇削封的厄运。我爬得太高、爱得太炽烈，行事过于莽撞。我自不量力地去抓那颗明星，结果凭空坠落。

鸣钟之役后，伊里斯·坦格利安的疑心病大发作，在疯狂而盲目的怒火驱使下剥夺了他的全部头衔，并将他流放。克林顿家族的领地和克林顿伯爵的头衔被他表弟罗纳德爵士全盘接收——琼恩离开鹫巢堡去君临追随雷加时，任命罗纳德爵士为代理城主。战争结束后，劳勃·拜拉席恩着手毁灭狮鹫家族，罗纳德保住了性命和家堡，但头衔被永久剥夺，从此他只是鹫巢堡骑士。鹫巢堡辖下九成的土地则被划给那些在战争中支持劳勃的风暴地领主。

罗纳德·克林顿于数年前过世，现任鹫巢堡骑士是他儿子罗兰，据说现下出征去了河间地。这样对大家都好。依琼恩·克林顿的经验，即便取之无道，人们也总是会竭力维护既得利益，而若要靠弑亲来夺回城堡，那就没什么好庆祝的了。红罗兰的爹迫不及待地接收过琼恩的领地，但红罗兰本人当年还是个孩子，更何况琼恩·克林顿已不像从前那么恨罗纳德爵士了。说到底，是他自作自受。

出于骄傲，他在石堂镇铸成大错。

劳勃·拜拉席恩就藏在镇里，孤身寡人，还负了伤。琼恩·克林顿对此一清二楚，他更明白，劳勃的人头可为叛乱画上句号。但彼时彼地的他，太年轻太骄傲。他怎能不骄傲？伊里斯王册封他为首相，将王军交他节制，而他决心不辜负这份信托，不辜负雷加的爱。他要亲手斩杀叛军首领，永垂七国史册。

所以他率军包围石堂镇，层层封锁，挨户扫荡。他麾下的骑士砸碎了每一道房门，搜遍了每一个地窖，他甚至派人钻进下水道。但劳勃仍然无影无踪。镇民们在保护他，把他迅速转移，耍得王军团团转。整个镇子都是叛党的巢穴。他们最终把篡夺者藏进了妓院。躲在女人的裙子下面，这算哪门子国王？搜捕还在进行中，艾德·史塔克和霍斯特·徒利率领叛军杀到。一时间钟声大作，战斗打响，劳勃拿了把剑从窑子里冲出来，几乎将琼恩杀死在镇名起源的老圣堂的石阶上。

此后的岁月，琼恩·克林顿无数次告诉自己不要自责，换成别人也不会做得更好。他麾下的士兵搜过每间屋子和每个角落；他高额悬赏并承诺赦免；他甚至抓了批人质关进鸦笼，发誓若镇民不交出劳勃，就给人质断水断粮。到头来这些都成为无用功。"泰温·兰尼斯特也不会做得更好。"流亡第一年的某个晚上，他向黑心倾吐。

"你这么想就太幼稚了，"米斯·托因回答，"泰温公爵根本不会搜查。他会把全镇烧光，不放过一个居民。无论成人还是孩子，无论在母亲胸口吃奶的婴儿、高贵的骑士还是神圣的修士，无论你是妓女、叛徒，还是肥猪、老鼠，在他眼里都没差别。直到大火熄灭，他才会派人到灰烬中寻找劳勃·拜拉席恩的骨头。待史塔克和徒利联军杀到，他会主动提出赦免这两大家族，对方无可奈何之下也势必会接受条件，夹着尾巴回家。"

他说得对，琼恩·克林顿倚在祖先的城垛上，满腹思量，我渴求击杀劳勃的荣耀，却不愿背负屠夫的骂名。所以劳勃才从我手里溜走，在三叉戟河上害死了雷加。"我辜负了父亲，"他说，"但我决不会辜负儿子。"

克林顿下塔时，部下已把城里剩下的守卫和居民都赶进院子。罗兰爵士固然已随詹姆·兰尼斯特北上，但鹫巢堡内仍有许多狮鹫：罗兰的幼弟雷蒙德、妹妹埃琳妮和他脾气火暴的红发私生子罗纳德·风暴。将来若红罗兰企图夺回乃父偷窃的城堡，这些都是有用的人质。克林顿吩咐统统关进西塔，严加看守。听到命令，女孩哭了，而私生男孩张嘴要咬那个押他的长矛兵，"你两个给我停下，"克林顿厉声喝道，"只要红罗兰不干蠢事，你们都会平安。"

城内群众中，只有几个是琼恩·克林顿当领主时的旧人。包括一个独眼的灰发军士，两个洗衣妇，一个在劳勃叛乱时代还是马童的马夫，这些年发胖得厉害的厨子及城堡的铁匠。回国航海途中，格里芬多年来第一次蓄起了胡子，他惊讶地发现长出的胡须基本还是火红色，只间或点缀了几丝斑白。他穿一件红白罩袍，胸前绣了两只争锋相对的狮鹫，模样比当年身为雷加王子密友和伙伴的他更为成熟稳重……然而鹫巢堡的男男女女却漠然看待他。

"你们中有人认得我，"他告诉大家，"其他人很快也会熟悉。我是你们合法的领主，刚从流亡中归来。我的敌人很可能向你们宣传过我去世的消息，但正如你们亲眼所见，那不是真的。你们只需像为我亲戚服务那样为我忠诚地服务，就会平安无恙。"

接下来他让他们一个个上前,依次询问姓名后,再要求对方跪在他面前宣誓效忠。流程进行得很快。守备队剩下的兵——只剩四个,老士官和三个男孩——把剑放在他脚边。没有抗议。没人送命。

当晚在大厅,胜利者用烤肉和现抓的鱼举办盛宴,就着从城堡地窖里取出的浓郁红酒。琼恩•克林顿坐在狮鹫宝座上招待客人,高台上的贵宾包括无家可归的哈利•斯崔克兰、黑巴曲、福兰克林•佛花和那三个被俘的狮鹫族人——这些孩子是他的血亲,他认为自己对他们有责任。谁料那私生子竟说:"我爸爸会回来杀你!"这就够了,他立刻下令将他们统统押回牢房,自己也借机离席。

赛学士哈尔顿并未出席晚宴,琼恩伯爵在学士塔楼里找着了他。哈尔顿面前摊开了许多地图,还堆了一大堆羊皮纸。"你想弄清团里其他人到了哪里?"克林顿问他。

"能弄清就好了,大人。"

共有一万名佣兵从维隆瑟斯镇坐船出海,带着所有的武器、马匹和大象,但目前在维斯特洛现身的还不到一半。他们预定的登陆点是雨林外围这片荒芜的海岸……这里曾是克林顿家族的领地,琼恩了如指掌。

早几年,他根本不敢想象从风怒角发起反攻,因为风暴地众诸侯对拜拉席恩家族和劳勃国王可谓忠贞不贰。但自劳勃及其弟蓝礼死后,一切都已改变。史坦尼斯过于严酷,缺乏号召力,且远去北方;风暴地诸侯更没道理喜欢兰尼斯特。他琼恩•克林顿在当地倒有不少朋友。老一辈领主应该还认得我,他们的儿子至少也听过我的故事。而每个人都知道雷加,知道雷加的儿子被撞死在冰冷的石墙上。

万幸的是,他坐的船顺利抵达。他迅速建立起一个营地,并在地方领主意识到危险之前集合人马,向内陆进军。黄金团在这次行动表现出超凡的素质，试想若是匆忙间集合封臣骑士和农民兵去打仗，铁定一片混乱，但黄金团是寒铁的后代，纪律早已是团队精神的核心部分。

"明日此时我军应已拿下三座城堡。"克林顿说。他把总兵力四等分，其一袭击鹰巢堡，其二在崔斯坦·河文爵士率领下攻击莫里根家族的鸦巢城，其三由莱斯维尔·培克负责，目标是威尔德家族的家堡雨屋城，最后四分之一的兵力被留在营地保卫登陆点和王子殿下，负责指挥的则是黄金团的瓦兰提斯财务官高利斯·艾多因。鉴于每天都有新船靠岸，克林顿希望留守部队此刻已得到可观的增援。"我军马匹还是太少。"

"而且一头大象都没到，"赛学士提醒他。装载大象的大型平底商船集体失踪，上次见到它们还在里斯，之后的风暴吹散了半支舰队。"马匹可在维斯特洛就地征用，大象就——"

"——无关紧要。"会战中，这些巨兽很有价值，但他们目前力量不够，尚不具备野战资格。"这些文书中可有有价值的情报？"

"噢，有很多啊，大人。"哈尔顿眉开眼笑。"我发现兰尼斯特非但没撒下同盟网，反倒处处树敌。这些文书展示，兰尼斯特与提利尔的联盟相当脆弱，瑟曦太后和玛格丽王后像两条母狗抢鸡骨头一样争夺着小鬼国王，而两人又均以叛国和淫荡的罪名遭到拘捕。梅斯·提利尔撤了风息堡之围，班师回君临去救女儿，风息堡下只象征性地留了支部队，用于牵制史坦尼斯的守城人马。"

克林顿坐下，"你继续说。"

"兰尼斯特依靠波顿家族绥靖北境，在河间地他们依靠佛雷家族，但这两家因为反复无常、行事残忍，已是声名狼藉。史坦尼斯·拜拉席恩大人依然高举叛旗，而群岛的铁民选出了新王。似乎没人了解谷地的实情，依我看，艾林家族尚无意卷入内战。"

"多恩方面呢?"谷地离风暴地很远,多恩就在左近。

"道朗亲王的幼子跟弥赛菈•拜拉席恩有了婚约,纸面上这意味着多恩人也投向了兰尼斯特家族。但事实上他们在骨路驻有一支军队,在亲王隘口驻有另一支,两支军队都按兵不动……"

"按兵不动?"克林顿皱起眉头,"目的何在?"没了丹妮莉丝和她的龙,多恩将是他们的主要争取对象。"给阳戟城写信,让道朗•马泰尔知道他外甥不仅活着,还亲自回国来赢回父亲的王座。"

"遵命,大人。"赛学士扫了另一份文件一眼,"我们登陆的时机真是再好不过,潜在的盟友比比皆是。"

"但我们放弃了龙。"琼恩•克林顿提醒对方,"想要赢得盟友,必须付出更多。"

"金钱和领地应该可以满足他们。"

"眼下我们两样都没有。用战争中获得的金子和封地来许诺,是可以满足一些人,但你别忘了,斯崔克兰和他的部下想夺回先祖失去的地盘,这意味着最富饶的土地和最好的城堡我都给不出手。"

"大人手中有件无价之宝,"赛学士哈尔顿提示,"伊耿王子。利用他与大家族联姻,对我们的事业将是极大的推动。"

给我的阳光王子找个新娘。雷加王子的婚礼琼恩•克林顿至今历历如绘。伊莉亚怎配得上他?她天生体虚多病,怀胎生子更让她羸弱不堪。产下雷妮丝公主后,作母亲的躺了半年,而生伊耿王子几乎要了她的命。事后学士们告诉雷加,不能再让她怀孩子了。

"丹妮莉丝•坦格利安指不定哪天就回归,"克林顿告诉赛学士,"伊耿的首要对象仍是她。"

"大人说的是。"哈尔顿道,"退一步,可以考虑用次等奖品来招揽盟友。"

"你指什么？"

"大人您自己。身为一方诸侯，您至今无妻无室。您身体健全，但除了那些刚被我们推翻的表亲外，您没有继承人。作为一个古老家族的正统传人，您生来拥有坚固的城堡，等我们得胜凯旋，毫无疑问还会赢回祖先富饶辽阔的领地——心存感恩的君主说不定会赐给您更多封地。您业已在战场上建立功勋，现在又被任命为伊耿国王的首相，今后您将代表他发号施令，以他之名君临天下。依我拙见，许多野心勃勃的诸侯会很乐意把女儿许配给您。您甚至可以迎娶多恩公主。"

琼恩·克林顿回之以冰冷绵长的瞪视，有时赛学士跟侏儒一样可以让人火冒三丈。"我想不必，"死亡在我手上蔓延。不必教男人知道，女人更不必。他站起身，"赶紧写信给道朗亲王。"

"遵命，大人。"

那晚琼恩·克林顿住进了领主的卧室，睡在父亲的床上，头顶是一块灰尘仆仆的红白天鹅绒遮罩。第二天早晨，他被雨声吵醒。一位紧张的男仆轻轻敲了敲门，想知道新老爷喜欢什么样的早餐。

"几颗煮鸡蛋，炸面包和豆子，外加一壶葡萄酒。我要地窖里最劣的葡萄酒。"

"最……最劣的葡萄酒，老爷？"

"我说过了。"

食物和酒都送来后，他闩上房门，将壶里的酒倒进碗，用来泡手。莱摩儿女士为预防侏儒染上灰磷病，曾用醋为他清洗，还给他洗醋澡；但他人在军中，若每天要壶醋，迟早会暴露。葡萄酒应该也能见效——而且他觉得没必要浪费陈酿。现在他右手除拇指外四根手指的指甲都已变黑，中指上的灰皮肤已爬过第二指节。我早该砍掉那两根指头，他心想，但如何解释呢？感染灰磷病的消息决不能传出去，人们对它怀有病态的恐惧。他的部下现在可能乐于赴死,也会奋不顾身地保护他,但若知道他患病,只怕眨眼间就会走得精光。我听任侏儒淹死就好了。"

当天晚些时候,克林顿穿戴整齐、戴好手套后巡视了一遍城堡,接着派人把无家可归的哈利·斯崔克兰及其他军官找来书房开会。与会者一共九人:克林顿、斯崔克兰、赛学士哈尔顿、黑巴曲、福兰克林·佛花爵士、莫罗·杰恩、本内德·贝雷恩爵士、迪克·科尔和莱蒙·比兹。赛学士有好消息:"马柯·曼达克送信到营地,说瓦兰提斯人把他错送上伊斯蒙岛。他依靠手边近五百名士兵,拿下了绿石堡。"

伊斯蒙岛位于风怒角外海,本非目标。"该死的瓦兰提斯蠢货急于脱身,看到陆地就把我们往上扔,"福兰克林·佛花说,"我他妈敢打赌,现在石阶列岛一半的地儿上都有我们的好小子。"

"还有我的大象。"哈利·斯崔克兰悲哀地说,无家可归的哈利最心痛他的大象。

"曼达克没有弓箭手,"莱蒙·比兹道,"绿石堡沦陷前有没有放出乌鸦?"

"我估计肯定有,"琼恩·克林顿说,"关键在于能送出什么消息?仓促之间,恐怕只能说海盗来袭。"早在自维隆瑟斯镇出发以前,他就对众位队长三令五申,行动初期不准亮出旗帜——既不准打伊耿王子的三头龙王旗和克林顿家族的狮鹫旗,也不准打佣兵团的镀金头骨战旗。必须迷惑兰尼斯特家族,让他们以为这是史坦尼斯·拜拉席恩派出的奇兵,或是石阶列岛的海盗,再或是森林土匪。若君临接到的报告自相矛盾,那对他们最有利,多拖延朝廷一天,就多了一天用于积聚力量和争取同盟。对了,伊斯蒙岛应该有船。"哈尔顿,送信给曼达克,让他留下守备队,将其余部队连同所有的贵族俘房尽快转移到风怒角。"

"遵命,大人。伊斯蒙家族跟南北两个国王都有血缘关系,他们将是很好的人质。"

"可以赚到高额赎金。"无家可归的哈利兴奋地说。

"我们还要转移伊耿王子,"琼恩伯爵宣布,"他待在鹰巢堡比待在营地安全。"

"我这就派信使。"福兰克林·佛花说,"但我告诉你,那孩子不会满足于在安全的地方干等,他想建功立业。"

我们在那个年龄不都一样?琼恩伯爵思慕地想。

"现在可以亮出他的旗帜了吗?"比兹想弄清楚。

"还不行。姑且让君临方面以为这仅是一个流亡多年的领主不甘心,所以雇了队佣兵回家来硬抢。这是大家都熟悉的剧本。我甚至会给托曼国王写封亲笔信,在信中宣扬自己的权利,恳求对方赦免,并要对方归还属于我的头衔和封地。这封信应该会让他们琢磨一段时间,在这段时间,我们秘密联络风暴地和河湾地的诸多潜在盟友,并跟多恩领取得联系。"最后一项是决定性步骤,地方诸侯可能因为恐惧或贪欲加入他们,但只有多恩领亲王才有与兰尼斯特家族抗衡的实力。"不惜一切代价争取道朗·马泰尔。"

"希望不大。"斯崔克兰认为,"这个多恩人杯弓蛇影,连自己的影子都怕。"

你是在形容你自己吗?"道朗亲王确实谨慎小心,在确信我们有能力胜出前,他不会贸然加入。要争取他,就得拿出底气。"

"如果培克跟河文都能成功,我们等于控制了大半个风怒角,"斯崔克兰争辩,"数日之内取下四座城堡,这是个很好的开始。但另一方面,本团只有一半官兵上岸,其他人还在途中,马匹和大象更是严重缺乏。我以为为今之计应是就地休整,补充力量,争取一些地方贵族,同时让兰索诺·马尔派出间谍先摸清敌情再说。"

克林顿冷冷地看了团长一眼。这家伙不是黑心、不是寒铁、不是马里斯。只要能让他那双脚不长水泡,他宁可在这里等到七层地狱都结冰!"我们穿越半个世界可不是为了过来等的。抢在君临做出反应前迅猛出击,是上上之策,所以我把目标定为凤息堡。它不仅是国内著名的坚城,还是史坦尼斯·拜拉席恩在南方最后的据点。拿下此城,我军进可攻退可守,且不容他人小觑。"

黄金团的队长们互相交换眼神。"凤息堡迄今仍属于史坦尼斯,我们下手抢夺,对兰尼斯特没有丝毫损害。"本内德·贝雷恩反对,"何不拉拢史坦尼斯共讨兰尼斯特?"

"史坦尼斯是劳勃的弟弟,他们联手叛乱篡夺了坦格利安王朝。"琼恩·克林顿提醒对方。"关键在于,他身处千里之外,身边只有一支可怜的小军队,而跟他取得联系恐怕都要半年时间。他没有拉拢价值。"

"凤息堡难攻不破,你又怎生奈何它?"莫罗问。

"我有一计。"

无家可归的哈利·斯崔克兰继续反对,"我们还是该等。"

"我们现在做准备,"琼恩·克林顿起身,"给大家十天时间,不会更久。第十一天早上,进军凤息堡。"

王子四天后赶到,带来一百名骑兵和三头大象。莱摩儿女士跟他一起抵达,她重新换上白色修女袍。当先开路的是罗利·达克菲爵士,雪白披风在他肩头飞扬。

他正直、可靠,克林顿看着达克下马,但不配作御林铁卫。他尽力劝阻王子,不要将白袍赐给达克菲,应把这份荣耀留给武艺更为高强、能为主子的事业增光添彩的战士,或大贵族的小儿子们,以笼络感情。男孩拒绝接受。"达克会不惜性命保护我,"他解释,"对我的御林铁卫,这是唯一标准。你说的那些话弑君者都符合,他武艺高强,又出身豪门。"

至少我劝说他暂时保留了其他六个名额,没在达克之外再多出六只蠢笨鸭子，算是不幸中的万幸。"护送陛下到我的书房，"他下令，"我们马上会谈。"

伊耿·坦格利安王子没有小格里芬听话，将近一小时后，他和达克才到书房。"克林顿大人，"王子宣布，"我喜欢你的城堡。"

"你父亲的领地真美，"王子说，海风吹乱他的银发，他那双深紫的眼睛啊，比这小子更深。"这是我的荣幸，陛下，请您就座。罗利爵士，你可以走了。"

"不，我要达克留下，"王子说着落座，"我们刚刚跟斯崔克兰和佛花谈过，他们说您打算攻打风息堡。"

琼恩·克林顿勉强按捺住怒气，"无家可归的哈利可有劝说您推迟这次行动？"

"是的，他的确说了。"王子道，"但我不答应。哈利就像个老女人，对不对？大人，我完全赞同您的计划，这次行动决不能推迟……但它需要做一个小小的改变：我要亲自带兵上阵。"

祭品

后党人士在村落的公共草地上搭起火刑架。

或者该叫公共白地?到处是齐膝深的雪,但人们把这里的雪铲走,用斧子、铲子和锄头在冻土上挖洞。呼啸的寒风从西边袭来,裹挟着无数雪花吹过封冻的湖面。

"你不会想看的。"亚莉珊·莫尔蒙说。

"是不想,但我要看。"阿莎·葛雷乔伊是海怪之女,不是见不得丑恶的娇弱闺秀。

这是阴暗、寒冷和饥饿的一天,跟昨天、前天一样。她们在冰上耗了大半天,瑟瑟发抖地守在较小的湖上凿出的两个冰洞旁,用戴连指手套的手笨拙地握着鱼线。不久前还能指望每人钓上一两条鱼,精于此道的狼林人甚至能钓到四五条。但今天除了深入骨髓的寒冷,阿莎一无所获。小亚也好不到哪去。两人钓到鱼已是三天前的事。

母熊又试了一次。"我可不去。"

后党想烧的也不是你。"你不去就不去,我保证不逃跑。我能逃哪儿去?去临冬城?"阿莎大笑,"他们说只有三日骑程。"

六名后党人士正削砍两棵巨大的松树,把它们插入其他六名后党挖出的坑里。阿莎不用问便知道这是火刑架。夜幕就快降临,红神需要祭品。献上血与火的牺牲,后党人士如是说,光之王就会用火眼金睛,融掉歹毒的大雪。

"即便在这黑暗与恐惧之地,光之王也保护着我们。"木桩钉入坑中,高迪·法林爵士对聚集的人群宣讲。

"南方佬的神怎能奈何雪？"阿托斯·菲林特质问，他的黑胡须裹了一层冰。"这是旧神降下的神怒，我们应当平息旧神之怒。"

"没错。"大酒桶渥尔道，"红神拉拉罗在这儿屁都不是。你们只会惹怒旧神，他们在岛上看着呢。"

佃农的村落坐落于两湖之间，较大的湖里有好几个林木茂盛的小岛，如同溺死巨人伸出的冰封拳头般支在冰面上。有个岛上生了株扭曲的古老鱼梁木，枝干和周围的积雪一样白。八天前，阿莎与亚莉珊·莫尔蒙一起走到树下，仔细查看上面狭长的鲜红眼睛和血盆大口。那只是树液，她安慰自己，鱼梁木流着红色树液。她试图这么想，却不能信服——眼见为实，她看到了冻结的血。

"是你们北方佬带来这场雪的。"科里斯·彭尼反驳，"你们和你们那些魔鬼树。拉赫洛将拯救我们。"

"拉赫洛会害死我们。"阿托斯·菲林特坚持。

你们两边的神都该死，阿莎·葛雷乔伊心想。

巨人杀手高迪爵士亲自检查两根木桩，推了推以确保牢固。"甚好，甚好，能用了。克莱顿爵士，带祭品上来。"

克莱顿·宋格爵士是高迪的左膀右臂。或者说干枯的手臂？阿莎不喜欢克莱顿爵士。法林热衷于献祭红神，宋格则是纯粹的残忍。阿莎见过他注视夜火的样子：双唇微张，目光贪婪。他爱的不是神，是火，她断定。她问朱斯丁爵士宋格是否一直如此，朱斯丁爵士扮个鬼脸，"在龙石岛，他爱跟刑讯者赌博，还帮他们审讯犯人——尤其是年轻女犯。"

阿莎毫不吃惊，宋格现在最想烧死的是她。除非暴风雪马上停止。

他们在距临冬城三日骑程的地方停留了十九天。深林堡到临冬城只有一百里格，乌鸦飞上三百里就到。可惜他们不是乌鸦，暴风雪也冷酷无情。阿莎每天早上都抱着见到太阳的希望醒来，迎接她的却始终是漫天大雪。风暴把农舍和帐篷埋在肮脏的雪堆下，很快连长厅都要吞没了。

除开死马和湖里钓的鱼（日益减少），以及猎手们从阴冷死寂的森林里找来的些许猎物，再没吃的。骑士和诸侯享用了大部分马肉，剩给普通士兵的寥寥无几。

他们开始吃死人肉不足为奇。

四个比兹伯利的人分食了已故费尔伯爵一个手下的尸体，他们从腿和臀部割下大块肉，还把前臂叉在火上烤。母熊给她讲这些时，她跟其他人一样觉得恐怖，但并不惊讶。她敢打赌，在这场可怕的行军中，这四个人绝非最早品尝人肉的——只是最早被发现的罢了。

根据国王的判决，这四个比兹伯利的人要为他们的盛宴付出生命代价……后党人士则请求烧死他们来终结暴风雪。阿莎·葛雷乔伊跟红神毫无瓜葛，但她祈祷这场献祭能成功——如若不成，铁定会再来一场，那时克莱顿·宋格爵士就能得偿所愿了。

四个食人者赤身裸体地被克莱顿爵士赶出来，手腕用皮绳绑在身后。他们中最年幼的绊倒在雪地里，痛哭失声。另两个仿若行尸，一路盯着地面。阿莎惊讶地发现他们看起来如此平凡。不是怪物，她发觉，只是普通人。

四人中最年长的曾是个军士，就他还倔强。后党人士用长矛赶他，他骂声不绝。"操你们，操你们的红神。"他骂道，"听见没，法林？巨人杀手？你那欠干的表侄子死得大快人心，高迪。大爷们本该连他也吃，火化时闻着多香啊。老子敢打赌，那兔崽子香嫩可口，油水也多！"一根长矛把柄狠狠打在这人身上，让他跪倒在地，却没能封住他的嘴。他站起来，吐出一口混着碎牙的血继续开骂，"老二最美味，在火上烤个酥脆，就像肥嫩的小香肠。"即便他们用铁链捆住他,他仍喋喋不休,"科里斯•彭尼,你来啊,彭尼算什么姓?你老妈跟路边野汉取的?还有你,宋格,该死的狗杂种,你——"

克莱顿爵士一言不发地欺近,手起刀落割开军士的喉咙,胸口溅了一片血。

男孩哭得更厉害了,每抽噎一声身体都跟着抖。他好瘦,阿莎能数清肋骨。"不,"他乞求,"求你了,他死了,已经死了。我们饿极了,求你们了……"

"军士最聪明,"阿莎对亚莉珊•莫尔蒙说,"他激宋格杀他。"不知轮到她时,能否故伎重演。

四个祭品背靠背悬绑在两根柱子上,三个活人和一个死人。光之王的信徒在祭品脚下摆好劈开的原木和折断的树枝,淋满灯油。他们动作迅速,因为雪下得大,木柴很快会湿透。

"国王呢?"科里斯•彭尼爵士问。

四天前,一名国王的侍从冻馁而死。死去的男孩名叫拜兰•法林,乃是高迪爵士的亲戚。火葬堆吞噬男孩时,史坦尼斯•拜拉席恩面色铁青地站在一旁观礼,然后又返回瞭望塔,自那以后再没现身……但时不时能看到陛下站在塔顶,被日以继夜燃烧的烽火勾勒出轮廓。他在与红神对话,有人说。他在呼唤梅丽珊卓女士,另一些人传言。不管怎么说,阿莎•葛雷乔伊觉得国王已是走投无路,亟须帮助了。

"坎特,去告诉国王一切就绪。"高迪爵士命令最近的士兵。

"国王已至。"是里查德•霍普的声音。

里查德爵士在板甲和锁甲外套了件加垫外套,上面绣着三只在灰烬枯骨上盘旋的骷髅飞蛾。史坦尼斯国王走在他身旁,阿尔夫•卡史塔克拄着黑李木手杖蹒跚着跟在他们身后。正是阿尔夫大人八天前发现这四名食人者的。这个北方佬带来一个儿子、三个孙子、

四百名枪兵、四十名弓箭手、十二名骑兵、一名学士,还有一笼渡鸦……但携带的给养只够维持自己人。

有人给阿莎解释,卡史塔克并非真正的大人,只是在领主被兰尼斯特释放前继续充当卡霍城代理城主。他身材佝偻扭曲,左肩比右肩高半尺,上面支着骨瘦如柴的脖子,然后是一口黄板牙和斜视的灰眼睛。他头上生着寥寥几根白发,分叉胡须灰白各半,十分纠结。阿莎觉得他的笑容很讨厌,然而若传言属实,夺回临冬城后将把它封给卡史塔克家。因为卡史塔克家是很久很久以前从史塔克家分出去的旁支,阿尔夫大人又在艾德•史塔克辖下诸侯中率先效忠史坦尼斯。

据阿莎所知,卡史塔克信仰北境旧神,和渥尔、诺瑞、菲林特及其他山地氏族相同。她很好奇他来观看火祭是奉国王之命,还是想亲眼见识红神的力量。

一见到史坦尼斯,两名绑在柱上的人便拼命哀求宽恕。国王咬紧牙关安静地听着,然后对高迪•法林说:"开始吧。"

巨人杀手抬起手臂。"光之王,聆听吾等。"

"光之王,守护吾等。"后党人士唱诵,"只因长夜漫漫,处处险恶。"

高迪爵士仰望渐暗的天空。"感谢您派来温暖我们的太阳,请您重还天日明光。真主啊,请引导吾等长驱直入,歼灭仇寇。"雪花在他脸上融化。"感谢您派来夜里守护我们的群星,请您驱逐蔽天阴云,令吾等重沐星辰清辉。"

"光之王,守护吾等,"后党人士祈祷,"驱逐无情的黑暗。"

科里斯•彭尼爵士手捧火炬踏步上前。他高举火炬在头顶挥舞一圈,火焰熊熊飘展,一名祭品开始啜泣。

"拉赫洛,"高迪爵士唱道,"吾等献上四位罪人。至纯至诚，供奉真主。涤净黑暗，焚尽罪身。解脱灵魂，光明永享。以其鲜血，奉出牺牲。望得神助，冰雪消融。哀鸣震天，蔚为祭献。神力加护，誓灭仇寇！请接受这份祭品，引导我们去临冬城肃清异教徒！"

"光之王，接受祭品。"一百个声音一同叫喊。科里斯爵士点燃第一个柴堆，然后把火炬扔到第二个柴堆底下。青烟缕缕升起，祭品们开始咳嗽。接着第一朵火焰如少女娇羞露头，辗转腾挪，从木柴向人腿雀跃。转瞬间，两根木桩淹没在烈火中。

"他死了。"火焰爬上小腿时，哭泣的男孩尖叫，"我们发现他死了……求求你们……我们饿极……"火焰舔舐卵蛋，等他下体的毛发烧起来，他的哀求化为一阵不知所云的高亢悲鸣。

阿莎·葛雷乔伊觉得胆汁涌上喉咙。在铁群岛，她看过族人的牧师割开奴工的喉咙，抛尸入海，以荣耀淹神。那已经很残忍，这个尤甚。

闭上眼睛，她告诉自己，掩住耳朵，转身离开。你无须旁观。后党人士高唱拉赫洛的赞歌，但祭品的悲鸣盖过了歌词。热浪抽打脸庞，她却浑身颤抖。空中弥漫起烟雾和尸臭，一具木桩上的身躯在烧红的锁链下不住抽搐。

片刻后，尖叫停止。

史坦尼斯国王一言不发地离开，回到孤独的瞭望塔上。他要回到烽火旁，阿莎清楚，向圣火寻求答案。阿尔夫·卡史塔克蹒跚着想跟上，但里查德·霍普爵士挽住他胳膊，带他去长厅。围观人群渐渐散开，回到各自的篝火边，享用能找到的些微食物。

克莱顿·宋格悄悄贴近她，"铁屄喜欢这表演？"他呼吸中有麦酒和洋葱的味道。他有双猪眼睛，阿莎心想。猪眼睛跟他很配，他的盾牌和外套上都画着长翅膀的猪。宋格的脸贴得如此之近，她甚至能数清他鼻子上的黑头，"等你在火刑架上扭动，会有更多人

围观。"

他说得没错。狼仔不喜欢她。她是铁民,她必须为族人的罪行负责,为卡林湾、深林堡和托伦方城的陷落负责,为几世纪以来磐石海岸遭受的劫掠负责,为席恩在临冬城的所作所为负责。

"放开我,爵士。"每次宋格跟她说话,她都恨不得斧子还在手里。阿莎是优秀的手指舞者,不逊群屿的任何男人,十指完好便是明证。我能与他共舞就好了。有些男人脸上缺胡子,克莱顿爵士脸上则缺把斧子。但她没有武器,只能尽力挣脱。这却让克莱顿爵士抓得更紧,戴手套的手指如铁爪嵌入她胳膊。

"夫人要你放开她。"亚莉珊·莫尔蒙开口,"你最好照办,爵士,阿莎夫人不是祭品。"

"她会是的,"宋格坚持,"我们容忍这魔鬼崇拜者太久了。"尽管如此,他还是放开了阿莎的胳膊。没人会无谓地激怒母熊。

朱斯丁·马赛适时出现。"国王对他的战利品另有安排,"他挂着惯有的笑容,双颊冻得通红。

"国王?还是你?"宋格嗤之以鼻,"尽管做美梦,马赛,但她肯定会被烧死。她有国王之血。红袍女说,国王之血有力量,能取悦真主。"

"拉赫洛会满足于我们刚刚献上的四名祭品。"

"四个贱民,简直是打发叫花子。那种人渣不能停住雪,但她能。"

母熊叫道:"要是你烧死她,雪仍在下,怎么办?你还要烧谁?我吗?"

阿莎再也忍不住了,"何不是克莱顿爵士?说不定拉赫洛想要个自己人咧。一位火苗舔过老二时还能高唱赞歌的忠实信徒。"

朱斯丁爵士哈哈大笑。宋格十分不悦。"尽管找乐子,马赛,只要雪一直下,你会知道谁笑到最后。"他瞥了眼挂在木桩上的死尸,对自己笑笑,转身加入高迪爵士和其他后党人士。

"我的斗士。"阿莎赞美朱斯丁·马赛。无论动机如何,他都当之无愧,"谢谢你来解围,爵士。"

"你这样在后党中混不下去。"母熊说,"莫非你对红神拉赫洛失去了信心?"

"我失去信心的何止于此。"马赛的呼吸在空中凝成白雾,"但我还相信晚餐。一起么,女士们?"

亚莉珊·莫尔蒙摇摇头,"没胃口。"

"我也没有,但最好咽些马肉,不然过不多久铁定后悔。我们从深林堡出发时带有八百匹马,昨晚只剩六十四匹。"

这与阿莎所料相去不远。几乎所有高大战马都已倒下,包括马赛自己的。大部分驮马也死了。即便北方人的矮种马也饿得摇摇晃晃。说到底,大家要马还有什么用?史坦尼斯已不能进军了。日月星辰太久不见,阿莎甚至觉得它们是梦中的东西。"我去吃。"

亚莉珊摇摇头,"我不去。"

"那我来看管阿莎夫人。"朱斯丁爵士对她说,"我向您保证,决不许她逃走。"

母熊勉强答应,没理会他言语间的调侃。他们就此分别,亚莉珊回帐篷,阿莎和朱斯丁·马赛去长厅。路没多远,但雪深风也急,而阿莎的脚犹如两个大冰块,每走一步,受伤的脚踝都刺痛不已。

长厅狭小简陋,却是村里最大的建筑。史坦尼斯住进湖边的石制瞭望塔后,诸侯和军官们便把这据为己有。两名守卫分立门侧,靠在高高的长矛上。其中一人为马赛掀开油腻的门帘,朱斯丁爵士护送阿莎走入厅内让人幸福的温暖中。

大厅两边排放着长凳和搁板桌,足以容纳五十人⋯⋯但挤下了两倍于此的人数。泥地中间挖了道火坑,上方天棚开了串烟孔。狼仔们坐在火坑一侧，骑士和南境诸侯占据另一侧。

南方佬像群窝囊废，阿莎心想——个个形容枯槁，有的呈现病态的苍白，有的被风吹得满脸红肿；与之相对，北方佬还算容光焕发，面色红润的大汉留着灌木丛一样的胡子，穿着毛皮和铁甲。他们可能也冷也饿，但矮种马和熊掌让他们在行军中省了力。

阿莎摘下连指毛皮手套，活动手指时痛得抽搐。她半僵的双脚在温暖的厅内逐渐解冻，疼痛也陡然加剧。佃农们逃离前留下大量泥炭，泥炭烧出滚滚浓烟和浓重的泥土味。她把斗篷的雪抖干净，挂在门内一颗钉子上。

朱斯丁爵士在长凳上给两人找到位置，又取来晚餐——麦酒和外焦内生的大块马肉。阿莎喝了口麦酒才吃马肉。分到的肉块比上次小，但香气仍诱得她肚子咕咕作响。"谢谢您，爵士，"鲜血和油脂顺着她下巴流淌。

"叫我朱斯丁。"马赛用匕首把肉切成小块，叉起一块。

桌子下首，威尔·福克斯伍正朝周围人吹嘘史坦尼斯会在三天后进军临冬城——他是从照料国王马匹的马夫嘴里听说的。"陛下在圣火里看到了胜利，"福克斯伍说，"一场无论在领主的城堡还是农夫的小屋都会传唱千年的胜利。"

朱斯丁·马赛从马肉上抬起头，"昨夜冻损达到八十人，"他从齿间拽出一块软骨，弹给最近的狗，"继续行军就等着成百成百地死人吧。"

"继续逗留，会成千成千地死人。"亨佛利·克莱夫顿爵士说，"要我说，不前进就是死路一条。"

"前进才会死。况且就算到达临冬城，能怎样？我们怎么夺取它？半数人虚弱得迈不开步，你指望他们去攀登城墙？建攻城塔？"

"我们应该留在这儿，直到天气放晴。"蒙德·威尔德爵士说，他是位干尸般的老骑士，看起来行将就木。阿莎听到士兵们打赌下一个倒下的著名骑士或诸侯是谁，蒙德爵士是大热门。不晓得他们在我身上下了多少子儿咧？阿莎心想，或许还有时间加注。

"这儿至少有安身之所，"威尔德坚持，"而且湖里有鱼。"

"僧多粥少。"比兹伯利伯爵阴沉地说。他有理由阴沉，刚才高迪爵士烧死的是他的人，而且这座大厅里就有人说比兹伯利明知手下所为，甚至分了一杯羹。

"没错，"奈德·树木嘟囔。他是深林堡派来的向导之一，人称没鼻子奈德——上上个冬天，冻疮夺去了他的鼻尖——对狼林的了解世上无人能及，即便国王麾下最傲慢的诸侯，也懂得在他说话时闭嘴倾听。"我了解那些湖，你们几百号人像蛆虫占领尸体一样在上头打洞，他妈的没沉下去是奇迹。从岛上看，湖面跟老鼠啃过的奶酪差不多。"他摇摇头，"湖里没鱼，你们钓光了。"

"这更说明应该进军。"亨佛利·克莱夫顿坚持，"若命中注定难逃一死，不如持剑而死。"

这话题昨晚争论过，前晚也争论过。前进会死，留守会死，撤退也会死。

"想死请自便，亨佛利。"朱斯丁·马赛说，"我咧，我还想看到下一个春天。"

"有人会称之为懦夫思想。"比兹伯利伯爵斥道。

"懦夫总也好过吃人肉的。"

比兹伯利的脸被愤怒扭曲，"你——"

"打仗就得死人，朱斯丁。"里查德·霍普爵士站在厅门口，黑发被融雪打湿，"跟我们一同进军的，可以分享从波顿和他野种那里夺取的战利品，以及不朽的荣耀；虚弱得无力前进的只能先自谋生路。不过我保证，夺回临冬城后，会送食物回来。"

"你们夺不回临冬城！"

"此话怎讲？我们当然能做到。"高桌上有人咯咯笑道，那是阿尔夫·卡史塔克、其子阿梭尔及三个孙子坐的地方。阿尔夫撑着身子站起来，活像一只暂时飞离猎物的秃鹫，他用一只布满老人斑的手扶着儿子的肩膀，"为了奈德和他女儿，我们一定能夺回临冬城，嗯，还为了被残忍谋害的少狼主。如蒙各位不弃，我和我的人愿自告奋勇当先带路。我跟我们的好国王提了许多次，进军吧，我说，只需您一声令下，不出半月，我们都能用佛雷和波顿的鲜血来洗澡！"

许多人跺脚呼应，还用拳头敲桌板。阿莎发现这么做的几乎都是北方人，而在火坑另一边，南方诸侯安静地坐在长凳上。

朱斯丁·马赛等喧闹慢慢平息，方才开口："勇气可嘉，卡史塔克大人，但仅凭勇气奈何不了临冬城的深至高墙。您打算怎么夺回城堡？靠祈祷？扔雪球？"

阿尔夫大人的一个孙子回答："我们砍下树木，做成撞锤撞开城门。"

"然后去送死。"

另一个孙子高声插话："我们会造云梯，攀上城墙。"

"还是去送死。"

阿尔夫大人的小儿子阿梭尔·卡史塔克站起来："我们会造攻城塔。"

"送死、送死、还是送死。"朱斯丁爵士翻个白眼，"诸神在上，卡史塔克都是疯子么？"

"诸神？"里查德·霍普说，"你失言了，朱斯丁。只有一个真主，在这里不准提那些恶魔。现在光之王才能拯救我们，不是么？"他把手放到剑柄上以壮声势，目光则一刻没离开朱斯丁·马赛。

朱斯丁爵士在他的注视下妥协。"光之王，没错，我对他的信仰和你一样坚定,里查德,你是知道的。"

"我质疑的是你的勇气,朱斯丁,并非你的信仰。自深林堡出发后,丧气话你一路说不停,我真怀疑你到底是哪边的人。"

马赛的脖子刷的一下红了,"我才不会在这儿任你侮辱。"他使劲从墙上拽下湿斗篷,力道之大,阿莎听到撕裂声。他径直走过霍普,大步出门。一阵冷风穿堂而过,吹起火坑里的灰烬,让火焰明亮了些。

如此脆弱,阿莎心想,我的板油斗士。但若后党加害她,朱斯丁爵士是少数会站出来反对的人。因而她也起身,披上斗篷,追随他踏入暴风雪。

阿莎没走出十码就迷路了。她能看到瞭望塔顶燃烧的烽火——一片漂浮在空中、暗淡的橙色光晕——但村落消失了。她独立于寂静的白雪世界,在齐膝深的雪堆中跋涉。"朱斯丁?"她喊道。无人回应。左方传来一声马嘶。那可怜的家伙听起来很害怕,或许它知道自己将成为明天的晚餐。阿莎紧了紧斗篷。

她不知不觉间跟跄着回到村落的公共草地。松树桩还立在那里,烧得焦黑,但未焚毁。缠绕死者的铁链已然冷却,但仍紧缚着尸体,将其死死锁定。一只乌鸦停在尸体上,撕扯挂在焦黑头骨上烤焦的肉。大雪盖住了刑架底部的灰烬,并已没过死者的脚踝。旧神想埋葬他们,阿莎心想,旧神看不下去了。

"好好瞧瞧,骚尿。"克莱顿·宋格低沉的声音在身后响起。"烤熟后的你也一样漂亮。告诉我,乌贼会尖叫吗?"

祖先们的神啊,若你能在波涛下的流水宫殿听到我的祷告,请赐我一把小飞斧。淹神并无回应。他甚少回应。天南地北的神都这样。"你看到朱斯丁爵士没?"

"那个屁颠屁颠的白痴?你找他干吗,骚尿?你想要的话,我比马赛男人强多了。"

又叫我尿？真奇怪，宋格这种人总会用女人身上他们唯一看重的部分来侮辱女人。而且宋格比中里德尔更糟。他说出这个词时，想要的就是这个。"你的国王会阉割强奸犯。"她提醒他。

克莱顿爵士失声大笑，"国王快被火晃瞎了。不过别怕，骚尿，我不会操你。操你之后得宰了你，而我更想看你被烧死。"

那匹马又在叫。"你听到了？"

"什么？"

"一匹马。不，一群马。不止一匹。"她转头倾听。大雪对声音有奇特的影响，很难分清从哪个方向传来。

"这是乌贼的把戏吗？我没听到——"宋格皱眉，"见鬼。骑兵。"他带毛皮皮革手套的手笨拙地摸索剑带，花了番工夫才从鞘中抽出长剑。

说时迟那时快，骑兵已冲到他们面前。

这支幽灵分队从风暴中现身，都是矮马上的高个，厚厚的毛皮让他们更显魁伟。他们腰悬长剑，剑与鞘碰撞，奏出微弱的钢铁之歌。阿莎看到一人的马鞍上挂着战斧，另一人背着战锤。他们还背着盾牌，但盾面为冰雪覆盖，难以辨认纹章。尽管穿着层层羊毛、毛皮和熟皮革，阿莎还是觉得如坠冰窟。战号，她心想，我需要战号来唤醒营地。

"跑啊，你这蠢尿！"克莱顿爵士大喊，"快去通知国王。波顿大人杀来了！"宋格或许是个衣冠禽兽，但从不缺乏勇气。只见他握着剑，大步穿过雪地，挡在骑兵和国王的瞭望塔之间。瞭望塔上闪耀的烽火犹如某位陌生神明的橙色眼睛。"来者何人？站住！站住！"

为首的骑兵在他身前勒马，后面大概有二十人。阿莎没空计算，或许风暴中还隐藏着几百人，正在奋力前进。甚或卢斯·波顿倾巢而出，借着黑暗和暴风雪的掩护，发起总攻。只是这些人……

作为斥候太多，作为前锋又太少。其中有两人全身黑衣。是守夜人，她陡然意识到。"你们是谁？"她喊道。

"是朋友。"一个似曾相识的声音回答，"我们先去临冬城，却只发现鸦食安柏在那里击鼓吹号。我们花了不少工夫才找到你们。"领头的骑兵跳下马鞍，掀开兜帽，鞠了一躬。由于他胡子太厚，又裹了厚厚一层冰，阿莎起初竟没认出他。随后她想起了，"特里斯？"她奇道。

"小姐。"特里斯蒂芬·波特利单膝跪下。"少女也来了。还有罗衮、乌鸦嘴、手指、白嘴鸦……我们六个能骑马的人。科洛姆伤重去世。"

"怎么回事？"克莱顿·宋格爵士质问，"你是她的人？你怎么从深林堡地牢跑出来的？"

特里斯起身，扫掉膝上的雪。"希贝娜·葛洛佛夫人以国王的名义接受一大笔赎金后释放了我们。"

"赎金？谁会为海里的烂货出钱？"

"我会，爵士先生。"一位异乡口音的人策马上前。他高挑精瘦，两腿极长，让人奇怪怎么没拖到地上。"我亟须利索的护卫护我面见国王，希贝娜夫人也亟须减少几张吃饭的嘴。"围巾遮住了高个子的脸，但他头戴某种柔软织品织成的塔形无边帽，犹如三个滚筒叠放，阿莎上次航到泰洛西以后，没见过比这更古怪的装扮，"听闻史坦尼斯国王在此，我有十万火急的事务要立刻觐见陛下。"

"七层地狱，你他妈又是谁？"

高个子优雅地滑下矮种马，摘掉奇异的帽子，鞠了一躬。"在下泰楚·奈斯托斯，布拉佛斯铁金库的谦卑仆人。"

从黑暗中冲出的骑兵居然是布拉佛斯银行家，这是阿莎·葛雷乔伊生平所见最不可思议的事，荒诞离奇得令她笑出声。"史坦尼斯国王住在瞭望塔里，相信克莱顿爵士很乐意帮您引荐。"

"那太好了，时不我待啊。"银行家用精明的黑眼睛打量她，"若我没认错，您就是葛雷乔伊家族的阿莎夫人。"

"嗯，我是葛雷乔伊家族的阿莎，是不是夫人另说。"

布拉佛斯人微笑，"我们给您带了份礼物。"他示意身后的人，"我们本希望在临冬城找到国王，可惜，风暴吞没了城堡。在城墙下，我们见到带着一队毛头小子等候国王的莫尔斯·安柏。他给我们这个。"

一个女孩和一个老头，眼看两人被粗鲁地丢在面前的雪地，阿莎心想。女孩裹着毛皮，却打颤得厉害，若非饱受惊吓，她原算得上标致，只鼻尖生有黑色冻疮。至于那老头……简直称不上是人，阿莎觉得稻草人都比他胖。他的脸皮包骨头，头发灰白污秽。他浑身恶臭。阿莎只看了一眼就想吐。

他抬眼看她，"姐姐，瞧，这回我认出你了。"

阿莎的心跳空了一拍。"席恩？"

他的唇向后咧开，似乎想微笑。她发现他只剩半口牙，剩下的牙也有一半破损碎裂。"席恩，"他重复，"我是席恩。你必须记住自己的名字。"

维克塔利昂

黑海，银月，铁舰队捕猎。

他们在雪松岛和阿斯塔波海岸陡峭山丘间的狭窄水道里捕捉到她，正如黑袍僧马奇罗预见的那样。"是艘吉斯卡利船，"伟维水·派克从鸦巢上向下喊。维克塔利昂·葛雷乔伊在船楼上看着那船的风帆越变越大，很快，他辨认出她起落拍打的船桨和月光下长长的白色尾迹，犹如黑海上长长的伤口。

她算不上真正的战舰，维克塔利昂意识到，只是一艘贸易划桨船。好在她块头够大，作为战利品还不错。他发出信号，让船长们开始追逐，准备登上来船，将其俘获。

此时对方船长察觉到危险，赶紧调头向西，朝雪松岛冲去，也许是想躲进某个隐蔽的峡湾，或引诱追逐者撞上岛屿东北岸的尖锐礁石。可惜他的船装货太多，铁民又是顺风。悲伤号和无敌铁种号堵住去路，快捷的雀鹰号和灵活的手指舞号从后包抄。到这步田地，吉斯卡利船长仍不肯降旗投降。等哀悼号从旁掩袭，一头撞进对方左舷，粉碎了若干船桨时，这两艘纠缠的船已非常接近吉扎城的闹鬼废墟。初曙的阳光下，船员们清晰地听到猴子在城中无数残破的金字塔上哇哇乱叫。

这艘被捕获的划桨船名叫吉利卡利黎明号，她的船长被铁链锁拿到维克塔利昂面前。船是从新吉斯赶往弥林贸易的，经停渊凯，正在回航途中。船长不会说人话，只会一种用喉音发出的吉斯卡利语，充斥着咆哮和嘶声，简直是维克塔利昂·葛雷乔伊这辈子听过最丑陋的语言。马奇罗把船长的话翻译成维斯特洛通用语：弥林之战大获全胜，龙女王殒命，一个名叫西茨达克的吉斯卡利人成了那座城市的新统治者。

维克塔利昂拔掉了船长撒谎的舌头。马奇罗已向他保证，丹妮莉丝·坦格利安没死，红神拉赫洛在圣火中展现了她的脸庞。司令不能容忍谎言，所以他把吉斯卡利船长手脚捆住，丢进大海，作为给淹神的献祭。"会轮到你的红神，"他允诺马奇罗，"但海洋是淹神的领域。"

"除了拉赫洛和凡人不可道也的远古异神，其他神都不存在。"这个会法术的和尚穿着浅黑袍子，袍子的领口、袖口和下摆绣有金线。无敌铁种号上没有红布，但也不能放任马奇罗穿着田鼠把他捞上来时那身盐渍的破布来回走动，所以维克塔利昂命汤姆·泰德伍德用现有材料为和尚缝身新袍子，为此他甚至捐出了几件自己的上衣。这些衣服都是黑色和金色的——葛雷乔伊家族的纹章是黑底上的金色海怪，船上的旗帜和风帆也是这个颜色。说到底，红袍僧的绯红或深红色袍子原本容易招致反感，维克塔利昂认为让他换上葛雷乔伊家的服色更能让铁民接受。

这个希望落了空。全身黑衣的和尚，搭配脸上的红橙火焰刺青，更显邪气。船员们在甲板上躲着他，朝他的影子吐口水，连将他从海里捞上来的田鼠，也开始规劝维克塔利昂将这名红袍僧献给淹神。

但马奇罗了解这片陌生的海域，铁种们对此则一无所知；他甚至知道龙族的秘密。鸦眼可以驯养巫师，我有何不可？他的黑袍巫师比攸伦手下那三个加起来还强大，那三个就算放进一口锅、煮成一团也比不上马奇罗。这些话湿发伊伦也许不赞成，但伊伦和他的说教远在天边海外。

维克塔利昂那只烧过的手掌紧握成拳，"吉利卡利黎明不是铁舰队的船该有的名号,为了你,巫师,我将她更名为红神之怒号。"

他的巫师低下头,"就照司令的意思。"铁舰队又恢复到五十四艘船的规模。

次日突发飓风,这阵风马奇罗也预见到了。雨停后,清点舰只,少了三艘。维克塔利昂无从得知她们是沉没、是搁浅,还是仅仅被吹离航线。"他们知道目的地,"他告诉部下,"只要船浮得起来,终究能会合。"铁舰队司令没时间收容掉队的船了,他必须立刻把他的新娘从重重包围中解救出来。世上最美丽的女人急需我的斧头。

再说,马奇罗向他担保,三艘船都没丢。这个会法术的和尚每晚都会在无敌铁种号的船楼上燃起火焰,并在火焰周围游走,吟唱祷告。火光映在黑肤上,犹如抛光玛瑙,有时,维克塔利昂发誓能看见和尚脸上的火焰刺青也在舞蹈。它们扭动纠结,彼此融贯,随着和尚头颅的移动而变换颜色。"这黑和尚在召唤恶魔啊!"有个桨手到处宣传。维克塔利昂把那桨手抓来,从肩膀到屁股鞭打得血肉模糊。

马奇罗告诉他:"在一座名为雅洛斯的岛屿边上,迷失的羔羊将重回群落,"司令严肃地回答:"和尚,最好这是真的,否则你是下一个挨鞭子的人。"

阿斯塔波西北的海面又绿又蓝,阳光从蔚蓝的晴空灼热地照射下来。铁舰队在这里逮到第二份战利品。

密尔平底船鸽子号经停新吉斯前往渊凯,装了一船地毯、绿色甜葡萄酒和密尔蕾丝。船长拥有一根密尔眼镜管,能让遥远的事物变得清晰——管子两头是玻璃透镜,中间由一连串青铜管对接而成,这些青铜管巧妙镶嵌在一起,收起来只有匕首那么长。维克塔利昂把这根管子占为己有,把船改名百舌鸟号,他还留下了船员,因为他们都是经验丰富的密尔自由民水手,既非奴隶也非奴隶贩子,可以换取高额赎金。鸽子号自密尔来,所以没有弥林城或丹妮莉丝的新消息,只说多斯拉克骑兵在洛恩河沿岸出现,黄金团也启程出发。这些维克塔利昂早知道了。

"你看见了什么?"当晚司令问他的黑袍和尚,马奇罗正在夜火前观望。"明天等待我们的是什么?又一场暴雨?"他似乎闻到了雨的味道。

"灰色的天和劲风,"马奇罗说,"但没有雨。老虎在后面追赶,前方有您的龙。"

我的龙。维克塔利昂喜欢这说法。"告诉我一些我不知道的事,和尚。"

"司令有令,自当遵从。"马奇罗道。船员们开始称他为"黑焰",史蒂法·斯塔梅尔带的头,因为他发不准"马奇罗"这个音。不管叫什么,反正这和尚有法力是真。"海岸线自西向东延伸,"他告诉维克塔利昂,"等它向北折去,您又可抓到两艘船。两艘多腿的快船。"

果真如此。他们捕捉到两艘线条流畅狭长的快速划桨船。跛子拉弗首先发现她们,但苦痛号和无望号根本追不上,所以维克塔利昂派出铁翼号、雀鹰号和海怪之吻号——他麾下最快的三艘船去追。追逐持续了大半天,最终经过短暂而血腥的接舷战,两艘划桨船均被夺取。维克塔利昂发现她们空舱行驶,此行是去新吉斯装载补给和武器,以供应弥林城下的吉斯卡利军团……并装来新的军团士兵,填补死在城下的人。"战死的?"维克塔利昂问。船员们否认,说是城下爆发了血瘟,他们称其为"苍白母马"。两艘船的船长还撒了跟吉斯卡利黎明号的船长同样的谎,声称丹妮莉丝·坦格利安死了。

"如果你在地狱里找到她,替我吻她。"维克塔利昂说完便叫人拿来斧子，当场让两人人头落地。他把船员也杀个精光，只留那些被锁链绑在船桨上的奴隶。他亲手打碎锁链，给他们自由，告诉他们将有幸为铁舰队划船。他说这是铁群岛上每个男孩梦想的荣誉。"龙女王解放奴隶，我也一样。"他宣布。

这两条船他命名为幽灵号和鬼影号。"因为她们死而复生，与渊凯人为敌。"当晚他占有深色皮肤的女人后，向她吐露。他们现在更亲密了，一天比一天亲密。"我们会以迅雷不及掩耳之势突袭渊凯人，"他捏着女人的奶子说。不知淹神对弟弟伊伦说话时，弟弟是否跟他感同身受。他几乎能听到神灵的声音从海底涌来。你出色地侍奉了我，司令，浪涛似乎在说，我正是为此才造就了你。

但他还要满足红神，也即马奇罗的火神。被和尚治愈的那条胳膊极其难看，从手肘到指尖处处缝隙，露出底下的肉。有时维克塔利昂握拢手臂，皮肤还会开裂冒烟。不过这条胳膊比从前强壮许多。"我是两个神的造物，"他告诉深色皮肤的女人，"没有人能同时对抗两个神。"说完他把女人翻过来，又干了一次。

当雅洛斯岛的峭壁出现在左舷前方，他发现那三艘不见的船果如马奇罗所说，正在那里等他。维克塔利昂给了和尚一个金项圈作奖励。

现在他必须选择：是冒险直穿海峡，还是命铁舰队绕过这座岛？仙女岛的惨败仍困扰着铁舰队司令。当时史坦尼斯·拜拉席恩的舰队从南北两面同时进攻，把铁舰队堵截在岛屿和大陆之间的水道里，让维克塔利昂遭遇了空前惨败。但绕过雅洛斯岛会花去几天宝贵的时间。离渊凯这么近，海峡中可能有很多船，不过接近弥林之前应该不会遭遇战舰。

鸦眼会怎么选择呢？他沉思了一会儿，然后向各船发出信号："我们走海峡。"

雅洛斯岛消失于船尾前，他们又逮到三份战利品。田鼠的悲伤号捕获了一艘大肚子三桅帆船，曼佛利·梅林的风筝号捕获了一艘贸易划桨船。这两艘船的货舱里各种商品琳琅满目，从葡萄酒、丝绸、香料、名贵木材到稀有的香水，应有尽有，而船只本身更可利用。当天晚些时候，七颗头骨号和奴工之灾号抓住了一艘双桅纵帆渔船。她又小又慢又脏，几乎不值得费力夺取，维克塔利昂听说合两船之力才好不容易镇住渔民时，很不高兴。然而从这些渔民嘴里他得知黑龙回归的消息。"银女王走了，"渔船船长告诉他，"她骑龙飞到多斯拉克海里。"

"多斯拉克海在哪儿？"他质问对方，"我会率铁舰队航向那个海，乘风破浪也要把女王找到。"

渔民哈哈大笑，"我倒真想看看你破什么浪。多斯拉克海是大草原，傻瓜。"

他不该说最后那个词。维克塔利昂当即用那只烧焦的手掐住他咽喉，将他整个儿提到空中，"砰"的一声撞到桅杆上。接着司令用力箍紧，指头掐进渊凯人的脖子，直到对方的脸色变得像他的手指那么黑。渔民踢腿挣扎了一阵，徒劳无益地试图撬开司令的铁掌。"说我维克塔利昂·葛雷乔伊是傻瓜，找死！"说完他松开手，绵软的尸体"扑通"一声瘫倒在甲板上。伟维水·派克和汤姆·泰德伍德将尸体丢下栏杆，作为给淹神的又一份祭品。

"您的淹神不过是个恶魔，"事后黑袍僧马奇罗告诫他，"他是名姓凡人不能道也的黑暗异神的奴仆。"

"管住你的嘴，和尚。"维克塔利昂警告他。"这条船上有很多虔诚的人，这番胡话若教他们听见，你的舌头就保不住了。我发誓，你的红神会得到应得的献祭。我言出如铁，你问谁都知道。"

黑袍僧低下头。"我不必多问，光之王向我展示过您的品格。司令大人，每晚我都在夜火中见证前方等待您的荣耀。"

那天晚上，维克塔利昂·葛雷乔伊向深色皮肤的女人承认，这番话让他兴奋得有些飘飘然。"我大哥巴隆是个伟人，"他说，"但我能达到他没能达到的目标：让铁群岛重获自由、回归古道。这点连达衮都做不到。"达衮·葛雷乔伊坐上海石之位已是近百年前的往事，铁民至今仍对他的劫掠和战斗故事津津乐道。在达衮的时代，铁王座上坐着一位羸弱的国君，他湿黏黏的眼睛只顾盯向狭海对岸，只顾防备那些策划叛乱的私生亲戚和流亡者们。所以派克岛的达衮大王横行无忌，将整个落日之海变成铁民的领域。"他深入狮穴扯下狮子的胡须，又把冰原狼的尾巴打了结，但即便是他，也终究不是巨龙家族的对手。我却要让龙女王做我老婆，让她分享我的床铺，为我生下许多强壮儿子。"

那晚，铁舰队船只总数达到了六十艘。

雅洛斯岛以北，各式奇异的风帆频繁出现。舰队现下离渊凯不远，而在那座黄砖之城和弥林城之间的海岸线上，商船和补给船络绎不绝。为避开它们，维克塔利昂令铁舰队再次深入远海，离开陆地的视野范围。即便如此，他们还是能撞见其他船只。"不得放一艘船跑掉，以防敌人得到警报。"铁舰队司令晓谕各船，大家忠实执行。

某天早上，海绿天灰，悲伤号、铁婊子和维克塔利昂自己的无敌铁种号在黄砖之城正北海域逮住了一艘自渊凯驶出的奴隶划桨船。船的货舱里装了二十名扑过香粉的男孩和八十名女孩，他们即将被卖到里斯的青楼。这艘船没想到会在自家水域遇劫，所以基本未做反抗就落入铁民手中。她名为"甘心处女号"。

维克塔利昂把奴隶贩子尽数处决，再派人到甲板下解开桨手们的锁链。"你们将为我划船。表现优异者，重重有赏。"他把女孩分给船长们。"里斯人会让你们做妓女，"他告诉她们，"是我们拯救了你们。现在你们只需服侍一个男人而不用被很多人占有，能取悦船长的将有幸成为盐妾。"扑过香粉的男孩他用锁链拴住统丢进大海，清理了这批违反伦常的怪物，船的味道终于正常了。

维克塔利昂为自己挑选了七名最美貌的女子：一人金红头发，乳头上有几点雀斑；另一人全身剃光；第三人棕发棕眼，害羞得像只老鼠；第四个有他毕生所见最大的奶子；第五个是小家伙，有黑直发、金色皮肤及琥珀色眼睛；第六个的皮肤白如牛奶，乳头和下体都穿了金环；第七个黑如乌贼墨汁。渊凯奴隶贩子把她们训练得个个精通七种春啼之术，但维克塔利昂不是为这个才要她们。深色皮肤的女人已能满足他一切欲望，直至他到达弥林迎娶龙女王。太阳就在前方，无须留恋蜡烛。

他把船更名为奴隶贩子之嚎号。加上她，铁舰队船只总数达到六十一艘。"每艘船的加入都让我们变强，"维克塔利昂对铁民们说，"但从今往后，将迎来真正的考验。明后天，我们就可能遭遇战舰。我们正进入弥林水域，敌舰队在前方等候。我们不仅要对付三大奴隶城邦的舰只，还要料理脱罗斯、埃利亚和新吉斯派来的船，甚至会有魁尔斯战船。"他小心翼翼地避免提及古瓦兰提斯派出的绿色划桨战舰，在他讲话的当口，那些船无疑正在悲痛海湾中兼程北上。"奴隶贩子软弱无能，你们已经看见他们是如何仓皇逃窜，听见他们是如何在我们的刀剑下尖叫的了。你们每个人能当他们二十个，只因你们是铁民！看见奴隶贩子的风帆时，记住这点！不用心慈手软，也不要以为对方会手下留情。我们是天生的铁种，又有双神的眷顾，出手务必果断！我们将捕获他们的船只，粉碎他们的希望，把他们的海湾变成一片血海。"

铁民们齐声呐喊呼应。司令严肃地点头回应，然后把自己挑选的七名女子统统叫上甲板。这些都是甘心处女号上的极品。他依次吻过每个人的脸，向她们描绘了等待她们的荣耀——尽管没有哪个女人听得懂她的话——然后把她们装上那艘捕获的双桅渔船，斩断缆绳，点上了火。

"这一份纯洁美丽的祭品,我们同时奉献给两个神。"铁舰队划过燃烧的渔船时,它的司令宣布,"让她们在光芒中重生,并洗清凡间的欲望;让她们去往淹神的流水宫殿,在那里欢宴、舞蹈、欢笑,直到大海干涸之日。"

到最后,浓烟滚滚的渔船被大海吞噬之前,维克塔利昂·葛雷乔伊认定那七位可人儿的哭喊已化为甜美的颂歌。随之而来的是鼓满船帆的劲风,引领他们一路向北、向东、再向北疾行,直捣弥林那些彩砖金字塔。歌声为我插上翅膀,丹妮莉丝,我来了,铁舰队司令心想。

当晚,他首次取出鸦眼在伟大的瓦雷利亚的烟火废墟中找到的龙之号角。那只扭曲的号角从头到尾足有六尺长,黑光闪烁,布满红金和瓦雷利亚黑钢的条纹。攸伦的地狱号角。维克塔利昂伸手抚摸,号角跟深色皮肤的女人的大腿一样温暖光滑。它也是闪亮的,亮得足以让他从号角深处看到自己的扭曲倒影。包裹号角的条纹上铭刻着奇异的远古魔符。"瓦雷利亚符文。"马奇罗识别。

这个维克塔利昂知道,"写了些什么?"

"符文很长。"黑袍僧指着一道黄金条纹道,"此号名为'缚龙者'。您听过它的声音吗?"

"听过一次。"哥哥手下的混血蛮子在老威克岛选王会现场吹响了这支地狱号角。吹号人是个魁伟的光头怪物,满是肌肉的粗胳膊上戴了由黄金、翡翠和黑玉制成的臂环,胸膛文刺着巨大的禽鸟。"它的声音……声音好像能让人燃烧。我的骨头仿佛着了火,正从内而外地烧尽血肉。符文一开始变得火红,而后又发出刺眼白光,难以直视。那声音似乎永无休止,就像一阵漫长的尖叫。不,那是一千个嗓子发出的尖叫,汇成一片。"

"吹号人下场如何?"

"死了。吹完之后,他嘴边全是血泡,胸前的飞鸟也在泣血。"司令用拳头捶胸口。"那只鸟就在这儿，每根羽毛都在滴血。我听说那人的内脏全烧化了，这可能有点夸张。"

"一点儿也不夸张。"马奇罗转动地狱号角，仔细检视第二道黄金条纹上铭刻的古怪符文。"这里说的是'欲吹此号，殒命为道'。"

维克塔利昂苦涩地回味着哥哥的不义。攸伦的礼物中必然带有毒药。"鸦眼说这支号角能让巨龙服从他的召唤。如果代价是死，它对我还有什么价值？"

"您的兄长并没有亲自吹响号角，您也不必。"马奇罗指着一道瓦雷利亚钢条纹说。"看这里：'血换火、火换血'。谁吹响地狱号角并不重要，因为龙服从的将是号角的主人。也就是说，您必须成为号角的主人。以鲜血为代价。"

丑女孩

那晚，十一位千面之神的仆人聚在神庙，是她见过人数最多的一次。领主和胖子从前门进，其他人通过隧道和密道悄悄来。他们穿着黑白长袍，就座后都拉下兜帽，露出当天选择的面孔。他们的高背椅和头顶神庙的大门一样，由黑檀木和鱼梁木雕刻而成。黑檀木座椅后背有鱼梁木雕的脸，鱼梁木座椅后背有黑檀木雕的脸。

一位侍僧端着一壶暗红葡萄酒站在房间远端，她则端了一壶水。哪位仆人想喝东西，会抬起视线，或弯弯手指，两人之一或两人一起便前去满上杯子。不过他们大部分时间默默等待，等待着也许永远不会到来的示意。我是石头刻成，她提醒自己，我是一尊雕塑，如同站在英雄运河旁的海王们。水壶很沉，但她的胳膊已变得强壮。

牧师用布拉佛斯语交谈，只中间有几分钟三个人用高等瓦雷利亚语激烈辩论。女孩能听懂大部分词汇，但他们说得很轻，不是总听得真切。"我知道这个名字，"她听到一名面带病容的牧师说。"我也知道这个名字。"她为胖子倒酒时，胖子重复。美男子则说："我给他送去恩赐，我不知道这个名字。"之后斜眼也说起恩赐，却是关于其他人。

经过三小时畅饮与交谈，牧师们纷纷离开……除了慈祥的人、流浪儿和那个面带病容的人。他脸上布满脓疮，头发掉光，一只鼻孔流血，眼角带有血痂。"我们的兄弟有话和你说，孩子，"慈祥的人告诉她，"想坐就坐吧。"她坐在雕刻黑檀木脸孔的鱼梁木椅子上。脓疮吓不到她。她在黑白之院待了这么久，才不会惧怕一张假脸。

"你是谁?"只剩他俩时,病脸人问她。

"无名之辈。"

"不。你是史塔克家族的艾莉亚,你会咬紧嘴唇,你撒不了谎。"

"那是以前的事。"

"你为何在此,骗子?"

"为了侍奉。为了学习。为了变脸。"

"变脸先变心,千面之神的恩赐并非儿戏。你曾为一己之私和一时性起而杀人,你否认吗?"

她咬紧嘴唇,"我——"

他扇了她一巴掌。

这巴掌打得她脸颊刺痛,但她知道是自作自受。"谢谢。"多打几巴掌或能让她改掉咬嘴唇的习惯。艾莉亚会那么做,夜狼不会。"我否认。"

"你撒谎。我能从你眼里看到真相。你有奔狼的嗜血眼睛。"

格雷果爵士,她忍不住想,邓森、甜嘴拉夫、伊林爵士、马林爵士、瑟曦太后。开口就得撒谎,而他一定看得出。于是她保持沉默。

"他们告诉我,你曾是只猫,逡巡在鱼腥味浓烈的小巷中,贩卖牡蛎和扇贝。卑微的生活适合你这种卑微的生物。只需开口,我们就会把这样的生活还给你。推着小车,叫卖牡蛎的幸福生活。你的心太软,不能成为我们的一员。"

他要赶我走。"我的心之所在是个空洞。我杀过很多人。我要是想,也能杀你。"

"这令你愉快?"

她不知什么是正确答案。"或许吧。"

"那你不属于这里,这栋房子里的死亡毫无愉悦可言。我们不是英雄,不是士兵,不是招摇过市、洋洋自得的刺客。我们杀戮不奉权贵之命,不贪钱财利益,亦不去满足虚荣。我们不为私心送出恩赐,也不选择所杀之人。我们只是千面之神的仆人。"

"Valar dohaeris。"凡人皆需侍奉。

"你知道这句话,但你太自负,没法侍奉。仆人必须谦卑顺从。"

"我很顺从,我还会比任何人都谦卑。"

他听了轻笑,"我确信,你可成为谦卑之女神。但你付得起代价吗?"

"什么代价?"

"代价是你。代价是你拥有和期冀的一切。我们曾拿走你的双眼,又把它还给了你。下次我们会拿走你的耳朵,让你在寂静中行走。我们还会拿走你的双腿,让你爬行。你不会是任何人的女儿,任何人的妻子,任何人的母亲。你的名字将成为谎言,你的真面目将永不见天日。"

她差点再次咬嘴唇,好歹忍住了。我的面目就是那泓黑水池,隐藏万物又空无一物。她想起用过的名字:阿利、黄鼠狼、乳鸽、运河里的猫儿……她想起临冬城那个叫马脸艾莉亚的笨女孩。名字不要紧。"我付得起代价。给我一张脸。"

"脸必须自己挣。"

"告诉我怎么挣。"

"给指定的人送去恩赐,能做到吗?"

"什么人?"

"你不认识的人。"

"我不认识的人很多。"

"他就是其中一员。一位陌生人。不为你所爱,不为你所恨,不为你所知。你能杀他吗？"

"能。"

"那么明天，你将又一次成为运河边的猫儿。戴着那张脸，观察，服从。我们来看你有没有资格侍奉千面之神。"

第二天，她便回到布鲁斯科和他的两个女儿在运河边的房子。布鲁斯科看到她眼睛瞪得老大，布瑞亚轻呼一声。"Valar morghulis。"猫儿问候。"Valar dohaeris。"布鲁斯科回应。

之后，她好像从没离开一样。

那天清晨晚些时候，她推着小车走过紫港前的鹅卵石街时，首次见到暗杀目标：一个年过五旬的老人。他活了很久，她试图安慰自己，凭什么他能长寿，我父亲却不能？但运河边的猫儿没有父亲，因此她只能在心里想想。

"扇贝，贻贝，蛤蜊。"他经过时，猫儿大声叫卖，"牡蛎，大虾，还有肥美的绿贻贝。"她甚至向他露出笑容。有时，微笑就能让人停下来购买。但老人没有回应，反而瞪了她一眼，径直走过，踩进水坑溅起泥浆，打湿了她的脚。

他好没礼貌，她一边看着他远去，一边想，生了张悭吝严厉的脸。老人的鼻子又窄又尖，嘴唇很薄，一对小眼睛靠得很近。他头发已变灰，但下巴尖上那缕尖胡子还是黑的，猫儿觉得肯定染过，却又好奇他为何不染头发。他肩膀一高一低，让他看起来有些驼。

"他是个坏人。"当晚，她回到黑白之院后宣称，"他嘴形残忍，眼神歹毒，胡子像个恶棍。"

慈祥的人笑了，"他不过是芸芸众生的一员，有光亦有暗。你无权评判他。"

她想了想。"诸神评判过他么？"

"或许某些神评判过。非为评判众生，诸神又因何而存在？但千面之神从不称量人的灵魂。他送出恩赐，给坏人，也给好人。否则,好人将会永生。"

第二天,经过小车后的仔细观察,猫儿认定老人的手是他身上最坏的部分。他的手指干枯细长,动个不停,一会捋胡子,一会抓耳朵,一会敲桌子,屈伸,屈伸,屈伸。他的手活像两只白蜘蛛。她越看越讨厌。

"他的手太不安生,"她在神庙里对他们说,"他一定满怀恐惧。恩赐将带给他安宁。"

"恩赐能带给所有人安宁。"

"我杀他时,他会看着我的眼睛,感谢我。"

"若他这么做,你就失败了。最好是他完全没意识到你的存在。"

又经过几天观察,猫儿推断老人的职业是某种商人,生意和海洋有关,虽然没见他上过船。他白天都坐在紫港旁一家汤馆,手旁凉着一杯洋葱炖肉汤。船长、船主和其他商人会排队来见他,与他交换文件,封蜡盖章,或用尖锐的声音谈判。似乎没人喜欢他。

但他们都给他钱:装满金币银币和布拉佛斯方铁币的皮钱包。老人会细心点数,熟练地把硬币分类堆叠。他从不用眼睛看,而是用尚齐全的左边牙齿咬。偶尔他把硬币放在桌上旋转,倾听它哗啦啦倒下的声音。

等所有硬币咬过、点数后,老人会在羊皮纸上写写画画,又在蜡上盖章,交给某位船长。或者他摇摇头,把钱币推回去。每当他这么做,对方要不满脸通红、怒气冲冲,要不面露愁容、担惊受怕。

猫儿不明白。"他们付真金白银给他,却只换回一张纸。他们是笨蛋么?"

"个别人可能是,但多数人只是多留条后路而已。有的人想骗他,但他可不好骗。"

"他卖给他们的究竟是什么？"

"他同他们立定了保险契约。若他们的船在风暴中失事，或被海盗劫持，他保证按船和货物的价值全额赔付。"

"像是赌博？"

"像是赌博，不过每名船长都宁愿输。"

"原来如此。但如果他们赢了……"

"……失去船的同时，通常也会丢命。大海很危险，在秋季更甚。毫无疑问，许多即将被风暴吞没的船长回想起在布拉佛斯签订的契约多少能得到慰藉，他们知道自己的妻儿不至于贫困潦倒。"一抹悲伤的微笑爬上他嘴唇，"可惜立定契约是一回事，能否兑现是另一回事。"

猫儿明白了。某人的妻儿憎恨他。某人的妻儿来到黑白之院，祈求神明带走他。她好奇那是谁，但慈祥的人不会告诉她。"你不该打听这种事。"他说，"你是谁？"

"无名之辈。"

"无名之辈不问问题。"他牵起她的手，"若你做不到，只需说出来，不必羞愧。有的人适合侍奉千面之神，有的人不适合。说出来，我会帮你卸下担子。"

"我能做到。我说过我能。我一定能。"

但怎么做呢？做可比说难多了。

他有两名护卫，一个高高瘦瘦，一个矮胖敦实。从他早上出门到晚上回家，他们一直如影随形。未经老人允许，没人能接近他。有一回，老人从汤馆回家时，一个摇摇晃晃的醉汉就要撞上他，但高个护卫拦在中间，二话不说便把醉汉推倒在地。在汤馆，矮胖的护卫会先尝一口洋葱肉汤。老人直等汤变凉，确定护卫无中毒迹象后，才抿一小口。

"他在害怕，"她意识到，"或者他知道有人想杀他。"

"他不知道。"慈祥的人说,"但他有所怀疑。"

"那两个护卫连他方便都跟着他。"她说,"但护卫方便时他不会跟去。高个更敏捷,我等他去方便时,走进汤馆,直刺老人的眼睛。"

"另一个守卫呢?"

"他又慢又笨,我连他一起杀。"

"你是战场上的屠夫,要把每个挡路的人都砍翻么?"

"不是。"

"我也希望你不是。你是千面之神的仆人,侍奉千面之神的人只把恩赐给予被标记和选中的人。"

她懂了。杀他。只许杀他。

她又花去三天时间观察,才终于找到方法,随后又花了一天来练习袖里剑。红罗戈教会她用法,但自他们拿走她的眼睛后,她一个钱包也没割过。迅速平滑,决不犹豫,她暗自告诫。她把小小的匕首藏进袖管又抽出,一编一遍又一遍。对自己满意后,她找了块磨刀石,把刀刃磨得在烛火下闪着幽幽的银光。接下来的准备比较难,但流浪儿会帮她。"我明天就把恩赐带给那个人。"她早饭时宣布。

"千面之神会高兴的。"慈祥的人起身,"但认识运河边的猫儿的人太多,若发现她做出这种行径,可能牵连布鲁斯科和他女儿。你该换张脸了。"

女孩面无表情,却十分开心。她失去过猫儿一次,并为之懊恼不已,她不想再次失去。"换成什么脸?"

"一张丑脸。女人看到你会转开视线,孩子会盯着你指指点点,壮汉会可怜你,甚至掬一把同情泪。总而言之,见过你的人绝不会立刻忘记。来吧。"

慈祥的人从钩子上取下铁灯笼,领她经过寂静的黑水池和一排排黑暗沉寂的神祇，来到神庙后方的阶梯。下阶梯时，流浪儿跟在他们身后。没人说话，只有拖鞋踏在阶梯上的微弱摩擦声。走过十八级后，他们来到第一层地窖，五条拱顶通路像人的五指般延伸开。往下的阶梯更为狭窄陡峭，但女孩走过无数次了，根本不怕。又下二十二级，他们来到第二层地窖。这里的甬道弯曲狭窄，如巨岩中蜿蜒的黑色虫洞。某条小路尽头是沉重的铁门。牧师将灯笼挂在钩子上，一只手滑进袍子，掏出一把华丽的钥匙。

她胳膊起了鸡皮疙瘩。圣室。他们要继续下行，去牧师才允许进入的地下第三层密室。

慈祥的人在锁中转动钥匙，极轻地响了三次。润滑良好的铁铰链让大门悄无声息地打开。门后又是磐岩中凿出的阶梯。牧师重新摘下灯笼，在前引领。女孩跟随灯光，边走边数阶梯。四、五、六、七。她忽然企望带着手杖。十、十一、十二。她知道神庙和地窖之间、地窖一层和二层之间各有多少级阶梯，她甚至数过通往阁楼的狭窄风化的螺旋梯以及到屋顶和屋顶外的风向标的陡峭木梯。

但这段阶梯她却是全然陌生，不由得令她警觉。二十一、二十二、二十三。每下一级，空气便冷一分。她数到三十时，意识到已在运河之下。三十三、三十四。还要下多深？

她数到五十四，他们终于停在一扇铁门前。门没上锁。慈祥的人推门进去，她和身后的流浪儿跟上，脚步声在黑暗中回荡。慈祥的人抬起灯笼，将上面的遮板全部掀开，让灯光照亮周围的墙壁。

一千张面孔俯视着她。

它们挂在墙上，前后左右，上下高底，无论她看向哪里……她看到老迈的脸和年轻的脸，苍白的脸和黝黑的脸，光滑的脸和粗糙的脸，雀斑脸和伤疤脸，男人的脸和女人的脸，男孩的脸和女孩的脸，甚至婴儿的脸。它们有的俊俏有的平凡，有的微笑有的忧愁，有的流露出贪婪、怒气或欲望，有的光秃秃有的又生满毛发。只是面具,她安抚自己,面具而已。但这是自欺欺人,它们都是人皮。

"吓到了,孩子?"慈祥的人问,"离开还不晚。你真的想要这些?"

艾莉亚咬紧嘴唇,不知自己想要什么。离开能去哪儿?她清洗处理过上百具尸体,死人吓不到她。他们把尸体搬下来,剥掉面皮,那又如何?她是夜狼,才个会被几片皮肤吓到。不过是些皮帽子,不能拿我怎样。"来吧。"她冲口而出。

他领她穿过房间,经过一排分岔甬道。灯光将甬道一一照亮。一条甬道堆满人骨,连天花板都被成堆的头骨支撑着。另一条甬道后是通向更深处的蜿蜒阶梯。总共有多少层地窖?她很好奇,会不会一直通往地心?

"坐下。"牧师命令。她坐下来,"闭眼,孩子。"她闭上眼。"很疼,"他警告她,"但疼痛是力量的代价。别动。"

不动如石,她暗想。她一动不动地坐着,刀刃锋利,下刀也快。按说金属抵在肌肤上触感冰冷,她却觉得温暖。她感到热血自脸颊倾泻而下,犹如泛着涟漪的鲜红瀑布流过眉毛、颧骨跟下巴,她终于明白牧师为何让她闭眼。血流到唇上,尝起来有盐味和铜味。她舔了舔,打个寒战。

"把脸给我。"慈祥的人吩咐。流浪儿没回答,但女孩听到拖鞋轻擦过石地板。慈祥的人又对女孩说:"喝这个。"并把一个杯子放到她手中。她一饮而尽。味道很酸,口感像柠檬。一千年以前,她认识一个喜欢柠檬蛋糕的女孩。不,那不是我,那是艾莉亚。

"戏子靠骗术变脸,"慈祥的人续道,"法师使用魔法,操纵光、影与人心来制造愚弄眼睛的幻象。这些东西你都要学,但我们走得更远。聪明人能看穿骗术,魔法也会在敏锐的眼睛前失效,但你即将戴上的面孔和你出生时的面孔一样真实可靠。别睁眼。"她感到他的手指将她头发往后拢。"别动。会有些奇特的感觉。你可能会晕,但不能动。"

拉拽伴随着轻微的沙沙声,新脸代替了旧脸。人皮划过眉弓,干枯僵死的皮,但经过她鲜血的浸泡,它变得柔软服帖。她觉得脸颊温暖红润,心脏在胸腔中鼓动,很长一段时间喘不过气。接着一双岩石般坚硬的手掐住她喉咙,令她窒息。她挥舞双臂,想抓对方,但面前空无一物。剧烈的恐惧贯穿她全身,耳边响起可怖的吱嘎声,伴随着难以承受的痛苦。一张脸浮现在她面前,肥胖、大胡子、粗暴,他的嘴在暴怒中扭曲。她听到牧师说:"呼吸,孩子,呼出恐惧,驱走阴影。他死了,她也死了。她的痛苦已逝。呼吸。"

女孩颤抖着深吸一口气。是真的。没人想掐死她,没人攻击她。即便如此,她抬手摸向脸颊时还在颤抖。结痂的血块随她指尖的触碰碎裂掉落,在灯笼光中呈现黑色。她抚摸脸颊,抚摸双眼,抚摸下颌的轮廓。"我的脸没变啊。"

"是吗?你确定?"

她确定?她没察觉到任何改变,或许这种改变原本没法察觉。她一只手由上至下抹过脸庞,就像在赫伦堡贾昆·赫加尔做的那样。他那样做后,整张脸扭曲变形,她照做却毫无反应。"没变啊。"

"对你来说没变,"牧师道,"旁人看上去不一样。"

"在旁人眼中,你的鼻子和下巴都破了,"流浪儿说,"一边脸因颧骨粉碎而凹陷下去,你还少了一半牙齿。"

她用舌头在嘴里舔了一圈,没洞也没碎牙。这是巫术,她心想,我有了张新面孔。一张又破又丑的脸。

"你可能会做一段时间的噩梦。"慈祥的人警告他,"她父亲经常暴打她,她的生活被痛苦和恐惧笼罩,直到来找我们。"

"你们杀了她?"

"她请求将恩赐给予自己,而不是父亲。"

你们本该杀她。

他一定看出了她的想法。"死亡最终将降临到她身上,正如它将降临到所有人身上,正如它明日将降临到那个人身上。"他抬起灯笼,"这里的事办完了。"

暂且如此。返回阶梯的路上,墙上那一张张面皮空洞的眼眶似乎都在跟随她。有一刻,她看到他们嘴唇翕动,用微不可闻的声音交换着亲切的黑暗密语。

那晚,入睡变得十分困难,毯子纠结成团。她在冰冷黑暗的屋子里辗转反侧,无论转向哪边,都能看到那些脸。他们没有眼睛,却盯着我。她发现父亲的脸也挂在墙上,边上是母亲大人,父母下方她的三个兄弟排成一行。不,那是别的女孩的兄弟。我是无名之辈,我的兄弟穿着黑白长袍。然而墙上还有黑衣歌手,还有她用缝衣针杀死的马童,还有十字路口的客栈那个大疙瘩侍从,还有她为逃出赫伦堡割喉的卫兵。记事本也挂在墙上,黑黑的眼洞里满是怨恨。此情此景,令她忆起用匕首背刺他的感觉,一刀,一刀,又一刀。

黎明终于重返布拉佛斯,天色灰暗阴沉。女孩希望下雾,但诸神一如既往忽视她的祈祷。空气清冷,夹着恼人的风。适合死亡的天气,她一边想,祷词不由自主地涌上嘴唇。格雷果爵士、邓森、甜嘴拉夫、伊林爵士、马林爵士、瑟曦太后。她无声地重复这些名字。在黑白之院,永远要提防隔墙有耳。

地窖里堆满旧衣服,都是来黑白之院的水池啜饮安宁之水的人留下的。从乞丐的百衲衣到奢华的丝绸和天鹅绒,应有尽有。丑女孩应当穿丑衣服,她暗想,于是选了一件边缘磨损、脏污的棕色斗篷,一件散发鱼腥味、长霉的绿色外套和一双沉重的靴子。最后,她藏好袖里剑。

由于时间充裕，她决定绕远路去紫港。她过桥来到列神岛。每当布鲁斯科的女儿来了月事，躺在床上时，运河边的猫儿会来这里的庙宇间贩卖牡蛎和扇贝。泰丽亚今天很可能在这里，或许就在供奉诸多小神灵的庇圣所。但这么想太笨了，今天很冷，泰丽亚又不乐意早起。丑女孩一路看见里斯哭泣女士神龛外的雕像流出银色泪水，热勒涅花园有棵挂满银叶的百尺镀金大树，火炬光映照在和谐之神的木造大厅的镶铅玻璃窗上，上面有好几十种鲜艳亮丽的蝴蝶。

水手之妻曾有一回曾带她来此漫步，给她讲述那些陌生神祇的传说。"那是至高牧神的房子。泰洛西的三首神住在有三个角楼的塔里，第一个头吞噬死者，第三个头吐出新生，我不知道中间那个头代表什么。那些是默神的石像。那边是因缘编织者迷宫的入口，编织者的牧师说只有走出迷宫的人才能拥有智慧。迷宫远处的运河旁是红牛阿昆的神庙。每隔十三天，他的牧师就会割开一只纯白小牛的喉咙，把成碗的牛血施舍给乞丐。"

看来今天并非第十三天，红牛神庙的阶梯空无一人。兄弟神西摩西和西塞索隔着黑运河在各自的神庙里沉睡，一座雕刻石桥连接运河两岸。女孩过桥向港口区行去，经过旧衣贩码头，以及水淹镇半没在水中的塔楼和圆顶。

一群里斯水手跌跌撞撞地从快乐码头走出，但她没看到妓女。戏子船门户紧闭，形单影只，无疑戏子们还在睡觉。她继续前进，在伊班捕鲸船旁的码头，瞅见猫儿的老友塔甘纳罗正和海豹王卡索来回传球，而他新找的扒手拍档在围观人群中忙碌。她驻足观望片刻，塔甘纳罗茫然地瞥了她一眼，卡索却吼叫着拍打双蹼。它认识我，女孩心想，也可能是闻到了鱼腥味。她匆忙上路。

等到紫港，老人已在汤馆中的老位置落座，一边数着钱包里的钱，一边和一位船长讨价还价。高瘦护卫守在他身边，矮胖的坐在门口,以监视进门的人。没关系,她不打算进去。她待在二十码开外一根木桩上,时时吹拂的劲风用幽灵般的手指拉扯她的斗篷。

即便这样灰暗寒冷的日子,港口依然繁忙。水手在妓女面前徘徊,妓女在水手中间逡巡。两名刺客穿着凌乱的华服,踏着醉醺醺的步子,相互搀扶着走过码头,腰间剑刃哗哗作响。一位红袍僧逶迤而过,深浅相间的红袍在风中飞舞。

快中午她才等到合适的人。那是位富有船主,之前她见他与老人做过三次生意。他块头大、结实、秃顶,穿一件毛皮镶边、沉重华丽的棕色天鹅绒斗篷,束一条装饰着银月银星的棕色皮腰带。他有条腿出过事,不太灵便,他只能倚着拐杖,慢慢走。

就是他了,丑女孩下定决心。她跳下木桩,迈步跟上,十几步便贴到他身后,滑出袖里剑。他的钱包挂在腰带右边,被斗篷挡住。但她的刀迅速平滑地划出,毫无察觉地将天鹅绒割开。整个动作一气呵成,红罗戈看到也会微笑。她的手滑入裂口,再用袖里剑划开钱包,抓了一把金币……

大块头转身,"怎么——"

转身的动作将女孩收回的手缠在斗篷褶皱里,钱币如雨洒落脚下。"小偷!"大块头举起拐杖,她则踢向他受伤的腿,自己轻盈地跳开。男人摔倒时她闪过一对母子,狂奔而去。她不顾一切地跑,更多金币从指缝中滑落,在地上蹦跳。"小偷,小偷!"的喊声在身后此起彼伏。一名路过的胖酒保笨拙地抓她胳膊,却被她轻松绕开,她又跑过一名大笑的妓女,冲进最近的小巷。

运河边的猫儿熟悉这些小巷,丑女孩继承了她的记忆。她冲向左边,翻过一堵矮墙,又跳过一条小运河,悄悄溜进一扇没锁的门,来到一间布满灰尘的仓库。叫嚣声已然淡去,但最好确保万无一失。于是她蹲在一堆板条箱后面,双臂环膝,耐心等待。她等了大半个钟头,觉得够安全了,才爬上房顶,一直走到英雄运河。这个时候，船主应已拾回钱币和拐杖，一瘸一拐地走到汤馆，喝着热腾腾的肉汤，向老人抱怨想抢他钱包的丑女孩。

慈祥的人坐在黑白之院的水池边等她，丑女孩坐到他身旁，把一枚钱币放在他们之间的池边上。那是枚金币，一面画龙，另一面是国王。

"维斯特洛金龙。"慈祥的人说，"你怎么拿到的？我们不是贼。"

"这不算偷。我从他那儿拿走一枚，留下一枚我们的。"

慈祥的人明白了。"他会把我们的钱币和其他钱币一起装进钱包，付给那个人，那个人的心脏不久就要停止跳动。是这样吧？真伤感。"牧师拾起钱币，抛进池子，"你还有很多要学，但也许是个可塑之才。"

当晚，他们给她换回艾莉亚·史塔克的脸。

他们还给了她柔软厚实的侍僧袍子，一边黑一边白。"在这里穿这个，"牧师说，"但你目前不怎么需要它。明天，你去伊兹巴洛那里开始第一个学徒期。现在下地窖找些衣服，城市守卫正在抓捕紫港出了名的丑女孩，所以你最好也换张脸。"他扳住她下巴，把她的头转来转去，最终点点头。"这次换张漂亮的，和你自己一样漂亮。你是谁，孩子？"

"无名之辈。"她回答。

瑟曦

最后一晚监禁,太后难以成眠。她闭上眼,脑海便充斥着对明日场景的不祥想象和预感。*有护卫保护我*,她告诉自己,*他们会隔开人群,没人能碰到我。大麻雀至少保证过这点*。

即便如此,她仍满心恐惧。弥塞菈被送往多恩那天,爆发了"面包暴乱"。金袍子沿街守护王家队伍,暴民却仍冲破了防线,将肥胖老迈的总主教撕成碎片,又干了洛丽丝·史锋克渥斯几十回。那个苍白柔软、穿着衣服的蠢货都能激起兽性,太后怎能幸免?

瑟曦在牢房内来回踱步,焦躁如孩提时在凯岩城深处见到的笼中狮,那些狮子是祖父留下的。她和詹姆曾竞相怂恿对方爬进笼子,有一回,她胆大包天地把手伸过栏杆,摸了一只棕色巨兽。她向来比孪生弟弟勇敢。狮子转头,用金色大眼睛盯着她看,还舔了她的手指。狮子的舌头跟磨刀石一样粗糙,她却不想缩手,直到詹姆抓住她肩膀把她拽回。

"该你了,"她对詹姆说,"摸它的鬃毛,我打赌你不敢。"他不敢摸。*握剑的该是我,不是他*。

她光着脚,肩上披了张薄毯,浑身发抖地行走。即将到来的明天让她万分紧张。*到晚上一切都会结束。走几步路,我就能回家,回到托曼身边,回到梅葛楼自己的房间*。叔叔说这是唯一能救她的方法。真的么?她不相信叔叔,更不相信总主教。*我依然可以拒绝。我可以坚持清白,将赌注全压在审判上*。

她不敢像玛格丽·提利尔那样面对教会的审判。小玫瑰或能过关,但瑟曦在新任总主教身边的男女麻雀中没有朋友。她唯一的希望是比武审判,而比武审判需要代理骑士。

如果詹姆没失去右手……

假设毫无意义,詹姆失去了用剑的手,而这样的他,还跟那个叫布蕾妮的女人消失在河间地。太后得另寻战士,否则今日的折磨只是开始。她的敌人指控她叛国,无论付出多大代价,她都必须回到托曼身边。他爱我。他不会拒绝自己的母亲。小乔跋扈善变,但托曼是个乖孩子,是个善良的小国王。他会很听话。如果待在这,一切就都完了,而回红堡的唯一方法是上街游行。在这点上大麻雀不可动摇,凯冯爵士甚至不愿抬一根指头反对他。

"没人能伤害我,"清晨第一缕曙光照进窗户时,瑟曦说,"只有自尊会受挫。"这些话她自己听来都很空洞。詹姆可能回来了。她想象着他骑马奔驰,穿越晨雾,金甲在朝阳照耀下闪闪发光。詹姆,若你爱过我……

她的狱卒准时前来提人,乌尼亚修女、莫勒修女和斯科娅修女走在最前,后面跟着四名见习修女和两名静默姐妹。身披灰袍的静默姐妹让太后一阵惶恐。她们来干吗?要处死我么?静默姐妹负责照料死者。"总主教答应我不会受伤害。"

"的确不会。"乌尼亚修女向见习修女们点点头。她们带来一块碱性肥皂、一盆温水、一把剪刀和一把长剃刀。看到利器瑟曦不禁打个冷战。她们要给我剃毛。更多羞辱,更多难堪。但她不会求饶。我是兰尼斯特家族的瑟曦,凯岩城的狮子,七大王国合法的太后,泰温·兰尼斯特的长女。头发会长回来。"动手吧。"她说。

静默姐妹中年长的一位拿起剪刀。她无疑是个手艺纯熟的理发师,平素清洁贵族尸体再送还亲族,而剃须和理发是其中不可缺少的步骤。静默姐妹先剃净太后的头发。瑟曦若石像安坐,任凭剪刀翻飞。在牢房里她没法养护头发,但即便久未清洗,纠结缠绕,那一头金发仍在阳光洒过的地方闪耀。那是我的王冠,太后心想,他们夺走了我头上的王冠，现在又要偷走这一顶。缕缕卷曲的金发散落在脚边，一名见习修女将肥皂涂在她头上，静默姐妹用剃刀刮掉了发楂。

瑟曦希望这样已足够，但她错了。"脱袍子，陛下。"乌尼亚修女命令。

"在这儿？"太后问，"为什么？"

"必须给您剃毛。"

剃毛，她想，像对待绵羊。她从头拽掉袍子，扔在地上。"随便吧。"

又是肥皂、温水、剃刀。她的腋毛被剃掉，然后是腿毛，最后是遮住她私处的柔顺金毛。静默姐妹的剃刀在她两腿间刮过，瑟曦想起詹姆多次这样跪下，把吻印在她大腿内侧，让她湿润。他的吻带来温暖，剃刀却冷如玄冰。

完事之后，瑟曦呈现出女人最为赤裸脆弱的模样。连一根遮羞的毛都没有。她唇角牵出一个短促的冷笑，苦涩又凄凉。

"陛下觉得有趣？"斯科娅修女问。

"不，修女。"瑟曦回答。总有一天，我会用烧红的铁钳拔出你们的舌头，那才有趣。

一名见习修女拿来一件柔软的修女白袍，瑟曦走下高塔和穿过圣堂时得披着它，不让路上的信徒看到赤裸的肉体。七神在上，真是群伪君子。"我能穿凉鞋么？"她问，"街道很脏。"

"没有您的罪孽脏。"莫勒修女说，"总主教大人有令，您必须将诸神创造您的样子呈现于光天化日之下。您从您母亲大人子宫里出来时穿着凉鞋吗？"

"没有，修女。"太后不情愿地说。

"那就是了。"

钟声响起，太后漫长的监禁终于迎来尾声。瑟曦拽紧长袍，享

受着它的温暖,"我们走吧。"儿子在城市彼端等她,越早出发,便能越早团聚。

瑟曦•兰尼斯特走下塔楼阶梯,粗石刮擦着她的脚。她身为太后坐着轿子来到贝勒大圣堂,现在却光头赤脚地离开。但我总算离开了,这才要紧。

高塔钟声持续不断,召唤全城来见证她的耻辱。贝勒大圣堂挤满前来晨祷的信徒,他们的祈祷声在圆顶上回荡。太后一行出现时,人群突然安静,一千只眼睛盯着太后走下平台,经过她父亲夫人被谋杀后的停尸地。瑟曦径直向前,目不斜视。赤脚踩在冰冷的大理石上啪啪作响,她感觉到那些目光,祭坛后的七神似乎也注视着她。

在灯火之厅,十二名战士之子等着她。他们身后垂下彩虹披风,巨盔顶上的水晶在灯火下闪耀,镀银板甲打磨得跟镜子一般——但瑟曦知道,每个人在铠甲下都穿了粗毛衬衣。他们的风筝盾上雕饰着同样的图案:一把黑暗中闪耀的水晶长剑,众所周知那是圣剑骑士团的古老徽章。

骑士队长在瑟曦面前跪下。"陛下或许记得我。我是真实的西奥多爵士,总主教大人命我指挥陛下的卫队,我和我的兄弟将保护您安全穿过城市。"

瑟曦扫过他身后的面孔,他竟在那儿——蓝赛尔,她的堂弟,凯冯爵士之子,口口声声说爱她的人,现在却宣称更爱七神。我的血亲,无耻的叛徒。她决不会忘记他。"请起,西奥多爵士,我准备好了。"

骑士站起来,转身抬起一只手,两名手下便走到塔门前,推开大门。瑟曦穿过守卫,踏入大圣堂外,好似地洞里惊醒的鼹鼠,被阳光晃得睁不开眼。

疾风吹过,袍子拍打大腿,呼呼作响。清晨的空气是熟悉的君临味道，腐臭，浓郁，她闻到酸葡萄酒、烤面包、烂鱼、粪便、烟雾、汗水和马尿，比任何鲜花都更甜美。瑟曦蜷在袍子里，站在大理石阶顶端，战士之子围住了她。

她突然记起曾站在这里，就在艾德·史塔克公爵掉脑袋那天。那本不该发生。小乔本该饶他性命，打发他去长城。史塔克的长子将继承临冬城，但珊莎会留在宫中为质。计划由瓦里斯和小指头制订，奈德·史塔克也答应咽下自己的宝贝荣誉，为保住他女儿那颗空空的小脑瓜承认叛国罪行。我会给珊莎安排一门好亲事，一门兰尼斯特亲事——她配不上小乔，但蓝赛尔很合适，或蓝赛尔的某个弟弟。培提尔·贝里席提出迎娶那女孩，但显然不现实；他出身太低。如果小乔依计行事，临冬城便不会造反，父亲就能以逸待劳解决掉劳勃的两个弟弟。

小乔却执意要砍史塔克的脑袋，史林特大人和伊林·派恩爵士也乐于执行。就在这里，太后边看边想，杰诺斯·史林特抓着艾德·史塔克的头发，将人头高高提起，鲜红的血顺着台阶流下。自那之后，再无转圜余地。

回忆恍若隔世。乔佛里死了，史塔克的儿子们死了，连她父亲也已亡故。而她又站在大圣堂台阶上，只是这次暴民们的围观对象并非艾德·史塔克，却是她自己。

石阶下宽阔的大理石广场，和史塔克送命那日一样人山人海。无论瑟曦望向哪里，看到的都是眼睛。暴民男女参半，有些人肩上还扛着孩子。乞丐和小偷，旅馆老板与商人，皮匠、马童和戏子，最邋遢的妓女，所有人渣都出来围观太后受辱。穷人集会的成员站在前面，那些家伙不修边幅、肮脏邋遢，手持长矛、斧子，穿着凹凸不平的板甲、生锈的锁甲和开裂的皮甲，漂白过的粗纺外套上画着教会的七芒星。大麻雀的破烂军。

她心中的一部分还在期盼詹姆出现，带她脱困，远离耻辱，但孪生弟弟始终不见影踪。叔叔也没来,这倒不意外。凯冯爵士上次见面时态度强硬;她所受耻辱不能玷污凯岩城的荣誉,今日将没有狮子与她同行。这场折磨属于她,她必须独自承受。

乌尼亚修女在右,莫勒修女在左,斯科娅修女在她身后。若太后逃跑或叫骂,三个老乞婆就会抓她回去,把她永远监禁。

瑟曦抬起头,视线越过广场,越过人海中一双双贪婪的眼睛、一张张饥渴的嘴巴和一个个肮脏的脸孔;视线越过城市,伊耿高丘在远方耸立,初升的朝阳令红堡的高塔城垛闪着粉色光芒。没多远。走到红堡大门,就告一段落。她会和儿子团聚,会有自己的代理骑士,叔叔承诺过。托曼在等我。我的小国王。我能做到。我必须做到。

乌尼亚修女走上前。"罪人来到你们面前,"她宣布,"她是兰尼斯特家族的瑟曦,孀居的太后,托曼国王陛下的生母,劳勃国王陛下的遗孀,她承认犯下欺骗和淫荡的大罪。"

莫勒修女也上前。"罪人业已坦承罪行,并祈求赦免和宽恕。总主教大人指示她抛开所有骄傲和欺瞒以示悔改,在全城的善男信女面前展示诸神创造她的样子。"

斯科娅修女最后发言:"罪人带着谦卑的心,褪去所有秘密和隐私,在诸神与世人面前赤裸身体,踏上赎罪之旅。"

祖父去世时瑟曦才一岁,父亲继位后第一件事,就是把祖父那个贪婪低贱的情妇逐出凯岩城,收回泰陀斯公爵给她的丝绸天鹅绒及她自己偷窃的珠宝,并让她赤身裸体在兰尼斯港的大街小巷游行,好让西境人看清她是哪路货色。

当年她太小,没能亲眼目睹,但她是听着洗衣妇和守卫们的吹嘘长大的。他们说那女人如何哭泣乞求,被勒令脱光时如何绝望地捂住衣服,赤身裸体、跌跌撞撞地穿街走巷时,又如何徒劳地用双手遮掩胸脯与私处。"她曾是那么骄傲虚荣,"一名守卫说,"那么不可一世，那么忘乎所以。可一旦剥掉衣服，她也不过是个妓女罢了。"

如果凯冯爵士和大麻雀认为同样的一幕会发生在她身上，那就大错特错了。她身上流着泰温公爵的血。*我是母狮，决不退缩。*

太后甩掉长袍。

她从容不迫、不慌不忙地展现胴体，如同回到自己卧室，在侍女们注视下褪去衣衫，准备沐浴一般。冷风拂过皮肤，她猛地打个冷战。她以全部的意志，克制住自己不像祖父的妓女那样用双手遮挡身体。她双手握拳，指甲嵌入手掌。他们全都热切地盯着她。那些饥渴的眼睛看到了什么？*我很美，*她提醒自己。这话詹姆说过多少遍？甚至劳勃喝高了也会醉醺醺地来到她床边，和他的老二一起表达赞美。

他们曾用同样的眼神围观奈德·史塔克被砍头。

她必须前进，赤身裸体，剃光毛发，光脚行进。瑟曦缓缓走下宽阔的大理石阶，手脚起满了鸡皮疙瘩。她以太后的威仪高扬下巴，护卫队在前方散开。穷人集会努力推开人群，分出一条路，圣剑骑士左右保护。乌尼亚修女、斯科娅修女和莫勒修女跟在后面，最后是年轻的白袍见习修女。

"婊子！"有人喊。是个女人。女人总在女人受难时落井下石。

瑟曦不以为意。还会有更多侮辱，更难以承受的侮辱。没有比嘲笑上等人更让这帮贱货开心的了。她没法令他们闭嘴，因此必须充耳不闻，视而不见。她只需一直盯着城市彼端的伊耿高丘，晨光中闪耀的红堡塔楼。如果叔叔说话算数，她将在那里得到拯救。

这都是他一手策划。他和大麻雀，毫无疑问，还包括小玫瑰。我被他们定了罪，必须赎罪，必须在全城乞丐眼前赤身游行。他们以为这能击碎我的骄傲，以为能让我不得翻身。他们错了。

乌尼亚修女和莫勒修女与瑟曦并排而行，斯科娅修女紧跟在后，摇着铃铛。"耻辱，"老乞婆喊着，"来看耻辱的罪人，耻辱，耻辱。"右边某处，有一个同样响亮的声音，那是面包师学徒在叫卖，"肉派，三铜分一个，热腾腾的热派哟。"脚下大理石光滑冰冷，瑟曦不得不非常小心，以防滑倒。他们经过受神祝福的贝勒的雕像，高大的雕像平静地站在基座上，一脸悲天悯人。看着这雕像，你绝对想不到他有多蠢。坦格利安王朝有明君也有昏君，但没人像贝勒这样"受神爱护"，这位温和虔诚的教士国王同等地关怀诸神和平民，却囚禁了自己的亲生姐妹。他的雕像竟没因她赤裸的双乳而崩坏，真是奇迹。提利昂说贝勒王连自己的老二都怕。史书上说，他曾赶走全君临的妓女，她们离开时他为她们祈祷，但拒绝看她们一眼。

"荡妇。"又一声尖叫。还是女人。有东西从人群中飞出。棕黄色、湿漉漉的烂菜从她头顶飞过，溅在一名穷人集会成员脚下。我无所畏惧。我是母狮。她继续前进。"热派啊热派！"面包师学徒还在高喊，"热腾腾的热派哟。"斯科娅修女边摇铃铛，边唱："耻辱，耻辱，来看耻辱的罪人，耻辱，耻辱。"穷人集会在前开道，用盾牌推挤人群，强行分出一条窄路。瑟曦跟着他们，头颅高昂，目视远方。每一步都离红堡更近。每一步都离儿子和拯救更近。

似乎花了一百年才穿过广场，脚下的大理石终于被鹅卵石取代，周围满是商铺、马厩和民房。他们走下维桑尼亚丘陵。

行进速度也放缓了，因为街道陡峭狭窄，人群又过于拥挤。穷人集会去推那些挡路的人，想把他们推到旁边，但由于无路可退，后面的人又把他们挤回来。瑟曦努力保持昂头姿势，却踩到湿滑的东西，差点摔倒。好在乌尼亚修女一把抓住她胳膊，扶稳她。"陛下，最好看清路。"

瑟曦挣开她的手。"好的,修女,"她尽量谦恭地说,心里却恨不得往对方脸上吐痰。太后裹着残存的骄傲和一身鸡皮疙瘩继续前进。她望向红堡,却发现红堡被街道两旁高大的木屋遮住了。"耻辱,耻辱,"斯科娅修女边摇铃铛边唱。瑟曦想走快些,但很快撞上了前方的圣剑骑士,只好再放缓脚步。前头有人推着车卖烤肉串,穷人集会驱赶他时队伍整个停了下来。瑟曦觉得那肉很可能是老鼠,但香气四溢,等清开道路,周围一半的人都抓着签子大快朵颐。"来点儿吧,陛下?"一个男人叫嚷。这是个高大粗犷的壮汉,生了双猪眼,大腹便便,乱糟糟的黑胡子让她想起劳勃。她厌恶地移开视线,男人把签子扔向她。肉串砸到她腿上,滚落在地,半熟的肉在她大腿留下一片油腻血腥。

这里的喊叫似乎比广场更大,或许是因为暴民离得更近。"婊子"和"罪人"最常听到,"通奸"、"骚屄"和"叛徒"也向她飞来,甚至有人喊出史坦尼斯和玛格丽的名字。脚下的鹅卵石肮脏不堪,空间又太小,瑟曦根本避不开水坑。脚沾点水死不了人,她告诉自己。她试图相信坑里都是雨水,尽管看起来更像马尿。

更多垃圾从窗户和阳台上扔出:烂水果,啤酒桶,还有摔在地上散发出硫黄味的臭鸡蛋。有人把一只死猫扔过穷人集会和战士之子,由于用力过猛,猫尸摔在鹅卵石上炸开,肠子和蛆溅上瑟曦的小腿。

瑟曦继续前进。*我又瞎又聋,而他们是蛆虫*,她不断告诉自己。"耻辱,耻辱。"修女还在唱。"栗子,新鲜的烤栗子,"一个小贩高喊。"婊子太后,"一个醉鬼在上方的阳台庄严宣布,还举起杯子,嘲弄地致敬,"为王家奶头!"*言语就像风*,瑟曦心想,*言语伤不了我*。

走到维桑尼亚丘陵半山腰,太后第一次摔倒,她踩到一坨可能是大粪的东西。乌尼亚修女拉她起来,她的膝盖磨破流血。人群爆

发出一阵刺耳的大笑,有些男人提出要吻她的膝盖,让她好受些。瑟曦回身看去,身后山丘上贝勒大圣堂巨大的圆顶和七座水晶高塔仍清晰可见。我才走这么一段?更糟的是、糟糕之极的是,她看不见红堡。"在哪儿……在哪儿……?"

"陛下。"护卫队长来到她身边。瑟曦又忘了他的名字。"您必须前进,人群要失控了。"

没错,她心想,失控。"我不怕——。"

"您应该怕。"他抓紧她的胳膊,把她拉到身边。她跌跌撞撞地走下山——向下,再向下——步履凌乱,任由他支撑着自己。该由詹姆支撑着我。他会抽出黄金宝剑,在暴民中杀出一条血路,挖出每一个胆敢盯着她看的男人的眼睛。

铺路石坑坑洼洼,布满裂缝,又滑又糙的石头折磨着瑟曦柔软的双脚。她脚跟踩到一片尖锐的东西——石头或陶罐碎片——疼得尖叫。"我要凉鞋。"她朝乌尼亚修女吐口水,"你应该给我凉鞋,至少这点可以做到。"骑士再次抓起她胳膊,好像当她是酒馆侍女。他忘了我是谁?她是维斯特洛的太后,他无权把脏手放在她身上。

临近山脚,坡度减缓,街道变阔,红堡再次回到瑟曦视线中。它沐浴朝阳,在伊耿高丘顶上闪着绯红的光。我必须前进,她挣脱西奥多爵士的手,"没必要拖我,爵士。"她一瘸一拐,在身后的石头上留下一串血色脚印。

她踩过淤泥和粪便,流着血,浑身颤抖,步履蹒跚。身边传来各种乱七八糟的声音。"我老婆的奶子比她好,"一个男人喊。一名车夫因为穷人集会要他让路而咒骂不休。"耻辱,耻辱,来看耻辱的罪人,"修女们反复地唱。"看这边儿啊,"一名妓女从妓院窗户冲下面的男人喊,同时撩起裙子,"上过它的鸡巴不如上过太后的一半多。"铃铛叮铛、叮铛、叮铛。"那肯定不是太后,"一个小男孩说，"她跟我妈一样松弛下垂。"这是赎罪，瑟曦告诉自己，我犯下卑劣的罪行，这是我的赎罪之旅。很快就会结束，很快就会抛在身后，很快就会全部忘记。

熟悉的面孔开始出现。一名秃头虬髯的男子从窗子里像她父亲那样皱眉往下看。他看起来那么像泰温，吓得瑟曦一个趔趄。一名年轻女孩坐在喷泉下，浑身沾满水珠，用梅拉雅·赫斯班的控诉眼神看着她。她还看到奈德·史塔克，旁边是红发的小珊莎和毛茸茸的灰狗——那应该是珊莎的狼。人群中钻来钻去的孩子都成了弟弟提利昂，弟弟像乔佛里死的时候那样嘲笑她。小乔也在，她的儿子，她的长子，她那有金色卷发和甜美笑容的漂亮儿子，他的嘴唇那么可爱，他……

太后第二次摔倒在地。

他们拉她起来，她抖如筛糠。"求求你们，"她说，"圣母慈悲。我认罪了。"

"您认罪了。"莫勒修女说，"而这是您的赎罪。"

"没多远了，"乌尼亚修女说，"看到没？"她指着，"爬上山就结束。"

爬上山就结束。没错，队伍已在伊耿高丘脚下，城堡矗立在头上。

"妓女，"有人尖叫。"通奸，"另一个声音嘶喊，"垃圾。"

"想吸么，陛下？"一个围着屠夫围裙的男人从裤子里掏出老二，咧嘴笑着。

这都不重要。她快到家了。

瑟曦开始攀登。

然而攀登路上，嘲笑和喊叫更为残酷。游行没经过跳蚤窝，因此跳蚤窝的居民涌来伊耿高丘下看热闹。在穷人集会的盾牌和长枪后，那些嘲笑她的脸孔后颈伸得老长，如此扭曲畸形，荒诞可怖。猪和赤条条的小孩在他们脚下来回跑，瘸腿乞丐和扒手像蟑螂一样在人群里穿梭。她看到只剩几颗牙的人，瘤子和脑袋一样大的丑老太婆，肩膀胸前挂着一条斑点巨蛇的妓女，脸上眉梢生满流脓灰疮的男人。他们咧嘴大笑，舔着嘴唇，吹着口哨，兴致勃勃地欣赏她跟跄走过。她的双乳因为用力攀登晃来晃去，有人便猥琐地提议，还有各种污言秽语。言语就像风，她心想，言语伤不了我。我很漂亮，我是维斯特洛七大王国最漂亮的女人，詹姆说过，詹姆从不骗我。甚至劳勃——那个不爱我的劳勃——也觉得我很漂亮，他想要我。

可她不觉得自己漂亮。她觉得自己衰老、残破、肮脏、丑陋，肚皮有生孩子留下的妊娠纹，胸脯也不像年轻时那样挺拔。没有外衣支撑的它们在胸口晃悠。我不该答应这件事。我曾是他们的太后，但现在他们什么都看到了，什么都看到了，什么都看到了。我永远不该让他们看到。锦衣宝冠的她是高高在上的太后，赤身裸体、鲜血淋漓、步履蹒跚的她不过是个老女人，跟他们的老婆一样，或者说比起他们年轻漂亮纯洁的女儿，更像他们的老妈。我都做了什么啊？

什么东西涌上双眼，刺痛了她，模糊了视线。她不能哭，她不会哭，这些蠕虫永远不会看到她哭。瑟曦用手背擦干眼睛。一阵冷风让她剧烈颤抖。

那个老妇人突然出现在人群中，双乳垂到膝上，皮肤发绿生疮，她睥睨众生，浑浊的黄眼睛射出恶毒的目光。"来日你将母仪天下，"她嘶叫道，"直到另一位女人的到来，比你年轻也比你美丽，她会推翻你，并夺走所有你珍爱的东西。"

太后再也止不住眼泪，泪水像硫酸灼烧她的脸颊。瑟曦痛哭失声，用一只手遮住前胸，另一只手掩护下体，没命地向前冲，一路闯过前方的穷人集会，然后弯下腰手忙脚乱地向上跑。没跑出几步，她就绊倒了，她站起来继续跑，又跌倒在十码之外。接下来她只记得自己在爬，四肢着地，像狗一样爬上山。君临城的善男信女们给她让出一条路，他们大笑着，嘲弄着，欢欣鼓舞。

然后人群散开，消失不见，城堡大门出现在眼前，还有一排戴着镀金半盔的红袍枪兵。瑟曦听到叔叔用熟悉的方式粗声下令，两侧闪出两个白影，白甲白袍的柏洛斯·布劳恩爵士和马林·特兰爵士大步走到她身旁。"我儿子，"她尖叫，"我儿子在哪儿？托曼呢？"

"他不在这，作儿子的不该见到母亲受辱。"凯冯爵士话音刺耳，"裹住她。"

乔斯琳弯下腰，用干净柔软的绿羊毛毯裹住瑟曦的身躯。一道黑影落在上方，完全遮住了太阳。冰冷的钢铁伸到太后身下，接着一双钢甲巨手将她抱离地面。瑟曦不禁想起乔佛里儿时，她也能这样抱他。一个巨人，瑟曦在他抱住自己大步迈向城门时眩晕地想。她听说在长城以北，不信神的荒野中依然有巨人生活。可那只是传说。我在做梦？

不。她的救星是真实的。他至少八尺高，双腿粗如树干，胸膛堪比壮马，肩膀不输公牛。他穿着明亮如少女的希望的白釉精钢板甲，内有镀金锁甲。巨盔遮住了他的脸，盔端飘扬着七根丝羽，染成七色象征七神。一对黄金七芒星搭扣将翻卷的白袍扣在他双肩。

一件白袍。

凯冯爵士言而有信。她的小宝贝托曼，已将她的代理骑士任命为御林铁卫。

瑟曦没看到科本从哪冒出来的，他就这么忽然出现在他们身边，努力跟上骑士的长腿。"陛下，"他说，"您能回来太好了。我可有幸向您介绍御林铁卫的新成员？这位是劳勃·斯壮爵士。"

"劳勃爵士。"穿过大门时,瑟曦轻唤道。

"陛下明鉴,劳勃爵士发下了神圣的静默誓言。"科本解释,"他发誓,在杀掉陛下的所有敌人,将罪恶驱离王国以前,决不开口。"

妙,瑟曦·兰尼斯特心想,噢,妙极了。

提利昂

提利昂面前的羊皮纸堆得小山一样高,他看着它们长叹一声。"我很清楚大伙儿应该有福同享有难同当,做团长的不能厚此薄彼。可弟兄们的友爱在哪里?信任又在哪里?不是都说战友啊战友,是最亲爱的弟兄,只有在并肩浴血的战斗生涯中才能培养出如此深情厚谊么?"

"你还没入团呢。"棕人本·普棱说。

"你签完这些就算交了投名状了。"墨水瓶削着鹅毛笔。

"狡诈的"卡斯帕罗则拍了拍剑柄,"想先见血的话,老子倒乐意满足你。"

"你真贴心,"提利昂干巴巴地应道,"谢了。"

墨水瓶把羊毛纸铺到提利昂面前,笔递到他手中。"墨水在这里,古瓦兰提斯的墨水,跟学士墨汁一样经久耐用。你在每张纸上签好名字给我,剩下的我来处理。"

提利昂朝他苦笑,"我能先读再签吗?"

"想读就读,没人拦你。不过这些纸上全是一样的内容,只有最底下几张不同。你先把上面的签完吧。"

噢,最后几张是大账单?绝大多数人加入佣兵团无须支付门票,但他身价不同。他在墨水瓶里蘸了蘸鹅毛笔,手悬停在羊皮纸上。他抬起头:"我该签耶罗呢还是胡戈·希山?"

棕人本眼角的皱纹一紧,"我该把你扔还给亚赞的继承人呢还是直接砍你脑袋?"

侏儒哈哈大笑,在羊皮纸上签下名字:兰尼斯特家族的提利昂。签完后他将纸递给候在左手的墨水瓶,并趁此机会捻了捻羊皮纸堆的厚度。"一共有……五十张?六十张?我记得次子团有五百名战士。"

"本团现有五百一十三名团员,"墨水瓶宣称,"等你加入名册,就是五百一十四名。"

"也即是十人里才一人有凭据喽?不太公平啊。我还以为本团跟其他自由佣兵团一样是大伙儿平分收益呢,"他签下另一张羊皮纸。

棕人本咧嘴一笑:"分是要分,但不是平分。这点次子团跟贵族家庭没区别……"

"……正如贵族家庭也要提防贪婪的远房亲戚。"提利昂又签了一张,然后把脆弱的羊皮纸递给财务官。"那些讨厌的亲戚统统被我老爸关在凯岩城深处的地牢里。"他把鹅毛笔插进墨水瓶。兰尼斯特家族的提利昂。他走笔如飞。每张凭据承诺支付其持有者一百枚金龙币。我这算是越签越穷吧……至少是损失了一部分想象中的财产,现在的我反正与乞丐无异。总有一天我要实践这些承诺。但不是今天。他吹干墨水,将羊皮纸交给财务官,然后继续签。继续签。继续签。继续签。"我声明,这么干很伤我的心,"他边签边说,"在维斯特洛,我们兰尼斯特一诺千金。"

墨水瓶耸耸肩,"这不是维斯特洛。在狭海这边,我们只要白纸黑字的凭据。"羊皮纸交到他手里,他会先把细沙撒在签名上,吸干墨水,再抖掉沙子,将纸放到一旁。"俗话说……口说无凭,对吧?"

"我们兰尼斯特信奉的可不是这句话,"提利昂又签好一份。又一份。他开始掌握节奏了。"我们说:兰尼斯特有债必还。"

普棱又笑了,"没错,但佣兵的承诺就不值钱了。"

好比你自己?提利昂心想,我真该为此感谢诸神。"可是,我在写进名册之前，还不是佣兵呢。"

"你很快就能入团，"棕人本承诺，"把凭据写完就行。"

"我已是下笔如有神了啦。"他真想哈哈大笑，但这无疑会破坏游戏气氛。既然普棱玩得挺得意，那么提利昂哄他开心就对了。就让他以为自己折服了我、把我干得很爽吧，我可是用纸上的金龙收买到真刀实剑。只要能回到维斯特洛，夺回属于自己的权利，届时凯岩城的金子他提利昂想怎么花就怎么花；如若失败，他难逃一死，这些凭据就算是送给战友们擦屁股了。或许有几个傻瓜会拿着废纸上君临找他亲爱的老姐讨债。我宁愿变成草席上的蟑螂，欣赏这一幕好戏。

羊皮纸堆签完一半，纸上内容起了些微妙变化。一百金龙的凭据是给军士的，下面的纸上猛然加码十倍，达到一千金龙。他摇头笑笑，继续签名。继续签。继续签。"对了，"他边写边问，"我在团里干啥？"

"你太丑，当不了巴卡约的跟班，"卡斯帕罗道，"还是当箭靶比较合适。"

"你果然一针见血啊，"提利昂不理会对方赤裸裸的讥刺，"某个比你更狡诈的人给我总结过，'小矮人举个大盾牌，教他们的弓箭手头痛死'。"

"你跟墨水瓶共事。"棕人本·普棱嘱咐。

"你为墨水瓶干活，"墨水瓶强调，"整理书籍，清点财产，抄写合约和信件。"

"求之不得，"提利昂说，"我喜欢书。"

"反正是废物一个，"卡斯帕罗嗤笑道，"瞧你这屌样，能上场打吗？"

"我管理过凯岩城的所有阴沟哟。"提利昂不动声色地说，"有的下水道堵了好多年，却被我一手疏通，真是兴邦利国的壮举。"他再度蘸了墨水。还剩十几张凭据。"或许你该把管理营妓的担子交给我,让我好好疏通弟兄们的需求,你说对吧?"

这笑话没逗乐棕人本。"不准你碰妓女,"他警告,"她们很多都有病,而且个个多嘴多舌。虽然你不是第一个加入本团的逃跑奴隶,但我们也没必要把这事大事宣扬。我不想让人看见你,可能的话,你得全天待在帐篷里,拉屎就找桶子解决。厕所边耳目众多,难保没有意外发生。还有,未经我允许,绝不能离开营地。我们固然会把你塞进侍从的盔甲,扮成乔拉的跟班,但明眼人一眼就能戳穿。等拿下弥林城、返回维斯特洛之后,你爱怎么炫耀你的金红服饰都随便,但现在……"

"……但现在我只能一声不吭地闷在石头底下。我保证会乖乖听话。"兰尼斯特家族的提利昂。他用花体字签下。只剩三张凭据,前两张并非易碎的羊皮纸,却是上等牛皮纸,纸上还特意写明了受益人的名字。狡诈的卡斯帕罗要价一万金龙,墨水瓶也是这个数——他真名提贝罗·伊斯昂。"提贝罗?"提利昂道,"听起来几乎是个兰尼斯特哦。你是我失散多年的表兄吗?"

"或许吧。身为财务官,至少我做到了有债必还。快签。"

他签下这两张凭据。

棕人本的凭据在最后,文字镂刻在厚厚的羊皮卷轴上。十万金龙、五十皮最丰饶的土地、一座城堡和相应的伯爵身份。好哇,这个普棱可真不简单。提利昂挠了挠伤疤,思考自己该不该故意抗议。当你有求于人时,作大爷的总想看你哀告几句,跺脚骂娘,说什么这是打劫啦,签了就是辱没家门啦等等,直到最后在逼迫下勉强就范。但他今天已受够了这场游戏,于是咧嘴一笑,利落地签好名交给棕人本。"你的命根子就跟故事里说的一样长,"他道,"真把我给干翻了,普棱大人。"

棕人本吹干签名,"乐意之至,小恶魔。现在你将正式入团,墨水瓶，取名册。"

名册是一本用铁扣固定、皮革封面的大书，大到能用来当晚餐盘子。名册里装订了许多厚木板，木板上密密麻麻写满一百多年来列位佣兵的姓名及相应日期。"次子团是最古老的自由佣兵团之一，"墨水瓶边翻页边解说，"这已是第四本名册。每一位团员在名册上都有记载，关于他们的姓名，何时加入，在哪里战斗过，在团里服役了多久，怎么死的——统统有案可查。名册里不乏名人，其中好些正来自你们七大王国。伊葛·河文曾在团中服役一年，之后才脱团创建黄金团，人们叫他'寒铁'。明焰王子伊利昂·坦格利安是次子团团员，野狼罗德利克·史塔克也是。不，不用这种墨水，这儿，用这个。"他拔掉一个新墨水瓶的瓶塞，把瓶子放到桌上。

提利昂竖起脑袋，"红墨水？"

"本团传统。"墨水瓶解释，"过去新人入团还得写血书呢，不过我们没那么迂腐，毕竟鲜血比不上好墨水。"

"我们兰尼斯特尊重传统。把你的刀子给我。"

墨水瓶抬起一边眉毛，接着耸耸肩，从鞘中抽出匕首，刀柄在前递给侏儒。依然会痛，赛学士，谢谢你的提醒。提利昂边想边用刀子割破拇指，挤出一大滴血滴入墨水瓶，然后放下匕首提起一支没用过的鹅毛笔，潦草而果断地写出几个大字：凯岩城公爵提利昂·兰尼斯特。他的签名比上头乔拉·莫尔蒙的签名张扬得多。

万事俱备。侏儒坐回行军折凳上。"还要我做什么？需要我发个誓吗？还是要我杀个婴儿？或者吸团长的老二？"

"想吸谁的你自便，"墨水瓶取回名册，用细沙擦干签名，"本来在名册上签下大名就算履行完入团手续，但新团员玩点新花样，咱们也不便阻拦。欢迎您加入次子团，提利昂公爵。"

提利昂公爵。侏儒喜欢这新头衔。次子团虽无黄金团的赫赫声名，但几世纪来仍可谓战功标榜。"团里还有其他老爷吗？"

"都是些没领地的老爷,"棕人本道,"跟你一样,小恶魔。"

提利昂跳下凳子。"我以前的兄弟太让我失望了,希望我的新兄弟们能跟我团结友爱、共同进步。我现在可以去取武器和盔甲了吗?"

"是不是还得给你找头猪骑?"卡斯帕罗问。

"我真是孤陋寡闻,竟不知尊夫人在随团慰安。"提利昂道,"好意心领喽,我觉得还是骑马比较方便。"

刺客涨红了脸,墨水瓶纵声大笑,连棕人本也忍俊不禁。"墨水瓶,带他去武器车,选套'佣兵装'。女孩也带去,给她搞顶头盔,配上锁甲啥的,说不定别人会把她当男孩。"

"提利昂公爵,请随我来,"墨水瓶为他拉开帐门,他蹒跚着走出去。"我叫拐骗带你去货车边。叫上你的女人跟拐骗在厨帐外碰头。"

"她不是我女人。或许该你去找她。她只知道睡,不睡就朝我怒目而视。"

"你教训她狠一点、操她猛一点,就没这些烦恼了。"财务官热心地建议。"算了,带不带她随你便,拐骗也不在乎。你穿好盔甲再来找我,我教你管理账目。"

"好的。"

提利昂在他俩共享的帐篷的角落找到分妮。她蜷在铺了薄薄一层稻草的小床上睡觉,盖着脏污的铺盖。他用靴尖捅捅她,她翻过身,朝他眨眨眼,打着呵欠问:"胡戈?什么事啊?"

"我们再谈谈,好吗?"她今天的态度好过平日里闷闷不乐的沉默。*她恨我抛弃了狗和猪。我让咱俩获得自由,却没得到应有的感激。*"你这么睡下去,就要睡过整场战争了。"

"我伤透了心,"她又打个呵欠,"而且我累了,累死了。"

累了还是病了？提利昂在她的小床边跪下。"你脸色不好，"他说着伸手摸她额头。帐内太热，还是她发烧了？这个问题他问不出口。次子团这帮亡命徒对苍白母马也是避之唯恐不及。假如他们断定分妮有病，那不管是什么病，都会毫不迟疑地把她丢出营外。他们甚至可能把我们交还给亚赞的继承人，我签得手发麻的那些凭据届时起不了半点作用。"我在他们的名册上签了名，并遵照传统，以鲜血写就。我现在是次子团团员了。"

分妮坐起来，揉揉惺忪睡眼。"那我怎么办？我也得签名吗？"

"我想不必。有的自由佣兵团会吸纳女人，可是……好吧，他们团毕竟不叫次女团。"

"是我们团，"她纠正他，"你加入了次子团，就该说我们团。有人找到美女猪了吗？墨水瓶说他正派人去找。还有嘎吱，有嘎吱的消息没？"

如果卡斯帕罗的话能信，确实有它的消息。普棱身边这位自诩狡诈的团副说有三个渊凯捕奴人在营地四处搜查，找一对逃跑的侏儒，捕奴人举着的长矛上插了一只狗头。想哄分妮起床，这样的消息还是守口如瓶的好。"暂时没消息。"他撒谎，"快起来吧，找件盔甲给你穿。"

她警惕地看了他一眼，"穿盔甲？做什么？"

"我家老教头说'千万别裸着上战场'，我把这句当作金玉良言。再说，我现在是佣兵了，没装备当什么兵？"她还是没起床的意思。提利昂干脆抓住她的手腕，把她拖下床，再将一堆衣服丢到她脸上。"穿上，套好兜帽斗篷，把头低着。如果碰巧撞上捕奴人，我们就装成是一对孩童。"

两个侏儒披着兜帽斗篷现身时，拐骗正在厨帐外嚼酸草叶。"听说你两位要入团当兵，"军士道，"弥林人不吓得尿裤子才怪。你两位杀过人吗？"

"我杀过，"提利昂抢答道，"我杀他们就像拍苍蝇一样。"

"用什么拍？"

"哦，斧头、匕首，不过我最最拿手的是十字弓。"

拐骗用他的钩子挠了挠短胡须，"用十字弓，真是个坏蛋。敢问你用十字弓杀了几个人？"

"九个。"父亲一个人至少可以当九个吧。你瞧：凯岩城公爵。西境守护。兰尼斯港之盾。国王之手。丈夫。兄弟。父亲。父亲。父亲。

"九个。"拐骗哼了一声，吐出一大口鲜红唾沫。或许他瞄准的是提利昂的膝盖，不过射偏了，喷在了侏儒双腿之间——但总之明确表达了他对"九个"的看法。军士的手指被酸草叶汁染成斑驳的红色，他又撕了两片叶子丢进嘴里，吹声口哨。"凯姆！你这把该死的夜壶，给我滚过来！"凯姆跑步过来，"带公爵夫妇去货车边找锤子，搞两套佣兵装。"

"锤子多半醉了。"凯姆小心翼翼地提示。

"那就尿他脸上，把他弄醒。"拐骗转向提利昂和分妮。"我们没有让天杀的侏儒入团的先例，但团里男孩不少，要么是婊子生的野种，要么是背井离乡外出冒险的小傻瓜，还有跟班、侍从之类。他们穿的狗屎也许能给猴子穿。他们穿着狗屎去送死，但你两位杀人如麻的小崽子不怕讨这点晦气，对不对？九个？操。"他摇头走开。

次子团的公用盔甲装在六辆大车里，停在营地中央。凯姆当先带路，他像挥拐杖一样挥着手里的长矛。"君临的小子为何来海外当差呢？"提利昂问他。

那小子警惕地看了他一眼，"谁说我是君临人？"

"没人说。"你吐出的每个词都散发着跳蚤窝的臭味。"是你太聪明，藏都藏不住，大家都说君临人脑筋最灵光。"

他似乎很惊讶。"谁说的？"

"大家说的。"自然是我说的。

"什么时候说的？"

显然是我刚才编的。"传了好多代咧，"他撒谎，"连我老爸都常念叨。你认识泰温公爵吧，凯姆？"

"他是首相大人，有一回我见他骑马上山，他的士兵披着红披风、头盔上有小狮子。我喜欢那种头盔。"他嘴巴一抿。"但我不喜欢首相大人。他不仅洗劫过都城，还在黑水河上让我们吃了大败仗。"

"你在场？"

"我在史坦尼斯那边。泰温公爵跟随蓝礼的幽灵，从侧翼突袭我们。我扔下长矛就跑，谁知跑到船边那天杀的骑士却朝我吼：'你的长矛呢，孩子？我没有空位给懦夫。'说完他们就把我抛弃了，还抛弃了其他几千名士兵。后来我听说你爹要把俘虏送去长城继续找史坦尼斯的麻烦，便逃过狭海，加入了次子团。"

"你可曾想念君临？"

"有一点。我念着一个男孩，他……他是我朋友。我还想我哥肯内特，可他在船桥上战死了。"

"那天有很多好汉死去。"提利昂的伤疤痒得厉害，他用指甲挠了挠。

"我还想念君临的食物。"凯姆憧憬地说。

"你老妈会做饭？"

"耗子都不吃她做的饭。我说的是食堂，天下什么比得上褐汤美味啊？汤熬浓了，勺子插进去都不倒，里面啥玩意都有。你喝过褐汤没，半人？"

"喝过一两次。其实该说那是歌手汤。"

"为啥?"

"喝下去心情愉快,让人想唱歌呗。"

凯姆已经喜欢上这种汤了。"歌手汤啊,等我回到跳蚤窝,一定让他们盛一碗。你想念什么,侏儒?"

我想念詹姆,提利昂心想,想念雪伊,想念泰莎,想念我老婆,那个与我形同陌路的老婆。"我嘛,无非是想喝酒、嫖妓、发财喽,"他回答。"发财最可靠,有钱就有酒有女人。"还能买把利剑,让你凯姆为我使。

"传说凯岩城里连夜壶都是十足真金,没错吧?"凯姆好奇地问。

"你这人,不要别人说风就是雨。尤其说到兰尼斯特家族,更要多长个心眼。"

"都说兰尼斯特家的人是毒蛇。"

"毒蛇?"提利昂笑了,"他们听见的大概是我父亲大人在坟墓里的爬行声吧。我们是狮子,至少我们如此坚持。请记住,无论踩中毒蛇尾巴还是狮子尾巴都是死路一条,凯姆。"

说话间他们已走到存兵器的地方。传说中的锤子原来是个左臂有右臂两倍粗的大壮汉。"他成天喝得醉醺醺,"凯姆透漏,"棕人本忍着他,但总有一天我们会招到真正的武器师傅。"锤子的学徒是个精瘦的红发少年,名叫钉子。锤子和钉子,绝配,提利昂饶有兴味地想。他们来到锻炉前,锤子刚醉倒,一如凯姆预测的,钉子允许两名侏儒爬到货车上自行挑选。"基本都是废铁,"他提醒他们,"看中什么拿就行。"

曲木和硬皮制成的车篷下,堆满旧盔甲和旧武器。提利昂看得直叹气,忆起了凯岩城下兰尼斯特家的兵器库里一排排亮堂堂的刀剑矛戟。"这下有的挑了。"他宣布。

"认真挑,还是有些实在家什,"一个深沉的声音叫道,"虽然不好看，但能派用场。"

大个子骑士从另一辆货车跳下，全身佣兵装。他左右两边的护胫甲不对称，护喉锈迹斑斑，前臂甲镶嵌了过于艳俗的乌银花朵。他右手戴龙虾铁拳套，左手却戴了无指套的锁甲手套。他硬挤进去的那副胸甲有两个乳头，乳头还穿了铁环。他的全盔顶部有对公羊角，其中一只角断了。

乔拉·莫尔蒙摘下头盔，露出饱经摧残的面孔。他已不是我们从亚赞的笼子里救出的可怜虫了，现在的他看起来每一寸都像佣兵。他脸上已基本消肿，瘀伤也大好，总算又有了人样……但跟从前的莫尔蒙不同，这个人下半辈子都得与右脸上奴隶贩子烙下的恶魔面具——表示他是个危险又不听话的奴隶——为伴。乔拉爵士本不俊朗，这下脸庞更是吓人。

提利昂咧嘴一笑，"我只消比你好看，就满足了。"他转向分妮，"你去那辆车找，我继续找这辆。"

"我们两个一起找要快些啊。"她挖出一顶生锈的铁半盔，咯咯笑着扣头上，"你瞧，我威风吗？"

你像个倒扣盆子的小丑。"这是半盔，你得弄顶全盔，"他找到一顶，便把半盔扔了。

"全盔太重了，"分妮的抱怨声在铁盔里空洞地回响，"我什么都看不见。"她把全盔摘下来扔掉，"半盔有什么不好嘛？"

"它护不住脸。"提利昂捏了捏她的鼻子，"我喜欢你的鼻子，请你爱护它。"

她睁大眼睛，"你喜欢我的鼻子吗？"

噢，七神救命。提利昂转身穿过堆得老高的废旧盔甲，朝车尾艰难跋涉。

"我其他的部分你也喜欢吗？"

也许她希望说得兴高采烈，可惜在他耳中听来却很悲哀。"你所有的部分我都喜欢，"提利昂说，希望就此终止这个话题，"但我更喜欢自己。"

"我们要盔甲来做什么？我们演演戏，假装打就好啊。"

"你很有表演天赋，"提利昂检查着一件满是窟窿的沉重链甲衫。衫上破洞数不胜数，简直像蛾子咬的。哪种蛾子会咬钢铁呢？"但装死只是活命的一种方法，穿上好盔甲才更保险。"恐怕这里没有好盔甲。绿叉河之战时，他从莱佛德伯爵的辎重车辆上拼凑了一套全身铠，戴着有根尖刺的水桶大盔，看起来活像扣了只涮水桶上战场。佣兵装比那个更糟，不仅陈旧、不成套，还到处是碎片、裂口和凹痕。那是血还是锈啊？他嗅了嗅，没法确定。

"这里有把十字弓。"分妮指给她看。

提利昂瞥了一眼，"这把是蹬盘的，需要用脚来上弦，而我的脚太短了。我用曲柄手控的比较合适。"说实话，他也不想要十字弓，毕竟装填太慢。即使他蹲在厕所边，等着敌人来解手，失手的几率也挺大。

于是他找了把流星锤，但挥挥就放弃了。太沉。接下来他又淘汰了一把战锤（太长）、一把钉头杖（仍然太沉）和六七把长剑，最后看中一把三棱刃的匕首，模样很阴毒。"我用这个，"他宣布。匕首刀刃上略有锈斑，更添了阴毒意味。他又找到一具木头和皮革做的鞘，把匕首收好。

"小剑配小人儿？"分妮开他的玩笑。

"不，这是大个子用的匕首，"提利昂拿了一把老旧的长剑给她，"这才是剑。你试试。"

分妮接过去，一使就皱紧眉头，"太重了。"

"钢铁当然比木头重，但活人的头不是甜瓜，你得用真家伙砍。"他从她手中拿过剑，仔细检查了一下。"便宜货，还有豁口，这里，看见没？我收回刚才的话，砍头得换把剑。"

"我不要砍什么头。"

"你也砍不着头。你对准膝盖下面砍,目标是小腿、脚窝、脚踝……剁掉脚,巨人也得倒下;而等他倒下,也就没什么可怕了。"

分妮看起来快哭了,"昨晚我梦见我哥活得好端端的,我俩骑着美女猪和嘎吱给大老爷比武,大家朝我们抛玫瑰花呢。好开心好开心……"

提利昂扇了她一巴掌。

他下手很轻,只不过手腕一翻,没使上力,甚至没在她脸上留下痕迹。但她还是眼泪汪汪。

"想做梦就滚回去睡觉。"他告诉她,"只不过等你醒来,你会发现自己还是围城大军中的逃跑奴隶。嘎吱死了,那只猪多半也给宰了,你给我乖乖穿上盔甲,不准抱怨这里紧那里挤。戏演完了,现在你要打要躲还是要尿裤子都随便,但不管你做什么,给我把盔甲穿上。"

分妮抚摸着他打过的脸颊,"我们不该逃跑。我们又不是佣兵。我们根本当不了兵。亚赞人挺好,真挺好的。保姆有时很坏但亚赞人好啊。我们是他最宠爱的……的……"

"奴隶,你想说奴隶。"

"奴隶,"她红着脸说,"但我们是特殊的奴隶,跟甜心一样,是他的私人珍藏。"

我们是他的宠物,提利昂心想,他太宠爱我们,才把我们扔进竞技场喂狮子。

也许这么想不太公平。亚赞的奴隶事实上比七大王国的许多农民吃得好,在即将到来的冬天也不至于饿死。没错,奴隶确实没有权利,可以随意买卖交易,鞭打烙印,满足主人的肉欲,甚或彼此交配以生育更多奴隶。他们的地位跟狗或马没有本质区别;可只要生在豪门，狗或马也能过上舒坦日子。骄傲的人总爱声称宁死不为奴，但骄傲是多么廉价，在冰冷的铁剑面前，保持骄傲的人跟龙牙一样稀少——否则世上不会到处都有奴隶了。这世上没有一个不自愿的奴隶，侏儒忽然意识到，在死亡和枷锁之间，选择很明显。

提利昂·兰尼斯特也不例外。一开始他的毒舌为他带来背上的几道伤口，但他很快学会了取悦保姆和高贵的亚赞。乔拉·莫尔蒙坚持得更久、抵抗得更猛烈，不过天长日久之下，他总有一天也会屈服。

至于分妮……

自他老哥便特死于非命后，她一直在寻找新主人。她需要一个主人来照顾她，需要一个主人来告诉她该做什么不该做什么。

这些话说出来无疑过于残忍，提利昂只道："但苍白母马不会对亚赞的特殊奴隶另眼相看。我们走后，他们都死光了。最先去世的是甜心。"棕人本·普棱跟他说，逃跑当天，他们那巨胖的主人就一命呜呼。至于亚赞的怪物马戏团的结局，无论普棱、卡斯帕罗还是团里其他佣兵都不清楚……但可爱的分妮只需要谎言，而撒谎是他的拿手好戏。"你真想当奴隶，战争结束后我会为你找个好心肠的主人，卖你的钱足够我坐船回国。"提利昂保证，"我给你找个光鲜的渊凯贵族，让他再给你打造一副漂亮的金项圈，你人走到哪，悦耳的铃声就传到哪。不过在此之前，你给我好好活着，死小丑可卖不了钱。"

"我看你们很快就是死侏儒一对。"乔拉·莫尔蒙道，"等战争结束，大伙儿都得喂蛆虫。许多人意识不到，但仗打起来渊凯必败无疑。弥林城内有无垢者，全世界最优秀的步兵。他们还有龙——等女工回来，就会凑足三条。她会回来的。她必须回来。我们有什么？二十多个渊凯老爷轮流当家，每人属下都有一群训练不精的猴子。踩高跷的，戴铁镣的……指不定还有瞎子和癫痫儿童上阵咧,这帮人胡闹没个底限。"

"噢,这个我当然清楚。"提利昂说,"次子团正站在失败者一边,但只需再倒戈一次,"他嘿嘿一笑,"我自有妙计。"

废王者

白影黑影,两个密谋者并肩走在大金字塔二层静谧的兵器库中,周围是一排排长矛和一捆捆箭支,墙上挂着从早被遗忘的战争里掠来的战利品。

"今晚,"斯卡拉茨·莫·坎塔克说,吸血蝙蝠黄铜面具在他拼布斗篷的兜帽下若隐若现,"我的人将各就各位。暗号是:格罗莱。"

"格罗莱。"很合适。"嗯,为他的遭遇……你当时在朝堂上?"

"我是四十名守卫中的一名。所有人都等着宝座上的纸老虎下令,好把血胡子一干人等剁成肉泥。你觉得,渊凯人敢把人质的头献给丹妮莉丝吗?"

不敢,赛尔弥心想,"西茨达拉吓坏了。"

"他装的。你也看见,洛拉克家族的人毫发无伤地回来了。渊凯人在我们面前演戏,高贵的西茨达拉则是主演。亚克哈兹·佐·亚扎克并非问题关键,其他奴隶主恨不得亲自踩死那老白痴,这分明是给西茨达拉杀龙的借口。"

巴利斯坦爵士琢磨片刻,"他敢么?"

"他连女王都敢谋害,还顾忌她的宠物?若我们无所作为,西茨达拉会先犹豫一下,表明自己很不情愿,同时给了贤主大人们机会帮他摆脱暴鸦团和血盟卫。随后他就会下毒手,赶在瓦兰提斯舰队到来前杀龙。"

是啊,他们会的。这个计划说得通,但巴利斯坦·赛尔弥仍觉得内心不够坦然,"我不会让此事发生。"他的女王是龙之母,他不会让她的孩子受伤害。"狼时行动。夜色最浓的时辰,全世界都陷入沉睡。"他从泰温·兰尼斯特口中第一次听到这些话,彼时泰温站在暮谷城外。他给我一天时间去救伊里斯,如果我没能在第二天黎明带回国王,就要血洗城镇。我于狼时潜入,狼时救回国王。"黎明时,灰虫子及无垢者们会把大门关闭上闩。"

"最好黎明时发起总攻,"斯卡拉茨说,"冲出大门,杀入包围圈,趁渊凯人还在熟睡时打个措手不及。"

"不行。"这个话题他们争论过,"这是女王陛下亲手缔造的和平,我们不能做违约方。逮捕西茨达拉后,我们立刻成立议会代替他统治,并要求渊凯人归还人质,撤走军队。若他们拒绝,那时——只有那时——我们才能通知他们协议已被打破,双方将在战场上决一雌雄。你的方法不荣誉。"

"你的方法太愚蠢,"圆颅大人说,"时机已然成熟,自由民正蠢蠢欲动。"

这是实情。赛尔弥知道,自由兄弟会的疤背西蒙和坚盾军的莫罗诺·已欧斯·杜博都跃跃欲试,想用渊凯人的血来洗刷耻辱,给自己正名。只有龙之母仆从的弥桑洛和巴利斯坦爵士一样心怀疑虑,"之前的讨论中,你同意按我的方法行事。"

"我是同意,"圆颅大人抱怨,"但那是在格罗莱出事之前,在他们扔回人头之前。奴隶贩子毫无荣誉可言。"

"但我们有。"巴利斯坦爵士坚持。

圆颅大人用吉斯卡利语骂了句什么。"随你便吧,我猜在这场游戏结束前我们就会为老头的荣誉感追悔莫及了。西茨达拉的护卫怎么办?"

"陛下睡觉时会安排两名护卫,一位在房门外,另一位在卧室毗邻的耳室。今晚是克拉兹和铁皮。"

"克拉兹,"圆颅大人抱怨,"真倒霉。"

"不一定会动武,"巴利斯坦爵士告诉他,"我打算和西茨达拉谈谈。若他明白我们不想杀他,或许会令护卫缴械。"

"要是不呢?绝不能让西茨达拉跑了。"

"他跑不了。"赛尔弥不怕克拉兹,更不在意铁皮,他们只是斗技士。西茨达拉挑选著名战奴组成护卫队,貌似可怕却只能看看门。他们有速度,有力量,够凶猛,也颇具武艺,但流血的表演对保护国王毫无裨益。竞技场中有号角和战鼓宣告敌人出场,打了胜仗就能包扎伤口喝罂粟花奶止痛,此时危险已经过去,可以尽情吃喝嫖赌,直到下一场战斗。但对御林铁卫的骑士而言,战斗永不会终结,威胁无所不在、无时不在,无论日夜。没有号角宣告敌人出场;封臣、仆人、朋友、兄弟、孩子,甚至妻子,任何人都可能身藏利器,心怀杀机。为一小时的战斗,御林铁卫会花费一万个小时来守望、等待,安静地站在阴影中。西茨达拉国王的斗技士已对新职责感到无聊和厌倦,无聊则会懈怠,疏于防范。

"我料理克拉兹,"巴利斯坦爵士说,"你确保兽面军不妨碍就行。"

"放手去做吧,我会在马格哈兹发难前就把他锁住。我告诉过你,兽面军还是我的。"

"你说你在渊凯营地也有人?"

"探子和间谍。瑞茨纳克有更多。"

瑞茨纳克不可信任。他闻着太香,感觉不对劲,"得有人去营救人质。若不救出他们,他们会被渊凯人利用。"

斯卡拉兹透过面具鼻孔哼了一声,"营救,说起容易做起来难。让奴隶贩子威胁奶了。"

"如果他们不止威胁呢?"

"你如此想念那些人质,老头?一个太监、一个野人和一个佣兵？"

英雄、乔戈和达里奥。"乔戈是女王的血盟卫，是她血之血，他们曾一起穿越红色荒原。英雄是灰虫子的副手。至于达里奥……"她爱达里奥。他能从她看达里奥的眼神中看出来，从她对达里奥说话的声调中听出来，"……达里奥鲁莽自负，但女王陛下看重他，必须救他出来，赶在暴鸦团闯出什么乱子以前。这能办到，我曾从暮谷城平安无恙地救出女王的父亲，他被反叛的领主关押在那里，但……"

"……但你没法悄无声息地穿过渊凯军营。每个人都认识你。"

我可以藏住脸孔，跟你一样，赛尔弥心想。但他知道圆颅大人说得没错，暮谷城的事迹恍若隔世，他现在太老，当不了英雄。"我们必须想想办法。找另外的营救者，某个熟悉渊凯人、可以神不知鬼不觉潜入他们营地的……"

"达里奥叫你祖父爵士，"斯卡拉茨提醒他，"我就不提他叫我什么了。若你我成为人质，他会冒险来救我们么？"

不大可能，他心里想，口中说的却是："他或许会。"

"如果我们被烧，他或许会朝我们撒泡尿，除此之外别指望他。让暴鸦团选个有自知之明的团长吧。若女王回不来，世上不过少了个佣兵，谁会难过？"

"那等她回来呢？"

"她会伤心哭泣，撕扯头发，诅咒渊凯人，但不会怪我们。我们手上没沾血。你可以安慰她，跟她讲过去的故事，她喜欢听那些。可怜的达里奥，她英勇的团长……是的，她永远忘不了他……但他死了对我们都有好处，不是么？对丹妮莉丝也有好处。"

对丹妮莉丝有好处，对维斯特洛也有。丹妮莉丝·坦格利安爱她的团长，不，爱上他的是她心中的小女孩，并非女王。雷加王子爱上莱安娜小姐，成千上万无辜的人为此丧命。戴蒙·黑火爱上第一位丹妮莉丝，娶不到她便发动叛乱。寒铁和血鸦同时爱上"洋心"西蕊，七大王国为此血流成河。龙芙莱王子爱上荒石城的简妮，甚至为她放弃王冠，而维斯特洛以尸山做聘礼。伊耿五世的三个儿子都因爱情结婚，不顾父亲的意旨，实际上，那位不该成王的君主自己也立所爱为后。作父亲的允许儿子自由恋爱，结果却化友为敌，叛变和混乱紧随，犹如黑夜紧随白昼，直至在盛夏厅，巫术、烈火和悲痛为一切画下句点。

她对达里奥的爱是毒药。比蜂蜜蝗虫缓慢，却同样致命。"除开他还有乔戈，"巴利斯坦爵士说，"还有英雄。他们对陛下都很重要。"

"我们也有人质，"圆颅大人斯卡拉茨提醒他，"奴隶贩子杀一个人质，我们便杀一个奴隶贩子。"

巴利斯坦爵士一时没反应过来，随后猛然醒悟，"女王的侍酒？"

"是质子。"斯卡拉茨·莫·坎塔克纠正，"格拉兹达和挈萨是绿圣女的血脉，马札拉来自玛瑞克家族，科兹米亚来自帕尔家族，阿扎克来自格拉扎家族，巴卡哈兹来自洛拉克家族，是西茨达拉的亲戚。这些人的父母掌管着金字塔。此外，我们还有扎克、库尔扎、乌尔兹、哈扎卡、达兹纳克、雅赫赞等贤主大人的儿子或女儿。"

"他们都是单纯漂亮的男孩女孩。"他们担任女王的侍酒期间，巴利斯坦爵士几乎认全了：梦想荣耀的格拉兹达、腼腆的马札拉、懒惰的米卡拉茨、美丽虚荣的科兹米亚、有小鹿般眼睛和天使般声音的挈萨、跳舞的达哈萨等等。"他们是孩子。"

"他们是鹰身女妖之子，血债必须血偿。"

"带来格罗莱头颅的渊凯人也这么宣称。"

"在这点上，他们没错。"

"我不会任你胡来。"

"不能碰的质子有何用？"

"或许我们可用三名孩子交换达里奥、英雄和乔戈。"巴利斯坦爵士妥协，"陛下——"

"——不在场。该做什么你我必须承担。你知道我是对的。"

"雷加王子有两个孩子，"巴利斯坦爵士告诉他，"雷妮丝是个小女孩，伊耿更是襁褓中的婴儿。泰温•兰尼斯特夺取君临后，他的人杀了他们，他用猩红袍子包住血淋淋的尸体，献给新王。"劳勃说了什么？他哈哈大笑吗？巴利斯坦•赛尔弥在三叉戟河战役中身负重伤，没能目睹泰温公爵献礼，但他时常想象。若我看到他对雷加孩子的残躯发笑，这世上无人能阻止我杀了他。"我不会谋害孩童。你必须接受这点，否则我退出。"

斯卡拉茨轻笑，"好个顽固的老头。你那些漂亮的男孩最终会长成鹰身女妖之子。现在不杀，日后也要杀。"

"惩罚是为其已犯之罪，非为将行之恶。"

圆颅大人从墙上摘下一把斧子，细细查看，勉强答应："行，不伤害西茨达拉和质子们。满意了，祖父爵士？"

此事不可能让我满意。"行。狼时，记住了。"

"我不会忘，爵士先生。"尽管黄铜蝙蝠的嘴没动，但巴利斯坦爵士感到面具下绽放的笑容，"坎塔克等今夜等得太久了。"

我就怕这个。如果西茨达拉国王是无辜的，他们所做之事无异于叛国。他怎可能无辜？赛尔弥亲耳听见他劝丹妮莉丝品尝毒蝗虫，并令手下屠龙。如果我们无所作为，西茨达拉会杀了龙，打开城门，迎接女王的敌人。我们别无选择。然而纵然千般排解，老骑士总觉此事无荣誉可言。

漫漫长日慢如蜗牛。

巴利斯坦爵士知道，西茨达拉国王正在别处和瑞茨纳克·莫·瑞茨纳克、马格哈兹·佐·洛拉克、格拉茨旦·卡拉勒及其他弥林贵族商讨如何答复渊凯……但他不再是幕僚团的一员，也不再守护国王。他要做的只是从上到下巡视大金字塔，确保卫兵们坚守岗位。此事会花费他大半个上午，下午的时光他和孤儿们一起度过，甚至拿起剑盾，亲自操练年长的孩子。

一些孩子在丹妮莉丝·坦格利安解放弥林、打碎枷锁之前接受过斗技士训练，无须巴利斯坦爵士教导，也熟悉剑、矛和战斧，其中有几个甚至可能准备好了。例如蛇蜥群岛的男孩图科·李霍。他的肤色黑如学士墨汁，但他敏捷强壮，用剑的天赋是赛尔弥自詹姆·兰尼斯特以来所仅见。还有外号"鞭子"的拉瑞克。巴利斯坦爵士不认同他的战斗方式，但无法否认他的技艺。要掌握正派的骑士武器——剑、长枪和钉头锤——拉瑞克还要花些年头，但他的鞭子和三叉戟有致命的杀伤力。老骑士曾警告他鞭子对全副武装的敌人没用……直到看见拉瑞克用鞭子缠住对手的腿，猛力拽倒。他还不是骑士，却是凶猛的战士。

拉瑞克和图科是他最好的孩子，之后还有那位拉扎男孩，其他男孩管他叫红羊，他打起来有些有勇无谋。或许那三兄弟也成，那三名出身低微的吉斯卡利孩子，为父还债被卖成奴隶。

这就有了六人。二十七人中的六人。赛尔弥本期待有更多苗子，不过六人也是个好开始。其他男孩大都太小，对织布机、犁头和夜壶比对剑盾熟悉，但他们很用功，学得也快。让他们当几年侍从，或许他可为女王再献上六名骑士。至于那些永远不能做好准备的，嗯，并非每个男孩都能成为骑士。国家也需要蜡烛工、旅店老板和武器师傅。在这点上，弥林和维斯特洛并无二致。

巴利斯坦爵士看着孩子们训练，思忖是否该当场册封图科和拉瑞克为骑士，或许再加上红羊。必须由骑士来册封骑士，而今晚若有不测，到明天他已一命呜呼或进了地牢，届时谁来册封他的侍从们呢？但另一方面，年轻骑士的名誉至少部分和授予他骑士头衔的人相关，若众人皆知这些孩子由叛徒册封，那对他们没好处，甚至会连累他们坐牢。他们应当有更好的待遇，巴利斯坦爵士最后决定，长命的侍从总比短命的污点骑士好。

暮色渐深，他让孩子们放下武器集合，讲述了骑士的意义。"骑士的精髓是骑士精神，不是剑。"他说，"没有荣誉，骑士便和杀手无异。宁为荣誉死，也不能抛弃荣誉苟延性命。"孩子们奇怪地看着他，但终有一天他们会明白。

随后，巴利斯坦爵士回到金字塔顶端，找到埋首于书堆和卷轴中的弥桑黛，"今晚待在这儿，孩子，"他说，"无论发生什么，无论你看见或听见什么，不要离开女王的寝宫。"

"小人明白，"女孩说，"小人能否问——"

"最好别问。"巴利斯坦爵士独自走到露台花园。我不是干这个的料，看着脚下铺展的城市，他心想。金字塔正逐个苏醒，灯笼和火炬赋予它们生命，阴影则在其下的街道汇聚。阴谋诡计，谎言圈套，密中之密，我竟置身其中。

或许他应该习惯，因为红堡也有无尽的秘密。甚至雷加也是。龙石岛亲王从未像信任亚瑟·戴恩那样信任他，赫伦堡的事就是明证。在那错误的春天。

回忆依旧苦涩。河安老伯爵造访弟弟——御林铁卫的奥斯威尔·河安爵士——后突然宣布举办比武会。伊里斯王听信瓦里斯的谗言，以为儿子密谋篡位，河安的比武会是场阴谋，雷加将在此大会诸侯。伊里斯自暮谷城事变后就没踏出红堡一步，却宣布要陪雷加王子去赫伦堡参赛，此后一切都失控了。

若我是个更好的骑士……若我能在决胜战中将王太子挑落马下，若由我来选择爱与美的皇后……

雷加选择了临冬城的莱安娜•史塔克，巴利斯坦•赛尔弥会做出完全不同的选择。不是王后，她没出席；也非多恩的伊莉亚，尽管她善良温柔，若雷加选她，七国将避免多少战争和灾难；他会选择一位进宫不久的少女，她是伊莉亚的女伴……然而，与亚夏拉•戴恩相比，多恩公主也黯然失色。

事隔多年，亚夏拉的音容笑貌仍然历历在目，巴利斯坦爵士只要闭上眼睛就能看见她：长长的黑发披在肩头，紫色的双眸让人流连。丹妮莉丝有同样的眼睛。有时女王看着他，他觉得自己看到了亚夏拉的女儿……

但亚夏拉的女儿早就胎死腹中，没多久他美丽的女士也跳下高塔，那是出于失去孩子的伤心欲绝，还是因为在赫伦堡玷污她名誉的男人？她至死不知巴利斯坦爵士的感情。她怎会知道？他是御林铁卫的骑士，发誓终身不娶，对她倾诉爱意毫无益处。但保持沉默也无益处。若我将雷加挑落马下，为亚夏拉戴上爱与美的后冠，或许她就会注意我，而非史塔克？

他永远没法知道了。在巴利斯坦•赛尔弥的所有失败中，没有哪次让他这样耿耿于怀。

天空乌云密布，空气闷热潮湿，让人喘不过气，还让巴利斯坦爵士脊柱刺痛。要下雨了，他心想，风暴将至。不是今晚，便是明日。他不知自己能否活着见到这场暴雨。若西茨达拉也有八爪蜘蛛，我无异于自寻死路。即便如此，他也要手握长剑，跟在世时一样。

最后一缕天光于西方消散，湮没在奴隶湾中的船帆后时，巴利斯坦爵士回房唤来两名仆人烧洗澡水。午后的炎热中和侍从们对打让他一身污渍臭汗。

水只是温热，但赛尔弥在澡盆里直待到水变凉，皮肤也搓得生痛。沐浴一新后，他起来擦干身体，换上一身白衣：长袜，内衣，丝绸外衣，加垫夹克，都刚刚浆洗漂白过。在白衣外，他披上女王为表尊敬赏赐的盔甲。锁甲镀金，手艺精湛，连接处柔软如上等皮革；板甲上釉，硬如坚冰，亮似新雪。他腰间系上黄金搭扣的白色皮剑带，一边佩匕首，一边佩长剑。准备就绪后，他取下长长的白披风，系在肩头。

他没戴头盔，因为狭窄的视孔会影响视线，而他需明察秋毫。金字塔内的厅堂夜间一片漆黑，敌人可能从任何方位出现。而且头盔上装饰的龙翼看起来富丽堂皇，却太容易招来剑斧的攻击。七神允许的话，他宁愿戴它参加下一次比武会。

老骑士全副武装后，坐在女王寝宫隔壁阴暗的小房间里静静等待。他服务过也辜负过的国王们的脸浮现在面前的黑暗中，还有御林铁卫里并肩战斗过的弟兄。他琢磨他们会不会做出一样的选择。有些人会，但不是所有人。有的人会将圆颅大人视为叛徒，毫不犹豫地击杀。金字塔外开始下雨，巴利斯坦爵士坐在黑暗中倾听。就像泪水，他心想，就像死去国王的呜咽。

动身吧。

弥林大金字塔是仿照吉斯大金字塔建造的，长腿洛马斯游览过后者的庞大废墟，那些红色大理石大厅已成为蝙蝠和蜘蛛的巢穴。和前辈一样，弥林大金字塔也有三十三层，据说这个数字对吉斯众神而言是神圣的。巴利斯坦爵士踏上向下的漫长阶梯，白披风在身后翻飞。他走仆人阶梯，而非纹理鲜明的大理石砌成的主阶梯，仆人阶梯隐藏在厚厚的砖墙中，狭窄、陡峭、简朴。

走下十二层，他遇见等候的圆颅大人，对方粗犷的面容依旧隐藏在清晨戴的吸血蝙蝠面具下。六名兽面军跟他一起，带着一模一样的昆虫面具。

是蝗虫，赛尔弥认出。"格罗莱，"他说。"格罗莱。"一名蝗虫回答。

"需要的话，我有更多蝗虫。"斯卡拉茨说。

"六个够了。守门的怎么办？"

"是我的人，不会找你麻烦。"

巴利斯坦爵士紧扣住圆颅大人的胳膊，"若非必要，不能流血。明日天亮，我们就召开议会，向全城宣布我们的所作所为及其理由。"

"行。祝你好运，老头。"

他们就此分开。兽面军随巴利斯坦爵士继续下行。

国王的套房在金字塔正中央，十六层和十七层之间。赛尔弥到达后，发现通往金字塔内部的门被铁链锁住，由两名兽面军看守。他们的面具隐在拼布斗篷的兜帽下，一个是老鼠，一个是公牛。

"格罗莱。"巴利斯坦爵士说。

"格罗莱，"公牛回答，"右边第三个大厅。"老鼠打开铁链。巴利斯坦爵士一行踏入一条由黑红砖块砌成、狭窄的仆人走廊，墙上燃着火把。伴黑暗中回荡的脚步声，他们快步经过两个大厅，进入右边第三个大厅。

铁皮站在国王套房的雕花硬木门外。作为一名年轻的斗技士，他还算不上一流。他脸颊和眉头文着黑绿相间错综复杂的文身，那是一种古老的瓦雷利亚巫术符号，据说能让他的皮肉坚硬如铁。他的胸口和手臂也爬满这种符号，尽管这东西有没有效还未可知。

即便没文身，铁皮看起来依然可畏——他年轻、瘦削、结实，比巴利斯坦爵士还高半尺。"谁？"他高喊，手中长斧向旁一挥拦住去路。当他看到巴利斯坦爵士及其身后的蝗虫兽面军，便放低武器。"老爵士。"

"国王方便的话，我要立刻和他谈谈。"

"现在太晚。"

"的确很晚，但事发紧急。"

"我去问问。"铁皮用斧柄敲敲国王套房的大门。一个孔洞打开,露出一只孩子的眼睛。孩子出声询问,铁皮据实通报。巴利斯坦爵士听见沉重的门闩撤去,门打开了。

"只能你进去,"铁皮说,"兽面军在这儿等。"

"好的。"巴利斯坦爵士冲蝗虫们点点头,其中之一也点头回应。赛尔弥孤身一人走进门内。

没有窗户的房内一片漆黑,周围尽是八尺厚的砖墙。国王把这里打造得宽敞奢华,黑橡木大梁支撑着高高的天花板,地面铺着魁尔斯丝绸地毯,墙上挂满价值连城的挂毯。这些古旧褪色的挂毯描绘了古吉斯帝国的辉煌,其中最大那幅展示了战败的瓦雷利亚大军最后的幸存者身戴镣铐从锁链下走过。通往国王卧房的拱廊旁摆了一对檀香木恋人,精雕细刻,光滑油亮,巴利斯坦爵士觉得它们令人心慌意乱,无疑它们就是为此而造的。越早离开这地方越好。

一个铁火盆是唯一的光源,火盆旁站着两名女王的侍酒,达卡兹和挈萨。"米卡拉茨去叫醒国王了,"挈萨道,"来点酒么,爵士先生?"

"不用,谢谢。"

"您可以坐下。"达卡兹指指椅子。

"我还是站着吧。"他听到拱廊内的卧室传出声音,其中有国王的。

过了好一会儿,高贵的西茨达拉·佐·洛拉克十四世国王才打着哈欠走出来,边走边系袍子。他的绿锦缎睡袍镶满珍珠和银线,睡袍之下一丝不挂。很好。一丝不挂让人脆弱,不太会拼个鱼死网破。

巴利斯坦爵士瞥见拱廊对面的轻纱帘幕后站着一个女人,也是赤身裸体,胸脯和臀部在鼓动的丝绸后若隐若现。

"巴利斯坦爵士。"西茨达拉又打个哈欠,"现在什么时辰?

有我亲爱的女王的消息?"

"没有,陛下。"

西茨达拉叹口气,"拜托,是'圣主'。虽然这个时辰,'梦主'或许更合适。"国王走向橱柜,想为自己倒杯酒,却发现酒壶里的酒所剩无几。他脸上闪过一丝恼怒,"米卡拉茨,酒,马上。"

"是,圣上。"

"带达卡兹一起去。一壶青亭岛的金色葡萄酒,一壶红葡萄甜酒,拜托,不要拿本地产的黄尿。还有,再让我发现酒壶空了,小心你们那漂亮粉嫩的脸蛋挨鞭子。"男孩匆忙跑出去,国王转回赛尔弥,"我梦见你找到了丹妮莉丝。"

"梦会说谎,陛下。"

"该说'我的明光'。你究竟为何在这个时辰来找我,爵士?城里出乱子了?"

"城里风平浪静。"

"是吗?"西茨达拉一脸迷惑,"你到底为何而来?"

"来问您一个问题,圣主。您是鹰身女妖么?"

酒杯从西茨达拉指间滑落,跌在地毯上,滚了几圈。"你深夜造访我的卧室是来问这个?你疯了?"国王突然注意到巴利斯坦爵士一身戎装。"什么……怎……你怎敢……"

"是您下的毒吗,圣主?"

西茨达拉国王退后一步。"那些蝗虫?那……那是多恩人所为。昆廷,那个自称的王子,不信你去问瑞茨纳克。"

"您有证据吗?瑞茨纳克有吗?"

"没有,不然就把他们抓起来了。或许我早该抓捕他们。马格哈兹肯定能从他们口中掏出供词。毫无疑问,他们是下毒者,瑞茨纳克说这帮多恩人崇拜毒蛇。"

"他们吃蛇。"巴利斯坦爵士说,"那是您的竞技场,您的包厢,您的座位。冰酒和软靠垫,无花果、甜瓜与蜂蜜蝗虫。您提供了一切。您劝女王陛下品尝蝗虫,自己却一个也没吃。"

"我……我不喜欢香辛料。她曾是我的妻子,我的女王,我有什么理由害她?"

她曾是。他相信她死了。"那得问您自己,圣主,或许您迫不及待想让另一位女人取代她。"巴利斯坦爵士冲那名在卧房内羞怯地向外偷瞧的女孩扬扬头,"是那位吗?"

国王慌乱地向四周看,"她?她什么都不是,只是个床奴。"他举起双手,"我失言了,她并非奴隶,而是女自由民,精通房中术的女自由民。国王也有需求啊,她……她不关你事,爵士。我永远不会伤害丹妮莉丝,永远不会。"

"您劝说女王品尝蝗虫,我听见的。"

"我以为她会喜欢,"西茨达拉又退后一步,"又甜又辣。"

"又甜又辣又有毒。我还亲耳听到你命竞技场内的人屠龙,你冲他们大喊。"

西茨达拉舔舔嘴唇,"那畜生吞噬了巴尔塞娜。龙吃人肉!它杀害、烧死……"

"……那些要加害女王的人。十之八九是鹰身女妖之子,您的朋友。"

"不是我的朋友。"

"您话是这么说,可您让他们住手他们就住手。若您并非他们中的一员,他们干吗听您的?"

西茨达拉摇着头,这次没回答。

"说实话,"巴利斯坦爵士追问,"您爱过她吗,即便一点点?还是说仅仅为了满足权力欲?"

"欲望?你敢对我说欲望?"国王的嘴愤怒地扭曲,"我的确有权力欲,哈……但不及她对那佣兵欲望的一半。没准就是她那宝贝团长下的毒,因为她抛弃了他。如果我也吃下蝗虫,哼,更遂了他的愿。"

"达里奥会杀人,但不会下毒。"巴利斯坦爵士逼近国王,"您是鹰身女妖么?"这次他的手放在剑柄上,"说实话,我保证让您死得干净利落。"

"你想得太多了,爵士。"西茨达拉叫道,"我回答过问题,也想好怎么处置你了。你被放逐了,马上离开弥林,我可以饶你一命。"

"若您不是鹰身女妖,告诉我他的名字。"巴利斯坦爵士长剑出鞘,利刃映着火盆光,像是一线橙色炽火。

西茨达拉受不了了,"克拉兹!"他一边尖叫,一边跌跌撞撞地跑回卧室,"克拉兹!克拉兹!"

巴利斯坦爵士听见左侧有扇秘门打开,转身看见克拉兹从一幅挂毯后出现。这位前战奴移动缓慢,还没全醒,手握一把特别的武器:又长又弯的多斯拉克弯刀。这武器适合砍杀,在马背上能给对方造成又深又长的伤口。在竞技场和战场上,对上半裸的敌人的确有效。但在这种狭小的空间,弯刀的长度成了劣势,况且巴利斯坦爵士全身盔甲。

"我为西茨达拉而来,"骑士说,"放下武器,站到一旁,我不会伤害你。"

克拉兹哈哈大笑:"老头,我要吃了你的心。"两人身高相差无几,但克拉兹比骑士重两石、年轻四十岁。他皮肤苍白,有双死人眼和一簇从额头到后颈、直立的红黑头发。

"那就来吧。"无畏的巴利斯坦说。

克拉兹来了。

这一整天,赛尔弥头一次安心。这才适合我,他暗想,就着烛耳的钢铁之歌舞蹈,手握长剑,面对强敌。

斗技士速度极快,快到惊人地步,可谓巴利斯坦爵士毕生所见最快的对手。他那双大手把亚拉克弯刀舞得眼花缭乱,带起阵阵呼啸之声,铁光织成的风暴仿佛同时从三面袭向老骑士。绝大部分杀招指向骑士的头。克拉兹不傻,没戴头盔的赛尔弥颈项以上毫无防护。

他冷静防守,用长剑荡开每一下劈砍。兵刃交击声连绵不断。巴利斯坦爵士向后退,眼角余光看到侍酒们的眼睛瞪得跟鸡蛋一样又白又大。克拉兹咒骂着将一招高砍变为低斩,终于突破老骑士的防守,却只徒劳地砍在骑士的白胫甲上。赛尔弥的反击砍中斗技士左肩,割开亚麻细布,切入肌肉。克拉兹的黄外套染成粉红,然后是鲜红。

"懦夫才躲在铁甲里。"克拉兹一边绕圈一边叫嚣。竞技场里没人穿盔甲,观众要欣赏鲜血、死亡、肢解和临终前的痛苦惨叫,那是猩红沙地上的音乐。

巴利斯坦爵士随对手转身,"这个懦夫要宰了你,爵士。"对方不是骑士,但他的勇气赢得了巴利斯坦的尊重。克拉兹不懂如何与穿盔甲的人战斗,巴利斯坦爵士从他眼中看出怀疑、困惑和一丝恐惧。斗技士狂哮着又扑上来,似乎想用声音杀死钢铁无法击倒的对手。亚拉克弯刀上下翻飞。

赛尔弥只挡住那些砍向脑袋的攻击,其余的任其砍在盔甲上,同时,他的剑锋将斗技士的脸从耳朵割到嘴唇,又在对方胸口留下一道血红伤口。鲜血从克拉兹的伤口涌出,这让他更疯狂。他用没拿刀的手抓住火盆抛出,灰烬和烧红的炭散落在赛尔弥脚边,巴利斯坦爵士跃开这些阻碍。克拉兹的弯刀随即砍在爵士的胳膊上,却只砍掉铁甲上坚硬的彩釉。

"在竞技场你这条胳膊已经卸掉了,老头。"

"我们不在竞技场。"

"脱下铠甲!"

"放下武器还不晚。投降吧。"

"去死。"克拉兹啐了一口……但他举起弯刀,刀尖却钩住了一幅挂毯,对巴利斯坦爵士而言,这个机会足够了。骑士划开斗技士的肚子,反手挡开挣脱束缚的亚拉克弯刀,随后伴着一团如油腻的鳗鱼般流出的肠子,一剑穿心结果了对方。

鲜血和内脏弄脏了国王的丝绸地毯。赛尔弥后退一步,手中长剑一半已鲜血淋漓,煤块散落的地方开始冒烟。他听到可怜的挈萨在抽泣。"别怕,"老骑士说,"我不会伤害你们,孩子。我只要国王。"

他用挂毯擦净剑上的血,追入卧室,找到高贵的西茨达拉·佐·洛拉克十四世。他藏在一幅挂毯后低声呜咽。"放过我,"他乞求,"我不想死。"

"没人想死。但无论如何,凡人皆有一死。"巴利斯坦爵士收起长剑,把西茨达拉拎起来。"走吧,我送你去囚室。"兽面军应已缴了铁皮的械。"女王回来之前,你是囚犯。只要没有明确的证据,你都不会受伤害,我以骑士的名誉向你保证。"他抓住国王的胳膊,带他出卧室,自觉恍恍惚惚,像是喝多了酒。我曾是御林铁卫,我现在在做什么?

米卡拉茨和达卡兹带着西茨达拉的酒回来,站在门口,怀抱酒壶,无辜的眼睛直勾勾地瞪着克拉兹的尸体。挈萨还在哭,杰兹妮出来安慰。她抱着小女孩,抚摸头发。另几名侍酒也在一旁观望。"圣上,"米卡拉茨报告,"高贵的瑞茨纳克·莫·瑞茨纳克让我通——通知您,要您马上去,"

男孩如常称呼国王,好似巴利斯坦爵士不在场,好似地毯上没有摊开的尸体,生命的鲜血也没缓缓地浸红丝绸。按计划,斯卡拉茨应拿下瑞茨纳克,直到我们确定他的忠诚。难道出了岔子?"去哪儿?"巴利斯坦爵士问男孩,"总管让陛下去哪儿?"

"去外面。"米卡拉茨像是刚看到他,"外面,爵士先生。去露——露台。快去看。"

"去看什么?"

"龙——龙——龙,龙被放出来了,爵士。"

七神拯救我们,老骑士在心里呐喊。

驯龙者

长夜拖着黑色的脚步缓缓走过。蝠时让位于鳗鱼时,鳗鱼时让位于鬼时。王子躺在床上,瞪着天花板,难以成眠,不禁浮想联翩,回忆往事,思考未来。他在亚麻布薄被下辗转反侧,心绪为血与火的念头搅得沸腾不安。

最终,昆廷·马泰尔放弃了休息的打算,去书房给自己倒了杯葡萄酒,摸黑一饮而尽。甘甜的酒抚慰了舌头,于是他点起蜡烛,又倒一杯。酒能助我入眠,他安慰自己,但心知这是自欺欺人。

他久久注视着烛火,然后放下杯子,手掌悬在火焰上。他用尽全部意志力强迫自己放低手掌,但火苗刚舔到手心,他立刻抽回手,吃痛得尖叫起来。

"昆廷,你疯了?"

不,我只是害怕。我不想被烧死。"盖里斯?"

"我听见你走动。"

"我睡不着。"

"烧伤自己就能睡着?那是热牛奶和摇篮曲的活儿。或者来点刺激的,我带你去圣恩神庙,给你找个姑娘。"

"妓女?"

"她们在这叫圣女,穿不同颜色的衣服,红色的才能上。"盖里斯坐到桌子对面,"要我说,家乡的修女该好好学一学。你可注意到老修女像干巴巴的李子?一辈子不跟男人上床就会成那样。"

昆廷瞥了外面的露台一眼,树丛间夜色浓重,他听见水滴落地的轻柔声音。"下雨了?你找不到妓女。"

"不会的。那些欲园建着精致的寓所，她们每晚都在里面等待，直到被男人挑走。没人挑的会等到天亮，孤独又无助。我们正好去安慰她们。"

"你是说，她们正好安慰我吧。"

"也可以这么说。"

"我不需要这种安慰。"

"我保留意见。丹妮莉丝·坦格利安并非世上唯一的女人，你想以处男之身去死吗？"

昆廷根本不想死。我想回到伊伦伍德城，亲吻你那两个妹妹，迎娶关妮赛·伊伦伍德，看她出落得亭亭玉立，并与她孕育子嗣。我想骑着骏马参加比武大会，想去野外放鹰打猎，想去诺佛斯探望母亲，想去诵读父亲送我的书。我想要克莱图斯、小威和凯德里学士活过来。"你认为，丹妮莉丝乐意听到跟我和妓女上床？"

"说不定咧。男人固然喜欢处女，但女人喜欢有技巧的男人。那是另一种剑术，熟能生巧。"

这奚落刺痛了他。遇到丹妮莉丝·坦格利安之前，在向她求婚之前，昆廷从未觉得自己如此幼稚。与她上床的想法和她的龙一样让他惊恐。满足不了她怎么办？"丹妮莉丝有个情夫。"他防御性地答道，"父亲不是送我来满足她的鱼水之欢的。你清楚我们为何而来。"

"你没法娶她，她有丈夫啦。"

"她不爱西茨达拉·佐·洛拉克。"

"婚姻与爱情有何干系？这点王子应当比我清楚。据说你父亲是为爱而结婚，他幸福吗？"

几乎一点也不。道朗·马泰尔和他诺佛斯妻子的婚姻一半在分居中度过，另一半则在争吵。有人说，这是他父亲做过唯一一件草率之事，唯一一次让情感压倒理智，也因此追悔莫及。"并非所有冒险都招致毁灭，"他坚持，"这是我的责任，我的命。""你是我朋友，盖里斯，为何你只会嘲弄我的憧憬？我已经满腹疑惧，为何你还要火上浇油？"这是一场伟大的冒险。"

"伟大的冒险总会死人。"

他说得没错，故事里确实如此。英雄与朋友伙伴们启程出发，克服千难万险，最终凯旋，只是有些同伴永远回不去。可英雄不会死。我只要当英雄。"我只需要勇气，你希望多恩把我当失败者铭记么？"

"多恩不大可能铭记我们中任何一位。"

昆廷吮着手掌的烧伤。"多恩铭记着伊耿和他的姐妹。龙不会被轻易遗忘，他们同样会铭记丹妮莉丝。"

"她死了便不会。"

"她活着。"她一定得活着。"只是失踪了，我能找到她。"等我找到她，她会用看待那佣兵的眼神看待我。一旦我证明自己配得上她。

"骑龙去找？"

"我六岁就能骑马。"

"你摔下去好多次。"

"那从未阻止我回到马鞍上。"

"你从未从一千尺高空摔下。"盖里斯指出，"马也不会把骑手烤成焦骨灰烬。"

我明白这些危险。"我听够了。你可以找艘船逃回家，盖里斯。"王子站起来，吹灭蜡烛，蹑手蹑脚地摸回床，盖上被汗水浸湿的亚麻布薄被。我该早些再吻丁瓦特双胞胎中的谁，或许两个都吻。我该去诺佛斯探望母亲，那是她的出生之地，她会知道我从未忘记她。窗外的雨点不断敲打砖块。

狼时不知不觉到来，雨还在下，一股股冰冷的急流冲刷，很快会将弥林的砖块街道变成河流。三名多恩人在黎明前的寒意中吃了些东西——水果、面包和奶酪组成的简单早餐,用山羊奶冲下肚。盖里斯想给自己倒杯酒,却被昆廷阻止。"别喝酒。事成之后,有的是时间痛饮。"

"但愿如此。"盖里斯说。

大人物顺着露台向外看。"我就知道要下雨,"他有些郁闷,"骨头疼了一夜,它们总在雨前犯病。龙不会喜欢这天气,水火不容嘛。好比你升起篝火,烧得正旺,却来了场倾盆大雨,木头会变潮,火苗也会跟着熄灭。"

盖里斯轻笑出声,"龙不是木头,阿奇。"

"有些是。比如那老色鬼伊耿国王,就建了好些木头龙来征服我们,却被打得落花流水。"

这场冒险可能好不到哪去,王子心想。庸王伊耿的愚行和失败不关他事,但他仍为此满腹狐疑,踟蹰忐忑,朋友们的强颜欢笑让他更头疼。他们不明白。他们是多恩人,我却代表多恩领。多年以后,我死去以后,这件事将写入我的赞歌。他突然起立,"时间到了。"

朋友们也站起来。阿奇巴德爵士喝光山羊奶,用巨手手背擦去上唇小胡子上的残迹,"我拿戏服去。"

他拿着包裹回来,那是第二次会面时褴衣亲王给的。包裹里装着三件用无数小碎布块拼成的兜帽斗篷、三根短棍、三把短剑和三个磨亮的黄铜面具:公牛、狮子和猿。

兽面军的全套装备。"他们有暗号,"褴衣亲王交出包裹时告诫,"暗号是:狗。"

"你确定?"盖里斯问,"这可是拿命去赌。"

亲王没有闪躲,"我以我的性命担保。"

"若是有误,你的命确实不保。"

"你怎么得知暗号的？"

"我们遇到几名兽面军，梅里丝温柔地问了话。这些事王子还是不求甚解的好。多恩人，在我们潘托斯有句俗话：不要问厨师往派里加了什么，只管吃。"

只管吃。昆廷认为这话有道理。

"我扮公牛。"阿奇宣布。

昆廷把公牛面具递给他，"狮子归我。"

"给我剩个猴子。"盖里斯把猿猴面具摁在脸上。"他们戴这玩意儿怎么呼吸？"

"戴好就行。"王子没心情开玩笑。

包裹里还有根鞭子——旧皮革制的凶险家什，配有黄铜和骨质把手，能抽得公牛皮开肉绽。"这干嘛？"阿奇问。

"丹妮莉丝曾用鞭子驯服黑野兽。"昆廷盘起鞭子，挂在腰上。"阿奇，带上锤子，说不定能派用场。"

夜间进入弥林大金字塔不是件容易事。从日落到次日黎明，大门都会关闭上闩，每个入口都有卫兵把守，还有更多卫兵在能监视街道的下层露台上巡逻。卫兵从前由无垢者担任，现在换成兽面军——昆廷希望这能让情况发生变化。

太阳升起守卫换班，但三名多恩人走下仆人阶梯时，距黎明还有半个钟头。他们周围的墙壁由几十种不同颜色的砖块砌成，然而盖里斯手中火炬照不到的地方，只呈现大片灰影。长长的阶梯空无一人，唯有靴子踏在老旧砖块上擦出的轻响，在耳畔回荡。

金字塔主门朝向弥林的中央广场，多恩人走的是开在小巷的侧门。这些门原给为主人办事的奴隶开的，现用于小贩和商人进出，运送货物。

门是实心青铜，用沉重的铁条闩住。门前站了两名装备有短棍、长矛和短剑的兽面军，火炬光闪耀在磨亮的黄铜面具上——老鼠和狐狸。昆廷示意大人物待在阴影中，他和盖里斯大步上前。

"你们来早了。"狐狸说。

昆廷耸耸肩，"那我们回去好了。欢迎替我们站岗。"他知道自己说的并非标准的吉斯卡利语，但一半的兽面军是被解放的奴隶，带有世界各地的口音，所以他不会引人注意。

"才他妈不要。"老鼠叫道。

"说出白天的暗号。"狐狸说。

"狗。"多恩人回答。

两名兽面军交换眼神。在长长的三次心跳间，昆廷以为事情就此败露，美女梅里丝和褴衣亲王弄错了暗号。随后狐狸的声音含混地响起："嗯，狗，"他说，"换你们守门。"直到两人离开，王子才松一口气。

他们时间不多，真正的换岗人员无疑很快就会到来。"阿奇，"他喊道，大人物应声走出，火光照亮了公牛面具，"门闩，快点。"

铁条又粗又沉，好在润滑良好，阿奇巴德爵士抬它毫不费力。他把铁条立在地上，昆廷推开门，盖里斯走出去挥舞火把。"快进来。快点。"

屠夫的车就等在外面的小巷中。车夫轻抽骡子一鞭，车子便隆隆前行，铁框车轮碾过砖块，发出很大声音。车板上放着一只大卸八块的公牛和两头死羊。六人徒步进入，其中五人披斗篷，戴了兽面军的面具，但美女梅里丝没费心伪装。"你主人呢？"他问梅里丝。

"我没主人。"她回答。"若是指你的亲王同僚，他带了五十人就近策应。把龙带出来，他会遵守承诺，保护你平安离开。这边由卡戈指挥。"

阿奇巴德爵士失望地看了屠夫货车一眼。"这破车能塞下龙？"他问。

"应该能，它能装下两头牛咧。"屠尸手也扮成兽面军，伤痕累累的脸藏在眼镜蛇面具下，但腰间那柄熟悉的黑色亚拉克弯刀出卖了他，"据说这两只野兽比女王那只要小些。"

"深坑限制成长。"昆廷在书中读到，同样的事发生在七大王国。君临的龙穴中饲养繁殖的龙个头没能超过瓦格哈尔或米拉西斯，更别提伊耿国王的怪兽黑死神了。"铁链带够了？"

"你有几条龙？"美女梅里丝说，"我们带的铁链够捆十条，都藏在肉底下。"

"很好。"昆廷觉得头重脚轻。这一切太不真实，有时像游戏，有时又像噩梦。在梦中，他将要推开黑暗的大门，门后等待他的是恐怖和死亡，但不知为何，他无法停止。掌心满是黏滑的汗水，他在腿上蹭了蹭，"深坑外会有更多卫兵。"

"是的，"盖里斯说，"我们得准备好。"

"我已经准备好了。"阿奇道。

昆廷肚里一阵绞痛，他突然想去清清肠胃，但显然不是时候。"这边走。"他很少觉得自己如此像个男孩。他们都跟上了；盖里斯和大人物，梅里丝、卡戈及其他风吹团团员。两名佣兵从骡车某个隐秘地方拿出两把十字弓。

穿过马厩后，大金字塔底层就像迷宫，但昆廷·马泰尔随女王来过这里，记住了路。他们穿过三道巨大的砖石拱门，走下通往地下的陡峭斜坡，经过地牢、审讯室和两个极深的石砌蓄水池。他们的脚步声空洞地回荡在墙壁间，后面跟着隆隆作响的屠夫货车。大人物从墙上烛台摘下一支火炬，照亮前路。

他们最终停在沉重的双开铁门前，门上锈迹斑斑，令人生畏，缠绕它的长铁链每个铁环都有成年人手臂粗细。铁门的大小和厚度已足以令昆廷·马泰尔质疑此行是否明智，更糟的是，两边门上都有凸突，显示出里面的东西想要破门而出。厚厚的门板布满裂缝，甚至有三处爆开，左边大门上方的角落有熔化的痕迹。

四名兽面军守在门前。其中三人手握长矛，他们的军士佩带短剑和匕首。军士的面具是蛇蜥头，其他三人是昆虫。

蝗虫面具，昆廷认出。"狗。"他说。

军士身子一僵。

昆廷·马泰尔顿时意识到出了岔子。"拿下他们，"他沙哑地说，蛇蜥也于此时拔出短剑。

军士动作快，却没有大人物快，只见大人物将火把掷向最近的蝗虫，回手抽出战锤。蛇蜥的短剑刚出皮鞘，战锤已击中其太阳穴，轻松砸碎薄薄的黄铜面具和下面的血肉骨头。军士朝旁踉跄了半步，双膝一软，瘫倒在地，身体诡异地抽搐。

昆廷呆若木鸡，胃里翻江倒海。他自己的武器还在鞘中，甚至没想到伸手去拔，他只顾盯着垂死的军士，浑身颤抖。扔出的火炬落在地上，明明灭灭地燃烧，使得每个阴影都在扭曲跳跃，都在模仿抽搐的尸体。王子甚至没见蝗虫戳来的长矛，幸亏盖里斯奋不顾身地撞开他。矛尖擦过狮子面具的脸颊，这凌厉的一击几乎戳破面具。它本来会捅穿我的喉咙，王子茫然地想。

盖里斯咒骂着迎上围向他的蝗虫。昆廷听见跑步声，随即佣兵们从阴影中冲出。一名卫兵愣了一下，盖里斯趁机欺近长矛内侧，用剑尖刺向青铜面具下方，刺穿了蝗虫的喉咙。另一只蝗虫同时被十字弓射穿了胸膛。

最后一名蝗虫丢掉长矛，"投降。我投降。"

"不，你去死。"卡戈一刀砍下他的头，在瓦雷利亚钢亚拉克弯刀面前，血肉、软骨和骨骼如同板油。"太吵了，"他抱怨，"长耳朵的都听见了。"

"狗。"昆廷说，"白天的暗号是狗。为何不让通过？我们知道……"

"我们知道你的计划是发疯,不是吗?"美女梅里丝道,"做你该做的事。"

龙,昆廷王子心想,没错,来这是为了龙。他觉得自己病了。我在干吗?父亲,这是为什么?四个人顷刻间毙命,为什么?"为了血与火,"他呢喃道,"血与火。"鲜血汇聚脚下,缓缓渗入砖地。火就在大门彼方。"锁链……我们没钥匙……"

"我有。"阿奇说罢奋力抡起战锤,击中锁头,火星四溅。一下,一下,再一下,第五下时,锁头碎了,锁链落到地面发出巨大的哗啦声,昆廷确信半座金字塔的人都听到了。"赶上骡车。"填饱肚子的龙会变得温顺一些。让它们先享用绵羊吧。

阿奇巴德•伊伦伍德抓住铁门,向两旁拉开。生锈的合页又发出两声尖叫,将破锁时没吵醒的人统统吵醒。热浪突然袭来,裹挟着灰烬、硫黄和焦肉的味道。

门后是一片深邃、饥渴的黑暗,仿如活物,虎视眈眈。昆廷感到有东西潜伏在黑暗中,盘踞,等待。战士,请赐予我勇气,他祈祷。他不想来这里,但别无选择。不然丹妮莉丝为何带我来看龙?她想让我证明自己。盖里斯递给他一支火炬,他踏进铁门。

绿色那条是雷哥,白色那条是韦赛利昂,他提醒自己。用名字命令它们,语气平静坚决。驾驭它们,如同丹妮莉丝在竞技场驾驭卓耿。女孩孤身一人,衣衫不整,却毫无畏惧。我不能怕。她做到的,我也能。最最重要的是不流露惧意。动物可以嗅出恐惧,而龙……他对龙有什么了解?谁了解龙?龙绝迹了一个多世纪。

深坑边缘就在前方不远处。昆廷缓缓前进,火炬左右挥舞。墙壁、地面和天花板吸收了光线。它们被烧焦了,他看出来,砖块烧黑,碎成斋粉。走一步,空气就热一分。他开始流汗。

两只眼睛在面前升起。

两只青铜色眼睛，比磨亮的盾牌更亮，由于自身的热度闪烁着。龙的鼻孔冒出青烟，在燃烧的双眼前笼上一层雾。昆廷手中火炬的光亮扫过暗绿龙鳞，那种绿犹如黄昏时森林深处的青苔，在最后一缕阳光消逝前的色彩。龙忽然张嘴，光和热一同袭来。在一排尖利的黑牙后，昆廷瞥见熔炉般的光景，只是那沉睡的火焰比他手中火炬明亮百倍。龙头大过马头，龙颈不断伸长，犹如巨大的绿蟒展开身体，直到那对灼热的青铜色眼睛俯视着昆廷。

绿色，王子心想，绿色龙鳞。"雷哥……"他的声音卡在嗓子里，只发出断断续续的低吟。青蛙，他想着，我又变成青蛙。"食物，"他记起，"拿食物，"他嘶哑地说。

大人物听到他吩咐，便拽住一只羊的两条腿，将其从车上拖下，旋转着扔进深坑。

雷哥在空中接住羊。他的头猛然扭转，口中射出一道火矛，犹如夹杂着绿色纹路的橙黄风暴。绵羊下落前便已烧焦，焦黑的兽尸还未触到砖地，龙牙已咬上来。羊肉带着一圈微弱的火焰，空中满是烤羊毛和硫黄的恶臭。魔龙的恶臭。

"我以为有两条。"大人物说。

韦赛利昂。没错。韦赛利昂在哪儿？王子放低火把，照亮昏暗的低处。他看到绿龙在撕咬冒烟的绵羊尸体，进食时长尾巴不断甩动，脖子上厚重的铁项圈清晰可见，项圈还悬着三尺长的断裂铁链，破碎的铁环——它们部分融化了，形状扭曲——散落在堆满焦骨的深坑地面。我上次来，雷哥还被墙壁和地面的链子拴着，王子想起，但韦赛利昂倒挂在天花板上。昆廷猛然后退一步，举起火炬，仰头看去。

有那么一会儿，他只见被龙焰烧黑的砖石拱顶，接着一溜灰尘引起了注意，暴露了白龙的行藏。某个苍白形影就在那里，半遮半掩，微微颤动。他给自己挖巢穴，王子明白了，砖头中挖出的巢。

弥林大金字塔的地基厚重坚固，足以支撑庞大的建筑，它的内墙有七大王国大城堡的外墙三倍厚。韦赛利昂在墙上用火焰和爪子挖出一个足够睡进去的洞。

我们刚刚吵醒了他。魔龙像白色巨蛇一样在墙内展开，占据了天花板。更多灰烬飘洒，摇摇欲坠的砖块纷纷掉下。巨蛇变出脖子和尾巴，然后是长角的龙头，他的双眼在黑暗中闪闪发光，犹如金黄的煤炭。他的双翼咔咔作响，猛然打开。

昆廷的脑海一片空白。他听到屠尸手卡戈冲手下佣兵大喊。铁链，他派人去拿铁链，多恩王子想。计划是喂饱两只野兽，趁他们不备用铁链锁住，跟女王做过的一样。一条龙足矣，幸运的话两条都能到手。

"再拿肉。"昆廷说。吃饱的野兽会变迟钝。他在多恩见过人们这样抓蛇，但在这里，面对这些怪物……"拿……拿……"

韦赛利昂飞下天花板，打开的白色革翼硕大宽广。破碎的铁链挂在他脖子上，剧烈摇摆。他的火焰点亮了深坑，那是夹杂着血红与橙黄的淡金火柱，那对白翅膀的拍打在陈腐的空气中搅起一团灰烬和硫黄。

一只手抓住昆廷的肩膀，他手中火炬跌到地上，弹开，燃烧着滚落深坑。他发现自己面对着一只黄铜猿猴。盖里斯。"小昆，这行不通，他们太野了，他们……"

龙落到多恩人和大门之间，发出能让一百头狮子没命逃窜的狂啸。他左右摇晃脑袋，把入侵者看来看去——多恩人、风吹团员、卡戈——最后久久地停在美女梅里丝身上，一边喷着鼻息。女人，昆廷发觉，他知道她是女人。他在寻找丹妮莉丝，寻找他的母亲，却不知她为何不见了。

昆廷挣脱盖里斯。"韦赛利昂，"他高喊。白色那条是韦赛利昂。一时间他真怕自己弄错。"韦赛利昂。"他又喊一遍，摸索着腰间的鞭子。她用鞭子驯服黑龙，我只需效仿她。

龙知道自己的名字，他转过头，视线在多恩王子身上停驻了三个心跳。苍白的火焰在闪亮匕首般的黑牙后燃烧，他的眼睛是两汪溶金湖泊，烟从他鼻孔升腾。

"坐下。"昆廷边喊边咳，喊完又咳了一声。

烟雾和硫黄的恶臭如此浓重，令人窒息。韦赛利昂对他失去了兴趣，转身面向风吹团员，蹒跚着走向大门。或许他闻到死去卫兵的鲜血和屠夫货车里的鲜肉，也或许他只是看到门开了。

昆廷听见佣兵们的喊叫。卡戈要某人递给他铁链，美女梅里丝尖叫着要某人闪开。魔龙在地上笨拙地移动，好像四肢匍匐前进的人，但速度超乎多恩王子想象。避让不够快的风吹团团员挡了路，韦赛利昂发出又一阵狂啸。昆廷听见铁链哗啦声，随后是十字弓轻响。

"不。"他尖叫，"不！住手！住手！"但太迟了。这帮白痴！他看到箭头从韦赛利昂的脖子上弹开，消失在暗处时，只来得及冒出这一个念头。一条火线点燃了黑暗——那是闪耀着金红光芒的龙血。

十字弓手摸索着填装箭矢，龙却已咬住他的脖子。弓手戴着狰狞的黄铜老虎面具，此刻扔下武器，试图掰开韦赛利昂的嘴。火焰从老虎嘴里灌进去，随着几声轻柔的爆炸，男人的眼球炸开了，眼球周围的黄铜开始融化。魔龙扯下大半个人头，一边吞咽，一边吐火烤熟地上的尸体。

其他风吹团团员不断后退，这场面连美女梅里丝都受不了。韦赛利昂长角的头在食物和佣兵们之间转来转去，但不久后忽略了佣兵，弯下脖子，从尸体上又扯下一块肉。这次是小腿。

昆廷解开鞭子。"韦赛利昂。"他抬高声调。他能做到，他可以做到，父亲将他送到世界尽头，就是为这个。他不能让父亲失

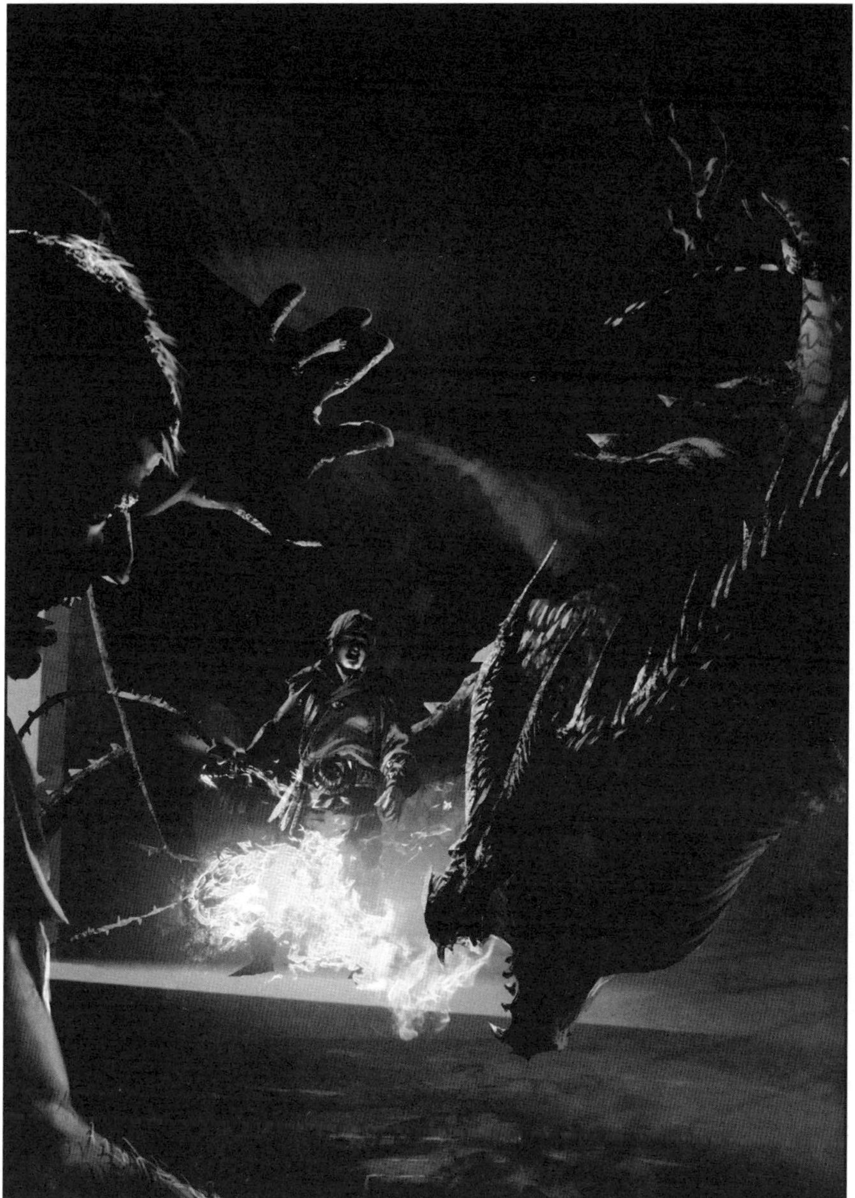

望。"韦赛利昂！"鞭子破空发出清脆声响，回荡在烧焦的墙壁间。

苍白的龙头抬起来，巨大的金眼猛然收缩，缕缕青烟从龙鼻中袅袅上升。

"坐下。"王子命令。不能让他嗅出你的恐惧。"坐下，坐下，坐下！"他抡圆鞭子，抽了龙脸一鞭。韦赛利昂嘶吼着。

一股突来的热风席卷了他，他听见皮革翅膀拍打，周围扬起漫天灰烬和煤渣，接着一声惊天动地的巨吼回荡在焦黑的砖石建筑中。他的朋友在疯狂叫喊。盖里斯一遍又一遍地喊他的名字，大人物则用尽全力咆哮："背后，背后，你背后！"

昆廷转身，举起左手挡住扑面袭来的、地狱般的炙热熏风。雷哥，他提醒自己，绿色那条是雷哥。

他举起鞭子，却发现鞭子烧着了，手也烧着了。他全身、全身都烧着了。

噢，他心想，随后厉声惨叫。

琼恩

"让他们自生自灭。"赛丽丝王后道。

不出琼恩•雪诺所料,这位王后从不让人失望。但这仍令他备受打击。"陛下,"他顽固地说,"几千人在艰难屯忍饥挨饿。其中很多女人——"

"——还有孩子,是的,很可怜。"王后把女儿拽近了一些,亲吻脸颊。没被灰鳞病侵蚀的那边脸,琼恩没放过这细节。"我当然为小家伙们感到遗憾,但不能因此失去理智。我们没有多余的食物,他们又太小,帮不了我夫君打仗。他们最好是在光明中重生。"

换言之,不闻不问。

房间很拥挤。希琳公主站在母亲的座位旁,补丁脸盘腿坐在她脚边。亚赛尔•佛罗伦爵士站在王后身后。亚夏的梅丽珊卓靠近炉火站立,喉头红宝石随呼吸脉动。红袍女也带着随从——侍卫戴冯•席渥斯及两名国王留给她的护卫。赛丽丝王后的护卫沿墙站立,个个都是闪亮的骑士:梅格罗恩爵士、贝内索恩爵士、纳伯特爵士、派崔克爵士、多尔顿爵士和布鲁斯爵士。由于太多嗜血的野人涌入黑城堡,赛丽丝日夜都带着卫队。巨人克星托蒙德听说后报以咆哮:"她怕我们偷她吗?但愿你没告诉她我那话儿有多大,琼恩•雪诺,女人听了会吓软的。我还真想给自己找个长胡子的女人。"说完他放声大笑,笑得前仰后合。

他现在笑不出来了。

琼恩不想在这里浪费时间。"很抱歉打扰陛下,守夜人自会处理此事。"

王后鼻孔一张。"你还是要去艰难屯，我从你脸上看出来了。我说，让他们自生自灭，你却固执己见，非要坚持疯狂的愚行。"

"我只是尽力作出最佳选择。陛下，恕我冒昧，长城是我的，这事我说了算。"

"是的。"赛丽丝承认，"但等国王归来，你必须为此，以及其他许多错误决定负责。不过我也看出来了，你是有恃无恐，充耳不闻。随你便吧。"

梅格罗恩爵士开口："雪诺大人，谁带队？"

"您准备自荐，爵士？"

"我看起来有那么傻？"

补丁脸跳起来。"我来带队！"铃铛欢快地响起。"我们向海洋，出入碧波浪。海底下，我们骑海马哟，美人鱼吹响海螺，迎接咱到来哟，噢，噢，噢。"

人们哄堂大笑，连赛丽丝王后也露出淡淡的笑容，琼恩却开心不起来。"己所不欲勿施于人，我打算亲自带队。"

"真勇敢，"王后说，"我们同意了。毫无疑问，日后会有吟游诗人为你谱一首感人肺腑的歌，而我们也可以找一位更审慎的总司令。"她抿了口酒，"让我们谈谈其他事宜。亚赛尔，劳烦你带野人王进来。"

"是，陛下。"亚赛尔爵士出门，片刻后带着王血格里克回来。"红胡子家族的格里克，"他通报，"野人之王。"

王血格里克个子很高，长腿宽肩。王后给他穿上国王的旧衣服。他经过精心梳洗打扮，身穿绿天鹅绒上衣和貂皮短披风，长长的红发洗得很干净，火红的胡须修剪成形，看起来像个彻头彻尾的南方领主。如果他走进君临的王座厅，没人会眨眼睛，琼恩心想。

"格里克是野人真正和合法的国王，"王后宣布，"他的血脉可一直上溯到伟大的红胡子雷蒙王,而篡夺者曼斯·雷德不过是你的黑衣弟兄和农妇苟合所生。"

不,琼恩本应反驳,格里克出自红胡子雷蒙的弟弟一脉。对自由民来说,那跟出自红胡子雷蒙的马没什么区别。他们什么都不懂,耶哥蕊特,更糟的是,他们不愿学。

"格里克慷慨地同意将长女嫁给我亲爱的亚赛尔,他们将在光之王见证的神圣婚礼上结合,"赛丽丝王后说,"他其他的女儿也将同时结婚——次女嫁给布鲁斯·布克勒爵士,幼女嫁给红池的梅格罗恩爵士。"

"爵士们,"琼恩朝提到的几名骑士点头,"恭喜你们订婚。"

"海底下,男人娶鱼当老婆哟。"补丁脸跳着小步舞,铃铛叮当作响,"是这样,是这样,是这样。"

赛丽丝王后又喷口鼻息。"四场婚礼和三场一样好安排。为了让那个女人瓦迩安家立命,雪诺大人,我决定把她嫁给我忠诚的好骑士,国王山的派崔克爵士。"

"您可曾告知瓦迩,陛下?"琼恩问,"按照自由民的习俗,男人必须去偷女人,以证明自己的力量、狡黠和勇气。求婚者冒着被女方亲戚暴揍一顿的风险,更惨的是,如果失败,女人会看不起男人。"

"野蛮的习俗。"亚赛尔·佛罗伦评价。

派崔克爵士只笑笑,"世上没有男人会质疑我的勇气,女人更不例外。"

赛丽丝王后撅起嘴,"雪诺大人,既然瓦迩女士不熟悉我们的习俗,就请把她交给我,我会调教她成为一名配得上夫君的贵族淑女。"

真想全程观摩,那一定很精彩。琼恩好奇,如果王后知道瓦迩对希琳公主的看法,还会不会急于将她嫁给驾前的骑士。"如您所愿,"他说,"但容我——"

"够了,我不想再听。你下去吧。"

琼恩•雪诺单膝跪下,低头致敬,转身离开。

他两步作一步,一边下楼一边冲女王的卫兵点头致意。王后在每个楼梯平台都安排了卫兵,以防备嗜血的野人。他走到半路,上面有人叫住他,"琼恩•雪诺。"

琼恩抬头,"梅丽珊卓女士。"

"我们得谈谈。"

"得吗?"我想不必。"女士,我有职责在身。"

"我要说的正和你的职责有关。"她走下来,红袍裙裾拂过楼梯,好似飘浮。"你的冰原狼呢?"

"在我房里睡觉。陛下不许白灵在她面前出现,说是怕吓到公主,况且,只要波罗区和他的野猪在,我就不敢放走白灵。"等货车把海豹剥皮人的部落送去灰卫堡,接下就该送易形者和"破盾者"梭伦去石门寨。目前,波罗区占据了城堡墓园旁一个古墓,似乎宁愿陪伴干尸也不与活人为伍,他的野猪也乐得远离其他动物,专注于在墓穴中刨地。"那玩意大得像头牛,獠牙跟长剑一样。白灵若得自由便会去找它,拼个你死我亡或两败俱伤。"

"波罗区无关紧要。这次行动……"

"你说点什么的话,王后或会改变主意。"

"赛丽丝这次是对的,雪诺大人,让他们自生自灭吧。你救不了他们。你的船——"

"还剩六艘,大半都在。"

"你的船没了。全军覆灭。一个人都回不来。我在圣火中看见的。"

"你的圣火会撒谎。"

"我承认,我解读有过偏差,但——"

"垂死的马驮着灰衣女孩。黑暗中的匕首。烟与盐之地诞生的预言中的王子。要我说,你的偏差层出不穷,女士。史坦尼斯在哪?叮当衫和矛妇的下落呢?我的小妹呢?"

"所有问题终将得到解答。你的答案来自天空,雪诺大人,得到答案再来找我。凛冬将至,我是你唯一的希望。"

"愚蠢的希望。"琼恩转身离开。

皮革在校场徘徊。"托雷格回来了,"他看到琼恩立刻报告,"他父亲已在橡木盾安置好部众,今下午将带来八十名勇士。胡子王后怎么说?"

"王后陛下不会提供任何帮助。"

"忙着拔下巴的毛咧?"皮革啐了一口,"无所谓,托蒙德和我们自己的人就够了。"

或许足够前去。但琼恩·雪诺真正忧心的是回程,届时会被几千名病饿交迫的自由民拖慢脚步。移动速度比结冻的河流还慢。几无还手之力。森林中有死物。水中也有死物。"多少人算够?"他质问皮革,"一百人?两百人?五百人?一千人?"多带人还是少带人?轻骑简从能迅速赶到艰难屯……但光有剑没食物有何用?鼹鼠妈妈的人已开始吃死者。想喂饱他们,必须带上板车和篷车,还要牲畜来拉车——马、牛、狗。这样又谈何迅速通过森林呢?只怕慢如龟爬。"很多事悬而未决。传令,换夜班后,相关人等在盾牌厅集合。托蒙德那时应该到了。托雷格在哪?"

"多半在小怪物那儿。听说他喜欢上一个奶娘。"

他喜欢上了瓦迹。姐姐能当王后,她又为何不能?被曼斯打败前,托蒙德曾想自立为塞外之王,高个托雷格或许做着同样的梦。他也比王血格里克强。"算了,"琼恩说,"我晚些时候再找托雷格。"他的视线越过国王塔。长城是一片阴暗的白,上方的天空更白。又要下雪。"祈祷我们不会赶上另一场风暴。"

穆利和跳蚤打着哆嗦在兵器库外站岗。"何不进去避风？"琼恩问。

"里面是不错，大人。"跳蚤福克解释，"但您的狼今天心情不好。"

穆利附和："他要咬我，真的！"

"白灵？"琼恩很震惊。

"是的，除非大人养了其他白狼。我从没见他这样，大人，完全像只野兽啊。"

琼恩溜进门后，亲自证实了这说法。巨大的白色冰原狼不肯安静地躺下。他从兵器库一头跑到另一头，经过冷掉的锻炉又转回来。"放松，白灵。"琼恩安慰道，"停下。坐下。白灵。停下。"他伸手摸狼，狼却毛发直竖，龇牙露齿。一定是因为那只该死的野猪。白灵在这儿也能闻到它的气味。

莫尔蒙的乌鸦也焦躁不安。"雪诺，"鸟儿不停尖叫，"雪诺，雪诺，雪诺。"琼恩赶开它，让纱丁升火，又派他去找波文·马尔锡和奥赛尔·亚威克，"再拿壶温葡萄酒来。"

"三个杯子，大人？"

"六个。穆利和跳蚤看上去也需要暖暖身子，还有你。"

纱丁离开后，琼恩坐下来再次审视长城以北的地图。去艰难屯最快是沿海岸走……从东海望出发。海边的森林较为稀疏，地势平坦，有一些丘陵和盐沼。秋季风暴吹起，岸边会下雨夹雪、冰雹、冻雨，但不会下雪。巨人们都在东海望，皮革说有些巨人会帮忙。从黑城堡出发难走得多，他们将穿越鬼影森林腹地。长城的积雪都这么深，森林里会有多糟？

马尔锡抽着鼻子进来，亚威克沉着脸。"又一场风暴，"首席工匠宣布，"这天怎么干活？我需要更多人手。"

"征用自由民。"琼恩建议。

亚威克摇头。"他们只会帮倒忙,马虎、懒惰又粗心……我不否认他们中有些优秀木匠,但石匠屈指可数,铁匠则几乎等于零。或许可以让他们干苦力,但不听话的苦力有什么用?要想把所有废墟变回堡垒,这任务完不成,大人,我说实话,完不成。"

"必须完成,"琼恩说,"否则他们就住废墟。"

司令需要部下直言不讳。马尔锡和亚威克都非谄媚之徒,这很好……但他们的话很少有建设意义。到现在,他几乎不等他们开口就能猜到要说的话。

尤其说到他们深恶痛绝的自由民时……琼恩拿石门寨安置破盾者梭伦,亚威克抱怨那里太独立,如何知晓梭伦在山区做什么下流勾当?他把橡木盾交给巨人克星托蒙德,王后门交给"白面具"莫罗娜,马尔锡指出黑城堡将腹背受敌,野人可轻易切断他们与长城其他地方的联系。至于波罗区,奥赛尔·亚威克声称石门寨北方的森林里野猪众多,天知道易形者会不会组建一支野猪军团?

霜雪山和冰晶门仍无人驻守,琼恩曾征求他们的意见,看看剩下的野人酋长和头目中哪个适合派出去。"我们有波罗吉、商人盖文、大海象……托蒙德说流浪者豪德习惯独来独往,但还有猎人哈雷、英俊哈雷、瞎子朵斯……大老爹尤根也有自己的部众,虽然大多是他的儿孙。他有十八个老婆,半数是掠袭时偷的。这些人……"

"都不合适。"波文·马尔锡判定,"我清楚他们的所作所为。应该让他们上绞架,而不是掌管城堡。"

"正是。"奥赛尔·亚威克同意,"一堆人渣垃圾有什么好选的?大人,您等于放出一群饿狼,还问我们想让哪匹狼撕开自己的喉咙。"

针对艰难屯,这一幕再度上演。纱丁一边倒酒,琼恩一边向他们讲述与王后的会面经过。马尔锡听得很认真,温酒一口没沾,亚威克则喝了一杯又一杯。但琼恩刚讲完,总务长就道:"王后陛下十分明智。让他们自生自灭。"

琼恩向后一靠。"诸位,这就是你们唯一能给的建议?托蒙德会带八十人出发,我们能派多少人?要不要召集巨人?长车楼的矛妇呢?带上女人,或许能让鼹鼠妈妈的人安心。"

"那就派女人去,派巨人去,派吃奶的婴儿去。大人您是不是想听这个?"波文·马尔锡摩挲着头骨桥之战留下的伤疤,"都派去吧。去得越多,吃饭的嘴就越少。"

亚威克的意见相差无几,"艰难屯的野人需要帮助,就让这里的野人去。托蒙德知道怎么到艰难屯,听口气,光凭他那根硕大无朋的老二就能拯救所有人。"

毫无意义,琼恩想,无意义,无结果,无希望。"感谢你们的建议,诸位大人。"

纱丁帮他们披好斗篷,三人一起出去。穿过兵器库时,白灵跑上来嗅闻,尾巴竖起,毛发直立。这就是我的弟兄。守夜人军团需要睿智的伊蒙学士、好学的山姆威尔·塔利、勇敢的断掌科林、坚韧不拔的熊老和富于同情心的唐纳·诺伊。结果却只有这路货色。

外面雪很大。"刮的是南风,"亚威克发现,"风把雪吹到长城上。看到没?"

他说得对。积雪几乎掩埋到之字形楼梯的第一个平台,冰牢和储藏室的木门消失在白墙下。"冰牢里有多少人?"他问波文·马尔锡。

"四个活人。两具尸体。"

两具尸体。琼恩几乎忘了它们。他曾希望从鱼梁木林带回的尸体能提供一些线索,但死者始终肖然不动。"得挖出冰牢。"

"我需要十名事务官和十把铁锹。"马尔锡判断。

"让旺旺一起干。"

"遵命。"

十名事务官和一名巨人很快完成了清理，门前雪尽后，琼恩仍不满意。"到早上牢房又会被掩埋。转移犯人吧，免得他们被闷死。"

"包括卡史塔克，大人？"跳蚤福克问，"不能把他扔在牢里发抖到春天吗？"

"如果可以的话。"克雷根·卡史塔克最近习惯了晚上嚎叫，还把冻结的粪便丢向送饭的人。守卫们十分讨厌他。"把他关进司令塔，地窖应该可以。"熊老原来的住所尽管半塌了，却比冰牢暖和，地下部分也基本完好。

守卫们一进门，克雷根就蹿过来，费了九牛二虎之力才擒住他，他甚至咬向守卫。好在寒冷让他虚弱，而琼恩的手下更年轻强壮、更有力气。他们把不断挣扎的他拽出去，拖过齐大腿深的雪，拖向他的新家。

"司令大人要怎么处理尸体？"转移走活人后，马尔锡问。

"不用管。"如果风暴埋葬了他们，再好不过，反正最终也得烧掉。目前他们被铁链锁在牢里，没有复苏迹象，人畜无害。

清扫工作完成后，巨人克星托蒙德正好带着战士们浩浩荡荡地赶到。看上去他只带来五十人，而非托雷格向皮革承诺的八十人，谁叫托蒙德外号"吹牛大王"呢？野人首领满脸通红，大叫要一角杯麦酒和热餐。他的长髯结满冰碴，小胡子上更多。

雷拳已得知王血格里克被授予头衔的事。"野人之王？"托蒙德咆哮，"哈！毛屁股之王还差不多。"

"他有王者风范。"琼恩告诉他。

"他有一根能留红毛种的小红棍。拜你们该死的史塔克和醉巨人所赐，红胡子雷蒙和他的儿子们战死在长湖边。除开那个小弟，你知道他为什么叫红鸦吗?"托蒙德露出参差不齐的牙笑道,"他总是第一个飞离战场。后来有首歌唱到这事,歌手决定给'撒丫子'找个韵词,所以……"他擦擦鼻子,"你家王后的骑士想要他的女孩,我倒是不拦着。"

"女孩,"莫尔蒙的乌鸦嚷道,"女孩,女孩。"

托蒙德再次大笑,"这只聪明鸟儿。你舍不得它吗,雪诺?我给了你一个儿子,你至少能把这只该死的鸟送我吧?"

"送你是可以,"琼恩说,"但你多半会吃了它。"

托蒙德第三次大笑。"吃了。"乌鸦拍打着黑翅膀,阴沉地叫道:"玉米?玉米?玉米?"

"我们得仔细讨论行军路线,"琼恩说,"去盾牌厅之前,我们必须达成共识,同心协力——"他忽然停下,只见穆利怯生生地伸头进门里,苦着脸报告说克莱达斯带来一封信。

"让他把信给你,我稍后读。"

"遵命,大人。只是……克莱达斯不大对劲……他看起来不是粉的,而是惨白,如果您明白我的意思……他在发抖。"

"黑色的翅膀,带来黑色的消息,"托蒙德嘟囔,"你们下跪之人不常这样说吗?"

"我们还说'冰冻三尺非一日之寒',"琼恩告诉他,"还有月圆之时不要和多恩人喝酒。这样的话很多。"

穆利也插了一句:"我姥姥常说:锦上添花不足道,雪中送炭见真情。"

"我想此刻的至理名言够多了,"琼恩·雪诺说,"请带克莱达斯进来。"

穆利没说错,老事务官抖个不停,脸色和外面的雪一样白。"我是个老傻瓜,司令大人,但……这封信吓住我了。您看……"

野种。卷轴外只写了一个词。不是雪诺大人,不是琼恩·雪诺,也不是总司令。野种。信用一块粉色硬蜡封住。"立刻送来,你完全履行了职责。"琼恩安抚道。你完全有理由害怕。他捻碎封蜡,展开羊皮纸,读信:

你支持的伪王已死,野种。他和他的军队在为时七天的战斗中被我粉碎。告诉他的红婆子,我拿到了他的魔剑。

伪王的朋友们也都死了,人头就挂在临冬城城墙上。来看看它们,野种。伪王和你都撒谎,你们宣称烧死了塞外之王,却悄悄派他来临冬城偷走我的新娘。

我要我的新娘。你可以来领回曼斯·雷德。我把他装在笼子里,给全北境看,让他们知道你撒谎。笼子很冷,但我给他缝了件暖和的斗篷,用那六个跟他到临冬城的婆子的皮。

我要我的新娘。我要伪王的王后。我要他女儿和他的红女巫。我要野人公主。

我要小王子,那个野人婴儿。我要我的臭佬。交出他们,野种,我便不找你或黑乌鸦们的麻烦。如若不肯,我会掏出你那颗野种的心,吃掉。

拉姆斯·波顿,
血统纯正的临冬城伯爵。

"雪诺?"巨人克星托蒙德说,"你看起来活像信里滚出了你爹血淋淋的人头。"

琼恩·雪诺没有马上作答。"穆利,送克莱达斯回房。天黑了,路不好走,纱丁,跟他们一起去。"他把信递给巨人克星托蒙德,"给,自己看。"

野人将信将疑地看了一眼,然后递回。"说起来有点难为情……但比起教纸片儿讲话,雷拳托蒙德有更重要的事要忙。反正他们没啥好事，对吧？"

"通常没有。"琼恩•雪诺赞成。黑色的翅膀，带来黑色的消息。或许古老的谚语中有他忽视的智慧。"信是拉姆斯•雪诺写的，我读给你听。"

读完之后，托蒙德吹个口哨。"哈！真混账，毫无疑问。但曼斯是怎么回事？他把曼斯关在笼子里？怎么搞的？不是众目睽睽之下被你的红女巫烧死了吗？"

她烧死的是叮当衫，琼恩差点说出口，那种巫术，她叫它魅惑术。"梅丽珊卓……"你的答案来自天空。他放下信。"穿越风暴的乌鸦，她预见了这件事。"得到答案再来找我。

"或许这剥皮佬胡说八道。"托蒙德抓着胡子。"给我一支上好的鹅毛笔和一瓶学士墨汁，我会把我的老二形容得跟胳膊一般粗，吹牛都不打草稿。"

"他拿到了光明使者。他提到临冬城上的人头。他知道矛妇的人数。"他知道曼斯•雷德。"不，信里有真话。"

"我没说你错。怎么办呢，乌鸦？"

琼恩握剑的手开开合合。守夜人是不偏不倚的。他捏紧拳头又松开。你的念头就是叛国。他想到雪花在发际溶解的罗柏。杀死心中的男孩，承担男人的责任。他想到像猴子一样敏捷地攀爬塔楼高墙的布兰。他想到笑得上气不接下气的瑞肯。他想到一边抚摸淑女的毛、一边低声哼唱的珊莎。你什么都不懂，琼恩•雪诺。他想到头发乱得像鸟巢的艾莉亚。我给他缝了件暖和的斗篷，用那六个跟他到临冬城的婊子的皮……我要我的新娘……我要我的新娘……我要我的新娘……

"我认为我们最好改变计划。"琼恩•雪诺说。

他们讨论了近两小时。

马儿和罗里已替下福克和穆利在兵器库门口站岗。"跟我走，"出门时琼恩吩咐两人。白灵也想小跑着跟上，但琼恩抓住他后颈的毛，把他拽回屋里。波罗区可能也在盾牌厅，他现在最不希望看到的就是他的狼和易形者的野猪打起来。

盾牌厅属于黑城堡较古老的部分，乃是黑石砌成的通风的长餐厅，几世纪的炊烟已将橡木梁柱熏黑。当初守夜人军容壮盛，长厅墙壁挂满了一列列色彩鲜明的木盾。遵照延续至今的传统，一名骑士披上黑衣时，他必须抛弃从前的纹章，拿起属于黑衣弟兄的黑色盾牌。被抛弃的盾牌就挂在盾牌厅。

那数百面盾牌代表了数百名骑士。猎鹰和老鹰，龙与狮鹫，太阳和雄鹿，狼与长翼龙，狮身蝎尾兽，公牛，树和花，竖琴，长矛，螃蟹与海怪，红狮子、金狮子和分格狮子，猫头鹰，羔羊，少女与人鱼，公马，星星，桶跟扣子，剥皮人、吊死鬼和燃烧的人，斧头，长剑，乌龟，独角兽，熊，羽毛，蜘蛛、毒蛇与蝎子，外加其他上百种纹章盾牌装饰着盾牌厅的墙壁，色彩斑斓，世间任何彩虹都难以企及。

每当骑士死去，他的盾牌会被摘下来，随主人殉葬或火化。日久年深，披上黑衣的骑士越来越少，终于有一天，黑城堡的骑士少得没法再单独用餐。于是盾牌厅被废弃了，最近一百年甚少启用。如今从餐厅的角度看，它乏善可陈——又黑又脏又透风，冬季不保温，地窖里都是老鼠，粗大的梁柱基本上被虫子蛀烂，还密布蛛网。

但它能容纳两百人，挤一挤可装三百人。琼恩和托蒙德进门时，长厅一阵喧哗，犹如蜂巢中躁动的群蜂。厅内野人大概是乌鸦的五倍。黑衣人寥寥可数，墙上盾牌也只剩不到一打，而且个个是灰暗褪色布满裂纹的可怜模样。好在墙上烛台纷纷插上新火炬，凳子和桌子也按琼恩的命令搬了些来。伊蒙学士曾告诫他，坐下容易听话，站着喜欢吵架。

大厅前方有个歪歪扭扭的讲台,琼恩在托蒙德陪同下站上去,举起双手示意安静。喧哗声却更大。于是托蒙德举起战号,凑到唇边吹了一声。号声充斥整座大厅,回荡在头顶梁柱间。大家终于闭嘴。

"我召集你们,是为了讨论如何解救艰难屯。"琼恩·雪诺开口,"几千自由民滞留该地,饥肠辘辘,走投无路,我们还收到报告说森林中有死物。"他看到马尔锡和亚威克在他左边。奥塞尔周围都是工匠,波文身边跟着麻杆维克、左手卢和烂泥地的阿尔夫。破盾者梭伦双手抱胸坐在他右边。再后面一些,琼恩看到商人盖文正和英俊哈雷交头接耳,大老爹尤根坐在老婆们当中,流浪者豪德独自一人。波罗区靠在墙边的黑暗角落里,谢天谢地,他似乎没带野猪。"我派去接应鼹鼠妈妈一干人的船队在风暴中损失惨重。如今我们必须通过陆路提供支援,否则他们只能自生自灭。"赛丽丝王后的骑士只来了两名——纳伯特爵士和贝内索恩爵士站在大厅末端的门边——其他后党人士显然集体缺席。"我本希望亲自带队,尽可能地挽救自由民。"黑暗中一抹红色吸引了琼恩。梅丽珊卓女士也来了。"但恐怕我现在分身乏术。这支队伍改由你们熟悉的巨人克星托蒙德领导,我承诺,他需要多少人我就给他多少人。"

"你要去哪儿啊,乌鸦?"波罗区雷鸣般地问道,"和你的白狗一起躲在黑城堡吗?"

"不。我去南方。"琼恩当众宣读了拉姆斯·雪诺的信。

盾牌厅沸腾了。

所有人同时大叫。他们跳起来,挥舞拳头。坐下的作用到此为止。长剑破空,斧头敲着盾牌。琼恩·雪诺看向托蒙德。巨人克星再次吹响号角,这次有之前的两倍响、拖了两倍长。

"守夜人不参与七大王国的纷争。"稍微安静后,琼恩提醒大家。"我们不会反对波顿家的私生子,不会给史坦尼斯·拜拉席恩报仇，或庇护他的遗孀和女儿。这个用女人的皮做斗篷的东西发誓要掏出我的心，我打算给他个回应……但我不会要求我的兄弟们违背誓言。"

"守夜人去艰难屯，我一个人去临冬城，除非……"琼恩顿了顿，"……在场哪位愿与我同行？"

长厅内响起他期望中震耳欲聋的吼声，甚至震掉了两面旧盾牌。破盾者梭伦率先起立，流浪者也站起来。接着是高个托雷格，波罗吉，猎人哈雷和英俊哈雷同时起立，还有大老爹尤根，瞎子朵斯，甚至大海象。我也有自己的剑，琼恩·雪诺心想，我们这就去找你，野种。

他看到亚威克和马尔锡偷偷溜走，还带走了他们的人。没关系。他现在不需要他们了，也不想要他们。没人能说我强迫弟兄们背誓——如果这算是背誓，就让我独自承担罪行。托蒙德使劲拍着他的背，笑得合不拢嘴。"说得好哇，乌鸦，现在拿出蜜酒来！让他们成为你的人，痛饮一番事儿就成了！我们将组成你的野人军团，小子，哈！"

"我会叫来麦酒。"琼恩心烦意乱地说。他发现梅丽珊卓也走了，还有王后的骑士。我该先觐见赛丽丝，让她知道夫君的不幸。"抱歉，只能留你陪他们喝酒。"

"哈！这是我的强项！乌鸦，忙你的去吧！"

琼恩离开盾牌厅，马儿和罗里跟上。跟王后说完，我还要跟梅丽珊卓谈谈，他心想，她能看到风暴中的乌鸦，想必能为我找到拉姆斯·波顿。这时，他听见了尖叫……接着是让长城颤抖的咆哮。"哈丁塔传来的，大人，"马儿报告，他下面的话被又一阵尖叫打断。

瓦迹，这是琼恩的第一个想法。但那并非女人的尖叫。那是男人痛苦的惨嚎。他跑起来，马儿和罗里紧随。"尸鬼？"罗里问。

琼恩不清楚。难道尸体终于挣脱了铁链？

到达哈丁塔时，尖叫已停，但温旺·威格·温旺·铎迩·温旺还在咆哮。巨人握着一只血淋淋的脚，摇晃尸体，就像艾莉亚小时候摇晃她的布娃娃，每回被强迫吃蔬菜她都把娃娃晃得像流星锤。但艾莉亚从不会扯碎娃娃。死者持剑的手被扯飞到几码外，染红了下面的雪。

"放开他。"琼恩大叫。"旺旺。放开他。"

旺旺要么没听到，要么没听懂。巨人自己也在流血，肚皮和胳膊上有好几道剑伤。他愤怒地拎起死骑士往塔楼的灰石墙上砸，一次一次又一次，直到男人血淋淋的头烂成夏天的甜瓜。骑士的披风被冷风吹得呼呼响，能看出是白羊毛织成，镶着银边，饰以蓝色星辰。鲜血和骨头四处飞溅。

人们从周围的堡垒和塔楼不断涌来。北方人、自由民、后党人士……"排成队，"琼恩命令守夜人，"拦住他们。所有人都拦回去，尤其是后党。"死者是国王山的派崔克爵士，他大半个头都没了，但他的纹章跟他的脸一样醒目。琼恩不想刺激梅格罗恩爵士、布鲁斯爵士或王后的其他骑士上去为他复仇。

温旺·威格·温旺·铎迩·温旺再次咆哮，他把派崔克爵士另一条胳膊也扯了下来。手臂跟肩膀分家，扯出一片鲜红血雾。就像孩子扯下雏菊的花瓣，琼恩心想。"皮革，跟他讲道理，让他冷静。古语，他懂古语。其他人都往后退。收起兵器，这会吓到他。"他们没注意到巨人也被砍伤了吗？琼恩必须当机立断，否则会有更多人死。他们不晓得旺旺有多大力气。号角，我需要号角。他瞥见钢铁的寒光，转过头去。"放下武器！"他尖叫，"维克，把匕首……"

……放下，他本想说。但麻杆维克的匕首直奔他咽喉而来，他的话卡住了。琼恩及时扭动脖子，这一刀只擦破皮肤。他想杀我。

他用手按住脖子上的伤口，鲜血从指间汩汩流出。"为什么？"

"为了守夜人。"维克再次袭来。这回琼恩抓住他手腕，把手臂扭到背后，匕首掉在地上。瘦长的事务官向后退去，抬起双手，似乎在说：不是我，不是我。人们在尖叫。琼恩摸向长爪，但手指僵硬笨拙，不知为何，他就是拔不出剑。

波文·马尔锡站到他面前，泪水流下脸庞。"为了守夜人。"他深深地刺进琼恩的肚腹，手拿开时，匕首留在里面。

琼恩双膝跪倒，摸到匕首柄，拔了出来。伤口在夜晚的寒气中冒烟。"白灵，"他轻声呼唤。疼痛席卷而来。用剑的尖端去刺敌人。第三刀刺在肩胛骨，他闷哼一声，扑倒在皑皑白雪中。

他没感觉到第四刀。

只有冷……

女王之手

多恩王子苟延残喘了三天。

在这个阴冷暗淡的黎明,他终于呼出最后一口气,冷雨唏嘘着从黑暗的天幕坠落,将古城的砖石街道化作洪流。熊熊大火被滂沱雨水浇灭,但缕缕烟尘仍从哈扎卡金字塔的闷燃废墟中冒出。雷哥在黑色的大雅赫赞金字塔内筑了巢——那座金字塔看起来活像个挂满耀眼的橙色珠宝的胖女人。

诸神没有全然漠视,巴利斯坦•赛尔弥爵士看着远处的余烬心想,若非这场雨,整个弥林都已葬身火海。

他没看到龙的踪迹,也不想看到。龙不喜欢雨。一根细红线标记了东方地平线,朝阳即将升起,赛尔弥觉得它像伤口涌出的血。一般而言,无论伤口多深,鲜血也会先于疼痛出现。

他站在大金字塔顶端的矮墙边,照例巡视天空。黎明到来时,他期冀他的女王能一同回来。她不会抛弃我们,她不会离开她的子民,他告诉自己,一边倾听着女王寝宫里王子濒死的呻吟。

巴利斯坦爵士转身回房,雨水沿着白披风流淌,靴子在地板和地毯上留下一串水印。按他要求,昆廷•马泰尔被安置在女王的床上。他是骑士,也是多恩王子,让他死在他穿越半个世界来寻觅的床上,或许是唯一能给他的慈悲。床榻算是毁了——床单、被子、枕头、床垫,所有东西都散发出血和烟的臭气,但巴利斯坦爵士认为丹妮莉丝会原谅的。

弥桑黛守在床边。她夜以继日地陪伴王子,满足他能表达的一切需求,在他清醒时喂他水和罂粟花奶,倾听他嘴里时而冒出的含混字眼，并在他安静时为他读书，累了就睡在旁边的椅子里。巴利斯坦爵士曾要女王的侍酒们来帮忙，但他们中最胆大的也不敢面对全身烧焦的人。蓝圣女没来过，尽管他派人召唤了四次，或许她们都被苍白母马带走了吧。

瘦小的纳斯文书抬头看了他一眼。"尊敬的爵士，王子已超脱痛苦，多恩诸神带他回家了。瞧，他在微笑。"

你怎么瞧出来的？他嘴唇都没了。或许魔龙把他吞下肚更慈悲、更痛快，而这……火刑是最可怕的死法，难怪地狱的一半是火焰。"盖好他。"

弥桑黛把被单盖过王子的脸。"怎么处理遗体呢，爵士？他离家太远了。"

"我会确保他返回多恩。"但怎么回？烧成灰吗？那需要更多火焰，巴利斯坦爵士无法承受。必须把血肉和骨头分离，用甲虫，而非火焰。家乡的静默姐妹精于此道，但这是奴隶湾，最近的静默姐妹也有万里之遥。"你去睡会吧，孩子，回自己床上。"

"恕小人冒昧，爵士先生，您也该休息。您几乎没安稳地睡过一晚觉。"

我很多年没睡过安稳觉了，孩子，自三叉戟河以来。派席尔国师告诉他，老人没有年轻人嗜睡，但不止如此。他活到这把年纪厌恶合上眼，生怕再也无法醒来。其他人或许寄望于睡梦中安详去世，但那并非御林铁卫骑士的死法。

"长夜漫漫，"他对弥桑黛说，"事务繁杂，无论在这里还是七大王国。但你尽力了，孩子，去休息吧。"诸神慈悲，但愿你不会梦到龙。

女孩离开后，老骑士掀起被单，看了昆廷·马泰尔的脸——或者说脸的残余——最后一眼。王子的肉几乎都被烧焦，以至能看到下面的头骨，眼睛只余两团浓汁。他本该留在多恩，本该继续当青

蛙,并非所有人都能参与魔龙的狂舞。他再次盖好男孩,不知是否有人收殓他的女王,还是任由她暴尸在多斯拉克海高高的草丛中,无人哀悼,茫然地凝视天空,直到成为骨架。

"不,"他高叫,"丹妮莉丝没死。她骑着龙,我亲眼所见!"同样的话他重复了上百遍……但随着时间流逝,越来越难以置信。我亲眼所见,她头发着火,整个身体都在燃烧……就算我没看见她摔下来,也有几百个人赌咒发誓看见了。

白昼悄然而至,雨还在下,东方天际透出含糊的亮光。阳光刺透云层时,圆颅大人赶到,斯卡拉茨依旧穿着那身百褶黑战裙、护胫甲和宽阔的胸甲,腋下夹着的青铜面具倒是崭新——吐舌的狼。"看来,"他一边施礼一边问,"白痴死了?"

"昆廷王子没能挺到曙光到来。"赛尔弥并不奇怪斯卡拉茨知道,消息在金字塔里传得很快。"召集议会了?"

"他们等着女王之手主持。"

我不是女王之手,他心中的一部分想说明白,我只是个骑士,女王的护卫。我不想发号施令。然而女王失踪,国王被囚,必须有人主持大局,巴利斯坦爵士又信不过圆颅大人。"有绿圣女的消息么?"

"她还没回城。"斯卡拉茨反对派遣女祭司,格拉茨旦·卡拉勒本人也不想接受这任务。她说她愿意为和平努力,但显然西茨达拉·佐·洛拉克更适合跟贤主大人们打交道。巴利斯坦爵士寸步不让,最终绿圣女低下头,承诺尽力而为。

"城里状况如何?"赛尔弥又问圆颅大人。

"按你的命令,城门都关闭上闩。我们正搜查城中逗留的佣兵和渊凯人,一旦发现便予以逮捕或驱逐,但无疑大部分人已转入地下,就藏在那些金字塔里。无垢者把守着城墙和塔楼,时刻准备迎敌。两百名身披托卡长袍的贵族冒雨聚集在广场,嚎叫着宣讲,要求释放西茨达拉,处死我,还要你屠龙——有人跟他们说骑士擅长这个。哈扎卡金字塔的尸体清理还在继续,雅赫赞和乌尔兹的伟主大人则把金字塔让给龙了。"

这些巴利斯坦爵士都知道。"发生多少起谋杀?"他满心恐惧地问。

"死了二十九人。"

"二十九人?"这比预计糟得多。鹰身女妖之子于两天前恢复了暗战。第一晚谋杀三人,第二晚九人,现在一夜之间,九人变成二十九人……

"中午之前统计就会超过三十人。你脸色怎的这么糟,老头?你还期待什么呐?鹰身女妖想救出西茨达拉,这才派遣手握凶器的孩子重返街道。死者和以前一样都是自由民或圆颅党,还有一个人属于我的兽面军。鹰身女妖的记号留在尸体旁,画在铺路石或墙上。他们还刻下一些话:'龙必死'、'英雄哈格兹',被雨水冲掉前,甚至有'丹妮莉丝去死'这样的口号。"

"血税……"

"没错,每座金字塔征收两千九百枚金币。"斯卡拉茨抱怨,"会收上来的……但这点损失不足以让鹰身女妖住手。血债只能血偿。"

"又来了。"又是质子。只要我松口,他会把他们全杀光。"我听你重复几百遍了。我说不行。"

"女王之手,"斯卡拉茨厌恶地咕哝道,"老女人的手才对,虚弱又爬满皱纹。真希望丹妮莉丝赶紧回来。"他戴上狼头面具。"你的议会等得不耐烦了。"

"那是女王的议会,不是我的。"赛尔弥脱下潮湿的披风,换了件干的,扣好剑带,跟圆颅大人一起下台阶。

今晨石柱大厅里没有请愿者。巴利斯坦爵士接受了女王之手的

职位,却不打算在女王缺席期间擅自主持朝会,更不想让斯卡拉茨•莫•坎塔克主持。西茨达拉那两张奇形怪状的龙椅,他命人移走,但也没摆回女王钟爱的放满靠枕的朴素长椅,取而代之的是大厅中央的巨型圆桌,周围摆满高背椅,以便大家坐下平等交流。

巴利斯坦爵士和圆颅大人斯卡拉茨并肩走下大理石台阶,人们纷纷起立。龙之母仆从的弥桑洛和自由兄弟会的疤背西蒙都在场;坚盾军选出新团长,一位叫塔尔•塔科的黑皮肤夏日群岛人,他们的老团长莫罗诺•已欧斯•杜博已被苍白母马带走;灰虫子代表无垢者出席,他带了三名头戴青铜尖刺盔的太监军士;暴鸦团派出两位老佣兵——弓箭手乔金和伤疤累累、面色阴郁、只知外号叫"鳏夫"的斧兵——达里奥•纳哈里斯不在时他俩分享指挥权;女王卡拉萨的大部分人随乔戈和拉卡洛去多斯拉克海找女王了,斜眼、罗圈腿的"贾卡朗"罗莫代表剩下的骑手出席。

巴利斯坦爵士对面,坐着四名西茨达拉国王的前护卫,都是竞技场斗技士:巨人格鲁尔、碎骨者贝拉科沃、恶鬼卡莫罗恩和斑猫。赛尔弥不顾圆颅大人斯卡拉茨的反对,坚持让他们出席。他们曾助丹妮莉丝•坦格利安拿下城市,不该被抛弃。他们或许是嗜血的野兽和杀手,却以自己的方式忠诚不虞……对西茨达拉国王,没错,但也对女王。

最后,壮汉贝沃斯拖着步子走进大厅。

太监满脸死气,死神几乎吻过他的双唇。他变了,似乎瘦下两石,暗棕色皮肤曾紧绷在他厚实的胸膛和肚皮上,上面有纵横交错的一百道褪色伤疤;现在却层层叠叠,松弛下垂,摇摇晃晃,他好似披了件大出三倍的长袍。他步履维艰,带有一点迟疑。

即便如此,他的出现也让老骑士由衷地欣喜。巴利斯坦爵士曾和壮汉贝沃斯一道横渡汪洋,同生共死,彼此是过命的交情,"贝沃斯,很高兴你加入我们。"

"白胡子。"贝沃斯笑了,"洋葱和肝脏在哪儿?壮汉贝沃斯没以前壮了,他必须吃东西,重新强壮起来。他们把壮汉贝沃斯搞病了。某人必须死。"

某人会死。很多人会死。"坐,老朋友。"贝沃斯坐下,双手抱胸,巴利斯坦爵士续道,"昆廷·马泰尔已于今晨离世,就在黎明之前。"

鳏夫笑道:"这个驯龙者。"

"我说他是个蠢货。"疤背西蒙说。

不,他只是个孩子。巴利斯坦爵士没忘记自己年轻时干的蠢事。"死者为大,王子已为其行为付出了高昂代价。"

"剩下的多恩人呢?"塔尔·塔科问。

"还被关押着。"多恩人没有反抗。兽面军找到他们时,阿奇巴德·伊伦伍德怀抱着烧焦冒烟的王子,烧伤的双手证明他曾竭力扑灭吞噬昆廷·马泰尔的龙焰。盖里斯·丁瓦特手持长剑站在他们身边,但当蝗虫们出现,他立刻扔掉武器。"关在一起。"

"最好吊死在一起。"疤背西蒙建议,"他们把两条龙放进城。"

"打开竞技场,给他们武器。"斑猫提出,"我很乐意在全体弥林人的欢呼中结果他们。"

"我不会打开竞技场。"赛尔弥坚决地说,"鲜血和吵闹会引来魔龙。"

"也许三条龙都会来?"弥桑洛不肯放弃,"黑野兽来过一次,为何不能来第二次?这次也许会带回女王。"

或者独自返回。巴利斯坦爵士毫不怀疑,倘若卓耿返回弥林而丹妮莉丝没在他背上,城市必将陷入血与火之中,在座的人将反目成仇。丹妮莉丝·坦格利安也许只是个年轻女子,却也是维系所有人的纽带。

"等时机成熟,陛下自会回来。"巴利斯坦爵士说,"我们把一千只绵羊赶进达兹纳克竞技场,在格刺兹竞技场放满阉牛,黄金竞技场中则全是西茨达拉•佐•洛拉克为竞技搜集的野兽。"目前看来,两条龙偏爱绵羊肉,饿了就去达兹纳克竞技场。巴利斯坦爵士迄今还没听说哪条龙吃人,不论城内还是城外。英雄哈格兹之后,龙口下唯一的受害者是一批愚蠢地阻止雷哥在哈扎卡金字塔筑巢的奴隶主。"我还有要事相商。我已差绿圣女去渊凯军营安排释放人质,预计午前可带回答复。"

"带回一堆废话。"鳐夫回答,"暴鸦团了解渊凯人,他们的舌头像蠕虫,说话似是而非。绿圣女会带回虫子的废话,带不回团长。"

"首相大人应该记得,贤主手里还有小人们的英雄。"灰虫子说,"以及马王乔戈,女王的血盟卫。"

"他是她血之血,"多斯拉克人罗莫附和,"必须释放他,这关乎卡拉萨的荣誉。"

"他会被释放。"巴利斯坦爵士道,"请大家敬候佳音,等待绿圣女——"

圆颅大人斯卡拉兹一拳砸在桌上。"绿圣女将一事无成!我们坐在这儿空谈,她却跟渊凯人眉来眼去。你说,'安排释放人质?''什么安排?怎样安排?'"

"赎金,"巴利斯坦爵士解释,"和人质等重的黄金。"

"贤主大人不要我们的黄金,爵士先生,"弥桑洛说,"他们比任何维斯特洛领主都有钱。"

"但他们的佣兵会垂涎三尺,人质算什么?渊凯人拒绝的话,佣兵和雇主之间会产生嫌隙。"希望如此。这是弥桑黛献的策,他自己绝对想不出。在君临,贿赂都由小指头安排,瓦里斯大人负责分化离间,他自己的职责干净得多。尽管才十一岁,弥桑黛却比桌边一半的人聪明，且比他们都有远见。"我指示绿圣女在渊凯军指挥者齐集时才公布条件。"

"他们依旧会拒绝。"疤背西蒙认定，"他们会咬定要我们屠龙及复辟国王。"

"我向诸神祈祷你是错的。"恐怕你是对的。

"你的诸神远在他乡，祖父爵士，"鳏夫道，"我不认为他们能听到你的祈祷。等渊凯人把那老太婆送回来朝你脸上吐痰，你怎么说？"

"血与火。"巴利斯坦·赛尔弥很轻、很轻地说。

接下来是漫长的冷场。壮汉贝沃斯突然拍起肚皮，"比洋葱和肝脏还给力啊。"圆颅大人斯卡拉茨则透过狼眼盯着爵士，"你要打破西茨达拉国王的和平协议，老头？"

"我要把它撕个粉碎。"曾几何时，一位王子冠以他无畏的巴利斯坦之名，当年的某些情怀仍藏在心中。"我们在曾竖立鹰身女妖雕像的金字塔顶建了座烽火台，堆满淋了油的干柴，用东西掩盖着以防雨水。必要时——我祈祷事情不会演变至此——以烽火为号，倾巢出动，突袭敌军，每个人都要参与。从现在起，诸位需枕戈待旦，此次行动不成功、便成仁。"他举手向侍从示意。"我备下几份地图，绘制了敌军兵力部署，营地、包围圈和投石机的所在。击破奴隶主后，佣兵自会叛服。有什么担忧和疑问现在就提，会议结束后，大家必须团结一心，全力以赴！"

"那最好先送些吃喝，"疤背西蒙提出，"这肯定要花点儿时间。"

结果讨论占用了整个上午和大半个下午。队长和指挥官们就着地图争吵，活像为几篓螃蟹闹翻天的渔妇：该从哪里进攻；怎样分配有限的弓箭手；是用大象突击渊凯人的防线，还是将其留作后备；谁能获得前锋的荣耀；骑兵部署在两翼还是作为前锋最好。

巴利斯坦爵士让每个人畅所欲言。塔尔·塔科认为突破包围圈后应趁势直取渊凯，黄砖之城必定空虚，届时渊凯人只能回师救援；斑猫提议向敌人挑战，让他们选一名战士与他决斗——壮汉贝沃斯赞成这主意，但坚持应由他来应战，而非斑猫；恶鬼卡莫罗恩有一计，征用绑在斯卡扎丹河边的船，将三百斗技士悄悄运到渊凯大军后方。大家都同意无垢者是本方王牌，但如何使用却不能达成共识。鳏夫希望太监们如一记铁拳直捣渊凯营地中心；弥桑洛认为无垢者应放在战线两翼，以挫败敌人迂回的企图；疤背西蒙设想把无污者一分为三，各支援一个自由民军团。他宣称自由兄弟会的成员十分勇敢，也不缺斗志，但大多没打过仗，若在没有无垢者支援的情况下面对经验丰富的佣兵，恐怕会丧失纪律。至于灰虫子，他只说无垢者会服从，不管命令是什么。

经过反复、激烈的争论，并做出决定后，疤背西蒙提出最后一个问题："我还是渊凯奴隶时，曾帮我的主人和自由佣兵团讨价还价，并负责支付报酬。我了解佣兵的胃口，显然渊凯给的钱绝不够让佣兵去面对龙焰。我想问的是……如果协议破裂，战斗打响，龙怎么办？他们会参战吗？"

他们会来参战，巴利斯坦爵士想说，战斗的声音会吸引他们，那些尖叫和呼号，还有鲜血的气息，会把他们引上战场，好比达兹纳克竞技场的惨叫将卓耿吸引到猩红沙地上。但他们可会区分敌友？反正他觉得不会。因此他只说："龙有自己的行事方式。如果他们来参战，挥挥翅膀就能吓破奴隶主的胆，让他们抱头鼠窜。"他感谢所有人后，宣布散会。

灰虫子最后离开，"小人时刻准备在烽火燃起后投入战斗。但首相大人应该知道，进攻一旦开始，渊凯人就会屠杀人质。"

"我会竭尽所能地营救，我的朋友。我自有……打算。现在请原谅，我得把王子的死讯转告多恩人。"

灰虫子低头，"小人遵命。"

巴利斯坦爵士带了两名新晋骑士下地牢。众所周知，悲伤和内疚会把人逼疯，而阿奇巴德·伊伦伍德和盖里斯·丁瓦特跟他们王子朋友的结局脱不了干系。来到牢房前，他让小图和红羊在外等，自己一个人进去，告诉他们王子的痛苦已经结束。

高大秃顶的阿奇巴德爵士什么也没说，他坐在小床边缘，盯着亚麻布包扎的双手。盖里斯爵士猛捶墙壁，"我告诉他这是愚行。我恳求他回家。你的婊子女王根本不喜欢他，这是明摆着的事。他横穿世界来献上爱意与忠诚，她却嘲笑他的长相！"

"她从不嘲笑谁。"赛尔弥说，"了解她的话，你会明白的。"

"她鄙视他。他献出一片真心，她却不以为然地扔还给他，然后跑去干她的佣兵。"

"最好管住你的舌头，爵士。"巴利斯坦爵士不喜欢盖里斯·丁瓦特，也不会任其诋毁丹妮莉丝。"昆廷王子的死是自作自受，当然，还是你们的错。"

"我们的错？我们做错了什么，爵士？的确，昆廷是我们的朋友，可能你觉得他有点傻，但哪个梦想者不是傻瓜？最要紧的是，他是我们的王子，我们必须服从他。"

这点巴利斯坦·赛尔弥无可辩驳，他也把生命中最美好的时光都花在为醉鬼和疯子服务上了。"他来得太晚。"

"他献出一片真心。"盖里斯爵士重复。

"她需要剑，不是心。"

"他本可献上多恩的长矛。"

"他本可。"没人比巴利斯坦·赛尔弥更希望丹妮莉丝青睐多恩王子。"但他来得太晚，而这次愚行……买通佣兵，放出两条未经驯服的龙……这太疯狂，不，这不只是疯狂，更是赤裸裸的背叛。"

"他的所作所为只为了赢得丹妮莉丝女王的爱，"盖里斯·丁瓦特强调，"只为了证明自己配得上她。"

老骑士听够了。"昆廷王子的所作所为是为了多恩。你当我老糊涂吗？我毕生都站在国王、王后和王子们身边。阳戟城意图起兵对抗铁王座！不，不用费心否认，道朗·马泰尔不打无把握之仗。是责任把昆廷王子带到了这儿。责任、荣誉和建功立业的渴望……绝不是爱。昆廷来此是为了龙，不是为了丹妮莉丝。"

"你不了解他，爵士。他——"

"他死了，小丁，"伊伦伍德站起来，"说一千道一万也无法挽回，跟克莱图斯和小威一样。所以在我把拳头塞进你那张破嘴之前，住口吧。"大个子骑士转向赛尔弥。"你打算怎么处置我们？"

"圆颅大人斯卡拉茨想绞死你们。你们杀了四个他的人，四个女王的人。其中两个是从阿斯塔波就跟随陛下的自由民。"

伊伦伍德似乎并不吃惊。"嗯，兽面军。我只杀了一个，戴蛇蜥面具的。佣兵干掉了其余的。但这没什么差别，我知道。"

"我们是为了保护昆廷。"丁瓦特辩解，"我们——"

"安静，小丁，他都知道。"大个子骑士又转向巴利斯坦爵士，"你想绞死我们，就不会来多费口舌了。你不想杀我们，对么？"

"对。"这人不像外表那般弩钝。"你们活着比死了有用。为我效力，之后我会找艘船送你们回多恩，并让你们把昆廷王子的遗骨带给他父亲。"

阿奇巴德　脸苦相，"又是船？不过的确得有人带小昆回家。你要我们做什么，爵士？"

"我要你们的剑。"

"你有上万把剑。"

"女王的自由民没上过战场,佣兵我信不过,无垢者虽勇敢……但不是战士,不是骑士。"他顿了顿。"讲讲看,若你们抓住龙,下一步有什么打算?"

多恩人交换个眼神,丁瓦特说:"昆廷告诉褴衣亲王他能控制龙。他说他血液里有力量,他有坦格利安的血脉。"

"真龙血脉。"

"没错。佣兵答应帮我们锁住龙,运到码头。"

"褴衣亲王备了一艘船,"伊伦伍德道,"一艘大船,以备我们能抓住两条龙。小昆打算骑一条龙。"他看着绷带包扎的手,"我们一进去就发现计划行不通。龙太暴躁,铁链……到处是碎铁链,那么大的铁链,跟你脑袋一般大的铁链撒落在焦骨碎骨中。至于小昆,七神可怜他,他像要尿裤子了。卡戈和梅里丝不瞎,他们也看出来了。随后一个十字弓手放箭,或许他们一开始就想杀龙,只是利用我们罢了。你永远不知道褴衣亲王的真实想法。无论如何,射龙太不聪明,那支箭矢把龙激怒了,而他们本就情绪不佳。然后……然后事情彻底失控。"

"风吹团四散逃走。"盖里斯爵士描述,"小昆惨叫连连,全身浴火,他们却跑个精光。卡戈、美女梅里丝,除开死了的那个,统统脚底抹油。"

"噢,你还盼他们怎样,小丁?狗改不了吃屎,猫免不了偷腥,佣兵会在最需要的时候开溜。有啥好抱怨的,那是本性。"

"他说得没错。"巴利斯坦爵士道,"昆廷王子对褴衣亲王许下什么回报?"

没人回答。盖里斯爵士看着阿奇巴德爵士,阿奇巴德爵士看着他的双手、地板和房门。

"潘托斯,"巴利斯坦爵士说,"他许下潘托斯。坦白吧,你们的话帮不到也害不了昆廷王子了。"

"没错,"阿奇巴德爵士不情不愿地说,"是潘托斯。他们在纸上签了协议,两人都签了。"

这是个机会。"地牢里还有风吹团的人,那些伪装的逃兵。"

"我记得他们,"伊伦伍德说,"亨格福德、稻草这帮家伙。其中有些以佣兵的标准还不错,至于其他的嘛,怕死怕得要命。他们怎么了?"

"我打算把他们送回给褴衣亲王,你们也同去。混在佣兵中,渊凯营地里没人会注意到。我要你们给褴衣亲王带个信,就说是我派你们去的,而我能代表女王。告诉他我们会照协议支付报酬,只要他一个不少、毫发无伤地救出人质。"

阿奇巴德爵士扮个鬼脸,"那个破烂王更可能把我们扔给美女梅里丝。他不会答应。"

"为何不会?这任务很简单。"比起偷龙。"我曾从暮谷城救出女王的父亲。"

"那是维斯特洛。"盖里斯·丁瓦特道。

"弥林也一样。"

"阿奇的手甚至没法握剑。"

"他不需要握剑。我没看错的话,佣兵会全程代劳。"

盖里斯·丁瓦特向后理了理乱糟糟的沙色头发。"我们能否先私下讨论?"

"不能。"赛尔弥斩钉截铁地说。

"我干,"阿奇巴德爵士答应,"只要无关该死的船。小丁也会干。"他咧嘴一笑。"他现在还不确定,但他会答应的。"

事情就这么定了。

至少最简单的部分定了,爬回金字塔顶端的漫长阶梯上,巴利斯坦·赛尔弥心想。他把最难的部分留给多恩人,这一定会吓到他的祖父。但至少名义上，多恩人是骑士，虽然伊伦伍德才展现出真正的血性。丁瓦特只有漂亮脸蛋、油嘴滑舌和亮丽头发。

老骑士到达金字塔顶端的女王寝宫时，昆廷王子的遗体已被移走。六名年轻的侍酒在屋内游戏，他们围坐成圈，轮流旋转一把匕首。等匕首晃着停下，他们会割掉匕首尖所指的人的一缕头发。巴利斯坦爵士幼时在丰收厅跟表亲们玩过类似的游戏……但记忆中，维斯特洛的游戏包括亲吻。"巴卡哈兹。"他吩咐，"方便的话给我倒杯葡萄酒。格拉兹达、阿扎克，你们看门。我在等绿圣女，她一到立刻通知我。除此之外，我不想被打扰。"

阿扎克立刻起身。"遵命，首相阁下。"

巴利斯坦爵士走到露台。雨停了，但一堵板岩灰的云墙遮住了沉入奴隶湾的落日。焦黑的哈扎卡金字塔仍冒出几缕烟雾，风像摆弄飘带一样摆弄着烟。东方远处，城墙之外，他看到苍白的双翼飞舞在一线远山之上。韦赛利昂。他在狩猎，或只是想飞。他好奇雷哥去了哪里。截至目前，绿龙比白龙危险得多。

巴卡哈兹拿来葡萄酒，老骑士长饮一口，随即派男孩去取水。酒可助入眠，但他现在需要清醒，他还要面见和敌人会谈归来的格拉茨旦·卡拉勒。他一边目睹世界陷入黑暗，一边喝着兑水的葡萄酒。他疲惫不堪，又满心疑虑。多恩人、西茨达拉、瑞茨纳克、主动出击……他的选择正确吗？他的选择可符合丹妮莉丝所愿？我不是干这个的料。以前也有御林铁卫出任国王之手。虽然不多，但确实有，他在白典中读过记载。但不知他们是否也像他这样茫然若失，不知何去何从。

"首相阁下，"格拉兹达站在门口，手中有支小蜡烛。"绿圣女来了。您吩咐立刻通知您。"

"带她进来。多点些蜡烛。"

格拉茨旦·卡拉勒带着四名粉圣女。她周身似乎散发出智慧与典雅的光芒，令巴利斯坦爵士不禁暗暗赞叹。她不仅是个坚强的女人，还是丹妮莉丝忠实的朋友。"首相阁下，"绿圣女的脸孔隐藏在闪亮的绿面纱后，"我能坐下么？这把老骨头又酸又累。"

"格拉兹达，给绿圣女看座。"四名粉圣女站在她身后，双目低垂，双手扣在身前。"来点点心？"巴利斯坦爵士关心地问。

"恭敬不如从命，巴利斯坦爵士，我喉咙都说干了。一杯果汁，行吗？"

"当然可以。"他示意科兹米亚为女祭司拿来一杯加蜂蜜的柠檬汁。为喝果汁，女祭司摘下面纱，赛尔弥这才意识到对方年纪有多大。她至少比我大二十岁。"相信女王和我一样，都由衷地感激您今天的斡旋努力。"

"圣主总那么好心。"格拉茨旦·卡拉勒迅速喝光果汁，重新戴上面纱。"有我们敬爱的女王的消息吗？"

"还没有。"

"我会为她祈祷。恕我冒昧，西茨达拉国王怎样了？我能去探望明光么？"

"我想不久就可安排。他没事，我向您保证。"

"太好了。渊凯的贤主大人们追问他的情况。想必您能料到，他们希望我们释放高贵的西茨达拉，并恢复他的合法地位。"

"会的，只要能证明他与谋害女王之事无关。在此之前，弥林将由忠诚和公正的议会来统治，议会为您预留了位置。我们有太多东西需要您指导，圣女猊下，您的智慧不可或缺。"

"恐怕您是说些冠冕堂皇的话哄我开心，首相阁下。"绿圣女道，"若您真的看重我的智慧，请听我一言：立刻释放高贵的西茨达拉，让他重登王位。"

"只有女王陛下有资格这么做。"

绿圣女在面纱下叹气。"此刻，我们费尽心血缔造的和平协议如秋风中摇摆的黄叶。时局艰难,死神骑着从该被三重诅咒的阿斯塔波放出的苍白母马,来到我们的街道肆虐。魔龙予取予夺,饕餮孩童的血肉。成百上千的弥林人忙着找船去渊凯、去脱罗斯、去魁尔斯、去任何能收留他们的地方。哈扎卡金字塔崩塌成冒烟废墟,焦黑的砖石掩埋了一个古老的谱系。乌尔兹金字塔和雅赫赞金字塔变为怪物的巢穴,它们的主人成了无家可归的乞丐。我的人民失去了希望,背弃了众神,整晚酗酒淫乐。"

"以及谋杀。鹰身女妖之子昨晚夺去了三十条人命。"

"令人痛心。这更证明应立刻释放高贵的西茨达拉·佐·洛拉克,他有能力阻止谋杀。"

他若非鹰身女妖,又怎能做到?"陛下委身下嫁给西茨达拉·佐·洛拉克,让他成为自己的国王和伴侣,并如他苦苦恳求的那样恢复了致命的艺术。他回报她的却是毒蝗虫。"

"他回报她的是和平。您不要视而不见,爵士先生,和平是无价之宝。西茨达拉来自洛拉克家族,他绝不会让毒药玷污自己的手,他是无辜的。"

"您怎能确定?"除非你知道下毒者。

"吉斯众神告诉我的。"

"我信仰七神,而七神对此保持缄默。智者,您可曾向对方提出我的条件?"

"遵照您的命令,我当着渊凯全体将领和团长的面提出条件……但我警告您,恐怕您不会喜欢他们的答复。"

"他们拒绝了?"

"他们拒绝了。他们说全世界的金子也没法赎回人质,只有龙血能换他们自由。"

不出巴利斯坦爵士所料,没有奇迹发生。他抿紧嘴唇。

"我知道这并非您期望的答复,"格拉茨旦·卡拉勒耐心地说,"但至少我能理解。龙是凶猛的野兽,渊凯人怕他们……您应当清楚,这并非无理取闹。我们的历史讲述了可怕的瓦雷利亚龙王,以及他们带给古吉斯人民的灾难。即便你那年轻的女王,自称龙之母的美丽的丹妮莉丝……那日在竞技场,我们也都亲眼看见她燃烧……即便她,也无法幸免于魔龙的怒火。"

"陛下她没……她……"

"……她死了,愿众神赐她安息。"泪珠在面纱后闪烁,"让她的龙都去死吧。"

赛尔弥正不如应对,却听到沉重的脚步声。房门轰然打开,斯卡拉茨·莫·坎塔克带着四名兽面军冲进来。格拉兹达这孩子试图阻拦,却被大力推开。

巴利斯坦爵士立刻起身。"怎么回事?"

"投石机,"圆颅大人吼道,"六个都启动了。"

格拉茨旦·卡拉勒也站起来。"这就是渊凯人的答复,爵士,我刚才警告过您。"

他们选择战争。那就来吧。巴利斯坦爵士反而如释重负。战争是他熟悉的领域。"如果他们认为扔石头就能攻破弥林——"

"不是石头。"老妇人的声音充满悲伤和恐惧。"是尸体。"

丹妮莉丝

山丘仿若绿色汪洋中的石岛。

丹妮花去半个上午才爬下来,到山底已是气喘吁吁,肌肉酸痛,似乎有些发烧。岩石磨破了双手。不过比之前好,她拨弄一个破水泡时断定。手上皮肤粉红柔软,浑浊的白色液体从伤口渗出,但烧伤正在愈合。

从下往上看,山丘望而生畏。丹妮以她降生的那座古老城堡将它命名为龙石山——她对正宗的龙石岛没有半点记忆,但这座山丘让她永志难忘。矮树丛和刺灌木覆满了山坡下部,高处则是一堆陡峭凌乱的裸岩,突兀地指向天空。在那片破碎的巨石、锋利的山脊和尖锐的山顶中,卓耿找到一个浅山洞作巢穴。丹妮第一眼看到这山丘,便意识到他在这住了有些时日。空气充斥着灰烬味道,视线范围内树木岩石皆被烤焦熏黑,地上洒满破碎的焦骨,这是他的家。

丹妮知道家的诱惑。

两天前,她爬上一个山尖,瞥见一条向南的狭长水流,在落日余晖下微微闪光。一条小溪,丹妮意识到。它小是小,但可将她引向更大的溪流,而更大的溪流通向小河,这片土地上所有的河最终都会汇入斯卡札丹河。找到斯卡札丹河后,只需顺流而下,便能到达奴隶湾。

她宁愿骑龙返回,卓耿却不肯配合。

古瓦雷利亚的龙王们用束缚咒语和魔法号角来控制坐骑;丹妮莉丝只有一个单词和一条鞭子。坐在龙背上,她有种初学骑术的感觉。她抽打小银马右肋，马儿会向左跑，因为马的本能是逃离危险；但当她鞭子落在卓耿右侧，龙却跟着转向右方，因为龙的天性是进攻。有时她鞭子抽哪都没关系，他会载她随心所欲地飞，完全忽视她的意愿。丹妮发现，鞭子只能骚扰他，却不能真正伤害他，因为龙鳞比号角还硬。

无论龙每天飞得再远，某种本能都会让他在黄昏时返回龙石山。这是他的家，不是我的。她的家远在弥林，那里有她的夫君和情人。那里才是她的归属。

走吧。如果我回头，一切就都完了。

回忆与她同行。天高云淡，草原上飞驰的骏马犹如蝼蚁。银月仿若触手可及，湛蓝的溪水在下方欢快地流过，被阳光映得波光粼粼。此景可待成追忆？在卓耿背上她才感到完整，翱翔天际，藐视所有危险，叫她如何放得下？

但她不能留恋。女孩可以一辈子玩耍，她已是成年女人，是女王也是妻子，是万千人的母亲。她的孩子需要她。卓耿曾屈服于皮鞭，她也必须牢记责任。她得重拾王冠，坐上乌木长椅，回到她高贵的夫君怀中。

西茨达拉和他冷淡的吻。

上午骄阳似火，蓝天万里无云。很好。她的衣服早已成为破布，留不住丝毫温暖。飞出弥林的疯狂旅途令她掉了一只鞋，她把另外那只留在卓耿的巢穴，因为光脚好过不伦不类地穿一只鞋。她的托卡长袍和面纱都扔在竞技场，里面的亚麻布内衣经不起多斯拉克草原炎热白昼和寒冷夜晚的煎熬，汗水、青草和尘土让它污迹斑斑，丹妮还从衣服边缘撕下一条布来包扎小腿。在别人眼中，我肯定是个饥肠辘辘、衣衫褴褛的乞丐，她心想，好在天气温暖的话，我不会冻死。

龙石山的生活孤独寂寞，伤痕累累，饥饿难耐……但奇怪的是，她却满心欢喜。几道伤疤，肚皮空空，夜来冷战……若能飞翔，一切又有何妨？真的不想走。

可是姬琪和伊丽在弥林大金字塔等她，还有她可爱的文书弥桑黛和所有的小侍酒。他们会献上美食，服侍她去柿子树下的水池沐浴。沐浴一新的感觉一定很不错。不用照镜子，丹妮也知道自己有多脏。

她很饿。有天早上，她在南坡半山腰找到不少野生洋葱，晚些时候又找到叶子繁盛的红色蔬菜，那或许是某种怪异的卷心菜。不管是什么，反正吃下去并没有不适。除开这些和一条在卓耿巢穴外小小的涌泉池抓来的鱼，她一直以龙的残羹维生，啃着焦骨和大块冒烟的肉，通常半熟半生。她需要更多食物。某天，她赤脚踢飞一颗破羊头骨，眼见它弹跳着滚下山，沿陡坡一路滚入草海，意识到自己必须离开。

丹妮踏着轻快的步子进入高高的草丛，趾间泥土散发着暖意。草跟她一般高。骑在小银马上，与我的日和星并辔行在卡拉萨前方时，我从没觉得它们有这么高。她边走边用竞技场主的皮鞭轻拍大腿。鞭子和背上的破布，是弥林留给她的全部。

她行进在绿的王国，但长草已非盛夏的深绿。秋意浓重，冬日紧随，草原比她记忆中苍白，泛着病态、黯淡、近乎于黄的绿，不久将走向棕色的终点。

草海正在干枯。

丹妮莉丝·坦格利安对多斯拉克海并不陌生，无边无垠的草海从科霍尔森林一直延伸到圣母山和世界的子宫湖。初来草原她还是个女孩，身为卓戈卡奥的新娘，要去维斯·多斯拉克觐见多希卡林的老妪。彼时展现在她面前的辽阔草原美得令她窒息。蓝蓝的天，绿绿的草，我心怀希冀。白天，乔拉爵士——她粗鲁的大熊伴她左右，还有伊丽、姬琪和多莉亚的细心照顾；夜晚，她的日和星拥她入眠，孩子在她体内成长。雷戈。我给他取名雷戈，多希卡林说他是骑着世界的骏马。即便布拉佛斯的红门大宅那早已模糊的记忆，也未令她如此欢乐。

但在红色荒原，所有欢乐都化为灰烬。她的日和星从马上坠落，巫魔女弥丽·马兹·笃尔让雷戈胎死腹中，丹妮亲手闷死了卓戈卡奥的躯壳，随后卓戈庞大的卡拉萨分崩离析。波诺寇自立为波诺卡奥，并带走大批骑手和奴隶，贾科寇随后也如法炮制，自立为贾科卡奥。贾科的血盟卫马戈奸杀了丹妮莉丝曾从他手下救走的女孩埃萝叶。若非她的龙在火葬卓戈卡奥的烟火中诞生，丹妮恐怕早就被带回维斯·多斯拉克，与多希卡林的老妪共度余生了。

大火烧光了我的头发，却没伤到我。在达兹纳克竞技场也是如此。当时一切发生得太快，她越回忆越迷糊。好多人，尖叫推搡的人。她记得马匹惊恐人立，一辆装满甜瓜的车在路中倾覆。一支长矛从下方飞来，随后是一阵十字弓箭矢，其中一支近得从丹妮脸颊擦过，剩下的或掠过卓耿的鳞片，或插入其间，或穿透了双翼的薄膜。黑龙在她身下打滚，她只能拼命抓紧鳞片。伤口冒烟，丹妮目睹一支箭矢陡然炸成火焰，另一支在龙翼扇动下坠落。下方人群四处奔逃，陷入火海，他们双手高举，似乎跳着疯狂的舞。一位穿绿色托卡长袍的女人揪住一个哭泣的男孩，拽入怀中，用身体为他抵挡火焰。丹妮能看清女人衣服的颜色，却看不清她的脸。在砖地上奔逃的人群从她身上践踏而过，很多人着了火。

随后一切消散，声音减弱，人潮后退，长矛和箭矢纷纷让路。卓耿竭力爬升，载她向上、向上、向上，直到高悬于金字塔和竞技场上空。他展开翅膀，承接被阳光灼烤的砖块散发的热气。就算我当时当地摔死，也值了，她心想。

他们飞向北方，越过大河，卓耿凭借千疮百孔的翅膀在云朵间滑翔，那些云好似鬼魂大军的旗帜。丹妮瞥见奴隶湾的海岸线，还有穿过岸边的沙漠和戈壁、一路向西的古瓦雷利亚大道。回家的大道。然后一切再次消逝,脚下只有连绵起伏的草海。

距离第一次上天翱翔,过了一千年了吗?有时真有这种感觉。

随着太阳爬升,温度也在升高,没多久她的头开始嗡嗡作响。丹妮的头发在长回来,但速度缓慢。"我要顶帽子,"她大声说。在龙石山上,她试过自己编一顶,按照在卓戈身边看到多斯拉克妇女编草杆的方式。但要么用的草不对,要么技巧太次,始终编不成型。再试一次,她告诉自己,再试一次就会成功。你是真龙血脉,不可能编不出一顶帽子。但她试了又试,最后一次也没比开始好多少。

丹妮找到在山顶瞥见的小溪时已是下午。那是一条不太显眼的小溪,孱弱的涓涓细流,还没她胳膊粗……而在龙石山的时日她的胳膊本已日益纤瘦。丹妮掬起一捧水,泼在脸上,掬水时指关节压进了小溪底部的泥巴。她幻想有更冰凉清澈的水……但这实在不可能,如果沉溺于幻想,她宁愿有人来救她。

她始终希望有人能顺藤摸瓜找来。巴利斯坦爵士可能正在找,他是她最信任的女王铁卫,发誓用生命来保护她。她的血盟卫熟悉多斯拉克海,且与她同生共死。她的夫君,高贵的西茨达拉·佐·洛拉克,也可能派出搜寻队。而达里奥……丹妮想象他微笑着骑过高高的草丛,朝她飞奔而来,嘴里金牙在夕阳最后一缕光线下闪烁。

只是达里奥做了渊凯大营的人质,以确保前来弥林的渊凯将领不受伤害。达里奥和英雄,乔戈与格罗莱,外加三名西茨达拉的亲戚。到现在,人质肯定都被释放了。可……

不知团长的双刀是否还挂在她床榻边的墙上,等待达里奥归来领取。"我把姑娘们交给你,"他说,"替我保管她们,亲爱的。"不晓得渊凯人是否清楚她的团长对她的意义。送走人质那天下午,她问过巴利斯坦爵士这个问题。"他们可能听到了风声,"

他回答,"纳哈里斯炫耀过陛下……对他……热烈的……回应。恕我冒昧,谦逊并非佣兵的美德。他对自己的……'剑术'……颇为自豪。"

你的意思是,他在外炫耀跟我上床吧。但达里奥不会蠢到跟她的敌人炫耀。没关系,现在渊凯军肯定班师了。她所做的一切都是为这个。为和平。

她回首看去,龙石山像个攥紧的拳头,从草原上升起。那么近啊。我走了几小时,它仍触手可及。回去还不晚。卓耿巢穴旁的涌泉池有鱼。既然来此的第一天抓到一条鱼,以后一定还能抓到。洞里还有残羹冷炙,卓耿的猎物焦黑的骨头上有残渣。

不,丹妮提醒自己,如果我回头,一切就都完了。她可以在光秃秃的龙石山上住下去,白天骑卓耿,黄昏时以龙的残羹维生,欣赏大草原由金黄转为橘黄。但那不是她的命。她必须抛开远山,堵住耳朵,任那飞翔与自由之歌在风中、在山峦石脊间消散。小溪由东南向南流淌,起码在她看来是这样。带我去大河边,我只求你这个。带我去大河边,剩下的我自己来。

时间过得很慢。丹妮顺着溪流弯来拐去,一边用鞭子在大腿上打拍子,试图不去想还得走多远,不去关心头疼和空空如也的肚子。一步。下一步。再一步。再走一步。她还能怎样?

她的草原一片静谧。微风吹过,草杆摩擦,叹息阵阵,它们正用诸神才听得懂的语言窃窃私语。小溪不时流经岩石,发出泠泠声响从旁绕过。泥巴挤进脚趾间,各种昆虫嗡嗡地绕着她飞,有慵懒的蜻蜓、闪亮的绿蜂、还有小得几乎看不见的刺蚊。它们落在她胳膊上,她漫不经心地赶开。她撞见一只来溪边喝水的老鼠,但老鼠看到她就跑了,钻进草杆间,消失在长草丛中。她不时听到鸟鸣,它们的歌声让她肚饿,但她没网,也找不到鸟巢。我梦想飞翔,她心想,飞过之后却梦想偷鸟蛋。这想法让她忍俊不禁。"世人发疯，诸神癫狂。"她告诉长草，长草低声附和。

这一天里她三次看到卓耿。第一次他距离尚远，就像遥远的云层中穿梭的鹰，现在他即便只有斑点大小，丹妮也能认出。第二次他展开黑色的翅膀掠过太阳，世界为之昏暗。最后一次他从她正上方飞过，近得她能听见拍翅声。半晌间，丹妮以为他在追猎她，他却毫无察觉地飞走，消失在东方。还好，她想。

夜色不知不觉包围了她。太阳勾勒出远方龙石山的轮廓，丹妮来到一道荒草蔓生、破败龟裂的低矮石墙前。或许它曾是神庙的一部分，或是庄主大厅的残余。墙内有更多废墟——一座古井，草丛中一些可能是茅屋旧址的圆圈。她推测那些屋子是草杆和泥巴建的，被长年的风吹雨淋损毁殆尽。日落前，丹妮一共找到八个圆圈，或许更多的隐藏在远处的草地。

石墙比废墟其他部分状况好一些。尽管它的最高处，即两墙相交的角落也不过三尺，但好歹能提供遮蔽。黑夜迅速到来，丹妮缩进角落，抓了几把废墟中疯长的野草胡乱盖住自己。她太累，双脚都起了新水泡，粉红的脚趾上有一对大的。漫漫长路啊，她不由得咯咯发笑。

世界沉入黑暗，丹妮躺下阖眼，睡意却迟迟不至。夜色清冷，土地坚硬，腹中空虚。她想起弥林，想起爱人达里奥，想起丈夫西茨达拉，想起伊丽和姬琪、可爱的弥桑黛、巴利斯坦爵士，还有瑞茨纳克与圆颅大人斯卡拉茨。他们还牵挂我死活吗？我骑龙飞走，他们是不是认为他吃了我？她不知西茨达拉能否保住王位。他的王冠是她给的，她走之后他守得住吗？他要卓耿死，我听见他叫喊。"杀了它！"他下令，"杀了那野兽！"他脸上挂着贪欲。壮汉贝沃斯跪倒在地，浑身颤抖，吐得稀里哗啦。毒药。一定是毒药。蜂蜜蝗虫里有毒。西茨达拉劝我尝尝，不料却被贝沃斯吃光了。她让西茨达拉做她的国王，让他分享她的床榻，为他重开竞技场，他没有理由杀她。下毒者究竟是谁？瑞茨纳克，她芬香的总管？渊凯人？鹰身女妖之子？

远方，传来一声狼嗥，让她顿感悲伤又孤寂，也提醒着她腹中饥饿。月亮升到草原中天，丹妮终于陷入烦乱的睡眠。

她做梦了。烦恼和伤痛离她而去，她似乎又飘上天空，又飞起来了。她盘旋着、欢笑着、舞蹈着，群星围绕在旁，在她耳边轻声密语。"要去北方，你必须南行。要达西境，你必须往东。若要前进，你必须后退。若要光明，你必须通过阴影。"

"魁蜥？"丹妮唤道，"你在哪，魁蜥？"

她看见了。她戴着星光织成的面具。"记住你是谁，丹妮莉丝。"群星用女人的声音悄声说，"魔龙知道，但你知道吗？"

次日清晨，丹妮醒来后浑身酸痛僵硬，四肢脸庞都爬满蚂蚁。她赶紧踢掉用作铺盖和床单的枯棕草杆，挣扎着起来。身上到处是被咬出的红色小丘疹，又肿又痒。哪儿来的蚂蚁？丹妮扫掉四肢和肚子上的蚂蚁，摸摸头发烧光后长满发楂的头皮，发现有更多蚂蚁，甚至有蚂蚁沿着脖子向后爬。她将它们统统扫下，赤脚碾死。好多啊……

原来蚁冢就在矮墙另一边，也不知蚂蚁是怎么爬过墙找到她的。对它们来说，这墙肯定和维斯特洛的绝境长城一样。那是世上最雄伟的城墙，哥哥韦赛里斯常骄傲地描述，好像那是他建的。

韦赛里斯还讲过穷苦骑士的故事，说他们穷得住不起店，只能睡在七国小路旁的老树篱下。丹妮愿意付出一切换来一个厚厚的大树篱。没有蚁冢就更好了。

太阳才刚刚升起，几颗明星流连在瓦蓝瓦蓝的天空。其中某颗也许正是卓戈卡奥，在夜晚的国度骑着烈焰熊熊的骏马朝我微笑。在草原上放眼望去，她仍能看到龙石山。那么近。我应该走出几里格了，看着却像一小时就能走回去。她想再次躺下，阖眼继续睡。

不。我得前进。小溪。跟着小溪就好。

丹妮花了点时间来确定方向，可不能因为走错路而错过小溪。"它是我的朋友。"她大声说，"我和朋友在一起就不会迷路。"够胆的话，她应当睡在水边。但动物晚上会来溪边饮水，她见过脚印。对一匹狼或一头狮子来说，丹妮或许算不得大餐，但总是聊胜于无。

确定哪边是南后，她数着步子出发，踏出第八步时看到了小溪。她捧了些水来喝。溪水让她肚子绞痛，却比干渴要好。之前除了长草上闪光的露珠，她没东西喝，除非吃草，她也没食物。我可以吃蚂蚁。黄蚂蚁太小，没什么吃头，但草原里的红蚂蚁个头大一些。"既然我在海里。"她一边沿蜿蜒的小溪蹒跚而行，一边说，"说不定能抓到螃蟹，或是一条肥美的鱼。"鞭子轻拍大腿，啪，啪，啪。一步一个脚印，小溪会带她回家。

刚过中午，她沿小溪来到一片灌木丛，扭曲的树枝上挂满绿色硬皮浆果。丹妮疑惑地打量着浆果，然后从枝头摘下一颗，咬了一小口。果肉又酸又难嚼，却带着一丝熟悉的回味。"在卡拉萨，他们用这种浆果给烤肉调味。"她想起来。这话大声说出口让她更加确信，由于肚子叫个不停，她不知不觉中已双手并用边采边吃。

一小时后，她肚子绞痛得走不动路，当天剩下的时间一直呕出绿色黏液。留下一定会死。我可能就要死了。不知多斯拉克的马神是否掌管这片草地，能否将她带往群星间的卡拉萨，让她与卓戈卡奥并骑于夜晚的国度？在维斯特洛，坦格利安家族的死者会被火葬，但此处谁来为她点燃火葬堆呢？狼群和食腐乌鸦会分食我的身体，她伤感地想，蛆虫将钻进我的子宫。她的双眼又聚焦在龙石山，它看起来小了些。即便相隔甚远，她也能看到风蚀的山顶上有烟升起。卓耿狩猎回来了。

日落时分，她蹲在草丛里呻吟，每次排泄的粪便都比之前更松软、难闻。月亮升起时,她排泄的已是褐色的水。她喝的越多,排泄的越多;排泄的越多,就越觉干渴,非得爬到溪边继续喝。最后她阖上眼,不知自己有没有力气再睁开它。

她梦到死去的哥哥。

韦赛里斯还是临死前的样子。嘴唇痛苦地扭曲,头发烧着了,融化的黄金淌过眉骨脸颊,流进双眼,所经之处焦黑冒烟。

"你死了。"丹妮说。

我被谋害了。他没动嘴,她却听到他的声音在耳边轻响。妹妹,你没为我哀悼。无人哀悼的死亡实在难熬。

"我爱过你。"

那是曾经,他声音里的怨恨让她颤抖。你本该作我妻子,为我生下银发紫眸的孩子,以保持真龙血脉的纯正。我照顾你,让你知道自己是谁。我一手把你拉扯大,为了不让你饿死,我卖掉母后的王冠。

"你伤害我。你威胁我。"

只有当你唤醒睡龙时。我爱你。

"你卖了我。你背叛我。"

不对。是你背叛我。你弃我于不顾,抛弃了自己的血亲。他们骗我。你的马人丈夫和他那帮臭蛮子,他们是骗子、小人。他们承诺给我一顶黄金王冠,结果却是这个。他摸摸脸上缓缓流下的熔金,青烟从指头升起。

"你本可得到王冠。"丹妮告诉他,"你只需耐心等待,我的日和星便会为你赢取它。"

我等得够久了。我这辈子都在等。我是他们的国王,他们合法的国王,他们竟然嘲笑我。

"你本该和伊利里欧总督一起留在潘托斯。卓戈卡奥要带我去见多希卡林,你无需跟随。你自己要去,这是你的错。"

你想唤醒睡龙吗，愚蠢的小贱货？卓戈的卡拉萨是我的。我从他那买的，整整十万哮吼武士，我用你的贞操付的账。

"你根本不明白，多斯拉克人不做买卖。他们赠送并接受礼物。你只需耐心等……"

我没有等吗？为了我的王冠，为了我的王座，为了你。这么多年的等待，却换来一锅熔金。凭什么把龙蛋送给你？它们是我的！如果我有一头龙，我会让世界知道我们家的宣言。韦赛里斯歇斯底里地大笑，直到下巴冒着烟掉落，鲜血和熔金从嘴里涌出。

她喘着粗气醒来，大腿间滑溜溜地全是血。

一开始她没意识到发生了什么。世界刚刚放亮，风中长草轻柔地沙沙响。不，拜托，让我多睡会儿。我太累。她想钻回睡前扯下的草堆里，但有些草杆湿了。又下雨？她坐起来，害怕睡着时沾了一身泥，结果手指靠近脸庞闻到血味。我要死了吗？然后她看到苍白的新月高悬在草海之上，这是她的月事。

若非她虚弱又害怕，这或许算是个安慰。她猛烈哆嗦起来，在泥土上蹭干手指，抓起一把草擦拭大腿内侧。真龙不流泪。她在流血，不过是经血。但天上还是新月，怎会如此？她努力回想上次月事的时间。上次满月？大上次？大上上次？不，不可能那么久。"我是真龙血脉。"她大声告诉草丛。

曾是，草丛低语回应，直到你将真龙锁在黑暗的地下。

"卓耿杀了一个小女孩。她叫……她的名字……"丹妮悲哀地发现自己记不起孩子的名字，若非泪水早被蒸干，她真想恸哭一场。"我永远不会有自己的小女孩。我是龙之母。"

是的，草丛说，但你抛弃了自己的孩子们。

她饥肠辘辘，起泡的双脚酸痛不已，腹中绞痛似乎越发严重，好像无数扭动的蛇在啃食她的内脏。她用颤抖的手捧起泥水。正午时水是温热，但在寒冷的清晨却几近清凉，正好可以帮她撑开眼睛。她把水泼在脸上，看清大腿上的鲜血，内衣破碎的边缘也沾上血迹。这一片夺目的鲜红把她吓坏了。经血，不过是经血，但她不记得自己流过这么多血。会不会是水？如果是水，那她死定了。因为她要么喝，要么就得渴死。

"继续前进。"丹妮命令自己。"沿小溪继续前进，它会带我到斯卡扎丹河。到那儿达里奥就会找到我。"但她用尽全力才勉强站起来，随后全身发烫，血流不止，一步都迈不动。她抬头望向湛蓝空旷的天空，眯眼盯着太阳。半个上午过去了，她沮丧地想。她强迫自己抬起脚，迈出一步，又一步，她觉得自己又能走了，便顺着小溪前进。

气温渐暖，太阳直射在头上，烤着残余的发楂。水溅在脚底，她发现自己走进了小溪。这样多久了？脚趾间柔软的棕泥让她觉得舒服，并缓解了水泡的痛楚。无论在小溪中还是小溪外，我都得走下去。水往低处流，小溪带我到河流，河流带我回家。

回家？那不是家。

弥林不是她的家，也不会成为她的家。那是梳着奇怪发型的奇怪人生活的奇怪城市，信仰奇怪的神祇；那里的奴隶主裹着缀满流苏的托卡长袍，那里的圣女以卖淫为业，那里的屠杀是种艺术，那里的狗肉被当成美味。弥林是鹰身女妖之城，丹妮莉丝却成不了鹰身女妖。

永远成不了，草丛用乔拉·莫尔蒙粗哑的声音发言。我早就警告过您，陛下。我说，放弃这座城市，您的目标是维斯特洛。

他声音很轻，丹妮却觉得他就贴在身后。我的大熊，她心想，我亲爱的大熊，你爱过我，又背叛我。她好想他，好想再见到他那张丑脸，用胳膊环住他，倚在他胸膛。但她知道自己一回头，乔拉爵士就会烟消云散。"我在做梦，"她说，"做白日梦，边走路边做梦。我孤身一人，迷失了方向。"

迷失，是因为您在不属于您的地方徘徊。乔拉爵士的声音如轻柔说话的风。孤身一人，是因为您将我赶走。

"你背叛我。你为了金子当间谍。"

为了家。我只想回家。

"还有我。你要我。"丹妮曾从他眼里看出。

是的，草丛悲伤地轻语。

"你吻我。我从未准许你吻我，但你还是吻了。你把我出卖给敌人，却又真心实意地吻我。"

我给您忠言。把好容易积攒下来的实力留给七大王国。我说，把弥林留给弥林人，向西方进发。您却听不进。

"我必须攻占弥林，否则我的孩子们会在行军中饿死。"穿越红色荒原时，丹妮留下一路尸体，同样的场景她再不想看到了，"我必须用弥林的储备来养活我的子民。"

您攻占了弥林，他对她说，却逗留不去。

"我是女王。"

您是女王，她的大熊说，您是维斯特洛的女王。

"那还要走好久。"她怨怼道，"我累了，乔拉，我厌倦了战争。我想要休养生息，想要在欢笑中度过，想要播种树苗，看它们茁壮成长。我只是个年轻女子。"

不，您是真龙血脉。低语声渐渐模糊，仿佛乔拉爵士被远远落下。真龙不种树。记住这个。记住您是谁，记住您的使命，记住您的族语。

"血火同源。"丹妮莉丝朝摇摆的草丛说。

她绊到一颗石头，单膝跪倒，疼得大哭。她多么希望她的大熊会抱住她，扶她起来，但她回头寻觅，却只看到细细的棕色水流……和轻轻摇摆的草。是风，她告诉自己，是风摇晃草杆，轻声细语。但根本没有风。烈日当空，世界沉闷。空中蚊蚋成群，一只蜻蜓在小溪上飞来飞去，草丛仿如有意识似的摇晃。

她在水底泥巴中挖出一块拳头大小的石头。简陋的武器也好过赤手空拳。她眼角余光瞥见右侧草丛又在动。草丛摇晃，并像见了国王一样弯下腰，但这里没有国王。这个空旷的世界是那么的绿、那么的安静、那么的枯黄，它正在走向死亡。我必须站起来，她告诉自己，我必须走下去，沿着小溪前进。

草丛中传来清脆的银铃声。

铃铛，丹妮笑了，她想起卓戈卡奥，她的日和星，想起他发辫上的铃铛。等太阳从西边升起，在东边落下。等海水干枯，山脉像枯叶一样随风吹落。等我的子宫再度胎动，我再次怀了孩子，卓戈卡奥将回到我身边。

但这一切是不可能的。铃铛。她的血盟卫找到了她。"阿戈。"她轻声呼唤，"乔戈。拉卡洛。"或许达里奥也在？

绿色草海向两边分开，冲出一名骑手。他的辫子乌黑油亮，皮肤深得像抛光过的铜，眼睛如两颗杏仁。铃铛在他发际歌唱，他缠着勋章腰带，身穿彩绘背心，左右挂了一把亚拉克弯刀和一条长鞭，马鞍上悬着猎弓和一袋箭支。

独行骑手。他是斥候。他的任务是到卡拉萨前方寻找猎物和肥美的草地，并搜出隐藏的敌人。如果他发现她，会杀她，强暴她，或是奴役她，最好的结果不过是送她回去陪伴多希卡林的老妪，那才是卡奥死后卡丽熙的归宿。

不过那人没发现丹妮。草丛掩护了她，而他看着别处。丹妮顺着他的目光看去，只见黑色的阴影大展双翼飞了过来。龙就在一里开外，斥候僵在原地，直到他胯下的种马发出惊恐的嘶鸣，他才如梦方醒，拨转马头，穿过长草飞驰而去。

丹妮注视着他离开。当马蹄声渐渐远去，终归平静时，她开始大喊，一直喊到嗓音嘶哑……终于，卓耿喷着烟雾飞来。草丛在他面前伏下，丹妮跳上他的背。她浑身血味和汗味，且满心恐惧，但这不重要。"若要前进，你必须后退。"她对自己说，赤裸的双腿夹紧黑龙的脖子。她踢了卓耿，卓耿便升上天空。鞭子丢了，她靠手和脚指示他向东北飞行，那是斥候逃跑的方向。卓耿十分配合，或是嗅到了骑手的恐惧。

几次心跳后，他们便超越了下方疾驰的多斯拉克斥候。丹妮看到左右都有焚成灰烬的草地。卓耿来过这里，她意识到。他狩猎的痕迹犹如一串灰色岛屿，点缀在绿海汪洋中。

一大群马匹出现在下方，那是二十多个骑手，但他们一看到龙转身就逃。黑影欺近他们，马群吓破了胆，在草原上撒开蹄子狂奔，直到口吐白沫，四蹄撕裂大地……但它们再快也飞不起来。一匹马落了单，黑龙咆哮着下降，眨眼间那可怜的牲畜就浑身浴火，但还没停下奔跑的步伐，一路尖锐的哀鸣，直到卓耿落在它身上，折断它的脊背。丹妮用尽全力抓住黑龙的脖子，才没滑下去。

马尸太沉，卓耿没法运回龙石山，于是就地享受猎物。他从兽尸上扯下焦肉，周围的青草熊熊燃烧，空中弥漫着浓烟和烧焦马毛的气味。饥饿的丹妮从龙背上滑下，和他一同进食，赤手从死马上扯下几块冒烟的肉。她烧伤了双手。在弥林，我是丝绸包裹的女王，小口地咬着塞满枣子的蜂蜜烤羊，她回忆，我那高贵的夫君看到我现在的模样会作何感想？西茨达拉肯定会被吓坏。但达里奥……

达里奥会哈哈大笑，抽出亚拉克弯刀割下一大块马肉，蹲在她身旁一起吃。

当西方的天空变成淤血的颜色，丹妮听见马蹄声。她站起来，用残破的内衣擦净双手。

贾科卡奥带着五十名骑马战士从滚滚浓烟中出现时，丹妮莉丝和她的龙站在一起。

终章

"我不是叛徒,"鹰巢堡骑士声称,"我是托曼国王的忠仆,我是您的人。"

他说话时披风上的融雪"哒、哒、哒"地滴到地上,在脚边形成一汪小水潭。昨晚君临的雪几乎下了一夜,门外积雪已没过脚踝。凯冯•兰尼斯特爵士紧了紧披风,"空口无凭,爵士,言语就像风。"

"那就让我用双手去证明,"火炬光在罗兰•克林顿长长的火红须发上闪耀,"让我讨伐我伯伯,我会把他和那条伪龙的人头献上。"

穿红袍戴狮半盔的兰尼斯特枪兵在王座厅西墙下站队,绿袍的提利尔卫士面对他们在东墙下站队。厅内寒气逼人。瑟曦太后和玛格丽王后虽没到场,却如盛宴上不散的幽魂,扰乱了气氛。

御前会议的五名重臣坐在议事桌边,铁王座犹如黝黑的巨兽盘踞于后,无数尖刺、利刃和倒钩在阴影中若隐若现。凯冯•兰尼斯特感到身后王座的重量,他可以想象老王伊里斯坐在上面、浑身割伤流血时是什么心情。今天铁王座空空如也,他没让托曼出席。就让孩子多陪陪母亲,七神知道那对母子还剩多少时间——在瑟曦的审判之前……或在她被处决之前。

梅斯•提利尔发话:"我们会适时处理你伯伯和他扶持的傀儡。"新任国王之手坐在手形橡木宝座上,凯冯爵士把提利尔垂涎已久的首相职位授予他的当天,他便打造了这么个荒唐玩意。"我们进军之前,你不得离开红堡。之后你有机会证明自己的忠诚。"

凯冯爵士不反对这样的处置。"送罗兰爵士回房，"言下之意是：将他软禁起来。鹰巢堡骑士嘴上说得漂亮，但难以洗脱嫌疑，据说在南方登陆的佣兵都是他亲戚统领的。

克林顿脚步声的回响在大厅消散后，派席尔大学士沉重地摇头。"他伯伯当年就站在他现在站的地方，向伊里斯国王保证会把芳勃·拜拉席恩的人头献上。"

人活到派席尔那么老就会变成这样，分不清过去和现在。"罗兰爵士在城里有多少兵？"凯冯爵士问。

"二十人，"蓝道·塔利伯爵回答，"多为格雷果·克里冈的旧部。你侄子詹姆把这帮家伙打包送给克林顿，我敢打赌，他是想趁机摆脱他们。到女泉城不满一天，其中一个无赖就杀了人，另一个犯下强奸罪。我吊死了前一个，阉了后一个。依我之见，该把克林顿连同这帮家伙一起扔给守夜人。废物人渣都该送去长城。"

"这帮贱狗跟他们的主人一个德行。"梅斯·提利尔宣称。"我同意将他们送去长城，不能允许他们到都城守备队混饭吃。"都城守备队中刚刚加入一百名高庭的亲兵，而新任首相显然不打算在队里跟西境人寻求平衡。

沟壑难平，贪得无厌。凯冯·兰尼斯特开始理解瑟曦为何如此厌恶提利尔了。然而眼下不是翻脸的时候。蓝道·塔利和梅斯·提利尔各带一支军队返回都城，兰尼斯特的主力却远在河间地，之前还解散了不少士兵。"魔山的旧部很能打，"他用安抚的语气说，"眼下要抵御佣兵入侵，正是用人之际。若科本的探子所言属实，若这真是黄金团——"

"你叫他们什么都行，"蓝道·塔利道，"不过是群冒险家而已。"

"或许如此，"凯冯爵士道，"但若我们不管不理，这群冒险家的实力就会与日俱增。先让我们看看地图，以便对入侵规模有个初步了解。派席尔国师？"

地图由学士在上好的牛皮纸上手绘而成，异常精美，覆盖了整张议事桌。"这里，"派席尔用斑驳的手指指点，老人的长袍袖子抬起来，前臂下一片苍白赘肉晃悠悠的，"还有这里跟这里。整片海岸和沿岸岛屿，到处传来警报：塔斯岛、石阶列岛，乃至伊斯蒙岛。最新报告更声称克林顿已向风息堡进军。"

"如果那真是琼恩•克林顿。"蓝道•塔利表示。

"风息堡，"梅斯•提利尔公爵哼了一声，"他不可能攻下风息堡，征服者伊耿转世也做不到。况且就算他攻下又怎样？那地方现在是史坦尼斯的地盘，从一个叛徒手中转到另一个叛徒手中，跟我们有什么关系？反正等证明我女儿的清白后，我会亲自夺回它。"

夺回它？你从来没有征服过它。"我理解您的考虑，大人，可是——"

提利尔不让他说完。"针对我女儿的指控是最肮脏的谎言。我不得不再次请教：有必要让这出闹剧进行下去吗？爵士，何不直接让托曼国王宣布我女儿的清白，此时此刻就终止所有胡闹？"

那样的话，玛格丽一生都会被不堪入耳的流言蜚语纠缠。"没人怀疑您女儿的清白，大人，"凯冯撒谎，"只是总主教大人坚持要进行审判。"

蓝道伯爵嗤之以鼻，"什么道理，国王和诸侯得跟着叽叽喳喳的麻雀来跳舞？"

"我们树敌过多，塔利大人，"凯冯爵士提醒对方，"北有史坦尼斯，西有铁民，南有这伙佣兵，要再开罪总主教，只怕君临城中也会血流成河。更不利的是，若我们公然挑衅神权，将让那些虔诚的人投向篡夺者们的怀抱。"

梅斯•提利尔不以为然。"只等派克斯特•雷德温扫清海上的铁民，我儿子们就会夺回盾牌列岛。大雪会埋葬史坦尼斯，再不济波顿也能办到。至于说克林顿……"

"如果那真是他。"蓝道伯爵再度强调。

"……至于说克林顿，"提利尔续道，"他打过什么胜仗？我们有什么可担心？他本该在石堂镇终结劳勃的叛乱，结果却一败涂地，而这个黄金团也是屡战屡败。是有些傻瓜会蠢到加入他们，但有什么打紧？反正这个国家多的是傻瓜。"

凯冯爵士要是有公爵这么自信就好了。他见过琼恩•克林顿几面——印象中那是个骄傲的青年，是雷加•坦格利安王子身边那帮争相邀宠的年轻贵族中最自以为是的一位。他固然骄傲，却也活力四射，颇有才识。疯王伊里斯正是看中他的能力和武艺，才任命他为首相。当年，老玛瑞魏斯首相的无所作为让叛乱蔓延生根，伊里斯希望找个跟劳勃一样年富力强的将领来统率大军。"克林顿爬得太快，"国王的命令传到凯岩城时，泰温•兰尼斯特公爵评论，"他太年轻太莽撞，过分渴求荣耀。"

鸣钟之役证明了泰温的判断。凯冯爵士以为此役后伊里斯别无他法，只能召回泰温……谁料疯王竟选择切斯特伯爵和罗萨特，并为之葬送了生命和祖宗基业。都是多年前的往事了，如果这真是琼恩•克林顿，那他跟从前已不可同日而语。年长的他会变得更顽强，更有经验……更危险。"克林顿手中的牌可能不止黄金团一张，据说他握有坦格利安家的继承人。"

"冒牌货。"蓝道•塔利断定。

"可能是，也可能不是，"当年在这个大厅，泰温将雷加王子的儿女用红斗篷裹住、放在铁王座下时，凯冯也在场。他认出女孩确是雷妮丝公主，但男孩……脸砸得稀烂，骨头、脑浆和鲜血混成一团，连着几缕白发，模样实在恐怖，没法仔细查看。泰温说那是伊耿王子，大家便无异议。"此外，另一个坦格利安的故事不断从东方传来,风暴降生丹妮莉丝的血统是无可置疑的。"

"她跟她爹一样疯狂。"梅斯·提利尔公爵自信地说。

你是指那个高庭和提利尔家族千辛万苦扶持到底的爹吗?"她可能是个疯子,"凯冯爵士承认,"但浓烟飘到西方,说明东方真有火势。"

派席尔大学士小鸡啄米似的点头,"是龙啊。龙的故事传遍了旧镇,人们众口一词,不可能是假的。银发女王拥有三条魔龙。"

"她远在世界尽头,"梅斯·提利尔说,"作了奴隶湾的女王。没错,她待在那里就好了。"

"这点我们都同意。"凯冯爵士道,"但那女孩身上毕竟流着征服者伊耿的血,我不相信她会满足于弥林那弹丸之地。若她远渡重洋,跟克林顿大人携手合作,跟这个说不清来头的王子……不,我们必须立刻摧毁克林顿和他的傀儡,抢在风暴降生丹妮莉丝西进之前。"

梅斯·提利尔环抱胳膊,"我也想出兵啊,爵士,但得等审判结束。"

"佣兵打仗都是为钱,"派席尔大学士宣称,"何不重金策反黄金团,让他们交出克林顿和他手头的坦格利安傀儡?"

"呃,有钱当然好办事。"哈瑞斯·史威佛爵士道,"很抱歉,诸位大人,国库目前只剩蟑螂和老鼠。我已再三写信给密尔的银行家们,如果他们最终同意替我们偿还拖欠布拉佛斯人的款子,并贷出一笔新款的话,我们或许不必增税。否则——"

"潘托斯的总督们向来乐于放款,"凯冯爵士说,"你也去那边试试。"事实上,潘托斯人比密尔的钱币兑换商更保守,但试试总没错。若实在开辟不了财路,也无法劝说铁金库减免债务,他将不得不动用兰尼斯特本家的金子来替王国还债。至于增税,他想都不用想,太平时期一半的领主尚且把增税当成暴政的同义词,现在七大王国动荡不安的关头，这帮人哪怕为一个铜板，也会投靠最近的篡夺者。"如果这些方法都不管用，你就得亲自前往布拉佛斯，跟铁金库当面谈判。"

哈瑞斯爵士听了一缩，"我必须去吗？"

"你可是财政大臣！"塔利伯爵尖锐地指出。

"我是财政大臣，"史威佛脸上的短小白须出于激愤颤抖着，"可我提醒诸位大人，祸不是我闯的！而且，在女泉城和龙石岛抢到的财宝没有上交国库。"

"你的暗示纯属无稽之谈，史威佛，"梅斯·提利尔火冒三丈。"我跟大家担保，龙石岛上没有财宝。我儿子的部下在那个鸟不生蛋的湿冷荒岛上掘地三尺，也没找到一颗宝石、一枚金币。传说中岛上贮藏的龙蛋更是没谱的事。"

凯冯·兰尼斯特去过龙石岛，他非常怀疑洛拉斯·提利尔能在那座古堡"掘地三尺"。要塞是瓦雷利亚人的作品，而瓦雷利亚人的作品都散发着巫术的臭味。洛拉斯爵士还年轻，年轻人总是急于下判断，更别提他在攻城时身负重伤。但要在提利尔面前否定他最疼爱的小儿子，无疑极不明智。"如果龙石岛上有财宝，史坦尼斯早挖出来了。"他安抚道，"让我们谈谈别的话题，大人们。正如大家所知，王后和太后如今都受到叛国罪的指控。我侄女通知我，她接受比武审判，并选择劳勃·斯壮爵士为其代理骑士。"

"沉默的巨人。"塔利伯爵做个鬼脸。

"告诉我，爵士，此人到底是何方神圣？"梅斯·提利尔质问，"为何我们没听说过他？他不说话也不露脸，甚至不愿脱盔甲。我们能确定他是骑士吗？"

我们甚至不能确定他是活人。马林·特兰说斯壮不吃不喝，柏洛斯·布劳恩声称那人连厕所都不用上。上厕所？死人不拉屎。那身闪亮白甲下的"劳勃爵士"究竟是谁，凯冯·兰尼斯特觉得自己能猜个八九不离十，想必梅斯·提利尔和蓝道·塔利也是心照不宣。无论头盔后的脸成了什么样，都必须牢牢掩饰，因为这个沉默的巨人是他侄女唯一的希望。希望他打起来也那么骁人吧。

梅斯·提利尔只关心自己的女儿。"国王陛下亲自提名劳勃爵士为御林铁卫，"凯冯爵士不得不提醒对方，"科本也为此人作保。大人们，情势所迫，我们不得不指望他获胜。如果我侄女被证明有罪，意味着她的子孙后代的合法地位也将受到质疑。托曼的王冠若不保，玛格丽的后冠也将同时失效。"他让提利尔仔细消化一会儿。"无论瑟曦做过什么，她都是凯岩城的女儿，跟我流着同样的血。我不能容忍她以叛国罪被处死，但我向你们保证会好好管束她。我已遣散她身边所有卫士，更换成我的人；她的侍女也全被赶走，她现在由总主教挑选的一名修女和三名见习修女照料。在朝政和托曼的教育问题上，她不再有发言权。审判结束后，我就送她回凯岩城，加以软禁。我认为这样的处置是恰当的。"

有些话他没说出口：瑟曦业已声名扫地，不可能回到权力中心。从跳蚤窝到臭水湾，君临城里每个乞丐、每个妓女、每个面包师学徒、每个制革匠都看过她的裸体，羞辱过她。他们饥渴的眼睛在她的奶子、肚皮和私处上爬来爬去。有过这番耻辱经历的太后不可能再母仪天下。丝绸、黄金和祖母绿装点的瑟曦高高在上，近乎女神；但赤身裸体的她只是个上了年纪的女人，肚皮有生孩子留下的妊娠纹，乳房开始下垂……街市里的泼妇把她身上每个部位都兴高采烈地指给丈夫和情人们观赏。耻辱地活着总比骄傲地死掉强，凯冯爵士提醒自己。"我侄女将不再有机会兴风作浪，"他向梅斯·提利尔承诺，"我以我的名誉向您担保，大人。"

提利尔勉强点头，"如您所言。我的玛格丽宁愿接受教会审判，让全国上下见证她的清白。"

如果你的女儿像你宣称的那样清白，你何苦按兵不动呢？凯冯爵士想追问。"祝您一切顺利，"他以此回复对方，随后转向大学士派席尔，"还有事务吗？"

大学士翻了翻桌上的文件，"罗斯比家的继承问题亟待解决，目前已有六方提出要求——"

"罗斯比的事先放一放。还有吗？"

"我们要准备迎接弥赛菈公主。"

"跟多恩人打交道就是麻烦，"梅斯•提利尔道，"不能为这孩子找个更好的对象？"

比如你儿子维拉斯，嗯？女方被多恩人毁容，男方被多恩人弄残，好一对璧人。"您说得是，"凯冯爵士道，"但我们有燃眉之急，不宜现在就开罪多恩人。试想，若道朗•马泰尔联合克林顿一同发难，支持伪龙的话，局势可大大不妙。"

"何不劝促我们的多恩朋友去对付克林顿大人呢？"哈瑞斯•史威佛爵士发出讨厌的傻笑声，"既省钱又省力。"

"没错，"凯冯爵士疲惫地应道。他不想再啰唆了。"感谢诸位大人，我们五天之后——瑟曦的审判之后——再开会。"

"如您所愿。愿战士赐予劳勃爵士力量。"梅斯•提利尔这番话说得敷衍，他也只朝摄政王微微颔首。但这毕竟意味着遵从，凯冯•兰尼斯特爵士对此感到满意。

蓝道•塔利和他的封君一道离开，随行带走所有绿袍枪兵。真正危险的是塔利，凯冯目送他们离开时心想，此人心胸狭窄，但意志坚定、手段狠辣，舞枪弄剑的本事也是河湾军人中的翘楚。我该如何把他争取过来？

"提利尔大人对我有成见。"首相离开后，派席尔国师沮丧地吐露，"月茶的事……我做不了主，太后她非要我这么说！方便的话，还请摄政王阁下为我加派守卫，我才睡得安稳。"

"提利尔大人很可能认为这是冒犯。"

哈瑞斯·史威佛爵士也扯了扯短胡子，"我也需要加派守卫，现在可是非常时期。"

确实是非常时期，凯冯·兰尼斯特心想，首相大人想撤换的重臣不止派席尔。梅斯·提利尔提出由他叔叔、高庭总管"粗胖的"加尔斯接任国库经理。无论如何不能让另一位提利尔钻进御前会议了。他现在已经势单力薄，哈瑞斯爵士是他岳父，派席尔跟兰尼斯特家族算老交情；与之相对，塔利与此刻不在场的派克斯特·雷德温——海军上将和海政大臣——却是宣誓效忠高庭的封臣。雷德温正统率舰队绕过多恩领去讨伐攸伦·葛雷乔伊的铁民。等他返回君临，御前会议里正好是三对三，兰尼斯特和提利尔维持着脆弱的平衡。

第七个席位留给护送弥赛菈回家的多恩女人。娜梅小姐。不，哪怕科本的报告只有一半属实，她也根本不是什么小姐。作为红毒蛇的私生女，她跟她父亲一样恶名昭彰，且一心想要占据奥柏伦亲王短暂拥有过的重臣席位。此事凯冯爵士尚未知会梅斯·提利尔，他知道首相定会大发雷霆。我们真正需要的是小指头，培提尔·贝里席有凭空变出金龙的本事。

"你们去招揽魔山的旧部吧，"凯冯爵士提议，"反正红罗兰不需要他们了。"他认为梅斯·提利尔不会莽撞到直接谋害派席尔或史威佛，但加派守卫能让他们安心，也没什么坏处。

三位重臣结伴离开王座厅，大雪还在外庭呼啸，仿如急着出笼的咆哮野兽。"有这么冷的时候吗？"哈瑞斯爵士问。

"说到冷，"派席尔国师道，"可不可以别站在这里说。"他说罢便拖着缓慢的步子穿越外庭回房去。

剩下的两位在干座厅外的台阶上逗留了一会儿。"密尔的银行家恐怕靠不住，"凯冯爵士告诉岳父，"你做好去布拉佛斯的准备。"

哈瑞斯爵士不太乐意，"如果必须的话。我再次声明，这不是我闯的祸。"

"你说得对。拒绝偿还铁金库债务的是瑟曦，你要我派她去布拉佛斯吗？"

哈瑞斯爵士眨眨眼，"太后陛下……她……那个……"

凯冯爵士受够了他，"只是个玩笑，一个糟糕的玩笑。你还是去找个温暖的房间待着吧，我该回去了。"摄政王大人戴上手套，大步迈过庭院，披风在身后迎风飞舞、猎猎作响。

围绕梅葛楼的干涸护城河已有三尺积雪，河中铁刺冰霜闪烁。进出梅葛楼唯一的通路是河上的吊桥，吊桥对面始终有一名御林铁卫守护，今晚站岗的是马林·特兰爵士。七铁卫中的巴隆·史文远赴多恩追捕流亡骑士暗黑之星，洛拉斯·提利尔在龙石岛上身负重伤，詹姆于河间地行踪成谜，君临城内只剩四位白骑士。在瑟曦承认与凯特布莱克兄弟通奸的当天，凯冯爵士就把奥斯蒙·凯特布莱克（和他弟弟奥斯佛利）扔进地牢，现下只有特兰、废物柏洛斯·布劳恩和科本举荐的哑巴怪物劳勃·斯壮可兹保护小国王和王室。

我得重建御林铁卫。托曼需要七名好骑士的保护。御林铁卫素来是终身职，直到乔佛里提拔自己的狗桑铎·克里冈，驱逐了巴利斯坦·赛尔弥爵士。先例既开，就可为凯冯所用。我要让蓝赛尔披上白袍，他心想，他在战士之子中不可能获得更大的荣誉。

凯冯·兰尼斯特把被雪浸湿的披风挂在书房墙上，脱掉靴子烤火，并命仆人取些新柴。"外加一杯温过的葡萄酒，"他坐到壁炉边补充，"别忘了。"

炉火很快让他暖和起来，葡萄酒更是暖胃——也令他昏昏欲睡，所以他没要第二杯。这一天远远没有结束，他还有很多报告要读，很多信件要写。他还要与瑟曦和国王共进晚餐。谢天谢地，侄女自那次裸行羞辱后变得温顺服帖了。服侍她的见习修女说，她

醒着的时间三分之一陪儿子，三分之一用于祈祷，另有三分之一是在澡盆里度过。她一天洗四五次澡，每次都用马毛刷和烈性碱皂擦身，劲大得像要擦掉一层皮。

无论怎么用劲，她永远也洗不去身上的污渍了。凯冯爵士记得从前那个小女孩，调皮又充满活力。当她有了月事，噢噢噢……世上有过这般甜美的少女吗？如果伊里斯应允她与雷加的婚事，多少人的生命将完全不同？瑟曦本可为王子产下他梦寐以求的佳儿，紫眼银发的雄狮……得妻如此，雷加又怎会多看莱安娜•史塔克一眼？他记得北方女孩有种野性的美，但火炬之光不能与初升朝阳相提并论。

沉溺于往事和遗憾中毫无意义，臆想属于迟暮的老人。雷加毕竟娶了多恩的伊莉亚，莱安娜•史塔克香消玉殒，此后劳勃•拜拉席恩迎娶瑟曦，一路演变至今。今晚他的任务就是去侄女的房间，面对瑟曦。

我不该有罪恶感，凯冯告诉自己，泰温若是在世，一定会理解。让家族蒙羞的是他女儿，不是我。我所做的一切都是为了兰尼斯特家族。

他哥哥做过同样的事。父亲在位的最后几年，在他们母亲去世以后，父亲把一个蜡烛匠的标致女儿讨来当情妇。鳏寡的贵族找平民女孩暖床本不新鲜……但泰陀斯公爵很快让那女人在大厅里坐在自己身旁，赐予她各种荣誉和礼物，甚至连处置家族产业也征求她的意见。一年后，她已有权遣散仆人，指使家中骑士，甚至在公爵身体不适期间代为发令。随着她权势日隆，兰尼斯港中风传想要情愿上达封君的人，最好先跪在她膝边大声恳求……因为泰陀斯•兰尼斯特的耳朵长在他情妇的双腿间。

她最终戴上了他们母亲的珠宝。

而这一切，在他们的父亲大人攀登去她卧室的陡峭楼梯时心脏病发作身亡那天告终。泰温即位后立刻命人脱光她的衣服,逼她在兰尼斯港的街道和码头上游行示众,犹如惩罚寻常妓女。那些拼命巴结她、自命为她朋友的人刹那间没了影踪,她没受任何肉体伤害,但那次游行却彻底剥夺了她的权势。

泰温做梦也想不到,自己的黄金女儿将遭到同样的报应。

"我必须这么做,"凯冯爵士干了杯中酒,喃喃自语。他必须对总主教大人让步,托曼才能在未来的战争中获得教会的支持。至于瑟曦……那个金灿灿的孩子长成了一个贪婪、愚蠢而虚荣的女人。若任由她胡作非为,她将像纵容乔佛里一样把托曼也给毁了。

外面寒风越吹越猛,犹如野兽刮擦着窄窗。凯冯爵士立定决心站起身,到母狮的巢穴去会母狮。我们拔掉了她的爪子,但她弟弟詹姆……不,一次解决一个问题。

他特意换了件穿得很旧的紧身上衣,以防侄女又朝他泼酒。他把剑带留在座位靠背上,托曼身边只许御林铁卫的骑士佩剑。

凯冯爵士踏入王家居所时,负责保卫小国王及其母亲的是柏洛斯·布劳恩爵士。布劳恩身穿瓷釉鳞甲、雪白披风和半盔,看起来气色很差。近来柏洛斯的肚皮和脸颊都胖了一大圈,他靠在墙上,好似双腿支撑不住体重。

晚餐由三位见习修女服务。这三位都是好人家的女儿,衣着整洁,年龄介于十二岁到十六岁之间。她们身穿柔软洁白的羊毛裙,看起来一个比一个圣洁纯真——但总主教特别强调,不许任何女孩在太后身边服侍超过一周,以防被瑟曦腐化。她们打理太后的衣橱,帮太后洗澡,为太后倒酒,还在每天早晨换下她的睡衣。每晚都有一名见习修女与太后同床,以杜绝太后有其他床伴的可能;其他两名见习修女与指挥她们的修女一道睡在隔壁房间,随叫随到。

一位满脸雀斑、高高瘦瘦的见习修女把他领到太后面前,瑟曦站起来,轻轻吻他的脸颊。"亲爱的叔叔,你肯与我们共进晚餐,实在太好了。"太后的衣着与寻常妇人无异,暗棕色裙服的纽扣一路扣到喉头,绿色兜帽斗篷遮住了她的光头。在那场游行之前,她会把金冠戴在光头上炫耀。"快坐下,"她说,"喝葡萄酒吗?"

"一杯就好。"他坐下时仍保持警惕。

雀斑见习修女为他们倒上加热的香料葡萄酒。"托曼告诉我,提利尔大人有意重建首相塔。"瑟曦说。

凯冯爵士点头,"他发誓新塔将有被你焚烧的那个两倍高。"

瑟曦沙哑地笑笑,"长枪、高塔……提利尔大人是在暗示什么吗?"

他也跟着笑了。很好,她还懂得开玩笑。他问她需要什么,太后答道:"服侍我的人都很好,都是些甜美的女孩,而那位好修女会监督我完成祈祷。但一旦证明我的清白,我还是希望让坦妮娅·玛瑞魏斯回到我身边。她可以把她儿子带进宫,托曼需要孩子们的陪伴,需要跟其他贵族子弟交往。"

这个要求并不过分,凯冯爵士没理由拒绝。他可以收养玛瑞魏斯家的男孩,让坦妮娅夫人陪瑟曦回凯岩城。"审判结束我就召她进宫。"他保证。

晚餐的第一道菜是牛肉大麦汤,接着是一串烤鹌鹑和一条近三尺长、就着芜菁与蘑菇烤的梭子鱼,此外还有丰盛的热面包及黄油。每道菜献给国王前,柏洛斯爵士都会先尝一口,对御林铁卫来说这是个耻辱的任务,但兴许是布劳恩唯一能做的事……托曼的哥哥被毒死之后,这也未尝不是明智之举。

国王比凯冯·兰尼斯特记忆中欢快多了。整个晚餐期间,从饭前肉汤到饭后甜点,托曼一直在絮叨他养的那群小猫,还用自己的盘子喂猫咪们鱼骨头吃。"昨晚那只坏猫跑到我窗外,"他告诉凯冯,"突击爵士朝它嘶叫,吓得它从屋顶逃走了。"

"坏猫?"凯冯爵士打趣地问。多可爱的孩子啊。

"被扯掉一边耳朵的老黑公猫,"瑟曦解释,"脏兮兮的,脾气却大得很,它抓伤过小乔的手。"她做个鬼脸,"我知道,城堡里养猫防鼠,可那只猫……它甚至会袭击鸦巢里的乌鸦。"

"我会吩咐捕鼠人设陷阱抓它。"凯冯爵士不曾见侄女如此安静、如此温顺、如此端庄过。这些都是好改变,但同时也让他伤感。她内心的火焰烧得那么炽烈,如今却奄奄一息。"你还没问过你弟弟,"等待奶油蛋糕时他说,奶油蛋糕向来是国王的最爱。

瑟曦抬起下巴,一双碧眼在烛光中闪烁。"詹姆?你有他的消息?"

"始终杳无音信。瑟曦,恐怕你得做好心理准——"

"如果他死了,我会知道的。叔叔,我们一同来到这世上,他决不会弃我而独去。"她喝了一口酒。"至于提利昂,他死活都不关我事。我猜,你也没他的消息吧?"

"是的,再没有人上门出售侏儒的脑袋。"

她点点头,"叔叔,我能问你一个问题吗?"

"请便。"

"你夫人……你打算召她进宫?"

"不。"多娜生性温和,只愿在家中与朋友亲族一起生活,对政治毫无兴趣。她把孩子们教导得很好,并成天梦想着抱孙子。她一天祷告七次,热衷于针线女红和插花艺术。让她来君临,好比把托曼的小猫扔进毒蛇窝。"我夫人不喜长途跋涉,就让她留在兰尼斯港吧。"

"她是个知道自己位置的睿智女人。"

他不喜欢她的语气。"你把话说清楚。"

"我想我说得够清楚了,"瑟曦举起酒杯,让雀斑女孩满上。奶油蛋糕此时端来,席间氛围变得轻松。等柏洛斯爵士护送托曼和他的小猫们回房后,他们才开始讨论即将来临的审判。

"奥斯尼的兄弟们决不会眼睁睁看着他送命。"瑟曦警告他。

"我也这么想,所以把他俩预先逮捕了。"

这话似乎让她吃惊,"以什么罪名?"

"与太后通奸。总主教大人说你承认与他们两人都上过床——难道你忘了吗?"

她脸一红,"不。那你打算如何处置他们?"

"他们认罪的话,发配长城了事;如果他们拒绝,就去跟劳勃爵士决斗。那种人本不配提拔到如此地位。"

瑟曦低下头,"我……我识人不明。"

"我看你识人的眼光大有问题。"

他正待多斥责几句,但一位黑发圆脸的见习修女进门通报:"殿下、陛下,很抱歉打扰您们。下面有个男孩求见,说是派席尔国师恳请立刻与摄政王殿下会晤。"

黑色的翅膀,带来黑色的消息。凯冯心想。莫非风息堡已告沦陷?莫非北方的波顿家有败报传来?

"可能是詹姆。"太后提示。

看了才知道。凯冯立刻起身。"请原谅,"他离开前单膝下跪,吻了侄女的手。若那沉默的巨人辜负她的信任,这可能是她今生接受的最后一个吻了。

送信的男孩只有八九岁,裹在毛皮大衣里活像头小熊。特兰让他在吊桥上等,没放进梅葛楼。"去烤烤火吧,孩子,"凯冯爵士掏出一枚铜分币塞进男孩掌心,"我认得去鸦巢的路。"

雪总算停了。参差不齐的乌云外,一轮满月好似圆圆的大雪球,繁星冰冷又疏远。凯冯走过内庭时,觉得自己几乎不认得这座城堡,每个堡垒、每座塔楼都长出冰霜利齿,每道熟悉的路径都被白色地毯覆盖。一根长矛那么长的冰柱摔在他脚边。秋末的君临已然这般模样,他思忖,长城该是何等光景?

一位穿着过于宽松的皮袍的清瘦女侍为他开门，凯冯爵士跺掉脚上的雪，脱下披风扔给她。"大学士有要事相商，"他宣称。女侍严肃地点点头，一言不发伸手指指台阶。

派席尔的房间就在鸦巢下，十分宽敞，诸多货架上堆满各种草药、药膏、药剂，还有几架子书籍卷轴。凯冯爵士素来觉得这里很热，但今晚不一样。今晚他刚进门，就觉得门内寒气森森。壁炉中只剩黑灰和将熄余烬，几根稀稀拉拉的蜡烛洒出几个昏暗的小光圈。

其余一切被阴影笼罩……除了那扇敞开的窗，月光在微风拂动的冰晶上闪烁。有只大乌鸦在窗边座位上闲逛，羽毛全打湿凌乱了。这是凯冯·兰尼斯特毕生所见最大的乌鸦，甚至比凯岩城中任何一只猎鹰的个头都大，比西境最大的猫头鹰还大。雪花在它身边起舞，月亮将它镀成银色。

不，它本非银色，它是白鸦。

学城的白鸦和它们黑色的表亲不同，本身不携带消息，它们从旧镇飞出只有一个使命：宣告季节变换。

"冬天到了，"凯冯说。这句话在空气里凝成白雾。他从窗边回过头。

有东西如巨人的拳头砸在他肋骨间，把胸中空气都挤了出去，令他踉跄后退。白鸦展翅腾空，惨白的翅膀拍打着他的头。凯冯爵士软绵绵地倒进窗边座位。怎么……是谁……一支箭插进了胸口，几乎直没至羽。不，不，我哥就是这样死的。鲜血很快浸上箭杆。"派席尔，"他迷惑不已地低声说，"快来帮帮我……我……"

他这才发现大学士。派席尔就坐在桌后，头枕在一本皮革精装的厚重典籍上。睡着了吗？凯冯心想……他眨眨眼，发现老人斑斑点点的头皮上有深红的伤口，头颅下有摊血，浸染了书页。国师点起的蜡烛旁全是骨头和脑浆，它们散落在融蜡中，犹如一个个小岛。

他想要加派守卫,凯冯心想,我应该给他加派守卫。难道瑟曦才是对的?难道他的侄儿真的在暗中捣鬼?"提利昂?"他出声喝问,"你……?"

"他远在千里之外。"一个有些熟悉的声音回答。

此人站在书架下的阴影中,有苍白圆胖的脸,圆圆的肩膀,擦过脂粉的柔软双手抓了把十字弓。他踩着一双丝绸拖鞋。

"瓦里斯?"

太监放下十字弓。"凯冯爵士,可能的话,请您千万原谅。我对您没有恶意,今日之事亦无关私人恩怨。这全是为了国度,为了孩子。"

我也有孩子,我也有妻子。噢,多娜。痛楚席卷而来。他闭上眼睛,又再次睁开。"城堡里……城堡里有好几百名兰尼斯特卫兵。"

"万幸的是,这房间里没有一名。大人,我能体会到您的切肤之痛,您不该死在这样一个寒冷黑暗的夜里。要怪只怪世事弄人,许多像您这样的豪杰,却为错误的事业卖命……您确实是个威胁,您企图颠覆太后陛下干的好事,企图让高庭和凯岩城重修旧好,企图让教会支持小国王,企图让七大王国在托曼治下团结起来。所以喽……"

冷风吹起,凯冯爵士抖得厉害。"冷吗,大人?"瓦里斯关心地问,"这事也请您原谅。大学士临死时尿了裤子,臭气熏天,我不得不打开窗户。"

凯冯爵士想站起来,却浑身无力。他甚至感觉不到双腿的存在。

"我觉得十字弓是合适的武器。您是泰温公爵的影子,何不安排一样的死法呢?您侄女将认定是提利尔纵容小恶魔谋害了你,提利尔则会倒过来怀疑她，有人还会想办法把整件事怪罪到多恩人头上。怀疑、分裂和猜忌将把小国王统治的根基蚕食得一干二净，正好让伊耿在风息堡亮出大旗，吸引四方诸侯归附。"

"伊耿，"半晌间他如坠雾中。接着他想起来，想起那个红袍包裹的婴儿，袍子上满是鲜血和脑浆。"死了，他死了。"

"他没死，"太监的嗓音愈显深沉，"他与我们同在。他学走路之前，已开始学习如何成为优秀的统治者。他接受过骑士的武器训练，但那只是冰山一角，现在的他能读会写，精通多国语言，钻研过历史、法律和诗词。自他懂事时起，有一名修女教导他信仰的奥秘。他曾跟渔民一起生活，依靠双手劳动维生，他在河里游泳、补网，自己的衣服自己洗。他不仅会打鱼、会做饭、会处理伤口，更重要的是，他知道食不果腹、被人追捕是怎样的恐惧滋味。对托曼而言，王冠是天经地义理所当然；但对伊耿来说，王冠就是责任，一个真正的国王必须把子民放在首位，一生为他们着想。"

凯冯·兰尼斯特想出声示警……警告卫兵们，警告他妻子，警告他哥哥……但他什么也说不出口。血从他嘴里渗出，他抖如筛糠。

"我很遗憾。"瓦里斯绞着双手，"我知道，您在受苦，我却像个坏老太婆一样站在旁边看笑话。让我们落幕吧，给您解脱。"太监嘟起嘴唇，轻轻吹声口哨。

凯冯爵士的身子冻得像冰，每次费力的呼吸都会引发一阵撕心裂肺的剧痛。他瞥见周围有动静，听到拖鞋在石地板上轻柔的刮擦声。一个孩子自阴影中现身——一个身穿烂袍子、面色苍白的男孩，顶多九岁或十岁。另一个男孩从大学士的座位背后出现，接着是那个为他开门的女侍。一共六个孩子包围了他，白脸庞黑眼珠，有男有女。

匕首，在他们手中……

附录

Appendix

附录一

维斯特洛的国王们

小国王

托曼·拜拉席恩一世,安达尔人、洛伊拿人和先民的国王,七国统治者暨全境守护者,八岁的男孩。

——提利尔家族的**玛格丽**王后,他的妻子,三次成婚,三次守寡,被控以叛国罪,关押在贝勒大圣堂。

——她的女伴和表亲,**梅歌、雅兰和埃萝·提利尔**,被控以通奸罪。

——**埃林·安布罗斯**,埃萝的未婚夫,目前为侍从。

——兰尼斯特家族的**瑟曦**,他的母亲,太后,凯岩城公爵夫人,被控以叛国罪,关押在贝勒大圣堂。

——他的兄弟姐妹:

——【**乔佛里·拜拉席恩一世国王**】,长兄,在婚宴上被毒杀,终年十二岁。

——**弥赛菈·拜拉席恩**公主,姐姐,九岁的女孩,目前在阳戟城做道朗·马泰尔亲王的养女,与其子崔斯丹订婚。

——他养的猫,突击爵士、胡须小姐和靴子。

——他的舅舅:

——**詹姆·兰尼斯特**爵士,外号"弑君者",瑟曦太后的双胞胎弟弟,御林铁卫队长。

——**提利昂·兰尼斯特**,外号"小恶魔",为一侏儒,被指控弑君与弑亲。
——他的其他亲属：
——他的外祖父，【泰温·兰尼斯特】，凯岩城公爵，西境守护，兰尼斯港之盾，在厕所中被儿子提利昂杀害。
——他的叔公，凯冯·兰尼斯特爵士，摄政王暨全境守护者。
——他的妻子，多娜·史威佛。
——他们的孩子：
——兰赛尔·兰尼斯特爵士，长子，战士之子的圣骑士。
——【威廉·兰尼斯特】，次子，在奔流城被杀害。
——马丁·兰尼斯特，三子，威廉的孪生兄弟，侍从。
——珍娜，四女，三岁的女孩。
——他的姑婆，吉娜·兰尼斯特。
——她的丈夫，艾蒙·佛雷爵士。
——他们的孩子：
——【克里奥·佛雷爵士】，长子，被土匪所害。
——泰温·佛雷，小名"小泰"，克里奥之长子。
——威廉·佛雷，克里奥之次子，侍从。
——莱昂诺·佛雷爵士，次子。
——【提恩·佛雷】，三子，在奔流城被杀害。
——瓦德·佛雷，四子，在凯岩城担任侍从，外号"红瓦德"。
——他的叔公,【提盖特•兰尼斯特爵士】。
　——他的遗孀,达丽莎•马尔布兰。
　——他们的孩子:
　　——提瑞克•兰尼斯特,侍从,在君临暴动中失踪。
　　——艾弥珊德•哈佛夫人,他还在襁褓中的妻子。
——他的叔公,吉利安•兰尼斯特,在海难中失踪。
——杰依•希山,他的私生女。

——托曼国王的御前会议:
　——凯冯•兰尼斯特爵士,摄政王。
　——梅斯•提利尔公爵,国王之手。
　——派席尔大学士,顾问和医师。
　——詹姆•兰尼斯特爵士,御林铁卫队长。
　——派克斯特•雷德温伯爵,海军上将和海政大臣。
　——科本,前学士,著名的死灵术士,情报大臣。

——瑟曦太后的前御前会议:
　——【盖尔斯•罗斯比伯爵】,国库经理和财政大臣,死于咳嗽。
　——奥顿•玛瑞魏斯伯爵,裁判法官和法务大臣,瑟曦太后被抓后逃回长桌厅。
　——奥雷恩•维水,潮头岛的私生子,海军上将和海政大臣,瑟曦被抓后带着王家舰队逃到海上。

——托曼国王的御林铁卫：

　　——詹姆•兰尼斯特爵士，御林铁卫队长。
　　——马林•特兰爵士。
　　——柏洛斯•布劳恩爵士，被驱逐后复职。
　　——巴隆•史文爵士，与弥赛菈公主一同在多恩。
　　——奥斯蒙•凯特布莱克爵士。
　　——洛拉斯•提利尔爵士，外号"百花骑士"。
　　——【亚历斯•奥克赫特爵士】，死于多恩。

——托曼在君临的宫廷成员：

　　——月童，国王的小丑兼弄臣。
　　——佩特，八岁的男孩，托曼国王受罚的替身儿童。
　　——旧镇的奥蒙德，王家竖琴手和诗人。
　　——奥斯佛利•凯特布莱克，奥斯蒙爵士和奥斯尼爵士的兄弟，都城守备队队长。
　　——纳霍•第米提斯，布拉佛斯铁金库的使节。
　　——【格雷果•克里冈爵士】，外号"魔山"，死于伤口中毒。
　　——雷纳佛•伟维水，红堡地牢长官。

——所谓玛格丽王后的情人们：

　　——渥特，歌手，自称为"蓝诗人"，被拷问折磨导致疯狂。
　　——【"琴手"哈米西】，监禁时死亡。
　　——马克•穆伦道尔爵士，在黑水河一役中失去了他的猴子和半只胳膊。

——"高个"塔拉德爵士、蓝柏特·特拔瑞爵士、拜亚德·诺科斯爵士、修夫·克莱夫顿爵士。
——贾拉巴·梭尔，红花谷岛王子，被从盛夏群岛放逐。
——霍拉斯·雷德温爵士，被证明无辜后释放。
——霍柏·雷德温爵士，被证明无辜后释放。

——瑟曦太后的主要控告者：
——奥斯尼·凯特布莱克爵士，奥斯蒙爵士和奥斯佛利爵士的兄弟，被教会关押。

——教会人员：
——总主教，教会之父，七神之音，一位衰老的人。
——乌尼亚修女，莫勒修女，斯科娅修，太后的狱卒。
——托伯特修士、雷那德修士、卢琛修士、奥利多修士，皆为大主教。
——阿兰廷修女、梅森特修女，在贝勒大圣堂服务。
——西奥多·威尔斯爵士，人称真实的西奥多爵士，战士之子虔诚的指挥官。
——"麻雀"们，拥有坚定信仰的穷人。

——君临城内的形色人等：
——莎塔雅，一家名妓院的所有者。

——她的女儿,爱拉雅雅。
——丹晰,玛丽,皆为她手下的妓女。
——托布·莫特,武器大师。

——效忠铁王座的王领封臣:
　　——瑞佛雷·莱克,暮谷城伯爵。
　　　——卢佛斯·李科爵士,独腿骑士,暮谷城褐堡代理城主。
　　——【坦妲·史铎克渥斯】,前史铎克渥斯堡伯爵夫人,死于臀部摔伤。
　　　——【法丽丝】,她的长女,在黑牢中尖叫着死去。
　　　　——她的丈夫,【巴尔曼·拜奇爵士】,死于比武。
　　　——洛丽丝,她的幼女,弱智,现史铎克渥斯伯爵夫人。
　　　　——提利昂·制革匠,他的母亲被一百个暴民干过,因此其生父未知。
　　　　——她的丈夫,黑水的波隆爵士,由佣兵升格为骑士。
　　　——法兰肯学士,服务于史铎克渥斯家族。

　　托曼国王的旗帜是拜拉席恩家族金底黑色的宝冠雄鹿与兰尼斯特家族红底金色的怒吼雄狮相结合。

长城上的王

　　史坦尼斯·拜拉席恩一世，史蒂芬·拜拉席恩公爵和伊斯蒙家族的卡珊娜夫人所生之次子，龙石岛公爵，自立为维斯特洛国王。
　　——与史坦尼斯国王一同在黑城堡：
　　　　——亚夏的**梅丽珊卓女士**，被称为"红袍女"，光之王拉赫洛的女祭司。
　　——他的骑士和誓言骑士：
　　　　——**里查德·霍普爵士**，他的副手。
　　　　——"巨人杀手"**高迪·法林爵士**。
　　　　——**朱斯丁·马赛爵士**。
　　　　——**罗宾·比兹伯利伯爵**。
　　　　——**海伍德·费尔伯爵**。
　　　　——**克拉顿·宋格爵士**、**科里斯·彭尼爵士**，后党人士，光之王的狂热信徒。
　　　　——**威廉·福克斯伍爵士**、**亨佛利·克莱夫顿爵士**、**蒙德·威尔德爵士**、**哈里斯·科伯爵士**，皆为驾前骑士。
　　——他的侍从，**戴冯·席渥斯**与**拜兰·法林**。
　　——他的俘虏，**曼斯·雷德**，塞外之王。
　　　　——曼斯·雷德未命名的新生儿，"野人王子"。
　　　　　　——孩子的乳母，**吉莉**，一野人女孩。
　　　　　　　　——吉莉之子，同样未命名，被称为"小怪物"，其父为吉莉之父【卡斯特】。

——在东海望：
　　——佛罗伦家族的**赛丽丝王后**，他的妻子。
　　　　——他们的独生女，**希琳公主**，十一岁的女孩。
　　　　　　——**补丁脸**，她的弱智弄臣。
　　　　——**亚赛尔·佛罗伦爵士**，她的伯父，后党首领，自封为王后之手。
　　　　——她的骑士和誓言骑士：**纳伯特·格兰德森爵士、贝内索恩·斯卡尔斯爵士、国王山的派崔克爵士、阴沉的多尔顿爵士、红池的梅格罗恩爵士、蓝柏特·怀渥特爵士、佩金·佛拉德爵士，布鲁斯·布克勒爵士。**
　　——**戴佛斯·席渥斯爵士**，外号"洋葱骑士"，雨林伯爵，狭海舰队司令，御前首相。
　　——里斯的**萨拉多·桑恩**，海盗和雇佣舰队的头子，瓦雷利亚号船长，统率着一支里斯划桨船舰队。
　　——**泰楚·奈斯托斯**，布拉佛斯铁金库的大使。

史坦尼斯国王的旗帜是光之王的烈焰红心，淡黄底色中央有橙色的火焰环绕着一颗红心，心脏中央绣有拜拉席恩家族黑色的宝冠雄鹿。

群屿与北境之王

派克岛的葛雷乔伊家族自称为英雄纪元时代"灰海王"的后裔。传说灰海王不仅掌有整片汪洋，还娶美人鱼为妻。龙王伊耿灭绝了末代铁群岛国王的世系，并允许残余的铁岛诸侯恢复古老习俗，自行选择领袖。他们选择了派克岛的维肯·葛雷乔伊头领。

葛雷乔伊家族的标志是一片黑海上的一只金色海怪，他们的族语是"强取胜过苦耕"。

攸伦·葛雷乔伊三世，血脉承袭自灰海王，铁群岛之王和北境之王，海盐王与磐岩王，海风之子，派克岛掠夺者之首，宁静号船长，外号"鸦眼"。

——他的兄长，【巴隆·葛雷乔伊九世】，血脉承袭自灰海王，铁群岛之王和北境之王，坠海而亡。

——哈尔洛家族的亚拉妮丝，巴隆的遗孀。

——他们的孩子：

——【罗德利克】，长子，巴隆第一次叛乱期间战死于海疆城。

——【马伦】，次子，巴隆第一次叛乱期间战死于派克城。

——阿莎，三女，黑风号船长，深林堡的征服者，艾里·艾枚克之妻。

——席恩，幼子，自封为临冬城亲王，北境人称他为"变色龙"席恩，目前在恐怖堡作俘虏。

——他的弟弟，**维克塔利昂**，铁舰队总司令，无敌铁种号船长。

——他的小弟,伊伦,外号"湿发",侍奉淹神的僧侣。

——他的船长和亲随:

——"褐牙"托沃德、"长脸"琼恩•密瑞、"自由民"罗德利克、"红桨手"、"左手"卢卡斯•考德、科伦•汉博利、"半血霍尔"赫伦、"杂种"克梅特•派克、"奴工"科尔、"石手"、"牧羊人"拉弗和君王港的拉弗。

——他的船员:

——【克莱贡】,因吹响地狱号角而死。

——他的封臣:

——艾里•艾枚克,被称为"破砧者"艾里和"公正的"艾里,铁群岛留守总督,派克城代理城主,一位曾经声名显赫的老人,阿莎•葛雷乔伊之夫。

——派克城的头领们:

——吉蒙德•波特利,君王港头领。

——瓦尔顿•温奇,铁林城头领。

——老威克岛的头领们:

——邓斯坦•卓鼓,老威克岛头领,"鼓手"。

——纽恩•古柏勒,碎石堡头领。

——斯通浩斯家族。

——大威克岛的头领们:

——葛欧得•古柏勒,战锤角头领。

——崔斯顿•法温,海豹皮角头领。

——斯帕家族。

——梅德瑞德•梅林,卵石镇伯爵。

——橡岛的头领们:

——阿利•奥克伍，人称"橡岛的奥克伍"。
——巴隆•陶尼头领。
——盐崖岛的头领们：
——唐诺•苏克利夫头领。
——桑德利头领。
——哈尔洛岛的头领们：
——罗德利克•哈尔洛，外号"读书人"，哈尔洛岛总头领，十塔城头领，哈尔洛岛的哈尔洛。
——西格弗里德•哈尔洛，外号"银发"，哈尔洛厅的主人，为罗德利克的叔公。
——何索•哈尔洛，外号"驼背"，闪光塔头领，为罗德利克的表亲。
——博蒙德•哈尔洛，外号"蓝衣"，赫利丹岭的主人，为罗德利克的表亲。
——其他小岛的头领们：
——吉尔伯特•法温，孤灯堡头领。
——铁民征服者：
——在盾牌列岛：
——"不苟言笑的"阿德利克，南盾岛头领。
——"理发师"纽特，橡盾岛头领。
——马伦•沃马克，绿盾岛头领。
——赫拉斯•哈尔洛爵士，灰盾岛头领，灰园骑士。
——在卡林湾：
——拉弗•肯宁，代理城主，指挥官。
——阿大克•汉博利，缺了半条胳膊。

——达衮·考德，宁死不降之人。

——在托伦方城：

——达格摩，外号"裂颚"，豪饮号船长。

——在深林堡：

——阿莎·葛雷乔伊，海怪之女，黑风号船长。

——"少女"科尔，她的情人，剑客。

——特里斯蒂芬·波特利，她的前情人，君王港继承人，目前遭到驱逐。

——她的船员：锈胡子罗衮、乌鸦嘴、侏儒拉弗、长斧罗伦、白嘴鸦、手指、六趾哈尔、"斜拉眼"戴尔、艾伊尔·哈尔洛、科洛姆、"吹号者"霍根及他漂亮的红发女儿。

——昆顿·葛雷乔伊，她的表亲。

——达衮·葛雷乔伊，她的表亲，人称"醉汉达衮"。

大小家族及北境内外

艾林家族

艾林家族袭自古老的山脉和谷地之王。他们的家徽是以天蓝为底的一弯白色新月和猎鹰。艾林家族没有参加"五王之战",他们的族语是"高如荣誉"。

劳勃·艾林,鹰巢城公爵,艾林谷的守卫者,被他母亲称为真正的东境守护,一名体弱多病的八岁男孩,小名唤作"乖罗宾"。

——他的母亲,【徒利家族的莱莎夫人】,为前首相【琼恩·艾林公爵】遗孀,被推出月门摔死。

——他的继父,培提尔·贝里席,外号"小指头",赫伦堡公爵,三叉戟河流域总督,峡谷守护者。

——阿莲·石东,培提尔公爵的私生女,十三岁的处女,实际上是珊莎·史塔克。

——罗索·布伦爵士,为培提尔公爵效命的佣兵,鹰巢城侍卫队长。

——奥斯威尔·凯特布莱克,为培提尔公爵效命的老兵,凯特布莱克一家之主。

——幽影谷的夏德里奇爵士,外号"疯鼠",为培提尔公爵效命的誓言骑士。

——"俊男"拜伦爵士,"微笑的"莫苟斯爵士,为培提尔公爵效命的誓言骑士。

——他在鹰巢城的部属:

——柯蒙学士,顾问、医师和家教。

——莫德，一位残暴的、有黄金假牙的狱卒。

——玛迪、吉思尔和美拉，皆为女仆。

——他的封臣，谷地诸侯们：

　　——约恩•罗伊斯，外号"青铜约恩"，符石城伯爵。

　　　　——他的儿子，符石城继承人，安答•罗伊斯爵士。

　　——奈斯特•罗伊斯男爵，艾林谷最高总管，月门堡代理城主。

　　　　——艾尔拔•罗伊斯爵士，他的儿子和继承人。

　　　　——米兰达，小名"兰达"，他的女儿，还没成功圆房就守寡的寡妇。

　　　　——米亚•石东，国王劳勃•拜拉席恩一世的私生女。

　　——莱昂诺•科布瑞，心宿城伯爵。

　　　　——林恩•科布瑞爵士，莱昂诺的二弟和继承人，拥有名剑"空寂女士"。

　　　　——卢卡斯•科布瑞爵士，莱昂诺的幼弟。

　　——崔斯顿•桑德兰，三姐妹群岛侯爵。

　　　　——高德瑞奇•波内尔，甜姐岛伯爵。

　　　　——罗兰德•朗多普，长姐岛伯爵。

　　　　——亚历山多•托伦特，小姐岛伯爵。

　　——安雅•韦伍德，铁橡城伯爵夫人。

　　　　——莫顿•韦伍德爵士，安雅的长子和继承人。

　　　　——唐纳尔•韦伍德爵士，安雅的次子，血门骑士。

　　　　——威利斯•韦伍德，安雅的幼子。

　　　　——哈罗德•哈顿，安雅的养子，侍从，人称"继承人哈利"。

——赛蒙·坦帕顿，九星城的骑士。
——琼恩·林德利，蛇木城伯爵。
——艾德蒙·魏克利，烛穴城伯爵。
——杰洛·格拉夫森，海鸥镇伯爵。
　　——盖尔斯·格拉夫森，杰洛的幼子，一名侍从。
——【伊恩·杭特】，长弓厅伯爵，最近突然暴病身亡。
　　——杰伍德爵士，伊恩的长子和继承人，外号"小杭特"。
　　——尤斯塔斯·杭特爵士，伊恩的次子。
　　——哈兰·杭特爵士，伊恩的幼子。
　　——小杭特的部属：
　　　　——威廉学士，顾问、医师和家教。
——霍顿·雷德佛，红垒伯爵，曾三度结婚。
　　——贾斯皮·雷德佛爵士、克雷顿·雷德佛爵士和琼恩·雷德佛爵士，皆为霍顿的儿子。
　　——米歇尔·雷德佛爵士，霍顿的幼子，刚刚成为骑士，娶了符石城的雅西娜·罗伊斯。
　　——本内达·贝尔摩，洪歌城伯爵。

——明月山脉的原住民：
　　——石鸦部的多夫之子夏噶，现在御林里当土匪。
　　——灼人部的提魅之子提魅。
　　——黑耳部的齐克之女齐拉。
　　——月人部的克罗之子克劳恩。

拜拉席恩家族

　　拜拉席恩家族是拥有王国统治权的大家族中最年轻的一家，崛起于征服战争时期。相传第一代族长奥里斯·拜拉席恩本是龙王伊耿的私生兄弟，但他在战争中逐级晋升，最后成为伊耿麾下最勇猛的将领之一。在奥里斯击杀末代风暴国王"骄傲的"亚尔吉拉后，伊耿将亚尔吉拉的城堡、领土和女儿赐给他作为奖赏。奥里斯娶了那名女孩为妻，并继承了她家族的旗帜、家徽和箴言。

　　伊耿登陆二百八十三年后，风息堡公爵劳勃·拜拉席恩推翻了"疯王"伊里斯·坦格利安二世的统治，夺取了铁王座。他的继承权来自他的祖母——伊耿·坦格利安五世国王的女儿——但他本人更愿意宣称继承权来自自己的战锤。

　　【劳勃·拜拉席恩一世】，安达尔人、洛伊拿人和先民的国王，七国统治者暨全境守护者，被野猪杀害。
　　——他的妻子，瑟曦·兰尼斯特太后。
　　——他们的孩子：
　　　　——**【乔佛里·拜拉席恩一世国王】**，在婚宴上被毒杀。
　　　　——弥赛菈·拜拉席恩公主，九岁的女孩，目前在阳戟城做道朗·马泰尔亲王的养女，与其子崔斯丹订婚。
　　　　——托曼·拜拉席恩一世。
　　——他的兄弟：
　　　　——史坦尼斯·拜拉席恩，叛乱的龙石岛公爵，自立为铁王座之主。

──希琳，他的女儿，十一岁。
──【蓝礼·拜拉席恩】，叛乱的风息堡公爵，自立为铁王座之主，死于风息堡他自己的军队中。
──他的私生子：
──米亚·石东，十九岁的处女，服务于月门堡的奈斯特·罗伊斯男爵。
──詹德利，在河间地落草为寇，对自己的出身一无所知。
──艾德瑞克·风暴，为劳勃国王与狄丽娜·佛罗伦夫人所生之私生子，被劳勃公开承认，目前藏身于里斯。
──安德鲁·伊斯蒙爵士，他的表亲和护卫。
──他的保护者们：
──杰拉德·高尔爵士、"渔妇"林斯、符山城的崔斯顿爵士和欧麦·布莱伯利。
──【芭拉】，和君临城妓女所生的私生女，被他的遗孀下令杀害。
──他的其他亲戚：
──埃尔顿·伊斯蒙爵士，绿石堡伯爵，他的叔公。
──伊蒙·伊斯蒙爵士，埃尔顿的儿子，劳勃的表兄弟。
──埃林·伊斯蒙爵士，伊蒙的儿子，劳勃的侄子。
──洛马斯·伊斯蒙爵士，埃尔顿次子，劳勃的表兄弟。
──安德鲁·伊斯蒙爵士，洛马斯爵士的儿子，劳勃的侄子。

——风息堡的封臣，风暴之地的领主们：
- ——戴佛斯·席渥斯，雨林伯爵，狭海舰队司令，国王之手。
  - ——玛瑞亚，他的妻子，木匠之女。
    - ——【戴尔】、【阿拉德】、【马索斯】、【马利克】，戴佛斯的四名年长的儿子，皆于黑水河战役中阵亡。
    - ——戴冯，他们的儿子，史坦尼斯国王的侍从。
    - ——史坦尼斯和史蒂芬，他们的儿子。
- ——吉尔伯特·法林爵士，风息堡代理城主。
  - ——拜兰·法林，他的儿子，史坦尼斯的侍从。
  - ——高迪·法林爵士，他的表亲，外号"巨人杀手"。
- ——埃伍德·梅斗伯爵，草地堡伯爵，风息堡总管。
- ——塞尔温·塔斯，塔斯岛伯爵，外号"暮之星"。
  - ——布蕾妮，他的女儿，塔斯之女，外号"美人布蕾妮"。
    - ——波德瑞克·派恩，布蕾妮的侍从，十岁男孩。
- ——罗兰·克林顿爵士，外号"红罗兰"，鹫巢堡骑士。
  - ——雷蒙德和埃琳妮，他的弟弟和妹妹。
  - ——罗纳德·风暴，他的私生子。
  - ——琼恩·克林顿，他叔叔，曾任风息堡公爵和国王之手，被伊里斯·坦格利安二世放逐，被认为酗酒亡身。
- ——利斯特·莫里根，鸦巢城伯爵。

——里查德·莫里根，他的兄弟和继承人。
　　——【古德·莫里根】，他的兄弟，前绿衣卫，死于黑水河一役。
——阿斯坦·赛尔弥，丰收厅伯爵。
　　——巴利斯坦·赛尔弥爵士，他的叔公。
——卡斯伯·威尔德，雨屋城伯爵。
　　——蒙得·威尔德爵士，他的叔叔，一名年老的骑士。
——海伍德·费尔，落木城伯爵。
——修夫·格兰德森，外号"灰胡子"，全视城伯爵。
——塞巴斯蒂安·埃洛尔，草厅伯爵。
——克利福德·史文，石盔城伯爵。
——贝里·唐德利恩，黑港伯爵，外号"闪电大王"，河间地土匪，曾被多次杀死，现在应已死透了。
——【布莱斯·卡伦】，前夜歌城伯爵，在黑水河之役中被菲利普·福特爵士所杀。
　　——菲利普·福特，杀死他的人，独眼骑士，现夜歌城伯爵。
　　——罗兰德·风暴爵士，他出身低微的私生兄弟，人称"夜歌城的私生子"，自封为夜歌城伯爵。
——罗宾·比兹伯利，荚原城伯爵。
——玛瑞·梅泰林，雾林城伯爵夫人。
——拉尔夫·布克勒爵士，铜门城伯爵。
　　——布鲁斯·布克勒爵士，他的表亲。

　　拜拉席恩家族的徽章是金色原野上的一头黑色宝冠雄鹿。他们家族的箴言是"怒火燎原"。

佛雷家族

佛雷家虽是徒利家族的封臣，但履行义务却从不积极。"五王之战"爆发时，罗柏·史塔克以迎娶瓦德·佛雷的女儿或孙女为代价，赢得了佛雷家族的支持。当他转而娶了简妮·维斯特林之后，佛雷家便和卢斯·波顿密谋，在婚宴上谋杀了少狼主及其追随者，这次婚礼被称为"红色婚礼"。

瓦德·佛雷，河渡口领主。
——他与第一任夫人，罗伊斯家族的【皮雅】所生：
　　——【史提夫伦·佛雷爵士】，死于牛津之战。
　　——艾蒙·佛雷爵士，次子。
　　——伊尼斯·佛雷爵士，三子，统帅去北境的佛雷军队。
　　　　——伊耿·佛雷，伊尼斯的长子，落草为寇，外号"浴血伊耿"。
　　　　——雷加·佛雷，伊尼斯的次子。
　　——派娅妮夫人，四女。
　　　　——她的丈夫，勒斯林·海伊爵士。
——他与第二任夫人，史文家族的【赛蕊妮】所生。
　　——杰瑞·佛雷爵士，五子，出使白港。
　　——卢琛修士，六子。
——他与第三人夫人，克雷赫家族的【阿梅丽】所生。
　　——霍斯丁·佛雷爵士，七子，声名显赫的骑士。
　　——丽丝妮夫人，八女。
　　　　——她的丈夫，卢科斯·瓦尔平伯爵。

——赛蒙•佛雷,九子,精通收买之道,出使白港。
——丹威尔•佛雷爵士,十子。
——【梅里•佛雷】,十一子,被吊死于荒石城。
　——瓦妲•佛雷,梅里的女儿,外号"胖子瓦妲"。
　　——她的丈夫,恐怖堡公爵卢斯•波顿。
　——瓦德•佛雷,梅里的儿子,八岁男孩,外号"小瓦德",目前担任拉姆斯•波顿的侍从。
——【杰曼•佛雷爵士】,十二子,淹死。
——雷蒙德•佛雷爵士,十三子。
——他与第四任夫人,布莱伍德家族的【阿莱莎】所生。
　——罗索•佛雷,十四子,外号"跛子罗索"。
　——杰莫斯•佛雷爵士,十五子。
　　——瓦德•佛雷,他的长子,八岁,外号"大瓦德",目前担任拉姆斯•波顿的侍从。
　——惠伦•佛雷爵士,十六子。
　——莫雅夫人,十七女,
　　——她的丈夫,佛列蒙•布拉克斯爵士。
　——坦雅•佛雷,十八女,外号"处女坦雅"。
——他与第五任夫人河安家族的【莎娅】之间没有后代。
——他与第六任夫人,罗斯比家族的【蓓珊妮】所生:
　——派温•佛雷爵士,十九子。
　——【本佛雷•佛雷爵士】,二十子,因红色婚礼上所受的伤感染致死。
　——威廉学士,二十一子,在长弓厅服务。
　——奥利法•佛雷爵士,二十二子,曾为罗柏•史塔克的侍从。

——萝丝琳•佛雷，二十三女，在红色婚礼上嫁与艾德慕•徒利公爵，并怀了艾德慕的孩子。
——他与第七任夫人，法林家族的【安娜娜】所生：
　　——艾雯•佛雷，二十四女，十四岁的处女。
　　——文德尔•佛雷，二十五子，十三岁的男孩，目前在海疆城当侍酒。
　　——科马•佛雷，二十六子，十一岁的男孩，已许给教会。
　　——瓦提尔•佛雷，二十七子，十岁的男孩，小名"提尔"。
　　——艾尔玛•佛雷，二十八子，九岁的男孩，瓦德最小的儿子，曾短暂地许婚给艾莉亚•史塔克。
　　——希琳•佛雷，二十九女，七岁的女孩，瓦德最小的孩子。
——他与第八任夫人，恩佛德家族的乔苏珊：
　　——孩子即将降生。
——他的私生子们，为其他形色女人所生：
　　——瓦德•河文，外号"杂种瓦德"。
　　——梅瓦学士，在罗斯比城服务。
　　——简妮•河文、马丁•河文、莱格•河文、朗诺尔•河文、梅拉萝•河文等等。

兰尼斯特家族

凯岩城兰尼斯特家族是铁王座上的托曼国王的主要支持者。他们自豪地宣称血脉承袭自英雄纪元时代最具传奇性的骗子"机灵的"兰恩。凯岩城和金牙城的金矿使得他们成为各大家族里最富裕的一家。他们的家徽是鲜红土地上的金色雄狮,他们的族语是"听我怒吼!"。

【泰温·兰尼斯特】,凯岩城公爵,西境守护,兰尼斯港之盾,御前首相,在厕所中被儿子杀害。

——泰温公爵的孩子们:

——**瑟曦**,詹姆的双胞胎姐姐,劳勃·拜拉席恩一世国王的遗孀,现被关押在贝勒大圣堂中。

——**詹姆·兰尼斯特爵士**,瑟曦的双胞胎弟弟,外号"弑君者",御林铁卫队长。

——乔斯敏·派克顿和加列特·培吉,詹姆的侍从。

——伊林·派恩爵士,被拔掉舌头的骑士,前御前执法官和刽子手。

——罗兰·克林顿爵士,外号"红罗兰",鹫巢堡骑士。

——亚当·马尔布兰爵士、佛列蒙·布拉克斯爵士、埃林·斯脱克皮爵士、史提夫伦·史威佛爵士、亨佛利·史威佛爵士、"壮猪"李勒·克雷赫爵士、"没胡子"琼恩·本特利爵士,詹姆在奔流城军中的骑士。

　　——提利昂，外号"小恶魔"，侏儒和弑亲者，在狭海对岸流亡。

——他在凯岩城的部属：

　　——克雷伦学士，顾问、医师和家教。
　　——维拉尔，侍卫队长。
　　——本德特·布隆爵士，教头。
　　——"白色微笑"渥特，一名歌手。

——他的手足：

　　——凯冯爵士，泰温的大弟，
　　　　——他的夫人，史威佛家族的多娜。
　　——吉娜夫人，泰温的二妹，
　　　　——她的丈夫，艾蒙·佛雷爵士，现为奔流城伯爵。
　　　　　　——【克里奥·佛雷爵士】，他们的长子，被土匪杀害，
　　　　　　　　——他的夫人，戴瑞家族的简妮。
　　　　　　　　——他们的长子，泰温·佛雷，小名"小泰"，现为奔流城继承人。
　　　　　　　　——他们的次子，威廉·佛雷，侍从。
　　　　——莱昂诺·佛雷爵士，他们的次子。
　　　　——【提恩·佛雷】，他们的三子。
　　　　——瓦德·佛雷，他们的四子，外号"红瓦德"。
　　——【提盖特爵士】，泰温的三弟，死于天花。

——他的儿子，**提瑞克·兰尼斯特**，目前失踪，恐已遇难。
　　　　——他还是婴儿的夫人，哈佛家族的**艾弥珊德**。
　——【**吉利安**】，泰温的幼弟，死于海难。
　　——他的私生女，**杰依**，十一岁。

——泰温公爵的其他亲戚：
　——【**史戴佛·兰尼斯特爵士**】，泰温公爵的堂兄，故乔安娜夫人的哥哥，死于牛津战役。
　　——他的女儿，**莎琳娜**和**蜜莉儿**。
　　——他的儿子，**达冯·兰尼斯特爵士**。
　——**达米昂·兰尼斯特爵士**，泰温的堂弟，夫人为克雷赫家族的西蕊。
　　——他的儿子，**卢西昂·兰尼斯特爵士**。
　　——他的女儿，**拉娜**，
　　　　——她的丈夫，**安塔诺·贾斯特伯爵**。
　——**玛歌夫人**，泰温的表妹。
　　——他的丈夫，**提图斯·培克伯爵**。

——他的封臣及西境的领主们：
　——**达蒙·马尔布兰**，烙印城伯爵。
　——**罗兰德·克雷赫**，克雷赫城伯爵。
　——**塞巴斯顿·法曼**，仙女岛伯爵。
　——**泰陀斯·布拉克斯**，角谷城伯爵。
　——**昆腾·班佛特**，祸垒伯爵。
　——**哈瑞斯·史威佛爵士**，凯冯·兰尼斯特爵士的岳父。

——雷根德·伊斯兰，狭厅伯爵。

——加文·维斯特林，峭岩城伯爵。

——撒尔门·斯脱克皮伯爵。

——特伦斯·肯宁，凯切镇伯爵。

——安塔诺·贾斯特伯爵。

——罗宾·摩兰德伯爵。

——亚莉珊·莱佛德伯爵夫人。

——林斯·莱顿，深穴城伯爵。

——菲利普·普棱伯爵。

——加里森·普莱斯特伯爵。

——罗伦特·洛奇爵士，一名有产骑士。

——加尔斯·格林菲尔爵士，一名有产骑士。

——莱蒙·维卡瑞爵士，一名有产骑士。

——曼佛利·宇爵士，一名有产骑士。

——雷那德·鲁特格尔爵士，一名有产骑士。

——泰伯特·赫斯班爵士，一名有产骑士。

马泰尔家族

多恩王国是七大王国中最后对铁王座效忠的国度，血脉、习俗、地理和历史使得多恩人在维斯特洛人中特质明显。"五王之战"初期，多恩没有参加任何一边；但在崔斯丹王子和弥赛菈·拜拉席恩公主订婚之后，阳戟城宣布支持乔佛里国王的事业。马泰尔家族的旗帜是一轮红日为一柄金枪所贯穿，他们的族语是"不屈不挠"。

道朗·纳梅洛斯·马泰尔，阳戟城公爵，多恩领亲王。
——他的夫人，自由贸易城邦诺佛斯的**梅拉莉欧**。
——他们的子女：
　　——**亚莲恩公主**，长女，阳戟城继承人。
　　——**昆廷王子**，新晋骑士，被伊伦伍德伯爵收养。
　　——**崔斯丹王子**，被许婚给弥赛菈·拜拉席恩公主。
　　　　——绿血河的加斯科因爵士，他的贴身护卫。
——他的手足：
　　——他的妹妹，【**伊莉亚公主**】，君临城陷时被强暴后遇害。
　　　　——【**雷妮丝公主**】，她的女儿，君临城陷时遇害。
　　　　——【**伊耿王子**】，她的儿子，襁褓中的婴儿，君临城陷时遇害。
　　——他的弟弟，【**奥柏伦亲王**】，外号"红毒蛇"，在比武审判中被格雷果·克里冈爵士杀害。
　　　　——艾拉莉亚·沙德，奥柏伦亲王的情妇，哈曼·

乌勒伯爵的私生女。
——"沙蛇"们，奥柏伦亲王的私生女：
　　——奥芭娅，二十八岁，奥柏伦与旧镇的妓女所生。
　　——娜梅莉亚，小名娜梅小姐，二十五岁，奥柏伦与古瓦兰提斯贵妇所生。
　　——特蕾妮，二十三岁，奥柏伦与修女所生。
　　——萨蕾拉，十九岁，奥柏伦与一艘盛夏群岛商船船长所生。
　　——伊莉亚，十四岁，奥柏伦与艾拉莉亚·沙德所生。
　　——奥贝娜，十二岁，奥柏伦与艾拉莉亚·沙德所生。
　　——多娜，八岁，奥柏伦与艾拉莉亚·沙德所生。
　　——萝芮，六岁，奥柏伦与艾拉莉亚·沙德所生。

——道朗亲王的宫廷：
　——在流水花园：
　　——阿利欧·何塔，诺佛斯佣兵，侍卫队长。
　　——卡洛特学士，顾问、医师和家教。
　——在阳戟城：
　　——米斯学士，顾问、医师和家教。
　　——里卡索，阳戟城管家，年迈盲眼。
　　——曼佛里·马泰尔爵士，阳戟城代理城主。
　　——阿里斯·雷迪布莱特夫人，国库总管。

——弥赛菈•拜拉席恩公主，他的养女，被许配给崔斯丹王子。
　——【亚历斯•奥克赫特爵士】，弥赛菈的贴身护卫，为阿利欧•何塔所杀。
　——萝莎蒙•兰尼斯特，弥赛菈的侍女和同伴，也是她的远亲。

——他的封臣，多恩诸侯：
　——安德斯•伊伦伍德，伊伦林伯爵，石路守护，血之贵胄。
　　　——伊恩丝，他的长女。
　　　　　——她的丈夫，罗热•艾利昂爵士。
　　——克莱图斯•伊伦伍德爵士，安德斯的儿子和继承人。
　　——关妮赛，伊伦伍德的小女儿，十二岁女孩。
　——哈曼•乌勒，狱门堡伯爵。
　——德尔龙•艾利昂，神恩城伯爵夫人。
　　——罗热•艾利昂爵士，德尔龙的儿子和继承人。
　——达苟士•曼伍笛，王冢城伯爵。
　——劳拉•布莱蒙，布莱蒙城伯爵夫人。
　——纳梅拉•托兰，魂丘伯爵夫人。
　——昆廷•科格尔，沙石城伯爵。
　——丹泽尔•达特爵士，柠檬林的骑士。
　——福兰克林•佛勒，天及城伯爵，亲王隘口守护，外号"老隼鹰"。
　——西蒙•桑塔加，斑木林骑士。

——艾德瑞克·戴恩,星坠城伯爵,现为侍从。
——特拔·乔戴恩,托尔城伯爵。
——崔蒙德·戈根勒斯,盐海岸伯爵。
——戴伦·维斯,红丘城伯爵。

史塔克家族

史塔克家族的起源可以追溯到"筑城者"布兰登和远古的冬境之王。数千年来，他们坐镇临冬城，以"北境之王"自居，直到"降服王"托伦·史塔克为避免战端，向龙王伊耿宣誓效忠为止。

当临冬城的史塔克公爵被乔佛里国王处决之后，北境拒绝再向铁王座效忠，他们转而拥立艾德公爵之子罗柏为北境之王。在"五王之战"中，罗柏赢得了所有战役，却遭遇背叛，在李河城参加舅舅的婚宴时被佛雷家和波顿家联合害死。

【罗柏·史塔克】，北境之王，三叉戟河之王，临冬城公爵，外号"少狼主"，在红色婚礼上被谋害。

——【灰风】，他的冰原狼，在红色婚礼上被谋害。
——他血统纯正的兄弟姐妹：
　　——珊莎，罗柏的妹妹。
　　　　——她的丈夫，兰尼斯特家族的提利昂。
　　　　——【淑女】，她的冰原狼，在戴瑞城被杀害。
　　——艾莉亚，十一岁的女孩，失踪，被认为已死。
　　　　——娜梅莉亚，她的冰原狼，目前在河间地巡游。
　　——布兰登，小名"布兰"，临冬城的继承人，九岁的残废男孩，被认为已死。
　　　　——夏天，他的冰原狼。
　　——瑞肯，四岁的男孩，被认为已死。
　　　　——毛毛狗，他的冰原狼。
　　　　——欧莎，女野人，曾在临冬城当俘虏。

——他同父异母的私生子兄弟，**琼恩·雪诺**，效力于守夜人。
　　——**白灵**，琼恩的冰原狼，白色，沉默。

——他的其他亲戚：
　　——**班扬·史塔克**，他的叔叔，守夜人的首席游骑兵，于长城外巡逻时失踪，被认为已死。
　　——【**莱莎·艾林**】，他的阿姨，鹰巢城夫人。
　　　　——**劳勃·艾林**，她的儿子，鹰巢城公爵和艾林谷守护者，体弱多病的男孩。
　　——**艾德慕·徒利爵士**，他的舅舅，在红色婚礼上作了俘虏。
　　　　——佛雷家族的**萝丝琳夫人**，艾德慕的新娘，已怀孕。
　　——**布林登·徒利爵士**，他的叔公，外号"黑鱼"，前奔流城代理城主，现被追捕中。

——他的封臣，北境诸侯：
　　——**琼恩·安柏**，外号"大琼恩"，最后壁炉城伯爵，目前在李河城作俘虏。
　　　　——【**琼恩·安柏**】，外号"小琼恩"，为大琼恩的长子和继承人，在红色婚礼上被谋害。
　　　　——"鸦食"**莫尔斯**，大琼恩的叔父，最后壁炉城的代理城主之一。
　　　　——"妓魇"**霍瑟**，大琼恩的叔父，最后壁炉城的代理城主之一。
　　——【**克雷·赛文**】，赛文城伯爵，死于临冬城之战。

——他的妹妹，乔俐儿·赛文，三十二岁的处女。
——卢斯·波顿，恐怖堡公爵。
  ——【多米利克】，卢斯的嫡子和继承人，因肠胃病而死。
  ——"铁腿"沃顿，他的侍卫队长。
  ——拉姆斯·波顿，卢斯的私生子，人称"波顿的私生子"，霍伍德伯爵。
    ——瓦德·佛雷和瓦德·佛雷，被称作"大瓦德"和"小瓦德"，皆为拉姆斯的侍从。
    ——"骨头"本，恐怖堡的兽舍掌管。
    ——【臭佬】，体臭极重的亲兵，伪装拉姆斯时被杀。
    ——私生子的好小子们，拉姆斯的亲兵：
      ——黄迪克、"舞蹈师"达蒙、路顿、酸埃林、剥皮人、咕噜。

——【瑞卡德·卡史塔克】，卡霍城伯爵，因谋害俘虏而被少狼主诛杀。
  ——【艾德·卡史塔克】，瑞卡德的儿子，在呓语森林一役中被杀。
  ——【托伦·卡史塔克】，瑞卡德的儿子，在呓语森林一役中被杀。
  ——哈利昂·卡史塔克，瑞卡德唯一幸存的儿子，目前在女泉城当俘虏。
  ——亚丽，瑞卡德的女儿，十五岁的处女。
  ——阿尔夫·卡史塔克，瑞卡德的叔叔，卡霍城代理城主。

——克雷根，阿尔夫的长子。

——阿梭尔，阿尔夫的次子。

——威曼·曼德勒，白港伯爵，极其肥胖。

　　——威里斯·曼德勒爵士，威曼的长子和继承人，极其肥胖，在赫伦堡作俘虏。

　　　　——他的妻子，渥尔菲家族的里雅。

　　　　　　——薇尔菲德，他们的长女。

　　　　　　——薇拉，他们的次女。

　　——【文德尔·曼德勒爵士】，威曼的次子，在红色婚礼上被谋害。

　　——玛龙·曼德勒爵士，威曼的的表亲，白港守备队队长。

　　——席奥默学士，顾问、医师和家教。

　　——威克斯，十二岁男孩，曾是席恩·葛雷乔伊的侍从，哑巴。

　　——巴提穆斯爵士，独腿独眼的老骑士，经常酗酒，狼穴的总管。

　　　　——加尔斯，狱卒，刽子手。

　　　　　　——卢小姐，他的斧子。

　　　　——提瑞，年轻的狱卒。

——梅姬·莫尔蒙，熊岛伯爵夫人。

　　——【黛西·莫尔蒙】，梅姬的长女和继承人，在红色婚礼上被害。

　　——亚莉珊，她的女儿，年轻的"母熊"。

　　莱拉、乔蕊儿和莱安娜，皆为梅姬的女儿。

　　——【杰奥·莫尔蒙】，梅姬的哥哥，前守夜人军团总司令，被手下杀害。

——乔拉·莫尔蒙，他的儿子，放逐海外。
——霍兰·黎德，灰水望头领，泽地人。
　——他的妻子，健娜，泽地人。
　——他们的孩子：
　　——梅拉·黎德，年轻的女猎人。
　　——玖健·黎德，拥有绿之视野的男孩。
——盖伯特·葛洛佛，深林堡领主，未婚。
　——罗贝特·葛洛佛，盖伯特的弟弟和继承人。
　　——他的妻子，洛克家族希贝娜。
　——班吉寇·树枝，"没鼻子"奈德·树木，皆是狼林中宣誓效忠深林堡的人。
——【赫曼·陶哈爵士】，托伦方城领主，在暮谷城战死。
　——【本福德·陶哈】，赫曼的儿子和继承人，在磐石海岸为铁民所害。
　——艾妲，赫曼的女儿，目前在托伦方城作俘虏。
　——【兰巴德·陶哈】，赫曼的弟弟，死于临冬城之战。
　　——他的妻子，霍伍德家族的贝拉夫人，目前在托伦方城作俘虏。
　　——他们的子女，布兰登·陶哈和贝伦·陶哈，目前在托伦方城作俘虏。
——罗德利克·莱斯威尔，溪流地伯爵。
　——芭芭蕾·达斯丁，罗德利克的长女，荒冢屯伯爵夫人，【威廉·达斯丁伯爵】的遗孀。
　　——海伍德·史陶，芭芭蕾的封臣，效忠荒冢屯的小领主。

——【蓓珊妮·波顿】，罗德利克的二女儿，卢斯·波顿公爵的第二任妻子，高烧而死
——罗尔杰·莱斯威尔，瑞卡德·莱斯威尔、卢斯·莱斯威尔，皆为罗德利克的表亲和封臣，彼此争斗不休。
——莱珊·菲林特，寡妇望伯爵夫人。
——欧鲁·洛克，老城伯爵，年事已高。

——山区部落的首领们：
——雨果·渥尔，外号"大酒桶"，或称渥尔大人。
——布兰登·诺瑞，被称作"诺瑞大人"。
——布兰登·诺瑞，小布兰登，他的儿子。
——托伦·里德尔，外号里德尔大人。
——邓肯·里德尔，他的长子，被称作"大里德尔"，参加了守夜人军团。
——莫甘·里德尔，他的次子，被称作"中里德尔"。
——瑞卡德·里德尔，他的幼子，被称作"小里德尔"。
——托根亨·菲林特，属于最初的菲林特，被称作"菲林特大人"或"老菲林特"。
——黑唐纳·菲林特，他的儿子和继承人。
——阿托斯·菲林特，他的次子，黑唐纳同父异母的兄弟。

史塔克家族的旗帜是在冰雪皑皑大地上奔驰的灰色冰原狼，他们的族语是"凛冬将至"。

徒利家族

奔流城的艾德敏·徒利伯爵是第一批投效征服者伊耿的河间地领主之一。伊耿称王后为犒赏徒利家族，将其提升为三叉戟河流域的统治者。

徒利家族的家徽是一尾自河中跃出的银色鳟鱼，底色则是红蓝波纹。徒利家族的箴言是"家族、责任、荣誉"。

艾德慕·徒利，奔流城公爵，在自己的婚宴上被俘，被佛雷家族扣为人质。

——他的新娘，佛雷家族的**萝丝琳夫人**，已怀孕。
——他的大姐，【**凯特琳·史塔克夫人**】，临冬城公爵【艾德·史塔克】的遗孀，在红色婚礼上被害。
——他的二姐，【**莱莎·艾林**】，鹰巢城公爵【琼恩·艾林】的遗孀，被推出月门摔死。
——他的叔叔，**布林登·徒利爵士**，外号"黑鱼"，前奔流城代理城主，现被追捕中。
——他在奔流城的部属：
——**韦曼学士**，顾问、医师和家教。
——**戴斯蒙·格瑞尔爵士**，教头。
——**罗宾·莱格爵士**，侍卫队长。
——**埃伍德、德普和长人卢**，侍卫。
——**乌瑟莱斯·韦恩**，奔流城总管。

——他的封臣，三河诸侯：
　　——泰陀斯·布莱伍德，鸦树城伯爵。
　　　　——布林登，他的长子和继承人。
　　　　——【卢卡斯·布莱伍德】，他的次子，在红色婚礼上被害。
　　　　——霍斯特，他的三子，书呆子。
　　　　——艾德蒙和埃林，他的四子和五子。
　　　　——蓓珊妮，他的女儿，八岁女孩。
　　　　——【劳勃】，他的幼子，死于肠胃病。
　　——杰诺斯·布雷肯，石篱城伯爵。
　　　　——芭芭拉、杰恩、凯特琳、贝丝、亚莉珊，他的五个女儿。
　　　　——希尔蒂，随军妓女。
　　——杰森·梅利斯特，海疆城伯爵，目前被关押在自己的城堡中。
　　　　——派崔克·梅利斯特，杰森的儿子，目前和父亲关押在一起。
　　　　——丹尼斯·梅利斯特，杰森的叔叔，在守夜人军团服役。
　　——克莱蒙特·派柏，红粉城伯爵。
　　　　——马柯·派柏爵士，克莱蒙特的儿子和继承人，在红色婚礼中被俘。
　　——卡列尔·凡斯，旅息城伯爵。
　　——诺勃特·凡斯，亚兰城伯爵，已盲。
　　——托马·斯莫伍德，橡果厅伯爵。
　　——威廉·莫顿，女泉城伯爵。

——依兰诺，他的女儿，继承人，十三岁，
　　——她的丈夫，角陵的**狄肯**•塔利。
——希拉•河安，被驱逐的赫伦堡伯爵夫人。
——哈蒙•培吉爵士。
——莱蒙•古柏克伯爵。

提利尔家族

提利尔家族原本世代担任河湾国王的总管之职,但宣称他们的母系血统承继自先民的园丁王"青手"加尔斯。当最后的河湾王、园丁家族的孟恩九世死于"怒火燎原"之役后,他的总管哈兰·提利尔把高庭献给征服者伊耿。作为回报,伊耿将高庭城堡和河湾地区的统治权赐给了哈兰。

"五王之战"开始时,梅斯·提利尔公爵支持蓝礼·拜拉席恩的事业,并将自己的女儿玛格丽许配给他。蓝礼死后,高庭和兰尼斯特家族结盟,转将玛格丽许配给乔佛里国王。

梅斯·提利尔,高庭公爵,南境守护,边疆守护者,河湾至高统领。

——他的夫人,旧镇的海塔尔家族的**艾勒莉**。

——他们的子女:

——**维拉斯**,长子,高庭继承人。

——**加兰爵士**,次子,外号"勇武的"加兰,新近成为亮水城伯爵。

——他的夫人,佛索威家族的**莱昂妮**。

——**洛拉斯爵士**,幼子,外号"百花骑士",誓言效命的御林铁卫兄弟,在龙石岛受伤。

——**玛格丽**,女儿,二度结婚,二度成为寡妇。

——她的伙伴和侍女:

——她的表亲,**梅歌、雅兰和埃萝·提利尔**。

——**埃林·安布罗斯**,埃萝的未婚夫,侍从。
　　——她的女伴，亚莉珊·布尔威伯爵夫人，艾丽斯·格雷佛德伯爵夫人，坦妮娅·玛瑞魏斯夫人，梅内狄斯·克连恩、外号"欢乐的玛瑞"，娜丝特瑞卡修女。
——他守寡的母亲，雷德温家族的奥莲娜夫人，外号"荆棘女王"。
——他的姐妹：
　　——米娜夫人，
　　　　——她的丈夫，青亭岛伯爵派克斯特·雷德温。
　　　　　　——他们的儿子，霍拉斯·雷德温爵士，外号"恐怖爵士"。
　　　　　　——他们的儿子，霍柏·雷德温爵士，外号"流口水爵士"。
　　　　　　——他们的女儿，黛丝梅拉·雷德温，十六岁。
　　——洁娜夫人，
　　　　——她的丈夫，琼恩·佛索威爵士。

——他的叔叔们：
　　——加尔斯，他的叔叔，高庭总管，外号"粗胖的"加尔斯。
　　　　——他的两个私生子：贾尔斯·佛花和盖略特·佛花。
　　——莫林·提利尔爵士，他的叔叔，旧镇守备队司令。
　　——葛曼学士，他的叔叔，一名学城的学者。

——梅斯在高庭的部属：
> ——洛米斯学士，顾问、医师与家教。
> ——艾耿·莱维尔，侍卫队长。
> ——佛提莫·克连恩爵士，教头。
> ——黄油饼，小丑和弄臣，非常肥胖。

——他的封臣，河湾地诸侯：
> ——蓝道·塔利，角陵伯爵，目前指挥托曼国王在三叉戟河的军队。
> ——派克斯特·雷德温，青亭岛伯爵。
> > ——恐怖爵士和流口水爵士，派克斯特的孪生子。
> > ——巴拉拔学士，派克斯特的医师。
> ——艾雯·奥克赫特，古橡城伯爵夫人。
> ——马图斯·罗宛，金树城伯爵。
> ——雷顿·海塔尔伯爵，旧镇之音，海港之主。
> ——亨佛利·赫威特，橡盾岛伯爵。
> > ——法莉亚·佛花，他的私生女。
> ——奥斯伯特·西瑞，南盾岛伯爵。
> ——冈塞·格林，灰盾岛伯爵。
> ——马巴德·切斯塔伯爵，绿盾岛伯爵。
> ——奥顿·玛瑞魏斯，长桌厅伯爵。
> > ——他的夫人，密尔的坦妮娅。
> > ——他的儿子，鲁赛尔，八岁的男孩。
> ——亚瑟·安布罗斯伯爵。

——罗伦特·卡斯威,苦桥男爵。

——他的骑士和军官:
——琼恩·佛索威爵士,来自绿苹果佛索威家。
——坦通·佛索威爵士,来自红苹果佛索威家。

提利尔家族的家徽是一朵盛开于青翠绿野之上的金玫瑰。他们的箴言是"生生不息"。

守夜人军团

琼恩·雪诺，临冬城的私生子，守夜人军团第九百九十八任总司令。
——他的白色冰原狼，白灵。
——他的事务官，艾迪森·托勒特，外号"忧郁的艾迪"。

——在黑城堡：
——伊蒙（·坦格利安）学士，顾问和医师，盲人，已有一百零二岁高龄。
——他的助手，克莱达斯。
——他的助手，山姆威尔·塔利，肥胖，爱书。
——波文·马尔锡，总务长。
——"三指"哈布，事务官，大厨。
——【唐纳·诺伊】，独臂武器师傅和铁匠，在长城大门中被强壮的玛格所杀。
——呆子欧文、结巴提姆、穆利、库甘、"美女"唐纳·希山、"左手"卢、杰伦、泰、丹纳、"麻杆"威克，皆为事务官。
——奥赛尔·亚威克，首席工匠。
——省靴、霍德、阿贝特、木桶、烂泥地的阿尔夫，皆为工匠。
——赛勒达修士，为一酗酒的修士。
——黑杰克布尔威，现任首席游骑兵。
——戴文、"白眼"肯基、"巨人"贝德

威克、梅沙、"灰羽"加尔斯、御林的乌尔马、埃龙、绿矛盖略特、跳蚤福克、"派普"派普尔、"笨牛"葛兰、黑伯纳、提姆·石东、罗里、胡子本恩、"大麦"汤姆、大里德尔、长镇的卢克、"毛人"哈尔，皆为游骑兵。

——皮革，一位披上黑衣的野人。
——艾里沙·索恩爵士，前任教头。
——杰诺斯·史林特，前任君临都城守备队司令和赫伦堡伯爵。
——埃恩·伊梅特，从前在东海望当差，现任教头。
　　——"马儿"哈里士，双胞胎艾隆和艾蒙克，纱丁和"跳脚"罗宾，受训的新兵。

——在影子塔：
　　——丹尼斯·梅利斯特爵士，影子塔指挥官。
　　　——威利斯·马赛，他的事务官兼侍从。
　　——穆林学士，顾问和医师。
　　——【断掌·科林】、【侍从戴里吉】、【伊班】，皆为游骑兵，在长城外被杀害。
　　——石蛇，游骑兵，步行逃亡，在风声峡失踪。

——在东海望：
　　——卡特·派克，铁群岛的私生子，东海望指挥官。
　　——哈慕恩学士，顾问和医师。
　　——"老破烂"，黑鸟号船长。

——葛兰登·赫威特爵士，教头。
——梅纳德·霍尔特爵士，利爪号船长。
——鲁斯·巴勒颗，暴鸦号船长。

野人或自由民

曼斯·雷德,塞外之王,目前在黑城堡当俘虏。
——他的妻子,【妲娜】,因生产而死。
　　——他们的儿子,在战场上诞生,尚未命名。
　——瓦迩,妲娜的妹妹,被称为"野人公主",目前在黑城堡当俘虏。
　　——【贾尔】,瓦迩的情人,摔死。
——野人酋长、头领和掠袭者:
　——骸骨之王,被嘲笑作"叮当衫",掠袭者,拥有自己的部众,目前在黑城堡当俘虏。
　　——【耶哥蕊特】,一名年轻的矛妇,琼恩雪诺的爱人,攻击黑城堡时被杀。
　　——里克,外号"长矛",归属于骸骨之王麾下。
　　——芮温勒、朗尔,归属于骸骨之王麾下。
　——托蒙德,红厅的蜜酒之王,巨人克星,吹牛大王,吹号者,破冰人,雷拳,雪熊之夫,生灵之父和诸神的代言人。
　　——他的儿子,"高个"托雷格、"驯服的"托温德、多蒙德和戴温;
　　——他的女儿,蒙妲。
　——"哭泣者",又称"哭泣之人",臭名昭著的掠袭者,拥有自己的部众。
　　——【哈妈】,外号"狗头",在长城下被杀。
　　　——她的弟弟,哈尔克。

——【斯迪】，瑟恩的前任马格拿，攻击黑城堡时被杀。
——他的儿子，赛贡，瑟恩的新任马格拿。
——"六形人"瓦拉米尔，易形者和狼灵，幼时小名"小肿"。
——独眼，狡猾，潜行，他的狼。
——【小瘤】，他的弟弟，被狗杀害。
——【哈根】，他的养父，狼灵和猎人。
——大蓟，相貌平凡、性格坚强的矛妇，。
——【荆棘】、【吉赛拉】，易形者，死去已久。
——波罗区，外号"野猪"，易形者，为他人所畏惧。
——"王血"格里克，红胡子雷蒙王的血亲。
——他的三个女儿。
——"破盾者"梭伦，著名战士。
——"白面具"莫罗娜，女巫战士，掠袭者。
——大老爹尤根，有十八个妻子的部落首领。
——大海象，冰封海岸的首领。
——鼹鼠妈妈，森林女巫，精于预言。
——波罗吉、商人盖文、猎人哈雷、英俊的哈雷、"流浪者"豪德、瞎子朵斯、"木耳"凯勒格、"海豹剥皮人"戴维因，自由民的酋长和首领。
——【欧瑞尔】，绰号"鹰眼欧瑞尔"，易形者，在风声峡被琼恩·雪诺所杀。
——【玛格·玛兹·屯多·铎尔·威格】，被称为'强壮的玛格'，巨人的国王，被【唐纳·诺伊】杀死在黑城堡的大门里。

——温旺·威格·温旺·铎迹·温旺,简称"旺旺",巨人。

——罗宛、霍莉、松鼠、芙雷亚、"巫眼"垂柳、密瑞蕾,在长城作俘虏的矛妇们。

长城之外

——在鬼影森林：
　　——布兰登·史塔克，小名布兰，临冬城王子，北境继承人，九岁的残废男孩。
　　　　——他的同伴和保护者：
　　　　　　——梅拉·黎德，十六岁处女，为灰水望头领霍兰·黎德的女儿。
　　　　　　——玖健·黎德，十三岁的男孩，梅拉·黎德的弟弟，拥有绿之视野。
　　　　　　——阿多，为一单纯弱智的马童，有七尺高。
　　　　——他的向导，冷手，身披黑衣，可能曾是守夜人，现在身份成谜。

——在卡斯特堡垒：
　　——守夜人军团的叛徒们：
　　　　——短刃，谋杀了主人卡斯特。
　　　　——独臂奥罗，谋杀了总司令"熊老"杰奥·莫尔蒙。
　　　　——格林纳威的加尔斯、毛尼、葛鲁布和罗斯比的阿兰，从前都是游骑兵。
　　　　——畸足卡尔、孤儿奥斯和"唠叨"比尔，从前都是事务官。

——在空心山的洞穴中：
　　——三眼乌鸦，也被称为"最后的绿先知"，巫师和梦行者，曾是守夜人，原名布林登，现在多半身体已融入树中。
——森林之子，歌颂大地之人，即将灭绝的种族的最后传人：
　　——叶子，灰烬，鳞片，黑刃，雪发，煤炭。

狭海对岸的厄斯索斯大陆

布拉佛斯

费雷哥·安塔里昂，布拉佛斯的海王，身染重病，奄奄一息。
——魁罗·瓦伦丁，布拉佛斯首席剑士，海王的护卫。
——贝乐洁·奥瑟里斯，艺名"黑珍珠"，交际花，乃是同名的海盗女王的后代。
——"蒙面女士"、"美人鱼女王"、"月影"、"幽暗之女"、"夜莺"和"女诗人"，皆为著名的交际花。
——慈祥的人和流浪儿，黑白之院里千面之神的仆人。
　　——乌玛，神庙厨师。
　　——美男子、胖子、领主、古板脸、斜眼和饿鬼，皆为千面之神秘密的仆人。
——史塔克家族的艾莉亚，黑白之院的学徒，又被称为阿盐、娜娜、黄鼠狼、乳鸽、阿利和运河边的猫儿。
——布鲁斯科，鱼贩子。
　　——他的女儿，布瑞亚和泰丽亚。
——梅瑞琳，外号"快乐梅丽"，是旧衣贩码头边的妓院快乐码头的老板。
　　——"水手之妻"，快乐码头的妓女。
　　　　——她的女儿，兰娜，快乐码头的年轻妓女。
——红罗戈、吉洛罗·多塞尔、吉勒诺·多塞尔、写剧本的奎尔和魔术师科索莫，皆为快乐码头的恩客。

——塔甘纳罗,码头边的混混和小偷。
——"海豹王"卡索,塔甘纳罗训练的海豹宠物。
——丝芙蓉,码头边的妓女,多次谋财害命。
——"醉女儿",脾气阴晴不定的妓女。

古瓦兰提斯

当前执政官：

——马拉乔·梅葛亚，瓦兰提斯执政官，虎党。

——多法斯·潘尼米恩，瓦兰提斯执政官，象党。

——奈西索·维萨马，瓦兰提斯执政官，象党。

在瓦兰提斯：

——本内罗，光之王拉赫洛的至高牧师。

　　——他的助手，马奇罗，拉赫洛的祭司。

——水边寡妇，城中一位前女奴，十分富有，也叫做"瓦加罗的婊子"。

　　——寡妇的儿子们，她凶猛的护卫。

——分妮，女侏儒，戏子。

　　——美女猪，她的猪。

　　——嘎吱，她的狗。

——【便特】，分妮的哥哥，侏儒戏子，被谋害后砍了头。

——艾利奥斯·奇赫达，执政官候选人。

——帕拉奇罗·瓦勒罗斯，执政官候选人。

——贝里西奥·斯坦戈尼，执政官候选人。

——格拉兹旦·莫·厄拉兹，渊凯使节。

在奴隶湾

——在黄砖之城渊凯

　　——亚克哈兹•佐•亚扎克，渊凯军及其盟军的大元帅，奴隶商人，血统纯正的年迈贵族。

　　——亚赞•佐•夸格兹，被嘲弄作"黄鲸鱼"，是个超级大胖子，身染顽疾，非常富有。

　　　　——保姆，负责管理他的奴隶。

　　　　——甜心，他的双性奴隶，他的私人珍藏。

　　　　——伤痕，他的奴兵军士。

　　　　——莫哥，他的奴兵。

　　——摩格哈兹•佐•佐尔因，被嘲弄作"烂醉征服者"，酗酒的贵族。

　　——哥扎卡•佐•厄拉兹，被嘲弄作"布丁脸"，贵族和奴隶商人。

　　——法扎哈•佐•法扎，被嘲弄作"兔子"，贵族和奴隶商人。

　　——格拉兹多•佐•阿尔克，被嘲弄作"摇屁股大将"，贵族和奴隶商人。

　　——帕扎哈•佐•密拉克，被嘲弄作"小鸽子"，身材矮小的贵族。

　　——切兹达哈•佐•拉赫赞、马亚逊•佐•拉赫赞、格卡兹汉•佐•拉赫赞，贵族三兄弟，被嘲弄作"叮当大人"。

　　——"战车手"，"兽舍掌管"，"香水英雄"，皆为贵族和奴隶商人。
——在红砖之城阿斯塔波：
- **——伟大的克莱昂**，被称为"屠夫王"。
- **——克莱昂二世**，他的继任者，在位仅八日。
- **——割喉国王**，割开了克莱昂二世的喉咙并篡夺其王冠的理发师。
- **——婊子女王**，克莱昂二世的情妇，在他被谋害后宣布夺取王位。

海外的女王

丹妮莉丝•坦格利安一世，弥林女王，安达尔人、洛伊拿人和先民的女王，七国统治者暨全境守护者，大草原的卡丽熙，人称龙之母、不焚者、风暴降生丹妮莉丝。

——她的龙，卓耿，韦赛利昂，雷哥。

——她的大哥，【雷加】，龙石岛亲王，在三叉戟河一役为【劳勃•拜拉席恩】所杀。

——【雷妮丝公主】，【雷加】的女儿，君临城陷时遇害。

——【伊耿王子】，【雷加】的儿子，君临城陷时遇害，彼时尚为襁褓中的婴孩。

——她的二哥，【韦赛里斯三世】，被唤作"乞丐王"，以融金加冕而死。

——她的夫君，【卓戈】，多斯拉克卡奥，因伤口感染而死。

——她与【卓戈】死产的儿子，【雷戈】，被【弥丽•马兹•笃尔】害死在子宫里。

——她的贴身护卫：

——巴利斯坦•赛尔弥爵士，人称"无畏的"巴利斯坦，女王铁卫队长。

——他要训练成为骑士的侍从们：

——图科•李霍，来自蛇蜥群岛。

——拉瑞克，外号"鞭子"，来自弥林。

——红羊，来自拉札的自由民。
　　——三个男孩，来自吉斯卡利的兄弟。
——"壮汉"贝沃斯，太监，前战奴。
——她的多斯拉克血盟卫：
　　——乔戈，血盟卫，使鞭。
　　——阿戈，血盟卫，使弓。
　　——拉卡洛，血盟卫，使亚拉克弯刀。

——她的队长和指挥官：
　　——达里奥·纳哈里斯，一名浮华的泰洛西佣兵，自由佣兵团暴鸦团团长。
　　——本·普棱，也称"棕人本"，一名混血佣兵，自由佣兵团次子团团长。
　　——灰虫子，太监，太监步兵军团"无垢者"的指挥官。
　　　　——英雄，"无垢者"队长，军团副指挥。
　　　　——坚盾，"无垢者"矛手。
　　——莫罗诺·已欧斯·杜博，自由民军团"坚盾军"的指挥官。
　　——"疤背"西蒙，自由民军团"自由兄弟会"的指挥官。
　　——弥桑洛，太监，自由民军团"龙之母仆从"的指挥官。
　　——潘托斯的格罗莱，曾是大商船"赛杜里昂号"的船长，现在是没有舰队的海军司令。
　　——罗莫，多斯拉克的"贾卡朗"

——她的弥林宫廷：

——瑞茨纳克·莫·瑞茨纳克，总管，秃头，油腔滑调。
——斯卡拉茨·莫·坎塔克，人称"圆颅大人"，她的城市守卫军"兽面军"的指挥官，剃了光头。

——她的侍女和仆人：
——伊丽和姬琪，多斯拉克少女。
——弥桑黛，来自纳斯的文书和翻译。
——格拉兹达、挈萨、马札拉、科兹米亚、阿扎克、巴卡哈兹、米卡拉茨、达哈萨、达卡兹、贾赞尼，弥林金字塔中的孩子，她的侍酒。

——弥林的贵族和平民：
——格拉兹旦·卡拉勒，绿圣女，圣恩神庙的最高女祭司。
　　——格拉兹旦·佐·卡拉勒，她的堂弟，贵族。
——西茨达拉·佐·洛拉克，富有的弥林贵族，血统古老。
　　——马格哈兹·佐·洛拉克，他的表亲。
——罗娜·蕤娥，女自由民，竖琴师。
——【哈茨雅】，农夫之女，四岁。
——"巨人"格鲁尔、克拉兹、"碎骨者"贝拉科沃、"恶鬼"卡莫罗恩、"无惧的"伊斯科、斑猫、"黑发"巴尔塞娜、铁皮，皆为斗技士和被解放的奴隶。

——她不确定的盟友、虚伪的朋友和已知的敌人：

——乔拉·莫尔蒙爵士，原熊岛伯爵。
——【弥丽·马兹·笃尔】，女祭司和巫魔女，侍奉拉札的至高牧神。
——札罗·赞旺·达梭斯，魁尔斯巨商。
——魁蜥，戴面具的亚夏缚影士。
——伊利里欧·摩帕提斯，自由贸易城邦潘托斯的总督，他安排了丹妮莉丝与【卓戈卡奥】的婚姻。
——伟大的克莱昂，阿斯塔波的屠夫王。

——女王的追求者：
 ——在奴隶湾：
  ——达里奥·纳哈里斯，来自泰洛西的佣兵，暴鸦团团长。
  ——西茨达拉·佐·洛拉克，富有的弥林贵族。
  ——斯卡拉茨·莫·坎塔克，人称"圆颅大人"，弥林次等贵族。
  ——伟大的克莱昂，阿斯塔波的屠夫王。

 ——在瓦兰提斯：
  ——昆廷·马泰尔王子，阳戟城公爵、多恩领亲王道朗·马泰尔的长子。
   ——他的贴身护卫和同伴：
    ——【克莱图斯·伊伦伍德爵士】，伊伦伍德城的继承人，被海盗杀害。
    ——阿奇巴德·伊伦伍德爵士，克莱图斯的表亲，外号"大人物"。

——盖里斯·丁瓦特爵士。
——【威廉·威尔斯爵士】，被海盗杀害。
——【凯德里学士】，被海盗杀害。

——在洛恩河：
——小格里芬，十八岁的蓝发青年。
——格里芬，他的养父，佣兵，前黄金团团员。
——他的同伴、老师和护卫：
——罗利·达克菲爵士，被称作"鸭子"，骑士。
——莱摩儿修女，虔诚的妇女。
——哈尔顿，人称"赛学士"，他的导师。
——耶达里，含羞少女号的船长和舵手。
——耶利亚，他的妻子。

——在海上：
——维克塔利昂·葛雷乔伊，铁舰队司令，人称"铁船长"。
——他的床伴，深色皮肤的女人，没有舌头，鸦眼攸伦的礼物。
——卡尔文学士，来自绿盾岛，鸦眼攸伦的礼物。
——无敌铁种号船员：
——单耳沃费、拉格诺·派克、伟唯水·派克、汤姆·泰德伍德、勃顿·汉博利、科伦·汉博利、史蒂法·斯塔梅尔。

——他的船长们：

——罗德利克·斯帕，外号"田鼠"，悲伤号船长。

——红拉弗·斯通浩斯，红丑号船长。

——曼佛利·梅林，风筝号船长。

——跛子拉弗，科伦大王号船长。

——汤姆·考德，外号"无血"汤姆，哀悼号船长。

——戴衮·谢泼德，外号"黑牧羊人"，匕首号船长。

坦格利安家族是真龙血脉，是古瓦雷利亚自由堡垒大贵族们的后裔，他们继承了淡紫、靛青或紫罗兰色的眼睛，银金色的头发。为保持血统高贵纯正，坦格利安家族通常族内通婚，兄与妹、表亲与表亲、舅舅同外甥等等。坦格利安王朝的建立者"征服者"伊耿便同时娶了两位妹妹为妻，并和两人都留下了儿子。

坦格利安家族的旗帜是黑底红色的三头火龙，三个龙头分别代表伊耿和他的两个妹妹。坦格利安家族的的族语是"血火同源"。

各大自由佣兵团的男女佣兵

黄金团，拥有一万战士，目前雇主不明。
——"无家可归的"哈利·斯崔克兰，团长。
　　——威金，他的侍从和侍酒。
——【米斯·托因爵士】，外号"黑心"，已死四年，前团长。
——黑巴曲，白发的盛夏群岛人，弓箭手指挥官。
——兰索诺·马尔，来自自由贸易城邦里斯的佣兵，情报官。
——高利斯·艾多因，来自自由贸易城邦瓦兰提斯的佣兵，财务官。
——福兰克林·佛花，果酒厅的私生子，来自河湾地的佣兵。
——马柯·曼达克爵士，流亡者，逃跑奴隶，满脸疹子。
——莱斯维尔·培克爵士，流亡领主。
　　——陶曼和派克伍德，他的兄弟。
——崔斯坦·河文爵士，私生子，土匪，流亡者。
——卡斯波·希山、亨佛利·石东、莫罗·杰恩、迪克·科尔、威尔·科尔、罗里默斯·穆德、琼恩·罗斯坦、莱蒙·比兹、本内德·贝雷恩爵士、邓肯·斯壮、丹尼斯·斯壮、锁链、小约翰·穆德，皆佣兵团的军士。
——【伊葛·河文爵士】，外号"苦钢"，伊耿·坦格利安四世国王的私生子，黄金团的创始人。

——【马里斯·黑火一世】，被称作"凶暴的马里斯"，黄金团前任团长，自命为维斯特洛铁王座之主，九人团成员之一，在九铜板王之战中被击杀。

风吹团，共有骑兵步兵两千人，向渊凯效力。
——褴衣亲王，曾是自由贸易城邦潘托斯的贵族，风吹团团长和创始人。
　　——卡戈，被称作"屠尸手"，他的左膀右臂。
　　——丹佐·德汉，战士诗人，他的左膀右臂。
　　——修夫·亨格福德，军士，前财务官，因偷窃被砍去三根手指。
　　——欧森·石东爵士、路西法·朗爵士、林地的威尔、稻草迪克、姜杰克，皆为来自维斯特洛的佣兵。
　　——"美女"梅里丝，风吹团拷问官。
　　——书本，瓦兰提斯剑客，以喜好读书出名。
　　——扁豆，十字弓手，来自密尔。
　　——老骨头比尔，沧桑的盛夏群岛人。
　　——米利欧·密拉克斯，来潘托斯的佣兵

猫之团，拥有三千战士，目前为渊凯效力。
——血胡子，团长和指挥官。

长枪团，拥有八百骑兵，目前为渊凯效力。
——吉洛·雷哈，团长和指挥官。

次子团，拥有五百骑兵，效忠丹尼莉丝女王。

——棕人本·普棱，团长和指挥官。
——卡斯帕罗，外号"狡诈的"卡斯帕罗，刺客，次子团副指挥。
——提贝罗·伊斯昂，外号"墨水瓶"，财务官。
——锤子，酗酒的铁匠和武器师傅。
　　——钉子，他的学徒。
——拐骗，独臂军士。
——凯姆，来自跳蚤窝的年轻佣兵。
——巴卡约，声名显赫的斧手。
——乌汉，士官。

暴鸦团，拥有五百骑兵，效忠丹尼莉丝女王。
——达里奥·纳哈里斯，团长和指挥官。
　　——鳏夫，副指挥官。
　　——乔金，弓箭手指挥官。

附录二 地图

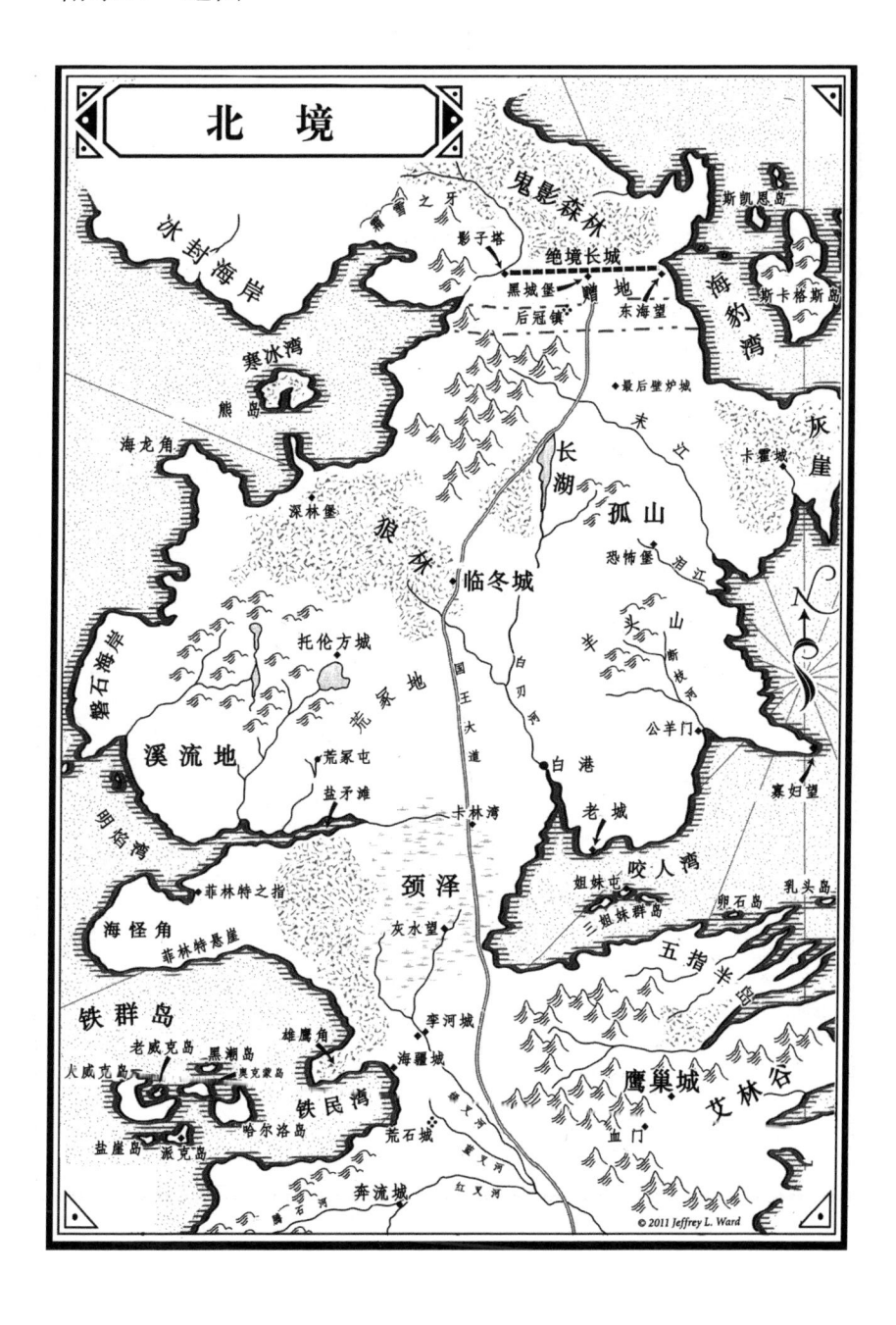

南 境

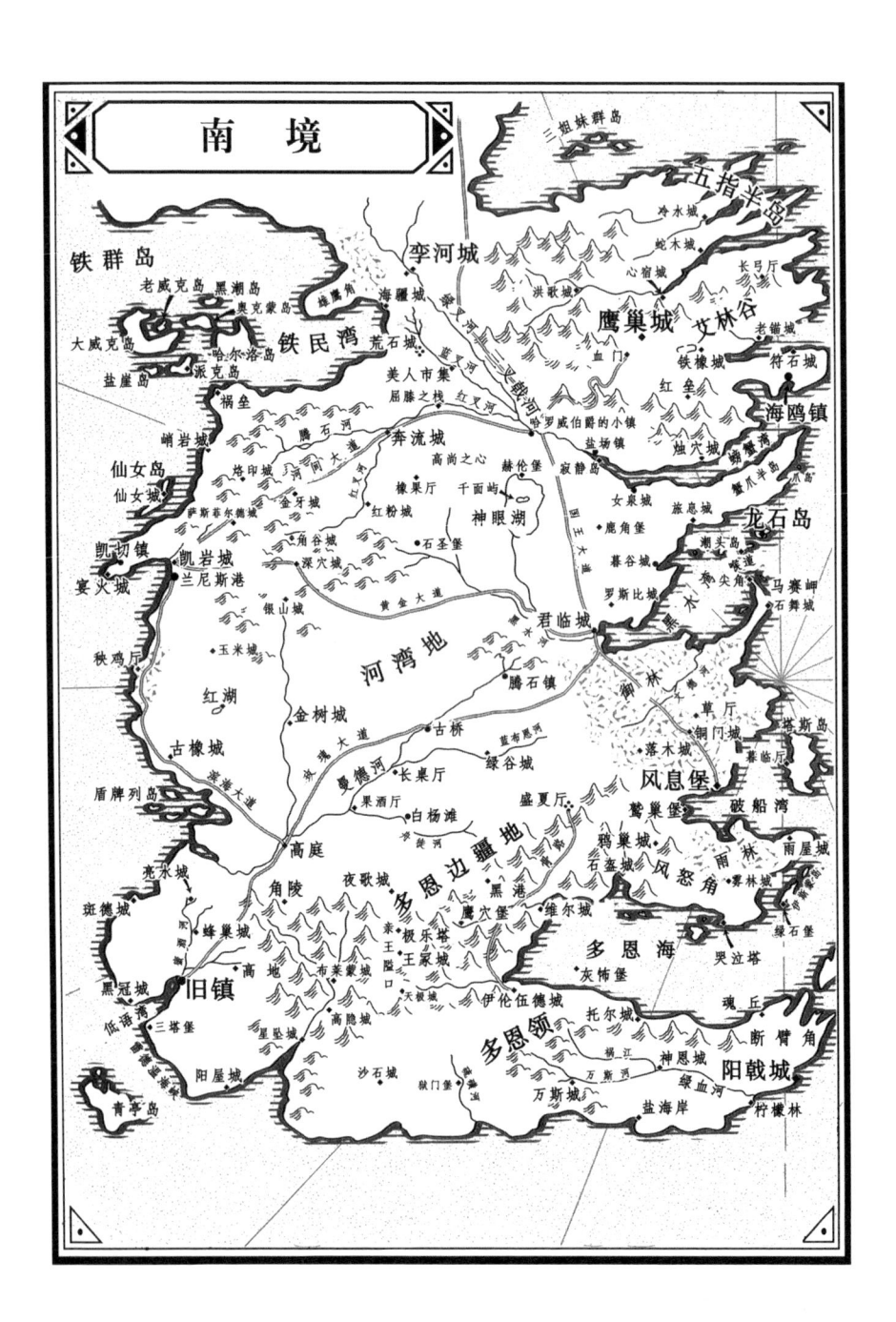

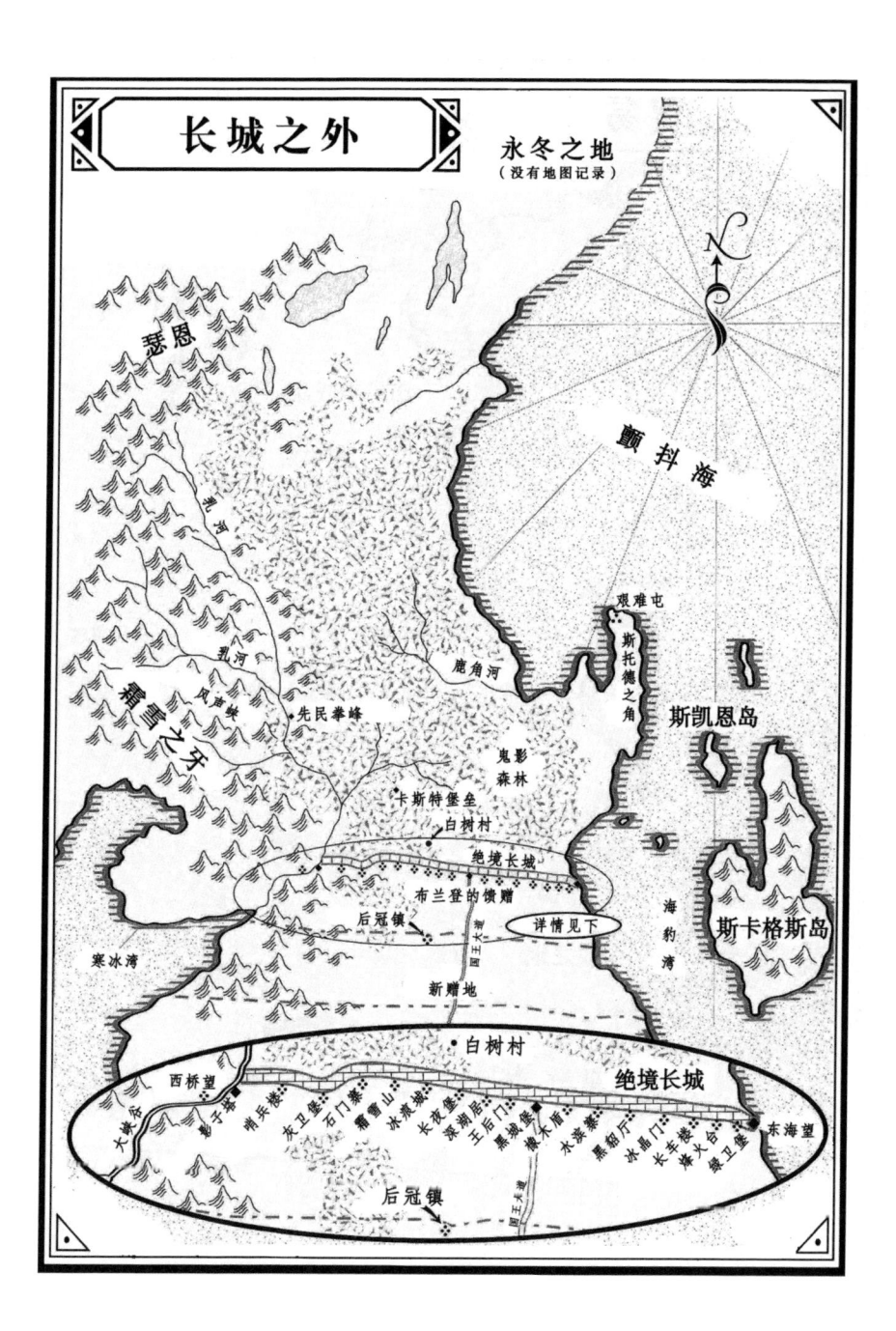

长城之外

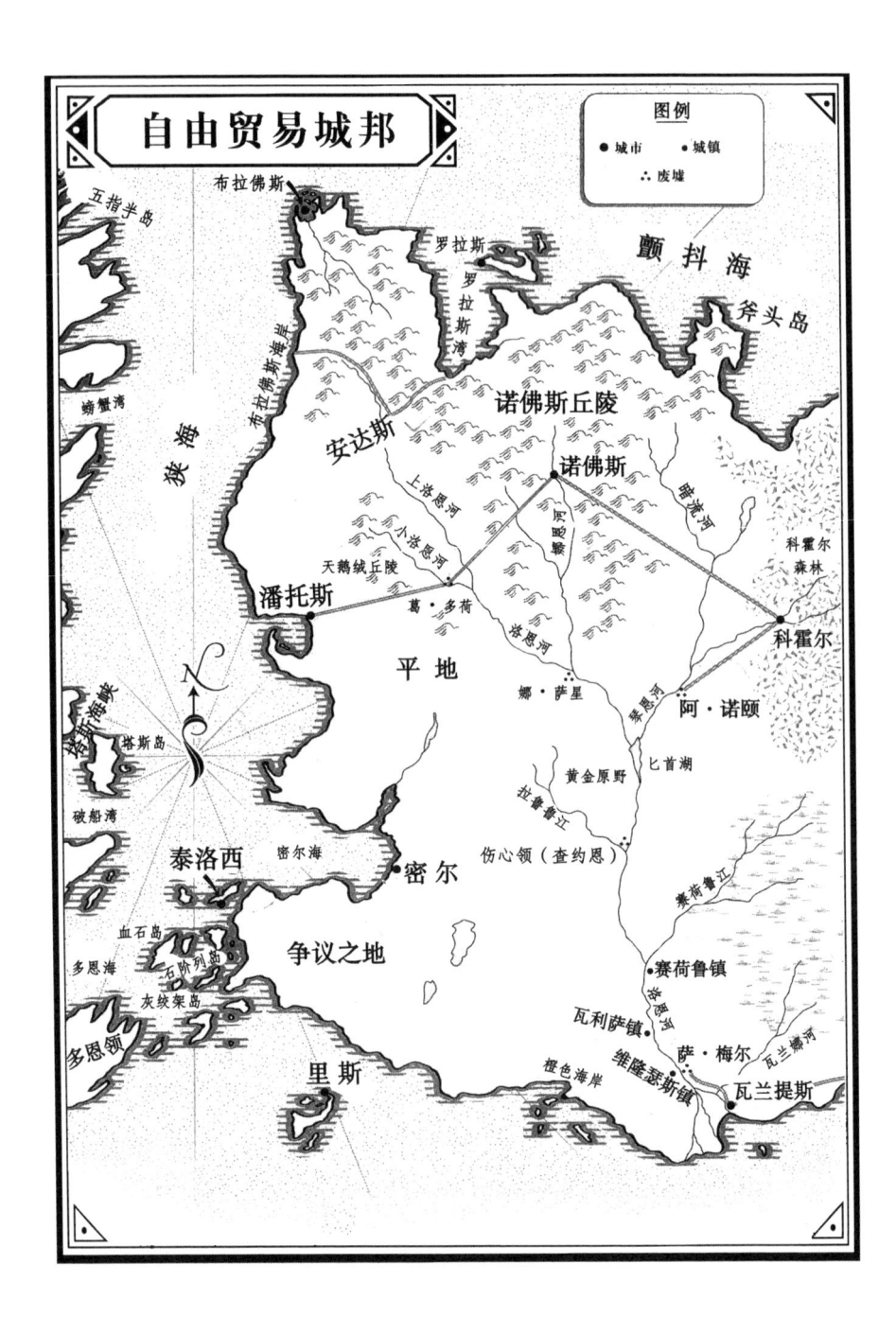

自由贸易城邦

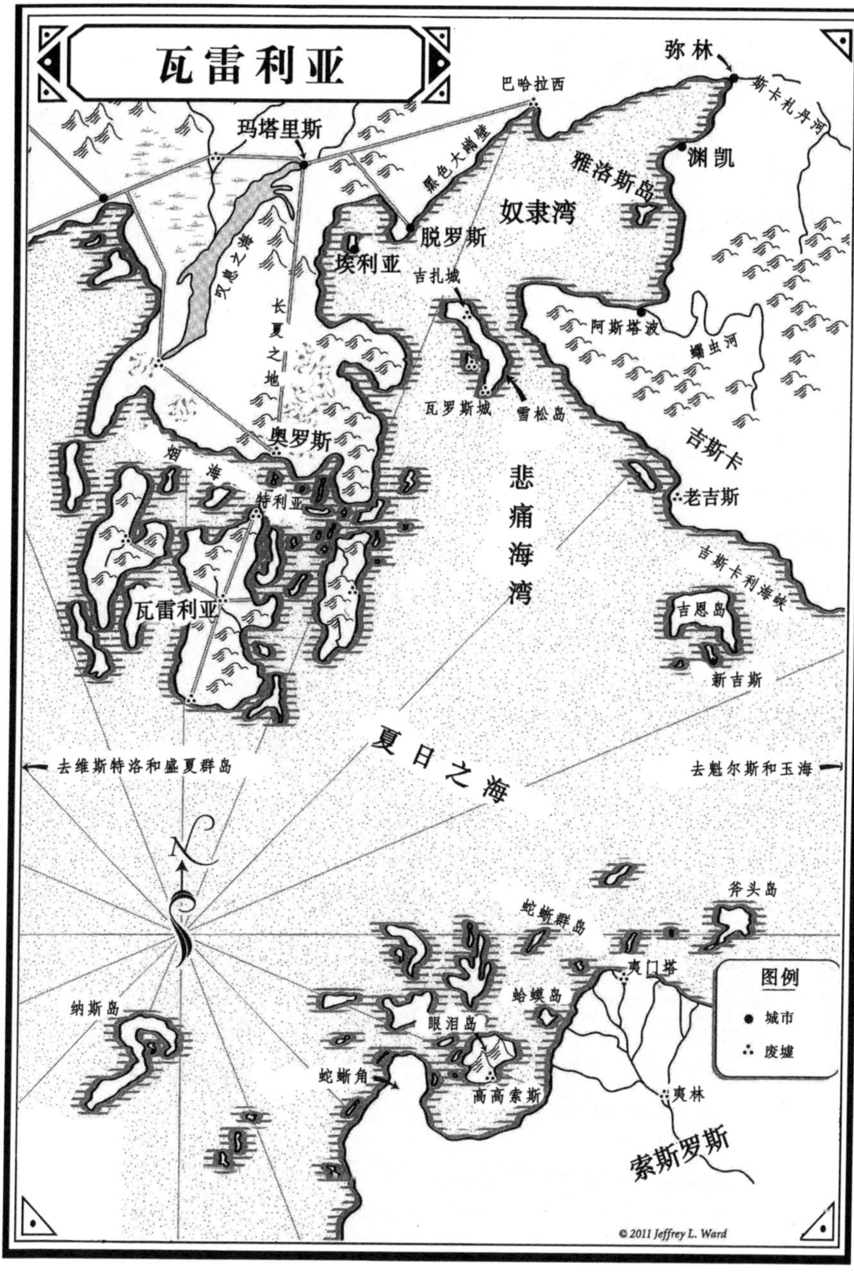

瓦雷利亚
弥林
巴哈拉西
斯卡扎丹河
玛塔里斯
渊凯
雅洛斯岛
黑色大峭壁
奴隶湾
脱罗斯
叹息之海
埃利亚
吉扎城
长夏之地
阿斯塔波
蠕虫河
瓦罗斯城
雪松岛
奥罗斯
吉斯卡
烟海
特利亚
老吉斯
悲痛海湾
吉斯卡利海峡
瓦雷利亚
吉恩岛
新吉斯
夏日之海
去维斯特洛和盛夏群岛
去魁尔斯和玉海
斧头岛
蛇蜥群岛
夷门塔
图例
城市
废墟
蛤蟆岛
纳斯岛
眼泪岛
蛇蜥角
高高索斯
夷林
索斯罗斯
© 2011 Jeffrey L. Ward

附录三　度量衡表

本书中所有计量单位皆为英制

1英寸=2.54厘米
1英尺=12英寸=0.3048米
1英码=3英尺=0.9144米
1英里=1760码=1.6093公里
1里格=3英里=4.8279公里

1英亩=4046.86平方米

1石=6.35公斤